Für alle engagierten Sozialarbeiter,
die unermüdlich danach streben,
bedürftigen Kindern zu helfen.
Möge Gott Sie und die Kleinen segnen!

Sei mutig und entschlossen! Lass dich nicht einschüchtern
und hab keine Angst! Denn ich, der HERR, dein Gott,
stehe dir bei, wohin du auch gehst.
Josua 1,9

Kapitel 1

September 1943

„Ich gehe jetzt, Mama. Hast du wirklich alles, was du brauchst?"

Jane Linder blickte von ihrer Mutter, die in ihrem karierten Lieblingssessel saß, zur hölzernen Kaminuhr hinüber und versuchte, ihre wachsende Unruhe zu unterdrücken. Sie musste heute einen frühen Bus erwischen, um an einer außerplanmäßigen Vorstandssitzung teilnehmen zu können. Eine Sitzung, die sich auf die Zukunft ihres Jobs auswirken könnte.

Und ausgerechnet heute hatte ihre Mutter einen ihrer schlechteren Tage.

„Ich komme schon zurecht, Janey." Mutter zupfte am ausgefransten Saum ihres Morgenmantels herum. „Mach dir keine Sorgen um mich."

Jane nahm eine Serviette vom Frühstückstablett auf dem Beistelltisch und breitete sie auf dem Schoß ihrer Mutter aus. „Dein Toast und dein Tee stehen gleich hier. Und du kannst die restliche Suppe zu Mittag essen. Wenn ich kann, komme ich mittags vorbei und schaue nach dir."

Ihre Mutter schenkte ihr ein mattes Lächeln. „Ich weiß, dass heute ein wichtiger Tag für dich ist. Ich will nicht, dass du dir Gedanken um mich machst. Mir wird es bestimmt bald besser gehen."

„Na gut. Ich hoffe es." Jane ließ rasch einen prüfenden Blick durch das kleine Wohnzimmer gleiten, um sich zu vergewissern, dass die Vorhänge nicht weiter als ein paar Zentimeter geöffnet waren – genug, um etwas Licht hereinzulassen, aber nicht genug, um den Nachbarn einen Blick nach drinnen zu gewähren. Sie vergewisserte sich auch, dass Mutters Lieblingsstehlampe eingeschaltet war und sich all ihre Kreuzworträtsel und Hausfrauenzeitschriften in Reichweite befanden.

„Wenn zu viel los ist und ich nicht nach Hause kommen kann, rufe ich Mrs Peters an und bitte sie, nach dir zu sehen." Jane schob das Telefon über den Couchtisch näher an den Sessel ihrer Mutter heran. „Wenn du dich bis dahin wieder schlechter fühlst, ruf mich bitte auf der Arbeit an." Sie kniete sich hin und ergriff die dürre Hand ihrer Mutter. „Versprich mir, dass du das tust. Und mach dir keine Sorgen, dass du mich stören könntest. Nichts ist mir wichtiger als du."

Die schmalen Lippen ihrer Mutter bebten. „Du bist so eine gute Tochter. Ich könnte mir keine bessere wünschen." Tränen traten ihr in die Augen und röteten sie.

Jane unterdrückte ein Seufzen. Immer, wenn ihre Mutter einen ihrer schlechten Tage hatte, wurde sie besonders sentimental. Und manchmal auch ziemlich anhänglich, sodass sie Jane oft anflehte, nicht ins Büro zu gehen. Hin und wieder gab Jane nach und blieb zu Hause, aber dann fühlte sie sich schuldig, weil sie ihrer Verpflichtung gegenüber der Arbeit nicht gerecht wurde. An manchen Tagen dachte Jane sogar darüber nach, ihre Stelle bei der Children's Aid Society aufzugeben. Doch solange ihr Bruder fort war, um im Krieg zu kämpfen, war Janes Einkommen das Einzige, das sie und ihre Mutter über Wasser hielt.

Außerdem lagen ihr die Kinder zu sehr am Herzen, als dass sie ihren Job hätte aufgeben können. Sie waren der Grund dafür, dass Jane überhaupt Sozialarbeiterin geworden war. Sie wollte benachteiligten Kindern helfen, eine Familie zu finden, in der sie sich geliebt wussten. Diesen Auftrag hatte Gott ihr anvertraut, da war sie sich ganz sicher. Sie konnte ihn nicht einfach guten Gewissens aufgeben. Und wenn es bedeutete, dass sie irgendwann eine Pflegerin einstellen müsste, um tagsüber bei ihrer Mutter zu bleiben, dann würde Jane auch dafür eine Lösung finden.

Aber jetzt musste sie erst einmal pünktlich bei dieser Sitzung erscheinen.

„Ich muss jetzt los, Mama. Bis später." Sie küsste ihre Mutter auf die blasse, knochige Wange und flüsterte ein kurzes Gebet, um Gott um seinen Schutz für sie zu bitten. Dann schnappte sie sich ihre Tasche und eilte zur Tür hinaus.

Janes Absätze klackerten auf dem Fliesenboden, als sie zum Konferenzraum im zweiten Stock des städtischen Gebäudes eilte. Im Innern des Steinbaus blieb die Luft immer kühl, was Jane sehr begrüßte. Sie wollte in ihrem besten grünen Kostüm und der cremefarbenen Bluse einen guten Eindruck machen und nicht völlig abgehetzt aussehen.

Die Doppeltür des Konferenzraums stand einen Spaltbreit offen und das Gemurmel mehrerer Stimmen drang nach außen. Janes Hände wurden feucht vor Nervosität, während sie innehielt, um sich zu sammeln und tief durchzuatmen.

Sie konnte sich vorstellen, warum der Vorstand sie heute herbestellt hatte. Ihr Chef, Mr Mills, war so nett gewesen, sie gestern anzurufen, um ihr vor der offiziellen Bekanntgabe mitzuteilen, dass er beschlossen hatte, in Rente zu gehen. Der Posten des geschäftsführenden Direktors der Children's Aid Society von Toronto würde nun also frei werden.

In den letzten sechs Monaten war Jane als stellvertretende Direktorin für ihren erkrankten Chef eingesprungen – eine Position, die viel Verantwortung mit sich brachte. Dennoch hatte sie sich über die Gelegenheit gefreut, sich in dieser Rolle zu beweisen. Sie hatte gehofft, die Gunst des Vorstandes zu gewinnen. Und die heutige Sitzung war möglicherweise der Höhepunkt ihrer Bemühungen, da sie fest vorhatte, ihre Bewerbung als Kandidatin für den Posten einzureichen. Wenn Vera Moberly erfolgreich das Säuglingsheim von Toronto leiten konnte, gab es keinen Grund, warum Jane nicht das Gleiche mit der Children's Aid Society gelingen sollte. Als einfache Sozialarbeiterin hatte sie sich danach gesehnt, die Richtlinien und Strategien der Organisation zu ändern, doch ihr hatte die Macht dazu gefehlt. Nun kribbelte es in ihr vor Aufregung, wenn sie an all das Gute dachte, das sie möglicherweise für die Kinder bewirken könnte.

Konzentrier dich, Jane. Nur nichts überstürzen.

Sie strich den Rock glatt, zupfte die Ärmel ihres Blazers zurecht, setzte ihr schönstes Lächeln auf und trat ein.

Der Raum wurde von einem großen ovalen Tisch beherrscht. Mehrere Männer und Frauen saßen daran, während andere am Kaffeewagen in der Ecke standen.

„Mrs Linder. Danke, dass Sie so kurzfristig kommen konnten.“ Mr Fenmore, der Vorstandsvorsitzende, kam mit einem angespannten Lächeln auf sie zu. Für einen Mann in den mittleren bis späten Fünfzigern war er hochgewachsen und gut in Form. Er trug einen dunklen Anzug und eine schmale, silberne Brille, die zu seiner Haarfarbe passte.

„Gern geschehen, Mr Fenmore.“ Sie reichte ihm die Hand. „Ich hoffe, Sie mussten nicht auf mich warten.“

„Ganz und gar nicht. Sie sind genau rechtzeitig. Wenn Sie sich bitte setzen würden, dann können wir mit der Besprechung beginnen.“

Jane setzte eine freundliche Miene auf, die hoffentlich ihre Nervosität verbarg, und nahm auf dem Stuhl Platz, den Mr Fenmore ihr zuwies.

Mr Fenmore nahm seinen Platz am Kopf des Tisches ein und nickte einer Frau am anderen Ende zu. „Marcie, sind Sie so weit?“

Die Frau, die offensichtlich hier war, um das Protokoll zu führen, hob den Kopf, den Stift über einem Notizblock gezückt. „Ja, Sir.“

Er neigte den Kopf. „Dann eröffne ich jetzt offiziell diese Notfallsitzung des Vorstandes.“

Jane schluckte. Sie war in ihren sechs Monaten als Direktorin bereits zu einigen Sitzungen des Vorstandes eingeladen worden, aber die hatten nicht ganz so förmlich gewirkt. Das Wort „Notfall“ ließ nichts Gutes erahnen und jagte ihr einen Schauer über den Rücken. Aber bestimmt bedeutete es nur, dass die Sitzung außerplanmäßig stattfand und keines der üblichen monatlichen Treffen war.

„Nochmals vielen Dank für Ihr Kommen, Mrs Linder“, sagte

Mr Fenmore. „Ich hätte Sie zwar auch in Ihrem Büro aufsuchen können, aber wir waren der Ansicht, dass es diskreter wäre, sich hier zu treffen."

„Ich verstehe." Der Schauer breitete sich über ihre Beine bis in ihre Zehen aus. Warum sollten sie solch ein Geheimnis aus Mr Mills' Pensionierung machen? Es würde doch sowieso schon sehr bald jeder bei der Children's Aid Society davon wissen.

Der Mann rutschte auf seinem Stuhl hin und her. „Mrs Linder, ich nehme an, dass Sie sich der Schwierigkeiten bewusst sind, denen unsere Organisation derzeit ausgesetzt ist – die zusätzliche Arbeitslast, der Mangel an verfügbaren Pflegefamilien und der Rückgang der Spendeneinkünfte, um nur einige wenige zu nennen."

„Dessen bin ich mir durchaus bewusst, Sir", sagte sie mit ruhiger Würde. „Ich habe tagtäglich mit diesen und anderen Problemen zu tun."

Mr Fenmores graue Augenbrauen hoben sich ein wenig. „Natürlich haben Sie das. Und Sie haben bewundernswerte Arbeit in Mr Mills' Abwesenheit geleistet. Ich hoffe nur, dass Sie sich von dem, was ich Ihnen jetzt sagen werde, nicht angegriffen fühlen."

Janes Magen zog sich zusammen. Das hörte sich nicht gut an. Und bisher schien es auch nichts mit Mr Mills' Ankündigung zu tun zu haben.

„Bei der Prüfung der Bilanzen der letzten Monate hat sich herausgestellt, dass die Einrichtung in einem schlimmeren Engpass steckt als angenommen."

„Wesentlich schlimmer", fügte eines der anderen Mitglieder hinzu.

Der Mann, der gerade das Wort ergriffen hatte, war Mr Warren. Er war der Buchhalter, ein eher griesgrämiger Mensch, der die Finanzen der Organisation jeden Monat genauestens unter die Lupe nahm.

Janes Rücken versteifte sich, als sie in die Runde blickte. Statt Mitgefühl zu zeigen, warfen ihr einige der Mitglieder starre, kalte Blicke zu, die ihr die Kehle zuschnürten. Sie gaben doch sicherlich nicht ihr die Schuld an der Lage der Organisation, oder?

Mr Fenmore wusste doch, dass die Probleme von den Auswirkungen des Krieges herrührten. Welchen Einfluss hatte sie schon darauf?

„Es stimmt“, sagte sie vorsichtig, „dass die letzten paar Monate besonders schwierig waren. Trotzdem bin ich zuversichtlich, dass es sich nur um ein vorübergehendes Problem handelt, das sich in Kürze von selbst erledigen wird.“

„Das hoffen wir auch.“ Mr Warren hatte wieder das Wort. „Doch um sicherzugehen, hätten wir gerne Zugang zu den Finanzunterlagen der Children's Aid Society sowie allen anderen relevanten Aufzeichnungen der letzten zwei Jahre.“

„Ich verstehe.“ Ihre Gedanken überschlugen sich. Wie sollte sie es bewerkstelligen, so viel Papierkram zusammenzutragen?

Mr Fenmore beugte sich in seinem Stuhl vor. „Diese Unterlagen werden einem unabhängigen Berater zugänglich gemacht, den wir angestellt haben, um die Organisation gründlich zu durchleuchten. Sein Name ist Garrett Wilder und er wird nicht nur die Finanzen, sondern die gesamte Einrichtung überprüfen. Wir hielten es für vorteilhaft, die objektive Meinung eines Außenstehenden einzuholen.“

Janes Brustkorb fühlte sich plötzlich leer an, als ob sämtliche Luft daraus entwichen wäre. Ein Wirtschaftsprüfer? Der Zeitpunkt hätte nicht ungelegener sein können. Sie konnte keinen Außenstehenden gebrauchen, der über ihre Methoden urteilte – ausgerechnet jetzt, wo sie vorhatte, sich um den Posten des Direktors zu bewerben.

„Mr Wilder wird morgen früh anfangen.“ Mr Fenmores Stuhl quietschte, als er sich darin zurücklehnte. „Wir möchten, dass Sie ihm einen Arbeitsplatz zur Verfügung stellen und vollständig mit ihm kooperieren.“

Einen Arbeitsplatz? Wo sollte sie den Raum dafür finden, wenn ihre Büros ohnehin schon völlig überfüllt waren?

„Darf ich fragen, wie lange er bei uns bleiben wird?“, fragte Jane. Hoffentlich nur einen oder zwei Tage. Dann würde es zwar eng werden, aber es ließe sich einrichten.

„Wahrscheinlich für einige Wochen."

Jane beugte sich vor. Ihre Wangen brannten. Irgendetwas stimmte hier nicht. Warum hatten sie das ausgerechnet jetzt so entschieden? Der versteinerte Blick, den Mr Fenmore ihr zuwarf, ließ sie vermuten, dass es noch einen anderen Grund für die Inspektion gab. Einen, den er ihr nicht verraten wollte.

„Darf ich fragen, was mit Mr Mills ist?", erkundigte sie sich, als sie ihre Stimme wiedergefunden hatte. „Soweit ich weiß, hat er offiziell beschlossen, in Rente zu gehen."

Mr Fenmore nickte. „Ja. Wir haben es gestern Abend erfahren. Ich nehme an, dass er Sie auch darüber informiert hat."

„Das hat er. Er hielt es für angebracht, mir von seiner Entscheidung zu erzählen, weil …" Sie holte tief Luft und versuchte, ihren Herzschlag zu mäßigen. „Weil ich vorhabe, mich um seinen Posten zu bewerben."

Ein leises Gemurmel erhob sich rund um den Tisch.

Jane musterte einige der weiblichen Vorstandsmitglieder in der Hoffnung, dass wenigstens diese sie unterstützen würden. Doch ihre stoischen Gesichter verrieten nichts.

„Ich verstehe." Mr Fenmore strich sich über den Schnurrbart. „Nun ja, wir werden keine Entscheidung treffen, bevor Mr Wilder uns seine Empfehlungen präsentiert hat. Wenn es so weit ist, werden wir Ihre Bewerbung gerne entgegennehmen, ebenso wie die der anderen Kandidaten."

Eine Welle der Erleichterung überkam sie. Der Vorstand hatte also nichts gegen ihre Bewerbung einzuwenden. Jetzt musste sie nur noch dafür sorgen, dass Mr Wilder alles in einwandfreiem Zustand vorfand und einen begeisterten Bericht von ihr verfasste.

„Ich denke, es ist nur gerecht, Ihnen mitzuteilen", fuhr Mr Fenmore fort, „dass Mr Wilder ebenfalls für den Posten kandidieren möchte. Und bei dem aktuellen Mangel an Arbeitsplätzen werden wir wahrscheinlich noch Dutzende weitere Bewerbungen erhalten. Ich möchte Ihnen nur klarmachen, wie groß die Konkurrenz um diese Stelle sein wird."

„Ich verstehe." Jane bemühte sich, die Fassung zu bewahren.

„Aber wir gehen jetzt erst mal eins nach dem anderen an, in Ordnung?“ Er blickte in die Runde. „Wenn alle einverstanden sind, denke ich, dass wir die Sitzung für heute beenden können.“

Während die Vorstandsmitglieder nach und nach den Raum verließen, betete Jane inständig, dass sie der Herausforderung gewachsen war.

Kapitel 2

Als Jane am nächsten Morgen von der Bushaltestelle zum Büro der Children's Aid Society lief, gestattete sie sich einige Minuten, um sich über die Ereignisse des Vortages aufzuregen – vor allem über das willkürliche Vorgehen des Vorstands. Sie hatte kaum Zeit, ihre Mitarbeiter auf die bevorstehende Invasion von Mr Wilder vorzubereiten. Als sie gestern aus der Sitzung gekommen war, hatte sie erst Mr Mills' Pensionierung bekannt gegeben und dann die Ankunft des „Eindringlings", wie sie ihn inzwischen insgeheim nannte, angekündigt. Anschließend hatte sie den Rest des Tages damit verbracht, alles für seine Ankunft vorzubereiten.

In ihr brodelte es. Was war der wahre Grund dafür, dass der Vorstand diesen Geschäftsmann eingeschaltet hatte, um die Organisation unter die Lupe zu nehmen? Sie spürte, dass Mr Fenmore ihr etwas verheimlichte. Und sie mochte es gar nicht, im Dunkeln gelassen zu werden.

Jane wartete auf eine Lücke im Verkehr, um die Straße überqueren zu können. Einige Vorstandsmitglieder waren anfänglich wenig begeistert gewesen, als Bob Mills darauf bestanden hatte, dass Jane ihn vertrat, während er sich von seiner Herzoperation erholte. Doch sie hatte gehofft, dass ihre harte Arbeit und ihr Engagement den Vorstand inzwischen überzeugt hätten. Offensichtlich hatte sie sich geirrt.

Auch wenn es ihr überhaupt nicht passte, würde sie jetzt ihre feindselige Haltung gegenüber Mr Wilder ablegen und ihm so freundlich wie möglich begegnen müssen.

Zum Wohle aller.

Ihr Team stand sowieso schon unter genügend Druck. Es lag nun an ihr als Direktorin, den Ton anzugeben und alle durch die unsicheren Wochen zu lotsen, die vor ihnen lagen. Wenn das bedeutete, dass sie in nächster Zeit Überstunden einlegen musste, bis sich die Situation beruhigt hatte, dann würde sie das tun.

Glücklicherweise fühlte sich ihre Mutter mittlerweile etwas besser, sodass Jane nun eine Sorge weniger hatte. Sie würde heute einen kühlen Kopf bewahren müssen, wenn sie alles schaffen wollte, was auf ihrer Tagesordnung stand.

Eine ungewöhnliche Stille lag auf dem Eingangsbereich, als sie das Gebäude der Children's Aid Society betrat. Jane hielt einen Moment inne, um ihre Nerven zu beruhigen, bevor sie ins Sekretariat ging.

„Guten Morgen, Melanie", sagte sie zu der jungen Frau am Empfang. „Mr Wilder ist noch nicht in Sicht, hoffe ich?"

„Nein, noch nicht." Die fröhliche Blondine sah von den Papieren auf ihrem Schreibtisch auf. „Hast du eine Ahnung, worum es bei dieser Wirtschaftsprüfung wirklich geht?"

Jane zögerte. Da sie wusste, dass Melanie gerne tratschte, beschloss sie, die wenigen Details, die sie kannte, lieber für sich zu behalten. „Ich bin mir nicht sicher. Mr Fenmore hat sich diesbezüglich sehr vage ausgedrückt."

„Na ja, ich für meinen Teil finde den Zeitpunkt sehr verdächtig." Melanie beugte sich näher heran. „Hältst du es etwa für einen Zufall, dass genau einen Tag nachdem Mr Mills seine Pensionierung bekannt gegeben hat, ein Wirtschaftsprüfer kommt?"

Jane versuchte, das mulmige Gefühl in ihrem Bauch zu ignorieren. Melanie sprach genau die Gedanken aus, die sie die ganze Nacht gequält hatten. „Ich weiß es nicht. Ich hoffe, dass sie einfach nur ein klareres Bild von der aktuellen Lage bekommen wollen, bevor sie einen neuen Direktor einstellen."

„Oder eine neue Direktorin." Melanie zwinkerte Jane zu. „Hast du ihnen gesagt, dass du dich bewerben willst?"

„Ich habe es erwähnt." Jane verlagerte nervös ihr Gewicht. Ihr war bewusst, dass die anderen Angestellten im Raum mit gespitzten Ohren zuhörten. „Konntest du eigentlich mein Treffen mit dem Bürgermeister verschieben?"

Sie versetzte Bürgermeister Conboy nur sehr ungern, da er einen Großteil der Finanzen der Children's Aid Society in der Hand hatte, aber sie konnte es nicht ändern. Da sie nicht wusste, was sie von Mr Wilder zu erwarten hatte, wollte Jane an seinem ersten Tag möglichst viel Zeit für ihn haben. Sie stellte sich den Eindringling als einen mittelalten Geschäftsmann vor, der keine Ahnung hatte, wie man eine soziale Einrichtung führte. Ihre Organisation war etwas ganz anderes als ein Großkonzern. Sie war entschlossen, Mr Wilder eindeutig klarzumachen, wie sie hier arbeiteten. Dass der Profit nicht ihr höchstes Ziel war. Und dass das Wohlergehen der Kinder an erster Stelle stand.

„Ja. Mr Conboy war sogar erleichtert, weil ihm auch etwas dazwischengekommen ist. Der Termin wurde jetzt auf nächsten Donnerstag um 13 Uhr gelegt."

„Gut. Und die Budgetbesprechung mit Mr Warren und den anderen Vorstandsmitgliedern?"

„Die ist jetzt am Freitag um 16 Uhr." Melanie sah zu Jane herüber, als könnte sie ihre nächste Frage bereits erahnen. „Keine Sorge, ich habe deinen Terminplan umgestellt, damit du Zeit dafür hast. Ich denke, dass einer der oberen Räume frei sein müsste."

„Danke." Jane ließ ein wenig die Schultern hängen. Sie mochte Besprechungen so spät am Tag nicht. Aber da in ihrem Gebäude so wenig Platz war, mussten sie für ihre Treffen entweder andere Räume anmieten oder bis zum späten Nachmittag warten, wenn die meisten Sozialarbeiter aus den oberen Büros bereits nach Hause gegangen waren.

„Wenn Mr Wilder kommt", sagte Jane, „zeig ihm bitte direkt den Weg in mein Büro und stell keine Anrufe mehr durch."

„Klar doch, Jane … Mrs Linder, meine ich." Melanie wandte sich wieder ihrer Schreibmaschine zu.

Jane schüttelte den Kopf, während sie in den Flur zurückging. Es war allen schwergefallen, sich daran zu gewöhnen, sie Mrs Linder zu nennen. Vor allem Melanie. Jane hatte die Freundschaft mit dem jungen Mädchen als weniger problematisch empfunden, als sie noch eine einfache Sozialarbeiterin gewesen war. Doch in den letzten sechs Monaten hatte es sich als schwierig erwiesen, ihr Arbeitsleben von ihrem Privatleben zu trennen.

Sie schloss die Tür auf und schlüpfte in ihr Büro – genauer gesagt in Mr Mills' Büro, das sie in seiner Abwesenheit nutzen durfte. Als ihr einfiel, dass Mr Mills nicht mehr zurückkehren würde, ließ sie sich mit einem Seufzer in den Bürostuhl sinken. Sie nahm sich vor, dem Vorstand vorzuschlagen, eine Abschiedsparty für Mr Mills zu organisieren. Dann schlug sie eine Akte auf ihrem Tisch auf. Wenn Mr Wilder kam, wollte sie den Eindruck erwecken, konzentriert bei der Arbeit zu sein und alles im Griff zu haben. Sie wollte auf keinen Fall so aufgeregt wirken, wie sie sich fühlte.

Ein paar Minuten später wurde sie durch ein leises Klopfen an der Tür aufgeschreckt. „Herein!"

„Guten Morgen, Mrs Linder." Bonnie Dupuis, eine Sozialarbeiterin, die noch nicht so lange bei ihnen arbeitete, betrat das Büro.

Jane atmete erleichtert auf. „Bonnie. Sie sind früh dran. Was kann ich für Sie tun?"

„Ich dachte, es würde Sie bestimmt interessieren, dass Mrs Bennington heute früh angerufen hat. Da ist wieder eine Frau im Mütterheim, die ihren Säugling zur Adoption freigeben möchte. Mrs Bennington hat gefragt, ob jemand vorbeikommen könnte. Ich weiß, dass Sie sich am liebsten persönlich um Bennington Place kümmern, aber Melanie hat gesagt, dass Sie mit dem Wirtschaftsprüfer beschäftigt sein werden, der heute kommt?", schloss sie mit fragender Stimme und neugierigem Blick.

„Das stimmt leider. Ich werde mich um Mr Wilder kümmern müssen." Jane unterdrückte einen Anflug von Enttäuschung. Sie pflegte ein sehr gutes Verhältnis zu den beiden Frauen, die das Mütterheim *Bennington Place* führten. Und sie freute sich immer, den Schwangeren, die dort Zuflucht suchten, helfen zu können. Aber jetzt, als stellvertretende Direktorin, hatte sie oft keine Zeit mehr für solche Außeneinsätze. „Ich würde mich freuen, wenn Sie an meiner Stelle hingehen könnten. Bitte grüßen Sie Ruth und Olivia von mir."

„Das werde ich. Danke, Ma'am."

Als sich die Tür wieder geschlossen hatte, entfuhr Jane ein leiser Seufzer. Wenn sie „Ma'am" genannt wurde, fühlte sie sich wie fünfzig, obwohl sie noch keine dreißig war. Freudlos blätterte sie durch die restlichen Seiten ihres kleinen Kalenders. Sie würde nur noch drei Monate lang neunundzwanzig Jahre alt sein. Warum war der Gedanke, dreißig zu werden, so deprimierend für sie?

Als hoffnungsvolles achtzehnjähriges Mädchen hätte sie sich nie vorstellen können, dass sie mit dreißig geschieden wäre und mit ihrer verwitweten Mutter zusammenleben würde. Eigentlich hatte sie gedacht, dass sie in diesem Alter glücklich verheiratet sein würde und mindestens vier Kinder hätte. Ein vertrauter Schmerz legte sich um ihre Brust – der gleiche Schmerz, den sie jedes Mal verspürte, wenn sie ein Neugeborenes im Arm hielt oder miterlebte, wie Adoptiveltern voller Freude ihr erstes Kind entgegennahmen. Für die meisten Menschen war eine Fehlgeburt bloß ein schlimmer Gedanke, der kaum in ihr Bewusstsein drang. Doch für Jane bedeutete das Wort weit mehr als den Verlust eines Kindes. Für sie bedeutete es die Zerrüttung ihrer Ehe und das Ende ihrer Zukunftsträume.

Die Worte des Arztes hallten noch stets in ihr nach. *„Es tut mir sehr leid, Mrs Linder, aber nach meiner ärztlichen Meinung können Sie keine Kinder austragen. Ich rate Ihnen dringend davon ab, noch einmal schwanger zu werden."*

Jane ließ die Seiten des Kalenders wieder auf September zurückfallen. Im Laufe der letzten vier Jahre hatte sie Zeit gehabt, ihre Verluste zu betrauern und sich mit ihrem Schicksal abzufinden. Sie hatte ihre ganze Energie in ihre Karriere investiert. Offenbar hatte Gott einen anderen Plan für ihr Leben, schenkte ihr andere Möglichkeiten, Kindern zu helfen.

Das war ein weiterer Grund, warum ihr diese Arbeit so wichtig war – und warum sie alles in ihrer Macht Stehende tun würde, um sie zu behalten!

Garrett Wilder stieg aus der Straßenbahn und drückte den Filzhut fester auf den Kopf, damit die Windböe, die um ihn herum fegte, den Hut nicht davontrug. Er hatte entschieden, sein Auto zu

Hause zu lassen, weil er nicht wusste, wie viele Parkplätze es bei der Children's Aid Society gab.

Als er in Richtung Isabella Street lief, rumorte der Kaffee, den er in der Pension getrunken hatte, in seinem unruhigen Magen. Vielleicht hätte er heute auf sein übliches Frühstücksgetränk verzichten sollen. Er hätte wissen müssen, dass sich die Unsicherheit des vor ihm liegenden Tages auf seine Verdauung auswirken würde.

Entschlossen schob er alle Zweifel beiseite und lief festen Schritts weiter. Das war bloß die Nervosität des ersten Arbeitstags, sagte er sich. Er hatte keinen Grund, sich schuldig zu fühlen, weil die Children's Aid Society ihn hergeholt hatte, um ihre laufenden Geschäfte zu überprüfen. Auch wenn seine Anwesenheit auf Ablehnung stoßen könnte, vor allem bei Mrs Linder – der Frau, die nun schon seit einigen Monaten für den ehemaligen Direktor einsprang.

Garrett hatte das Bild einer unscheinbaren, spindeldürren Frau vor Augen, etwa Mitte fünfzig und streng gekleidet, passend zu ihrem militärischen Auftreten. Es war recht ungewöhnlich, dass eine Frau auf einen solchen Posten befördert wurde, wenn auch nur vorübergehend.

Aber die Tatsache, dass der Vorstand es für nötig hielt, Garrett für eine Untersuchung herzuholen, war sogar noch ungewöhnlicher. Sie hatten Mrs Linder zwar nicht direkt die Schuld an den finanziellen Schwierigkeiten der Organisation oder den mysteriösen Unstimmigkeiten in den Büchern gegeben, aber ihre Andeutungen waren ziemlich eindeutig gewesen.

„Nehmen Sie besonders die Direktorin unter die Lupe", hatte Mr Fenmore ihn gedrängt. *„Wenn irgendetwas darauf hinweist, dass sie zum Rückgang der Effizienz der Abteilung beigetragen hat, müssen wir das wissen."*

Garrett wechselte auf den Bürgersteig, als er sich der gesuchten Adresse näherte. Er freute sich nicht gerade darauf, nach Hinweisen zu suchen, die möglicherweise die Karriere einer Frau zerstören würden. Wenn ihre Misswirtschaft jedoch einen wichtigen öffentlichen Dienst gefährdete und er durch seine Arbeit bessere Chancen auf den seit Kurzem offenen Direktorenposten haben würde, dann war er bereit, ein paar schwierige Wochen in Kauf zu nehmen. Es war ein geringer Preis für die Sicherung seiner Zukunft.

Auch wenn diese Zukunft ganz anders aussah, als er sie sich vor Beginn dieses abscheulichen Krieges vorgestellt hatte.

Gedankenverloren rieb er die Stelle an seiner Brust, unter der immer noch einer der tödlichen Granatsplitter steckte. Es war schon verrückt, wie sehr zwei kleine Metallstückchen den Lebensweg eines Menschen verändern konnten.

Als er die Isabella Street 32 erreichte, blieb Garrett vor der Öffnung in der Ziegelmauer stehen. *The Children's Aid Society* stand auf einem Messingschild am Torpfosten. Garrett presste die Lippen zusammen und bog auf den Weg ab, der zu dem majestätischen Backsteinhaus führte. Wenn alles gut ging, würde dies vielleicht sein fester Arbeitsplatz werden. Seine Karriere – und vor allem das Wohlergehen seiner Familie – hing davon ab.

Er atmete tief durch, öffnete die Haustür und trat in einen schmalen Flur mit offenen Torbögen auf beiden Seiten. Von links war das Klicken von Schreibmaschinen zu hören. Der Duft von frischem Kaffee und Möbelpolitur hing in der Luft. Garrett hängte seinen Hut an die Garderobe im Eingangsbereich, strich sein Jackett glatt und überquerte den polierten Holzboden des Flurs. Er steckte den Kopf in den Raum auf der linken Seite, wo eine Frau saß, vermutlich die Sekretärin. Sie hörte auf zu tippen.

„Guten Morgen. Kann ich Ihnen helfen?" Sie schenkte ihm ein freundliches Lächeln, das eine kleine Zahnlücke sichtbar machte. Ihr blondes Haar fiel in sanften Wellen auf ihre Schultern.

Garrett trat vor und warf einen Blick auf das Namensschild auf dem Schreibtisch. „Ich denke schon, Miss Benton. Ich bin Garrett Wilder. Ich bin hier, um ..."

Augenblicklich verschwand der freundliche Ausdruck von ihrem Gesicht.

Garrett versteifte sich, aber es gelang ihm mit äußerster Willenskraft, seinen Gesichtsausdruck unverändert zu lassen. „Wie ich sehe, wissen Sie bereits, wer ich bin."

Miss Benton straffte die Schultern, stand auf und streckte ihm die Hand entgegen. „Schön, Sie kennenzulernen, Mr Wilder."

Er schüttelte ihr die Hand. „Ebenso, Miss Benton."

„Ich werde Sie in Mrs Linders Büro führen." Miss Benton kam um den Schreibtisch herum. „Sie hat gesagt, ich soll ihr Bescheid geben, sobald Sie da sind."

„Da bin ich mir sicher", murmelte er.

„Wie bitte?"

Er schenkte ihr ein bestechendes Lächeln. „Ich kann es auch kaum erwarten, sie kennenzulernen." Garrett folgte der Frau den Flur entlang, bis dieser sich nach links und rechts gabelte. Vor dem ersten Büro auf der linken Seite blieb Miss Benton stehen, um zweimal laut an der Tür zu klopfen.

„Herein!" Die Stimme war melodisch und strahlte zugleich Autorität aus.

Miss Benton öffnete die Tür. „Mr Wilder ist da, Mrs Linder."

„Danke, Melanie. Lass ihn bitte eintreten."

Garrett sträubten sich die Haare. Sie klang wie eine Königin, die einem Bauern Zugang zum Thronsaal gewährte. Doch mit seinen fast einunddreißig Jahren war Garrett kein Kind mehr. Er würde sich nicht einschüchtern lassen.

Miss Benton winkte ihn hinein. „Bitte, Mr Wilder."

Garrett richtete sich zu seiner vollen Größe auf und trat ein. „Guten Morgen, Mrs Lind..." Er stutzte und ihm blieb der Mund offen stehen.

Die Frau hinter dem Schreibtisch konnte unmöglich die stellvertretende Direktorin sein. Diese Frau war jung – wahrscheinlich noch jünger als er. Ihr kastanienbraunes Haar trug sie zu einer modischen Rolle geformt über der Stirn, die den Blick auf einen makellosen Porzellanteint und atemberaubende grüne Augen freigab. Als er merkte, dass er sie anstarrte, blinzelte er und versuchte, sein Gleichgewicht wiederzufinden.

Mrs Linder sah ihn unentwegt an. Ihre schmalen Augenbrauen hoben sich fragend.

„Verzeihen Sie", sagte er. „Auf einem solchen Posten hätte ich einfach jemanden in einem … reiferen Alter erwartet." Er besann sich auf seinen professionellen Charme und streckte die Hand aus. „Garrett Wilder. Schön, Sie kennenzulernen."

„Ebenso." Sie erhob sich in einer fließenden Bewegung und schüttelte ihm die Hand. Dabei sah sie ihm unverwandt in die Augen. „Allerdings muss ich zugeben, dass ich auch jemand Älteren erwartet habe."

Er grinste verlegen. „Danke, dass Sie das sagen. Jetzt fühle ich mich etwas besser."

Er wartete, bis sie wieder Platz genommen hatte, dann öffnete er den oberen Knopf seines Jacketts und setzte sich ebenfalls. Die Aktentasche stellte er neben sich auf den Boden.

Mrs Linder faltete die Hände auf dem Tisch. „Ich gebe zu, dass ich ziemlich überrascht war, als ich gestern von Ihrer bevorstehenden Ankunft erfahren habe. Mr Fenmore hat mir nur gesagt, dass Sie hier sind, um unsere Abläufe zu untersuchen und uns darin zu beraten, wie wir unsere Situation verbessern könnten." Sie sah kurz nach unten auf ein Blatt Papier. „Aus Ihrer Akte habe ich erfahren, dass Sie hervorragende Qualifikationen mitbringen, unter anderem ein Wirtschaftsdiplom. Ich nehme an, dass Sie zuerst unsere Finanzbücher prüfen möchten."

Garrett versuchte, seine Überraschung zu verbergen. Sie wusste mehr über ihn, als er erwartet hatte. „Die Finanzen gehören dazu, ja, aber mein Auftrag ist noch viel umfassender."

„Ich verstehe." Sie spielte an einem einfachen goldenen Ring an ihrer linken Hand.

Er fragte sich flüchtig, was für ein Mann ihr Ehemann sein mochte. Wie fand er es wohl, dass seine Frau einen so anspruchsvollen Posten innehatte? Sie musste wahrscheinlich oft lange arbeiten und trug sehr viel Verantwortung. Würde Garrett je so aufgeschlossen sein, wenn er heiratete? Zugegeben, seine Mutter half seinem Vater auch auf dem Bauernhof, aber das war nicht mit dieser Art von Karriere vergleichbar.

„Ich habe vor, alle Bereiche der Organisation zu untersuchen", fuhr er fort. „Ich werde beobachten, wie hier alles gehandhabt wird. Dann werde ich Empfehlungen abgeben, wie man die Gesamtsituation verbessern könnte." Er fügte nicht hinzu, dass ein großer Teil seiner Arbeit darin bestehen würde, sie zu überprüfen.

Sie runzelte leicht die Stirn. „Angesichts der aktuellen Wirtschaftslage ist es verständlich, dass meine Mitarbeiter nervös sind. Werden diese Empfehlungen möglicherweise zu Entlassungen führen?"

Garrett wusste, dass er vorsichtig sein musste, um die Angestellten nicht unnötig zu beunruhigen. Das würde sich bloß negativ auf ihre Leistung auswirken. „Nur, wenn es sinnvoll ist, und nur als allerletzter Ausweg. Ich möchte lediglich feststellen, wie wir die Abläufe optimieren können, um allen Mitarbeitern Zeit zu sparen und ungerechtfertigte Ausgaben zu vermeiden."

Er strich ein paar Fusseln von seiner Hose, während er aufstand. „Wenn Sie mir jetzt bitte mein Büro zeigen würden, dann könnte ich mich einrichten und mich darauf vorbereiten, die anderen Mitarbeiter kennenzulernen."

Sie erhob sich und zupfte ihren Blazer zurecht. „Natürlich. Folgen Sie mir."

Als sie um den Tisch herumkam, trat er einen Schritt zurück. Sie war groß für eine Frau. Aber mit seinen fast ein Meter neunzig überragte er sie immer noch um einige Zentimeter.

„Wir haben einen Raum am Ende des Ganges für Sie hergerichtet." Als sie an ihm vorüberging, blieb ein blumiger Duft in der Luft hängen. „Sie werden sehen, dass wir in diesem Gebäude relativ wenig Platz haben. Aber wir versuchen, das Beste daraus zu machen."

Er folgte ihr in einen Raum, der nicht viel größer war als eine Besenkammer und so aussah, als diente er normalerweise als Abstellraum. Nun war er mit einem ziemlich ramponierten Schreibtisch, einem Bürostuhl und einem Aktenschrank aus Metall ausgestattet worden. Nicht gerade die Chefetage, die er sich erhofft hatte. Er stellte seine Aktentasche auf die zerkratzte Platte des Schreibtischs und runzelte die Stirn. „Ich werde ein Telefon brauchen."

„Das habe ich mir gedacht. Die Telefongesellschaft sollte heute oder morgen vorbeikommen, um eins anzuschließen." Sie zuckte mit den Schultern. „Ich weiß, dass es hier drinnen etwas schlicht ist, aber Sie können dem Raum gerne eine persönliche Note verleihen.“ Sie lächelte, aber obwohl sie immer das Richtige sagte und tat, spürte er, dass sie etwas gegen seine Anwesenheit hatte.

„Das meiste Büromaterial ist in dem Schrank da drüben.“ Sie zeigte in eine Ecke. „Wenn Sie noch etwas anderes brauchen, können Sie sich an Melanie wenden.“

„Melanie?“

„Miss Benton, unsere Sekretärin und Empfangsdame. Sie kümmert sich um alle Büroartikel, Bestellungen, Schreibarbeiten und so weiter. Also gut, dann lasse ich Sie mal allein …“

Garrett unterdrückte einen Fluch. Diese unangenehme Spannung war kein guter Start in ihre Zusammenarbeit. Er musste irgendwie eine Beziehung zu dieser Frau knüpfen, wenn er wollte, dass sie mit ihm kooperierte. „Bevor Sie gehen, Mrs Linder, würde ich gerne ein paar Dinge aus der Welt schaffen.“

Jane erstarrte. Sie war wie gebannt von den blauen Augen dieses Mannes und wünschte, er wäre stattdessen der dickbäuchige Herr mittleren Alters, den sie sich vorgestellt hatte. Die Erfahrenheit eines älteren Mannes hätte sie zwar auch eingeschüchtert, aber nicht so sehr wie das unglaublich gute Aussehen von Mr Wilder. „Ich weiß nicht, was Sie meinen.“

Sie reckte das Kinn und gab ihr Bestes, um sich ihr Unbehagen nicht anmerken zu lassen.

Mr Wilder lehnte sich mit der Hüfte an den Tisch und verschränkte die Arme. Irgendwie gelang es ihm, dabei trotzdem elegant auszusehen in seinem dreiteiligen, vollkommen faltenlosen Anzug. „Mir ist klar, dass wir uns in einer nicht sehr wünschenswerten Situation befinden. Aber meine Zeit hier wird wesentlich angenehmer sein, wenn wir uns irgendwie einigen könnten. Immerhin arbeiten wir beide auf dasselbe Ziel hin – die Abläufe der

Organisation zu verbessern, damit wir möglichst vielen Kindern helfen können."

Ihre Schultern entspannten sich ein wenig. Er hatte recht. Bei der Children's Aid Society stand das Wohlergehen der Kinder im Mittelpunkt. „Glauben Sie das wirklich, Mr Wilder?", fragte sie kühl. „Oder interessieren Sie sich nur für die Zahlen und Fakten?"

Ein Muskel in seiner Wange zuckte. „Mir liegen die Kinder, die hierherkommen, sehr am Herzen. Aber wenn wir uns nicht um die finanziellen Probleme der Einrichtung kümmern und irgendwann gezwungen sind, sie zu schließen, was passiert dann mit den Kindern?"

Bei Jane schrillten sämtliche Alarmglocken. „Das darf nicht sein. Die Regierung würde nie zulassen, dass die Einrichtung schließt."

„Warum hat der Vorstand es dann für absolut notwendig gehalten, mich einzustellen?"

Jane biss sich auf die Lippe. Diese Frage beschäftigte sie schon, seit sie zum ersten Mal von Mr Wilders Auftrag gehört hatte. „Mr Fenmore hat gesagt, dass sie einen objektiven Dritten hinzuziehen wollen, um die Organisation zu untersuchen. Ich bin davon ausgegangen, dass es dabei hauptsächlich um eine Buchprüfung und die Optimierung unserer Spendeneinkünfte geht."

Mr Wilder sah sie direkt an. „Glauben Sie mir, Mrs Linder, es ist etwas viel Ernsteres als eine einfache Buchprüfung. Aber wenn wir zusammenarbeiten, bin ich zuversichtlich, dass wir tragbare Lösungen finden werden, um diese Einrichtung in Höchstform zu bringen." Er stieß sich vom Tisch ab und streckte die Hand aus. „Kann ich mit Ihrer Zusammenarbeit rechnen?"

Jane zögerte den Bruchteil einer Sekunde. Es wäre nutzlos, mit diesem Mann zu streiten. Wenn sie eng mit ihm zusammenarbeitete, würde sie eher in der Lage sein herauszufinden, was genau hier vor sich ging. Sie zwang sich zu einem Lächeln und schüttelte ihm die Hand. „Solang ich dieselbe Höflichkeit von Ihnen erwarten kann."

Er warf ihr einen prüfenden Blick zu und nickte dann. „Na schön, Mrs Linder. Einverstanden."

Kapitel 3

Nachdem er eine Stunde in dem fensterlosen Kämmerchen gesessen hatte, das ihm nun als Büro diente, stand Garrett auf und streckte sich. Er nahm sein Jackett von der Lehne des unbequemen Stuhls und zog es an. Wenn er die Angestellten traf, war der erste Eindruck entscheidend.

Er lief den schmalen Flur entlang zu Mrs Linders Büro. Diesmal schenkte er dem Namensschild neben der Tür mehr Aufmerksamkeit: *Robert Mills, Geschäftsführender Direktor*. Es war also eigentlich gar nicht Mrs Linders Büro. Wo saß sie normalerweise? Und welche Stellung hatte sie gehabt, bevor sie zur stellvertretenden Direktorin wurde?

Er klopfte an die Tür.

„Herein."

Sie war gerade am Telefon und deutete ihm, Platz zu nehmen.

„Ich bin froh, dass Miss Dupuis helfen konnte." Pause. „Das ist lieb von dir, Olivia. Ich vermisse es auch, mit euch zu arbeiten, aber momentan bin ich zu …" Mrs Linders Blick fiel auf Garrett. „In meiner neuen Position muss ich die Arbeit in den Mütterhäusern meinen Sozialarbeitern überlassen. Aber sobald ich einen freien Tag habe, komme ich euch besuchen. Dann können wir reden. Ansonsten könnt ihr euch jederzeit an meine Mitarbeiter wenden." Pause. „Dir auch, Olivia." Mrs Linder legte den Hörer auf und sah mit einem Lächeln hoch. „Das war die Ko-Direktorin von Bennington Place, einem örtlichen Mütterheim, das wir unterstützen."

Er runzelte die Stirn. Die Unterhaltung – oder das, was er davon mitbekommen hatte – hatte sich mehr wie ein Gespräch zwischen zwei Freundinnen als wie ein beruflicher Austausch angehört. „Sie sind wohl ziemlich eng befreundet, was?"

Sie schnaubte entnervt. „Als Sozialarbeiterin habe ich das Mütterheim oft besucht. Wir haben eine freundschaftliche Arbeitsbeziehung aufgebaut. Was ist daran so falsch?"

„Nichts, nehme ich an. Solang Sie objektiv bleiben können."

Auf ihren Wangen bildeten sich rote Flecken und sie presste die Lippen fest zusammen. „Womit kann ich Ihnen helfen, Mr Wilder?", stieß sie hervor.

Garrett atmete tief durch. Er musste lernen, nicht so direkt zu sein. Er war schließlich nicht mehr bei den Soldaten im Schützengraben. Und Mrs Linder verdiente es, mit mehr Feingefühl behandelt zu werden. „Ich bin bereit, das restliche Gebäude zu besichtigen und die anderen Mitarbeiter kennenzulernen, wenn es Ihnen recht ist."

Ihre Nasenflügel bebten, als sie aufstand. „Natürlich. Ich hätte Sie schon vorher herumgeführt, aber ich dachte, Sie hätten lieber erst ein wenig Zeit, um sich einzugewöhnen."

„Nun, betrachten Sie mich als vollständig eingewöhnt."

Sie starrte ihn an, als wüsste sie nicht, ob er es ernst meinte oder nicht. Dann ging sie an ihm vorbei in den Flur und blieb vor einem schmalen Empfangszimmer stehen. Eine Vielzahl von Menschen aus den unterschiedlichsten Schichten saß auf den Stühlen – Erwachsene und Kinder, manche gut angezogen, andere eher ungepflegt.

„Das ist unser Wartezimmer, wo die Klienten auf ein Gespräch mit den Sozialarbeitern warten. Auf der anderen Seite des Gangs ist das Büro der Stenografen. Auch die Ehrenamtlichen, die uns bei den Büroarbeiten unterstützen, arbeiten dort."

„Hat einer von diesen Ehrenamtlichen Zugang zu den Finanzunterlagen?" Er hoffte, dass die Frage beiläufig genug klang, um keinen Verdacht zu erregen.

Doch Mrs Linder hob leicht die Augenbrauen. „Ja. Mr Bolton. Er ist Buchhalter und hilft uns bei der Buchführung."

„Ich nehme an, dass jemand seine Arbeit überprüft?"

„Wenn er fertig ist, ja, falls Sie das meinen. Das war Mr Mills' Aufgabe. Er war ziemlich penibel, wenn es um die Finanzen ging." Sie zuckte die Schultern. „Jetzt ist es meine Verantwortung."

Garrett biss sich auf die Zunge, um sich weitere Fragen zu verkneifen. Es würde später noch ausreichend Gelegenheit geben, sich mit den Details der einzelnen Abläufe zu beschäftigen. Diese

Information könnte jedoch für einige seiner Untersuchungen ausschlaggebend sein.

„Oben befinden sich die Räume, in denen sich die Sozialarbeiter mit den Eltern treffen." Sie steuerte auf die Treppe zu und stieg die Stufen empor. Oben angekommen, sah sie beinahe verlegen über die Schulter. „Ich sollte Sie vorwarnen, dass wir hier oben noch weniger Platz haben als unten. Wenn Sie diese Etage gesehen haben, sind Sie wahrscheinlich froh, dass Sie Ihr eigenes Büro haben, auch wenn es sehr klein ist."

Er grinste. „Und ich dachte, Sie wollten mich bestrafen."

Ein ersticktes Geräusch drang an sein Ohr und für eine Sekunde lang war er sich sicher, dass Mrs Linder gerade ein Lachen unterdrückt hatte.

Sie blieb vor einer offenen Tür stehen und ließ ihn einen Blick hineinwerfen. Zum zweiten Mal an diesem Tag blieb ihm der Mund offen stehen. Nichts hätte ihn auf den überfüllten Raum und das Stimmenwirrwarr darin vorbereiten können.

In der Mitte des Raums waren drei Tische zusammengeschoben worden, um einen großen Arbeitsbereich zu schaffen. Rundherum waren mindestens zehn Stühle aufgestellt. An den Wänden ringsum standen noch mehr Tische und Stühle neben einer Reihe von Aktenschränken und einer Art Materialschrank. Jeder verfügbare Platz war mit Menschen gefüllt – sowohl Eltern mit kleinen Kindern auf dem Schoß als auch Angestellte, die fleißig in ihre Notizblöcke schrieben. Andere telefonierten gerade und mussten fast schreien, um bei dem Lärm gehört zu werden.

Wie konnten sie in diesem Chaos arbeiten?

Er wandte sich an Mrs Linder. „Geht es hier immer so zu?"

„Ich fürchte, ja. Heute ist sogar ein relativ harmloser Tag. Manchmal wird es noch viel voller, je nach Anzahl der beteiligten Kinder."

Ein kleines Kind stieß einen schrillen Schrei aus.

Garrett zuckte zusammen und widerstand dem Drang, sich die Ohren zuzuhalten. „Das scheint kein guter Zeitpunkt zu sein, mich vorzustellen."

„Sie haben recht. Am besten wäre es nach der Sprechstunde,

wenn nur noch die Angestellten da sind, um den Papierkram zu erledigen."

Er trat zurück in den Flur und entfernte sich ein paar Schritte.

„Es gibt noch einen ähnlichen Raum auf der anderen Seite der Treppe. Dort arbeiten etwa siebzehn Angestellte, während in diesem hier meistens nur zehn bis zwölf sind." Mrs Linder ging voraus und zeigte ihm die Toiletten sowie einen kleinen Abstellraum, in dem eine Mitarbeiterin auf einem Stuhl saß und in einen Notizblock auf ihrem Schoß schrieb.

Mrs Linder warf ihm einen vielsagenden Blick zu. „Die Leute nutzen jeden freien Platz, sogar die Besenkammer."

„Was ist geplant, um dieses Problem zu lösen?" Garrett konnte nicht glauben, dass die Organisation in solch einer Unordnung überhaupt funktionieren konnte.

„Der Vorstand spart auf ein neues Bürogebäude hin. Aber die Pläne wurden aus mir unbekannten Gründen auf Eis gelegt. Da müssen Sie Mr Fenmore fragen." Sie zuckte die Schultern. „In der Zwischenzeit machen wir das Beste daraus."

Sie stiegen langsam die Treppe hinunter.

„Einige unserer Probleme sind wahrscheinlich nur vorübergehend", sagte Mrs Linder. „Es liegt in erster Linie am Krieg, dass wir so überlaufen sind und so viel Arbeit haben."

Garrett runzelte die Stirn. „Wieso?"

„Zum einen gibt es viel mehr vernachlässigte und misshandelte Kinder. Da die Männer weg sind, kommen viele Mütter kaum über die Runden. Die meisten nehmen irgendeine Arbeit an, um Geld zu verdienen, während sie gleichzeitig all ihren üblichen Pflichten zu Hause nachkommen müssen. Wir haben auch weniger Ehrenamtliche, die uns Arbeit abnehmen, und weniger Pflegefamilien, die bereit sind, weitere Kinder aufzunehmen und durchzufüttern. Alle sind mit ihren eigenen Problemen beschäftigt und versuchen, ihre Familien über Wasser zu halten. Das ist verständlich, aber schade." Sie blieb am Fuß der Treppe stehen. „Ich denke, dass der wirtschaftliche Umbruch, den der Krieg ausgelöst hat, auch ein Grund dafür ist, dass die Expansionspläne auf Eis gelegt wurden."

Garrett nickte. Er war beeindruckt von ihrer Scharfsinnigkeit. „Sie haben wahrscheinlich recht. Niemand hätte gedacht, dass dieser Krieg so lange dauern würde. Er scheint einfach kein Ende zu nehmen."

„Ich weiß." Ihr Gesicht wurde traurig. „Es kommt mir wie eine Ewigkeit vor, seit ich meinen Bruder zum letzten Mal gesehen habe."

Garrett rieb sich unauffällig die Brust. Wieder plagten ihn Schuldgefühle, weil er nicht mehr bei seinen Kameraden in Europa war. Wenn das Schicksal ihm nicht in die Quere gekommen wäre, würde er in diesem Moment vielleicht an der Seite von Mrs Linders Bruder kämpfen.

Jane versuchte, die Melancholie abzuschütteln, die sie immer überkam, wenn sie über den Krieg sprach. Mr Wilders finsteres Gesicht verriet ihr, dass er dasselbe empfand. Jetzt war jedoch nicht der richtige Zeitpunkt, um sich auf andere Dinge als die Arbeit zu konzentrieren.

Sie blieben vor Janes Büro stehen.

„Könnten Sie mir etwas erklären, Mrs Linder?" Mr Wilder blätterte durch seinen Notizblock. „Soweit ich weiß, hat Mr Mills die Organisation in drei separate Bereiche gegliedert: das Kinderheim, die Vermittlungsstelle und die Jugendhilfe."

„Das ist richtig."

„Was genau ist die Aufgabe der Jugendhilfe?"

Jane lehnte sich an den Türrahmen. Der Gedanke an ihren Mentor hob ihre Laune für einen Augenblick. „Mr Mills war es ein Herzensanliegen, Kinder vor Gewalt und Vernachlässigung zu schützen. Wir erhalten zahlreiche Anrufe, in denen uns Eltern gemeldet werden, die ihre Kinder misshandeln oder sie einfach vernachlässigen, sie nicht angemessen mit Essen und Kleidung versorgen. Wir gehen jedem Vorwurf nach und entscheiden, ob es für das

Kind sicher ist, in seiner Familie zu bleiben. Wenn nicht, kommt es in eine Pflegefamilie, die wir regelmäßig überprüfen."

Mr Wilder kratzte sich am Kinn. „Diese Organisation ist komplexer, als ich dachte. Meine Einschätzung, wie viel Zeit ich für eine umfassende Untersuchung brauchen werde, war wohl etwas optimistisch."

In diesem Augenblick flog die Eingangstür auf. Herein kam eine stämmige Frau, die einen mürrisch dreinblickenden Jungen hinter sich herzerrte.

Jane erkannte das Kind sogleich und eilte auf die beiden zu. „Martin. Mrs McElroy. Was kann ich für Sie tun?"

Die Frau schubste den Jungen vor. „Es tut mir leid, Mrs Linder, aber ich muss Martin leider ins Heim zurückbringen. Mr McElroy und ich können seine Faxen nicht länger ertragen."

Jane sank der Mut und ihre Hoffnungen für den Jungen schwanden. Sie hatte gebetet, dass Martin bei den McElroys endlich ein dauerhaftes Zuhause finden würde. Was war diesmal schiefgegangen?

Der Junge verschränkte die Arme vor der Brust und blickte immer noch finster drein.

Da Jane nur allzu bewusst war, dass Leute im nahen Wartezimmer saßen und Mr Wilder hinter ihr stand, traf sie eine schnelle Entscheidung. „Martin, ich möchte, dass du mit Mr Wilder gehst. Er wird dich in unseren Pausenraum begleiten, während ich mit deiner … mit Mrs McElroy spreche." Sie trat näher an Mr Wilder heran und flüsterte: „Der Pausenraum ist am Ende des hinteren Gangs. Auf der Theke steht eine Keksdose und es gibt Getränke im Kühlschrank."

Falls er überrascht war, ließ er es sich nicht anmerken. Mr Wilder nickte nur und wartete auf Martin.

Als der Junge an ihr vorüberging, widerstand Jane dem Drang, ihm eine tröstende Hand auf die Schulter zu legen. „Mrs McElroy, würden Sie bitte mit in mein Büro kommen, damit wir das Ganze besprechen können?"

„Es hat keinen Sinn." Mrs McElroys schrille Stimme schallte

durch den Flur. „Ich lasse den Jungen hier. Nichts, was Sie sagen, wird meine Meinung ändern."

Jane versteifte sich und sprach in ihrem strengsten Ton. „Ma'am, Sie sind für dieses Kind verantwortlich. Das steht schwarz auf weiß in den Papieren, die Sie unterschrieben haben."

„Sie können diese Papiere zerreißen." Sie warf einen Blick auf die Wanduhr. „Ich muss jetzt los. Ich muss zurück sein, bevor die anderen Kinder aus der Schule nach Hause kommen."

Jane folgte ihr zur Tür. Außer Mrs McElroy zur Rede zu stellen, hatte sie keine Möglichkeit, die kräftige Frau länger aufzuhalten. „Sind Sie sicher, dass Sie Ihre Meinung nicht ändern werden? Wenn Sie vielleicht –"

„Nein!"

Jane sah den verbissenen Ausdruck im Gesicht der Frau und wusste, dass es reine Zeitverschwendung wäre, mit ihr zu streiten. „Dann werde ich morgen jemanden mit den nötigen Papieren vorbeischicken. Wann würde es Ihnen denn passen?"

„Immer, wenn Schule ist." Die Frau winkte kurz, dann stürmte sie zur Tür hinaus und schlug sie hinter sich zu.

Sämtliche Luft wich aus Janes Lungen und sie musste gegen den Drang ankämpfen, sich gegen die Wand sinken zu lassen.

Mr Wilder tauchte vom hinteren Gang her auf. „Martin isst gerade ein paar Kekse im Pausenraum."

„Allein?", kiekste sie.

Mr Wilder runzelte die Stirn. „Es kann doch nichts passieren, er –"

„Sie verstehen das nicht." Alarmiert stürmte sie los, an Mr Wilder vorbei. „Sie dürfen Martin nicht allein lassen!" Warum hatte sie ihm nicht gesagt, dass Martin oft davonlief?

Ihre Befürchtungen wurden bestätigt, als sie den Pausenraum erreichte. Er war leer.

„O nein." Jane rannte den hinteren Flur entlang zum Hintereingang und stürzte zur Tür hinaus. „Martin! Martin, komm zurück!"

Als sie im Innenhof nichts weiter fand als ein paar trockene Blätter, folgte sie der Seitengasse zwischen den Gebäuden, in der die Mülltonnen standen. „Alles ist gut, Martin. Mrs McElroy ist fort."

Sie stand still und lauschte nach Anzeichen dafür, dass er in der Nähe war. Er konnte noch nicht weit gekommen sein, oder?

Auf der Isabella Street angelangt, suchte sie die Bürgersteige in beide Richtungen ab. Keine Spur von dem Jungen. Sie atmete tief durch, um ihren rasenden Herzschlag zu beruhigen, dann kehrte sie in die Seitengasse zurück. Plötzlich sah sie eine kleine Bewegung bei den Mülltonnen. Durch einen Spalt konnte sie den Kragen von Martins blauem Hemd ausmachen.

Ihre Anspannung wich der Erleichterung. Sie atmete langsam ein, während sie einen Moment darüber nachdachte, wie sie nun vorgehen sollte. Der Junge hatte ihr einmal vertraut, aber nach mehreren erfolglosen Versuchen, ihn an eine Pflegefamilie zu vermitteln, hatte sie wahrscheinlich sein Vertrauen verloren.

„Es tut mir leid, dass es nicht geklappt hat mit den McElroys", sagte sie leise. „Möchtest du mit reinkommen und mir davon erzählen?"

Einen Moment herrschte Stille, dann folgte ein Schniefen. „Nein."

Sie beugte sich näher an die Mülltonnen heran. „Wie kann ich dir sonst helfen? Du kannst nicht die ganze Nacht hier draußen bleiben." Obwohl es erst Anfang September war, sanken die Temperaturen bereits deutlich, vor allem nachts.

„Sie werden mich ins Heim zurückschicken. Ich mag es da nicht. Mrs Shaughnessy hasst mich."

Jane unterdrückte ein Seufzen. „Sie hasst dich nicht, Martin. Wenn du dich an die Regeln hältst, wirst du keine Probleme mit ihr haben."

„Die anderen Kinder mögen mich auch nicht. Sie machen sich über mich lustig." Er schniefte wieder.

„Es wird ziemlich kalt hier draußen." Sie rieb sich die Arme. „Komm nach drinnen, da können wir reden."

„Ist Mr Mills da?"

Jane stutze. Als Martin das letzte Mal zurückgeschickt worden war, hatte Mr Mills die Geduld mit ihm verloren und den Jungen in einem Moment der Verzweiflung angeschrien. Obwohl er sich später entschuldigt hatte, war der Schaden bereits angerichtet. „Nein. Mr Mills ist … gerade nicht da. Solang er weg ist, bin ich verantwortlich."

„Sie?" Ein Hauch von Hoffnung klang in seiner Stimme mit.

„Ja, ich." Jane hielt die Luft an und betete, dass ihre frühere Verbindung zu dem Jungen wieder aufleben würde.

Nach einer Weile klapperten die Mülltonnen und Martin kam zum Vorschein. Sein Anblick tat Jane in der Seele weh. *Oh, Martin. Ich würde alles tun, um dir die Familie zu geben, die du verdient hast.* Sie wünschte sich so sehr, dass jemand durch den Zorn und die mürrische Art des Jungen blicken könnte, um das verletzte Kind dahinter zu sehen. Sie war sich sicher, dass Martin mit ein wenig Liebe und Verständnis aufblühen würde. Lächelnd streckte sie die Hand aus. „Ich könnte jetzt ein heißes Getränk gebrauchen. Wie wäre es mit einem Kakao?"

Martin nickte zögernd und nahm dann ihre Hand.

Jane sehnte sich danach, ihn hochzunehmen und feste zu umarmen. Doch mit seinen acht Jahren fühlte Martin sich zu alt für solche Gesten. Sie begnügte sich damit, seine kleine Hand zu halten und sie ermutigend zu drücken.

Als sie aufsah, verlangsamte sich ihr Schritt. Mr Wilder stand mit verschränkten Armen am Ende der Gasse. Sein Gesicht zeigte eine Mischung aus Verwirrung und Missbilligung. Wie lange hatte er sie beobachtet?

Garrett kratzte sich am Kopf, während Mrs Linder den ungezogenen Jungen zurück ins Haus führte. Warum schalt sie ihn nicht für sein ungeheuerliches Verhalten? Wenn einer seiner Neffen so etwas anstellen würde, wäre eine ordentliche Tracht Prügel angesagt. Stattdessen hatte Mrs Linder vor, ihm einen Kakao zu machen?

Er folgte ihnen in den Pausenraum, der nur wenig größer war als Garretts sogenanntes Büro. Neben einem Tisch, dem schmalen Herd und dem winzigen Kühlschrank befand sich eine geflieste Arbeitsplatte, auf der ein Kessel und ein paar Vorratsdosen standen.

Nachdem sie Martin an den Tisch gesetzt hatte, wo noch stets sein Saft und die Kekse standen, sah Mrs Linder auf. „Das ist Martin Smith, einer unserer Lieblingsgäste." Sie zwinkerte dem Jungen zu. „Martin, das ist Mr Wilder. Er wird einige Wochen lang hier arbeiten."

„Freut mich, dich kennenzulernen, Martin."

Der Junge zuckte bloß die Schultern.

Mrs Linder holte einen Topf aus einem der unteren Schränke und einen Krug mit Milch aus dem Kühlschrank. Sie zitterte, während sie den Gasherd anzündete und mehrere Esslöffel Kakao in die Milch rührte.

„Wie ich sehe, haben Sie einige Vorräte hier", sagte er.

Sie warf einen Blick über die Schulter. „Wir versuchen, immer etwas Verpflegung dazuhaben. Man weiß nie, wann man ein heißes Getränk oder einen Keks gebrauchen kann."

„Ich würde auch eine Tasse nehmen, wenn Sie genug haben", sagte er.

Martin funkelte ihn an. „Was wollen Sie hier?"

Mrs Linder wirbelte herum. „Martin, denk an deine Manieren."

„Entschuldigung." Der Junge ließ den Kopf auf seine schmale Brust sinken.

Garrett sah zu Mrs Linder hinüber, die nur mit einem flehenden Blick den Kopf schüttelte. Er nickte verstehend. Martin sah etwa so alt wie Garretts ältester Neffe aus. Was würde seine Schwester in dieser Situation tun? Cassie war zartfühlender als Garrett oder seine Eltern.

Garrett schob einen Stuhl zurück und setzte sich. „Klingt, als hättest du einen harten Tag gehabt", sagte er.

Martin durchbohrte ihn mit einem finsteren Blick.

Das Klirren des Schneebesens, der gegen den Topf schlug, schien lauter zu werden. Zeit für eine andere Taktik.

„Spielst du Baseball, Martin?“

Der Junge schüttelte den Kopf.

„Was ist mit Fußball oder Football?“

„Nein. Ich mag Hockey.“

„Eishockey?“

Martin warf ihm erneut einen steinernen Blick zu. „Ich habe keine Schlittschuhe. Ich spiele auf der Straße.“

„Ach so. Das macht bestimmt Spaß.“

Mrs Linder stellte zwei Tassen auf den Tisch. „Bitte schön, die Herren.“

Garrett nahm sich eine Tasse. „Danke. Das sieht köstlich aus.“ Er nahm einen kleinen Schluck, der ihm die Zunge verbrühte, und sog scharf die Luft ein. „Jetzt weiß ich, warum es heiße Schokolade genannt wird.“

Martin schnaubte und beugte sich vor, um auf seinen Kakao zu pusten.

Mrs Linder schaltete den Herd aus und goss die restliche Flüssigkeit aus dem Topf in eine angeschlagene Tasse. Dann setzte sie sich neben Martin.

„Mr Wilder“, sagte sie, „würden Sie uns bitte entschuldigen? Ich möchte gerne unter vier Augen mit Martin sprechen.“

„Natürlich. Hat mich gefreut, Martin. Vielleicht können wir mal ein paar Bälle zusammen werfen.“

Warum hatte er das gesagt, wenn es wohl kaum je dazu kommen würde?

Als Garrett zurück in seinem winzigen Büro war, fiel es ihm schwer, sich auf die Zahlen zu konzentrieren. Er musste immer wieder an Mrs Linder und Martin denken. Die beiden schienen recht vertraut miteinander zu sein. Was hatten sie für eine gemeinsame Geschichte?

Irgendetwas an Martin ließ Garrett nicht los. Als er darüber nachdachte, wurde ihm klar, dass der Junge ihn an seinen Kindheitsfreund Nelson erinnerte. Martin hatte den gleichen gehetzten Blick wie Nelson damals, als Garretts Nachbarn ihn auf ihrem Hof aufgenommen hatten. Dank Mr und Mrs O'Neills geduldiger Fürsorge hatte Nelson nach und nach gelernt, sich zu entspannen. Er hatte verstanden, dass er wirklich in Sicherheit war. Nach dem, was Garrett zuletzt gehört hatte, war Nelson zurückgekehrt, um seinem Adoptivvater auf dem Hof zu helfen, nachdem Mrs O'Neill gestorben war. Garrett hoffte, dass Martin so viel Glück wie Nelson haben und irgendwann ein dauerhaftes Zuhause finden würde.

Etwa zwanzig Minuten vergingen, bis Garrett wieder Mrs Linders Stimme hörte.

„Hast du eine Jacke, Martin?"

„Nein, Ma'am."

„Kein Problem. Wir werden eine für dich finden. Lass mich Mr Wilder fragen, ob er uns begleiten möchte."

Er hörte Schritte, dann streckte Mrs Linder den Kopf herein. „Ich bringe Martin jetzt ins Heim. Ich dachte, das wäre vielleicht eine gute Gelegenheit, Sie herumzuführen."

Garrett schloss das Kassenbuch und stand auf. „Danke, ich komme gerne mit."

Mrs Linder kam herein und senkte die Stimme. „Martin ist nicht glücklich darüber, ins Heim zurückzumüssen. Ich möchte kurz mit der Hausmutter sprechen, um sie zu bitten, ihn mit Feingefühl zu behandeln."

Garrett konnte seine Überraschung kaum verbergen. Was der Junge brauchte, war sicherlich nicht mehr Feingefühl, sondern mehr Disziplin. Aber jetzt war nicht der richtige Zeitpunkt, seine Meinung zu äußern. „Lassen Sie mich wissen, wie ich helfen kann."

Sie sah erleichtert aus und schenkte ihm ein kurzes, warmes Lächeln. „Danke. Das arme Kind hat schon so viel durchgemacht. Ich möchte, dass dieser Übergang möglichst glatt läuft."

„Alles klar." Garrett nahm seinen Mantel vom Haken. „Nach Ihnen."

Kapitel 4

Jane blieb im Flur stehen, um ihren Mantel anzuziehen. Sie hatte gehofft, Mrs Shaughnessy mehr als fünf Minuten Vorlaufzeit geben zu können, bevor sie Mr Wilder zum ersten Mal mitbrachte. Dann hätte die Heimleiterin das Haus und die Kinder herausputzen können.

Jane griff nach ihrer Tasche und versuchte, die Schultern zu entspannen. Trotz der Aufregung um Martin hatte sie es geschafft, noch schnell ihre Mutter anzurufen, während Melanie nach dem Jungen sah. Erleichtert hatte sie festgestellt, dass Mutter heute bessere Laune hatte. Trotzdem war Jane froh, ihre Nachbarin gebeten zu haben, wie bereits am Vortag nach ihr zu schauen.

„Das Kinderheim ist gleich um die Ecke", sagte sie, während sie auf Martin und Melanie warteten.

„Es ist bestimmt praktisch, das Heim in der Nähe zu haben." Mr Wilder hatte seinen Filzhut und seinen Regenmantel angezogen und an der Tür auf Jane gewartet.

„Ja, das ist es wirklich. Ich gehe in der Regel mindestens einmal die Woche hin, um mit der Hausmutter zu sprechen, nach dem Rechten zu sehen und die Kinder zu besuchen."

Er hob die dunklen Augenbrauen. „Wirklich? Ist das Teil Ihrer Arbeit als Direktorin?"

Janes Wangen brannten. „Das ist eine Frage der Interpretation. Mr Mills war der Ansicht, dass man die Leitung des Heims am besten Mrs Shaughnessy überlässt. Er hat sich lieber auf die Maßnahmen zum Schutz der Kinder konzentriert. Aber da ich schon vorher eine gute Beziehung zu den Kindern und Mitarbeitern im Heim hatte, habe ich mir vorgenommen, mich auch weiterhin dort einzubringen. Natürlich nur so gut es geht, ohne einen anderen Teil meiner Arbeit zu vernachlässigen. Deshalb nehme ich mir Zeit, sie zu besuchen, selbst wenn es in meiner Mittagspause ist."

In diesem Moment tauchte Melanie vom Empfangsbereich her

auf. Ihre Hand lag auf Martins Schulter. Er trug einen braunen Strickpulli, eins der Kleidungsstücke, die sie für Notfälle wie diesen immer parat hatten. Für den kurzen Weg zum Heim würde der Pulli wohl reichen. Dort würden sie dann weitere Kleider für ihn suchen müssen, bis seine wenigen Besitztümer von den McElroys abgeholt werden konnten.

„Danke, Melanie", sagte Jane. „Wir sollten in etwa einer halben Stunde zurück sein." Jane nahm Martin bei der Hand. „Also gut. Los geht's, junger Mann."

Sie ging voraus. Der kühle Herbstwind war eine angenehme Abwechslung nach der stickigen Luft im Büro. Jane atmete tief durch.

Sie liefen einige Minuten schweigend nebeneinander her, bis Jane das Bedürfnis hatte, das Eis zwischen ihnen zu brechen. Martin traute Mr Wilder offensichtlich nicht und der Mann unternahm auch nicht viel, um Martins Meinung zu ändern.

„Ich war einige Jahre als Sozialarbeiterin für die Einrichtung tätig", sagte sie zu Mr Wilder. „So habe ich Martin kennengelernt. Stimmt's, Martin?"

Der Junge nickte, ohne seinen Blick vom Boden zu heben.

„Dann werden Sie die Kinder gut kennen", sagte Mr Wilder.

„Das tue ich. Ich versuche, über jedes Kind etwas zu lernen und mit jedem persönlich zu reden."

Mr Wilder verlangsamte seine Schritte, um sich Jane und Martin anzupassen. „Ich bin froh, dass Sie mich den Kindern vorstellen können. Es wäre ihnen sicher nicht geheuer, wenn plötzlich ein Fremder wie aus dem Nichts dort auftaucht."

„Das ist sehr einfühlsam von Ihnen. Haben Sie viel Erfahrung mit Kindern, Mr Wilder?"

Er warf ihr einen flüchtigen Blick zu. „Wenn das Ihre subtile Art ist, mich zu fragen, ob ich Kinder habe, lautet die Antwort Nein. Aber ich habe eine Nichte und zwei Neffen, also kenne ich mich ein bisschen mit Kindern aus."

„Das habe ich nicht gemeint", beeilte Jane sich klarzustellen. „Aber Ihre Erfahrung mit Kindern könnte bei dieser Arbeit von Nutzen sein."

„Ich kenne mich auch ein wenig mit dem Pflegesystem aus. Als ich ein Kind war, hatten unsere Nachbarn mehrere Pflegekinder. Eins von ihnen wurde mein bester Freund.“ Er senkte die Stimme. „Nelson hat mir ein paar traurige Geschichten über die Orte erzählt, an denen er gelebt hat, bevor er auf den Hof unserer Nachbarn kam.“

Sie nickte. „Es gibt viele bedauerliche Fälle. Deshalb überprüfen wir die Pflegefamilien regelmäßig und versuchen, das Heim zu einem einladenden Ort zu machen.“

Martin schnaubte leise, was Jane gezielt ignorierte.

Als sie um die Ecke bogen, kam das mit Efeu bewachsene Gebäude in Sicht.

„Das Haus gehörte einem früheren Vorsitzenden der Children's Aid Society, Mr John MacDonald“, sagte Jane. „Nach seinem Tod in 1928 hat die Organisation es gekauft.“

„Es ist sehr schön.“ Mr Wilder hielt inne, um das hohe Dach und die mit Klappläden versehenen Fenster zu betrachten. „Sieht geräumig aus.“

„Ist es auch. Die Kinder teilen zwar die Schlafzimmer, aber jedes Kind hat ein wenig Raum für sich. Es gibt ein Esszimmer, ein Wohnzimmer und einen gemeinsamen Bereich, der als Schul- und Freizeitraum genutzt wird. Aber die meisten Kinder gehen auf eine Schule in der Nähe.“

Sie nahm die Stufen zur Eingangstür und zog Martin hinter sich her. „Kommen Sie herein, ich stelle Ihnen die Hausmutter vor.“

Mrs Shaughnessy wartete im Eingangsbereich auf sie. Sie war eine kleine, mollige Frau mit einer mütterlichen Ausstrahlung, auf die die Kinder recht gut reagierten. Gleichzeitig gelang es ihr aber auch, strikte Disziplin im Heim zu wahren, sodass alles wie am Schnürchen lief.

„Guten Tag, Mrs Shaughnessy.“

„Guten Tag, Jane.“ Die Frau lächelte, dann wandte sie sich Martin zu. „Hallo, Martin. Ich hoffe, dass dein Aufenthalt bei uns diesmal erfolgreicher sein wird.“

Der Junge reagierte nicht.

Jane tippte ihm auf die Schulter. „Martin, es ist unhöflich, nicht zu antworten, wenn Mrs Shaughnessy mit dir spricht."

Schnell richtete Martin sich auf. „Ja, Ma'am. Danke, Ma'am."

Jane wandte sich um. „Mrs Shaughnessy, das ist Mr Wilder."

Die Frau nickte ihm zu. „Sehr erfreut, Sir. Ich wünschte, wir hätten früher erfahren, dass Sie kommen. Dann hätten wir die Kinder alle versammelt, um Sie zu begrüßen. Die meisten von ihnen sind gerade noch in der Schule, aber die jüngeren sind oben im Spielzimmer."

Mr Wilder nahm den Hut ab. „Kein Grund zur Sorge, Mrs Shaughnessy. Ich sehe sie sowieso lieber in ihrem natürlichen Zustand." Er schlenderte den Gang entlang und sah sich dabei um.

Jane verspürte leichten Unmut. Es wäre höflicher zu warten, bis die Hausmutter anbot, ihn herumzuführen.

Jane eilte ihm nach. „Bevor wir Sie herumführen, Mr Wilder, habe ich etwas mit Mrs Shaughnessy zu besprechen. Martin, gehst du bitte mit Mr Wilder ins Wohnzimmer?"

„Ja, Mrs Linder." Er zeigte auf eine Tür auf der anderen Seite des Flurs. „Es ist da drüben."

Mr Wilder blieb kaum eine andere Wahl. Er nickte. „Danke, Martin."

Sie gingen in den großen Wohnbereich, in dem sich mehrere Sofas, ein Kamin, ein Holztisch mit Stühlen und ein Klavier befanden.

„Wir kommen gleich", sagte Jane. „Macht es euch gemütlich." Dann nahm sie Mrs Shaughnessy am Arm und führte sie den Flur entlang. Sie traten in das gemütliche Büro der Hausmutter, das früher Mr MacDonalds Arbeitszimmer gewesen war, und setzten sich an den Kamin.

„Ich nehme an, es geht um Martin", sagte Mrs Shaughnessy, als sie sich hingesetzt hatte. „Oder ist es Mr Wilder, der Sie so in Aufregung versetzt hat?"

Jane seufzte. „Beides. Es macht bestimmt nicht gerade den besten Eindruck auf Mr Wilder, wenn ein Kind wie eine unerwünschte Ware bei uns abgeliefert wird. Und das an seinem ersten Tag hier."

„Das ist zwar bedauerlich, aber nicht Ihre Schuld, meine Liebe." Mrs Shaughnessy sah sie mitfühlend an.

Jane öffnete ihren Mantel. „Ich hoffe nur, dass wir das nächste Mal ein passenderes Zuhause für Martin finden."

„Das ist nicht sehr wahrscheinlich, wo nur so wenige Familien verfügbar sind." Ein Seufzer ließ Mrs Shaughnessys üppige Brust erbeben. „Was machen wir bis dahin mit Martin? Er will eindeutig nicht hierbleiben."

„Sie haben recht. Er kommt in Gruppen einfach nicht gut klar. Immer stellt er etwas an, um beachtet zu werden, ist sich selbst aber gar nicht bewusst, dass er sich nach Aufmerksamkeit sehnt. Ich werde mich besonders anstrengen müssen, eine Familie zu finden, die ihn aufnehmen möchte." Jane rutschte auf ihrem Stuhl hin und her. „In der Zwischenzeit müssen wir dafür sorgen, dass die anderen Kinder Martin besser behandeln, ihn nicht mehr schikanieren oder hänseln. Dann bekommt er nur wieder einen Wutanfall." Sie zögerte. „Könnte nicht eins der größeren Mädchen ihn unter ihre Fittiche nehmen? Rachel oder Bettina vielleicht? Auf diese Weise hätten wir jemanden, der auf ihn aufpasst und ihm die Aufmerksamkeit gibt, die er braucht."

„Das könnte funktionieren. Ich werde mit den Mädchen reden." Die Hausmutter schüttelte den Kopf. „Es ist wirklich schade, dass Martin nicht von einem älteren Paar adoptiert werden kann. Ich denke, dass er mit etwas ungeteilter Aufmerksamkeit aufblühen würde."

„Das glaube ich auch. Leider hat die Organisation ziemlich strenge Vorgaben für die Adoption." Jane erhob sich aus dem Sessel. „Wenn nur dieser furchtbare Krieg endlich vorbei wäre. Dann gäbe es vielleicht mehr Familien, die bereit wären, diesen Kindern das Zuhause zu geben, das sie verdient haben."

„Ihr Wort in Gottes Ohr, meine Liebe."

Kurze Zeit später eilte Jane ins Wohnzimmer zurück. Sie betete, dass es zwischen Mr Wilder und Martin keine Probleme gegeben hatte. Als sie die Tür öffnete, schallte ihr wildes Geklimper entgegen.

Mr Wilder saß mit gequältem Gesicht auf einem der Sofas.

„Ich glaube, du brauchst dringend ein paar Klavierstunden, Martin", sagte Jane lachend. „Soll ich Mrs Shaughnessy Bescheid geben?"

Der Junge warf ihr einen grimmigen Blick zu. Vermutlich war er verstimmt, weil sein Versuch, Mr Wilder zu verärgern, fehlgeschlagen war.

Jane wandte sich an Mr Wilder, der sich wieder erhoben hatte. „Würden Sie gerne das Esszimmer und die Küche sehen, bevor wir nach oben gehen?"

„Ich würde gerne mit dem Raum anfangen, wo die Kinder sind, wenn das in Ordnung ist."

„Wie Sie wünschen."

Sie gingen in den Flur hinaus, wo sich Mrs Shaughnessy gerade in der Nähe des Telefons aufhielt. Bevor Jane ihr erklären konnte, was sie vorhatten, stieg Mr Wilder auch schon die breite Treppe hinauf.

Jane legte der Hausmutter tröstend die Hand auf die Schulter und sagte so leise sie konnte: „Versuchen Sie, sich keine Sorgen zu machen, Mrs Shaughnessy. Denken Sie daran, dass er hier ist, um der Organisation zu helfen."

Sie eilte, so schnell ihre hohen Absätze und ihr enger Rock es zuließen, die Treppe hinauf. Martin folgte ihr auf den Fersen. Jane holte Garrett am Ende des Gangs ein, wo er durch einen Türspalt ins Spielzimmer hineinspähte.

Sie nahm Martin bei der Hand und trat ein. Die meisten Kinder hockten auf dem Boden und hatten verschiedene Spielzeuge um sich verteilt. Die kleinen Tische waren mit ordentlichen Papierstapeln und einem Korb mit Stiften ausgerüstet. Jane nickte Miss Channing zu, eine der Helferinnen des Kinderheims, die an einem Schreibtisch in der Ecke saß.

„Hallo, Kinder", sagte Jane mit lauter Stimme. „Hört ihr mir bitte kurz zu?"

Das Gelächter und Gemurmel verstummten und alle Kinder blickten auf.

„Guten Tag, Kinder."

„Guten Tag, Mrs Linder", antworteten sie im Chor.

„Ich bin hier, um euch zwei Leute vorzustellen. Manche von euch erinnern sich vielleicht noch an Martin Smith." Sie legte dem Jungen die Hände auf die Schultern und schob ihn sanft nach vorne. „Er wird wieder eine Weile bei euch sein. Seid bitte nett zu ihm."

Eines der Mädchen, Denise Turner, stand auf. „Hallo, Martin. Du kannst dich zu mir setzen, wenn du willst."

Jane spürte, wie sich die Schultern des Jungen ein wenig entspannten. Sie dankte Gott für die kleine Denise, die ein großes Herz und ein liebenswertes Wesen hatte.

„Und dieser Herr hier ist Mr Wilder. Er wird einige Wochen bei uns bleiben, um sich anzusehen, wie wir bei der Children's Aid Society arbeiten. Ich möchte, dass ihr höflich und zuvorkommend seid, wenn er euch Fragen stellt."

„Hallo, Kinder." Garrett trat mit einem breiten Lächeln im Gesicht vor und zog eine kleine Tüte aus der Tasche. „Wenn ihr euch in einer Reihe aufstellt, habe ich hier was für euch."

Die Kinder quietschten vor Freude, während sie sich schnell in eine Reihe drängelten.

Jane runzelte die Stirn. Pfefferminzbonbons? Mrs Shaughnessy würde einen Anfall bekommen. Süßigkeiten gab es nur zu besonderen Anlässen, weil man Besuche beim Zahnarzt vermeiden wollte. Aber Jane konnte jetzt nichts mehr tun, denn sonst würde sie Mr Wilders Autorität untergraben.

„Darf ich zwei Bonbons haben, Mr Wilder?", fragte Bobby. „Eins für meine Schwester, wenn sie aus der Schule zurückkommt?" Bobby hüpfte neben der Spielzeugkiste auf und ab. Ein rot-blau gestreifter Ball rutschte ihm aus der Hand und rollte unbeachtet über den Boden.

„Ich auch, Mr Wilder", sagte Denise. „Ich habe … einen Bruder."

Jane wollte gerade eingreifen und das Mädchen für seine Schwindelei schelten, als Garrett die Hand hob.

„Tut mir leid, nur ein Bonbon für jeden", sagte er bestimmt. „Ich werde die Tüte bei Mrs Shaughnessy lassen. Sie kann den anderen Kindern eins geben, wenn sie von der Schule kommen."

Eins der Mädchen, Elsie, zupfte an seinem Jackett. „Kommen Sie morgen mit uns in den Park, Mr Wilder? Da gibt es eine Rutsche."

„Wirklich?" Er hob die Augenbrauen. „Das hört sich gut an, aber ich muss morgen im Büro arbeiten. Vielleicht ein anderes Mal."

Jane trat vor. „Sagt Mr Wilder Auf Wiedersehen, Kinder." Sie sprach mit möglichst gebieterischer Stimme und blickte zu Miss Channing hinüber, die nach wie vor in ihrer Ecke saß. Jane nahm sich vor, Mrs Shaughnessy beim nächsten Mal auf sie anzusprechen. Die junge Frau schien ein wenig zu zurückhaltend zu sein, um auf Kinder aufzupassen, die eine feste Hand brauchten. Andererseits konnten sie es sich nicht leisten, eine Helferin zu verlieren.

„Danke, Miss Channing. Entschuldigen Sie, dass wir Ihre Spielstunde unterbrochen haben." Jane warf Mr Wilder einen durchdringenden Blick zu und verließ den Raum.

„Gehe ich recht in der Annahme, dass ich Sie verärgert habe, Mrs Linder?" Ein Hauch von Belustigung lag in seiner Stimme, als er ihr folgte.

Sie schnaubte. „Sie hätten erst fragen sollen, bevor Sie Süßigkeiten verteilen. Man muss sich an gewisse Regeln halten. Ganz zu schweigen davon, dass Sie ihre Routine gestört haben. Das ist nicht zuträglich für –"

Er legte die Hand auf ihren Arm. „Ich wollte den Kindern nur die Befangenheit nehmen. Ein kleines Pfefferminz schadet doch nicht."

Sie verkniff sich eine Antwort und versuchte, die Wärme seiner Hand zu ignorieren, die langsam durch ihren Ärmel drang. „Wenn Sie bereit sind, zeige ich Ihnen das restliche Haus."

„Gerne." Er lächelte ihr kurz zu.

Sie zwang sich, die Augen von seinen attraktiven Grübchen abzuwenden und konzentrierte sich darauf, ihm die oberen Etagen zu zeigen. Er war doch nicht der erste gut aussehende Mann, dem sie begegnete. Warum brachte er sie so aus der Fassung?

Bevor sie ins Erdgeschoss zurückkehrten, sah sie noch einmal kurz nach Martin. Die kleine Denise saß neben ihm an einem der Tische. Sie hatten ein Brettspiel aufgebaut.

„Scheinbar hat Martin eine neue Freundin gefunden." Mr Wilders leise Stimme erklang dicht an ihrem Ohr.

Ein Schauer lief ihr über den Rücken und sie trat einen Schritt zurück. „Wenn sich jemand mit Martin anfreunden kann, dann ist es Denise."

„Sie scheint wirklich sehr charmant zu sein. Sie erinnert mich ein wenig an meine Nichte Amanda."

Jane wollte Martin nicht verlassen, aber sie konnte nicht den ganzen Tag hierbleiben und ihn beobachten. „Sollen wir nach unten gehen?"

„Ja, bitte."

Sie hatten gerade ihre Führung durch die Küche und das Esszimmer beendet, als Mrs Shaughnessy im Flur erschien. „Ich hoffe, alles war zu Ihrer Zufriedenheit, Mr Wilder."

Er holte seinen Hut von der Garderobe. „Soweit ich das beurteilen kann, scheinen Sie das Heim gut im Griff zu haben."

„Das höre ich gerne, Sir. Wir geben auf jeden Fall unser Bestes."

„Danke für Ihre Zeit, Mrs Shaughnessy." Er lächelte, während er den Hut aufsetzte. „Ich bin mir sicher, dass wir uns bald wiedersehen werden."

„Das hoffe ich, Sir." Die ältere Frau wurde tatsächlich rot.

Jane schüttelte etwas belustigt den Kopf. Offenbar war sie nicht die Einzige, auf die seine Grübchen eine Wirkung hatten.

Kapitel 5

„Melanie hat gesagt, dass Sie mich sprechen wollen?“, sagte Mrs Linder, als sie am nächsten Tag an der Tür von Garretts Büro erschien. Sie sah frisch und elegant aus in ihrem adretten, marineblauen Kostüm.

„Guten Morgen.“ Garrett legte den Stift weg. „Ich hatte gehofft, dass Sie vielleicht etwas Zeit haben, um mir noch ein paar Fragen zu beantworten.“

Er hatte den Morgen damit verbracht, seine vorläufigen Notizen über die Verwaltung und das Kinderheim durchzulesen. Es war wichtig, dass er seine ersten Eindrücke festhielt, auch wenn diese sich vielleicht noch ändern würden, wenn er mehr über die einzelnen Abläufe wusste.

Mrs Linder verschränkte die Arme vor der Brust und trat ein paar Schritte vor. „Was für Fragen?“ Ihr Blick schoss erst zum Kassenbuch und streifte dann über die anderen Gegenstände auf seinem Tisch.

Warum schien sie ihm gegenüber ständig in die Defensive zu gehen? Wollte sie etwas vor ihm verbergen?

„Beim Durchsehen der Akten“, sagte er, „ist mir aufgefallen, dass das Säuglingsheim oft erwähnt wird. Offenbar gibt es eine Verbindung zwischen der Children's Aid und dem Heim, aber ich verstehe nicht ganz, wie diese Verbindung funktioniert.“

Sie ließ die Schultern, die sie angespannt hochgezogen hatte, ein wenig sinken. „Machen Sie sich nichts draus“, sagte sie. „Manchmal verstehen wir auch nicht genau, wie das Ganze funktioniert.“ Sie lachte ein wenig, während sie auf den Schreibtisch zukam und einen Blick auf das gerahmte Foto warf, das er aufgestellt hatte. Sein Lieblingsbild von den Kindern seiner Schwester.

Sie nahm den Schnappschuss in die Hand. „Sind das Ihre Neffen und Ihre Nichte?“

Aha, sie erinnerte sich also noch an das, was er ihr gestern erzählt hatte. Er lächelte. „Ja. Kevin, Dale und Mandy. Sie bedeuten mir alles." Ihm wurde warm ums Herz, als er an sie dachte.

„Sie sind wirklich süß", sagte sie mit einem seltsamen Unterton, während sie gedankenverloren mit einem Finger über das Glas strich.

Als ihre Blicke sich begegneten, blitzte für einen Moment Sehnsucht in ihren Augen auf. Dann blinzelte sie und im nächsten Moment hatte sie wieder die Miene aufgesetzt, die er inzwischen als ihr Geschäftsgesicht kannte.

„Danke", sagte er. „Ich finde sie großartig, aber ich bin da natürlich nicht ganz unvoreingenommen."

Sie sah auf die Uhr. „Es ist beinahe Mittag und ich habe um 13 Uhr eine Besprechung. Wenn es Ihnen nichts ausmacht, auf einen Teil Ihrer Mittagspause zu verzichten, könnte ich Ihnen jetzt gleich unsere Verbindung zum Säuglingsheim erklären."

„Es macht mir nichts aus." Er stand auf. „Warum gehen wir nicht eine Runde spazieren? Ich könnte etwas frische Luft und Bewegung gebrauchen."

Sie nickte. „Das klingt gut. Lassen Sie mich noch schnell einen Anruf erledigen, dann können wir los."

Zehn Minuten später lief Garrett neben Mrs Linder die Isabella Street entlang. Die kühle Luft und die Weite waren eine Wohltat. Obwohl es erst Anfang September war, stand seine liebste Jahreszeit, der Herbst, bereits vor der Tür. Es war eine geschäftige Zeit auf dem Hof seiner Eltern, aber trotzdem genoss er sie immer sehr.

„Das war eine gute Idee", sagte Mrs Linder plötzlich. „Ich komme zurzeit nicht oft aus meinem Büro."

„Mir hilft ein Ortswechsel immer, neue Kraft zu tanken, auch wenn es nur für ein paar Minuten ist." Er sah zu ihr hinüber. „Wie gefällt es Ihnen, die Organisation zu leiten?"

Sie ging einige Sekunden schweigend weiter. „Es ist eine Herausforderung, das gebe ich zu. Es steckt viel mehr dahinter, als mir anfangs klar war. Aber als Mr Mills krank wurde, sagte er, dass er sonst niemandem zutrauen würde, sich in seiner Abwesenheit um alles zu kümmern." Sie hob eine Schulter. „Und sosehr ich meinen Job als Sozialarbeiterin mochte, konnte ich ihn nicht im Stich lassen."

„Sie scheinen sich sehr gut mit Mr Mills zu verstehen."

„Das stimmt. Er ist ein wunderbarer Chef und Mentor."

„Dann haben Sie wohl gemischte Gefühle über seine Pensionierung." Es war mehr eine Feststellung als eine Frage. Jane bestätigte sie mit einem Nicken.

„Ich freue mich natürlich für ihn", fügte sie schnell hinzu. „Aber er wird mir auch furchtbar fehlen. Es wird nicht leicht sein, in seine Fußstapfen zu treten. Ich hoffe nur, dass ich seinem Vermächtnis irgendwie gerecht werden kann."

Garrett stolperte fast über einen Spalt im Gehweg. Das hörte sich an, als hätte sie vor, ihren aktuellen Posten zu behalten. Davon hatte der Vorstand ganz sicher nichts erwähnt. Wenn sie beide sich um dieselbe Stelle bewerben wollten, würde das seine Arbeit noch aufreibender machen – für sie beide.

Sie warf ihm einen Blick zu. „Ich habe gehört, dass Sie sich vielleicht auch um den Posten bewerben." Ihre Worte waren mehr als direkt. Fast schon anklagend.

„Das stimmt. Ich möchte meine Zeit hier nutzen, um herauszufinden, ob ich gut zu der Organisation passen würde. Und umgekehrt."

„Haben Sie denn nicht schon eine Stelle?" Ihre Stimme klang schneidend.

„Nicht wirklich. Ich arbeite seit etwa einem Jahr freiberuflich als Wirtschaftsprüfer für verschiedene Unternehmen. Aber jetzt bin ich bereit, sesshaft zu werden und eine dauerhafte Stelle anzunehmen. Es sollte eine sinnvolle Arbeit sein, bei der ich etwas in der Welt bewirken kann. Bedürftigen Kindern zu helfen scheint mir die perfekte Lösung zu sein." Er hatte eigentlich nicht vorgehabt, so viel von sich preiszugeben. Oder zuzugeben, wie wichtig es für ihn war, diese Stelle zu bekommen.

„Aus demselben Grund möchte ich die Stelle." Sie sah ihm unentwegt in die Augen, nicht wütend oder herausfordernd, sondern ruhig und direkt.

Sein Magen zog sich zusammen. Mit einem solchen Szenario hatte er nicht gerechnet. Weil sie verheiratet war, hatte er angenommen, dass der hohe Posten nur eine Übergangslösung für sie wäre. Er zuckte innerlich zusammen, als er sich ausmalte, was seine Mutter und seine Schwester dazu sagen würden. Cassie bezeichnete ihn ohnehin schon als Chauvinisten. Vielleicht hatte sie da nicht ganz unrecht.

„Ich hoffe, das wird unsere Zusammenarbeit nicht beeinflussen", sagte er ruhig. „Ich will darauf vertrauen, dass am Ende derjenige die Stelle bekommt, der am besten dafür geeignet ist."

Ihre Gesichtszüge entspannten sich ein wenig. „Da stimme ich zu. Mr Fenmore hat mir gesagt, dass er aufgrund der hohen Arbeitslosigkeit sehr viele Bewerbungen erwartet. Ich versuche auch, darauf zu vertrauen, dass Gott die richtige Person ans Ruder kommen lässt." Sie zuckte die Schultern. „Ich sehe keinen Grund, warum das unsere Beziehung beeinträchtigen sollte. Sie können mit meiner uneingeschränkten Zusammenarbeit rechnen."

Er nickte. Seine wachsende Bewunderung für ihre Fairness und Sensibilität lockerte die Anspannung in seiner Brust. „Das weiß ich sehr zu schätzen, Mrs Linder. Sie können das Gleiche von mir erwarten."

„Danke." Sie neigte den Kopf zur Seite. „Sie können mich Jane nennen, das ist einfacher."

Er lächelte. „Einverstanden. Ich bin Garrett."

Sie sah erneut auf ihre Uhr. „Lassen Sie uns umdrehen. Auf dem Rückweg beantworte ich Ihre Fragen zum Säuglingsheim."

„Danke. Es ist meine Schuld, dass wir vom Thema abgekommen sind."

„Kein Problem. Ich denke, es war trotzdem ein produktives Gespräch, meinen Sie nicht?"

„Allerdings."

Bis sie in die Nähe des Büros kamen, hatte Jane Garrett in die komplexe Funktionsweise des Säuglingsheims eingeweiht.

„Es ergibt Sinn, dass die Säuglinge in einem anderen Gebäude untergebracht sind als die älteren Kinder", sagte er. „Aber wozu eine separate Organisation gründen? Und warum kümmert sich die Children's Aid um die Adoptionen?"

„Ich kann Ihnen die Gründe dafür nicht wirklich erklären. Die Dinge haben sich einfach so ergeben. Aber ich versichere Ihnen, dass Miss Moberly wahre Wunder im Säuglingsheim bewirkt hat. Sie und Mr Mills haben über die Jahre eng zusammengearbeitet, es scheint gut zu funktionieren."

„Ich nehme an, dass es für die Beteiligten Sinn ergibt. Aber auf einen Außenstehenden wirkt das Ganze doch sehr verworren." Er zog die Augenbrauen zusammen.

„Wenn Sie wirklich mehr wissen wollen, schlage ich Ihnen vor, mit Miss Moberly zu sprechen. Sie können sie anrufen und einen Termin vereinbaren, wenn Sie möchten."

Er nickte. „Das ist eine gute Idee. Je besser ich die einzelnen Puzzleteile verstehe, desto einfacher wird es sein, möglichst gute Empfehlungen abzugeben."

Jane versuchte, die Besorgnis zu unterdrücken, die immer wieder in ihr aufstieg. Jetzt hatten sie beide ihre Absichten auf den Posten offengelegt, aber das nagende Gefühl der Beunruhigung ließ sie trotzdem nicht los. Sie hatte das Gefühl, dass sie die Rolle der Direktorin nur schauspielerte und nicht wirklich verdient hatte. Und dass Garrett Wilder viel besser für die Stelle geeignet wäre als sie.

Wahrscheinlich war er das wirklich. Aber sie durfte sich nicht durch ihre eigene Unsicherheit davon abbringen lassen, echte Veränderungen in der Organisation zu bewirken – vor allem, was die Adoptionen betraf. Kinder wie Martin hatten eine Chance auf ein dauerhaftes Zuhause verdient. Und wenn sie nicht mithilfe ihrer Position die Veränderungen herbeiführte, von denen sie träumte, wer würde es dann tun?

Mr Mills und sie waren sich grundsätzlich in den meisten Dingen einig gewesen. Ihrem Vorschlag, die Vorschriften für die Adoption von älteren Kindern zu lockern, sodass auch Alleinstehende oder ältere Paare infrage kämen, hatte er jedoch nie zugestimmt. Und es gab keine Garantie dafür, dass Garrett es tun würde.

Als sie das Bürogebäude erreichten, ging Jane zuerst hinein. Sie waren viel länger unterwegs gewesen als die geplante Viertelstunde. Wenn sie sich beeilte, konnte sie vor ihrem nächsten Termin noch die Hälfte ihres Butterbrots essen.

„Jane! Gott sei Dank bist du zurück." Melanie kam mit besorgtem Gesicht in den Flur gerannt.

Jane erstarrte. „Was ist los?"

Der Blick der jungen Frau schwenkte erst zu Mr Wilder, dann wieder zu Jane. „Deine Nachbarin hat angerufen. Deine Mutter braucht dich sofort zu Hause, es ist dringend."

Kapitel 6

Garrett sah, wie alle Farbe aus Janes Gesicht wich und sie sich mit der Hand an den Hals fuhr.

„Wie schlimm ist es? Hat sie was gesagt?“ Ihre Stimme klang rau.

Melanie schüttelte den Kopf. „Nur, dass es ihr nicht gut geht.“

Jane wandte sich an Garrett. „Entschuldigen Sie, aber ich muss los. Melanie, sag bitte meinen Termin um eins ab und richte mein Bedauern aus.“

„Mach ich.“

Garrett legte sanft eine Hand auf ihren Arm. „Kann ich irgendwie helfen?“ Er kannte Jane kaum, aber wie so oft war sein Beschützerinstinkt geweckt.

„Nein, danke.“ Als sie ihn ansah, stand ihr die Angst ins Gesicht geschrieben. „Ich hoffe, dass ich bald zurück bin. Wenn nicht, wenden Sie sich bitte an Melanie oder einen der Sozialarbeiter, wenn Sie Hilfe brauchen.“

Sie ging in ihr Büro und kehrte kurz darauf mit ihrer Handtasche zurück.

Er stand nur da und fühlte sich völlig hilflos. „Ich hoffe, es ist alles in Ordnung mit Ihrer Mutter. Und wegen mir müssen Sie sich nicht beeilen, zurückzukommen.“

Sie blickte von ihrem Portemonnaie auf, in dem sie gerade nach ein paar Münzen kramte. „Danke. In dem Fall sehen wir uns morgen.“

Als sie gegangen war, schien sich die Atmosphäre im Gebäude sofort zu verändern, sodass es viel düsterer wirkte.

Garrett kehrte in sein Büro zurück und holte Block und Stift hervor, um aufzuschreiben, was er über das Säuglingsheim erfahren hatte. Doch seine Gedanken kehrten immer wieder zu Jane und ihrer Mutter zurück. Jane hatte ihr Kleingeld gezählt, als wollte sie mit dem Bus fahren. Wenn die Situation so dringend war, warum rief sie dann nicht ihren Mann an und ließ sich abholen? Vielleicht arbeitete ihr Mann außerhalb der Stadt oder durfte nicht bei der Arbeit gestört werden. Vielleicht hatten sie auch kein Auto. Garrett wünschte plötzlich, mehr über die Frau und ihr Leben zu wissen. Wenn er ein Unternehmen prüfte, versuchte er normalerweise, so viel wie möglich über die betreffenden Personen herauszufinden. Morgen würde er ein paar unauffällige Nachforschungen über die Direktorin anstellen. Das schien ihm angebracht, schließlich hatte der Vorstand Garrett ausdrücklich darum gebeten, sie zu überprüfen. Alles, was ihre Leistungen beeinträchtigen könnte, war aus seiner Sicht von Belang und durfte in seine Beurteilung einfließen.

Ein paar Stunden später legte er den Stift weg und stand auf. Seine Gedanken kehrten erneut zu Jane zurück und er beschloss, am Abend seine Eltern anzurufen. Im Krieg hatte er auf schmerzhafte Art gelernt, dass das Leben viel zu kostbar und kurz war, um es als selbstverständlich anzusehen. Er hatte es ausschließlich Gottes Gnade zu verdanken, dass er sich von seinen Verletzungen erholt hatte und heil nach Hause zurückgekehrt war. Damals hatte er sich vorgenommen, nie mehr einen Tag ohne eine gesunde Portion Dankbarkeit verstreichen zu lassen.

Am nächsten Morgen saß Jane an ihrem Schreibtisch und versuchte, ihr Gewissen zu beruhigen. Sie sagte sich, dass es keinen wirklichen Grund zur Sorge gab. Ihre Mutter hatte nur eine leichte Herzrhythmusstörung gehabt, die Dr. Henshaw problemlos in den Griff bekommen hatte. Er hatte jedoch aufgrund ihrer Krankengeschichte beschlossen, sie vorsichtshalber über Nacht zur Beobachtung dazubehalten.

Jane spielte mit dem Stift in ihrer Hand. Ihre Nerven wollten sich einfach nicht beruhigen. Was für ein Desaster die letzten zwei Tage doch gewesen waren! Sie hätte sich keinen schlechteren Empfang für Mr Wilder ausdenken können. Erst die unschöne Rückkehr von Martin, dann die ungeplante Führung durchs Heim und zu guter Letzt auch noch der Notfall ihrer Mutter, der sie gezwungen hatte, eine Besprechung abzusagen und früher als sonst nach Hause zu gehen. Er musste sie für eine absolut unfähige Direktorin halten und sie konnte ihm nicht einmal einen Vorwurf daraus machen. Sie würde das Gleiche denken.

„Guten Morgen, Jane." Garrett Wilder stand in der Tür. „Wie geht es Ihrer Mutter heute?"

Jane straffte die Schultern und bemerkte, dass sie die ganze Zeit nur die Papiere auf ihrem Tisch angestarrt hatte. „Etwas besser, danke. Der Arzt hat sie über Nacht im Krankenhaus behalten, aber ich werde sie später abholen." Das bedeutet, dass sie heute schon wieder früher gehen müsste …

„Im Krankenhaus?" Er runzelte die Stirn und kam herein. „Dann war es etwas Ernstes?"

Seine Augen spiegelten Interesse, aber Jane kam nicht umhin, sich zu fragen, ob er aufrichtig besorgt war oder eher versuchte, ihre Schwachpunkte zu finden. „Leider, ja. Meine Mutter hatte vor einigen Jahren rheumatisches Fieber. Seitdem ist ihr Herz geschwächt."

„Tut mir leid, das zu hören." Sein Blick fiel auf Janes linke Hand und den schlichten Ring, den sie immer noch trug. „Wohnt sie bei Ihnen und Ihrem Mann?"

Janes Rücken verkrampfte sich. Das waren völlig normale Fragen, die jeder stellen würde, der sie nicht kannte. Glücklicherweise hatte sie sich eine unverfängliche Antwort zurechtgelegt, um sich neugierige Kollegen vom Leib zu halten. „Mein Mann kämpft im Krieg, genauso wie mein Bruder. Ich bin wieder bei meiner Mutter eingezogen, weil sie nicht allein bleiben kann."

Garrett runzelte die Stirn. „Ich wusste nicht, dass Ihr Mann im Krieg ist. Sie müssen sich große Sorgen machen."

Jane murmelte etwas Unverständliches.

„Aber wie es aussieht, ist Ihre aktuelle Wohnsituation sowohl für Ihre Mutter als auch für Sie von Vorteil."

Jane presste die Hände zusammen. „Meistens, ja." Die Pflege ihrer Mutter wuchs ihr zwar manchmal über den Kopf, aber die

Alternative könnte sie nicht ertragen. Dr. Henshaw hatte bereits vorsichtig angedeutet, dass der Tag kommen könnte, an dem ihre Mutter in einer Pflegeeinrichtung besser aufgehoben wäre.

Garrett setzte sich und schlug ein Bein über das andere. „Ich bin dankbar, dass sich meine Eltern bisher guter Gesundheit erfreuen. Sie haben einen Hof etwa eine Stunde von hier."

Jane zwang sich, locker zu bleiben. Der Mann wollte einfach nur ein nettes Gespräch zwischen Kollegen führen. „Ich nehme an, dass Sie nicht bei ihnen wohnen, sonst hätten Sie einen ziemlich weiten Arbeitsweg."

„Das stimmt. Ich wohne in einer Pension in der Stadt, aber ich fahre fast jedes Wochenende nach Hause, um bei den Arbeiten zu helfen und das Essen meiner Mutter zu genießen." Er lächelte, während er sie weiterhin aufmerksam musterte. „Ich hoffe, Sie haben an Ihren freien Tagen Gelegenheit, sich zu erholen. Oder lässt Ihnen die Organisation keine Zeit dafür?"

Janes Anspannung kehrte sofort zurück. Es kam ihr vor, als würde er sie aushorchen. Suchte er nach Informationen, die er gegen sie verwenden konnte, nun, da er wusste, dass sie Direktorin werden wollte? „Ich arbeite an den meisten Samstagen, genauso wie die anderen Angestellten", sagte sie forsch. „Wie Sie noch sehen werden, sind wir massiv unterbesetzt." Sie setzte ihre Lesebrille auf. Eigentlich brauchte sie die nur, um Kleingedrucktes zu lesen, aber sie verlieh ihr auch ein strengeres Aussehen. „Also, was kann ich heute für Sie tun?"

Garrett starrte die Frau vor sich an. Offensichtlich hatte sie die Tür, durch die er einen kurzen Blick auf ihr Privatleben hatte erhaschen können, wieder zugeschlagen. Nun versteckte sie sich erneut hinter ihrer professionellen Fassade. Doch statt sie unnahbar wirken zu lassen, verlieh ihr die Brille eher noch mehr Charme.

Nicht, dass ihm das hätte auffallen sollen. Er blickte kurz auf ihren goldenen Ehering, um sich noch einmal vor Augen zu führen, dass sie verheiratet war. Dann räusperte er sich. „Ich würde heute gerne die Finanzunterlagen mit Ihnen besprechen, wenn Sie etwas Zeit erübrigen können."

„In Ordnung. Ich habe jetzt ein wenig Zeit vor meinem nächsten Termin."

„Dann hole ich jetzt meine Notizen."

Eine Stunde später waren sie mit erstaunlicher Effizienz die Ausgaben von mehreren Monaten durchgegangen. Jane führte die Bücher wirklich sehr ordentlich, obwohl sie selbst zugegeben hatte, dass Finanzen nicht ihre Stärke waren. Außerdem übernahm Mr Bolton, der Ehrenamtliche, von dem sie bereits erzählt hatte, einen Großteil der Buchführung. Bis jetzt hatte Garrett keine Anzeichen für einen schlechten Umgang mit den Finanzen finden können, worüber er tatsächlich erleichtert war. Je mehr Zeit er mit Jane verbrachte, desto mehr war er von ihrem Können beeindruckt. Bisher hatte sie in jedem Aspekt ihrer Zusammenarbeit ihre Integrität unter Beweis gestellt. Er konnte sich nicht vorstellen, dass sie irgendeine Art von Betrug begangen hatte.

„Wie sind Sie eigentlich zur Children's Aid gekommen?", fragte er, als sie fertig waren. Er lehnte sich in seinem Stuhl zurück, um möglichst beiläufig zu wirken. Er interessierte sich wirklich für ihre Geschichte, denn starke, unabhängige Frauen in hohen Positionen waren eine Seltenheit.

Sie hob die Augenbrauen. „Als ich mit der Schule fertig war, habe ich hier als Büroangestellte angefangen. In den Jahren darauf habe ich nebenher Soziale Arbeit studiert und war nach meinem Abschluss als Sozialarbeiterin tätig. Diese Tätigkeit hat mir am besten gefallen, weil ich das Gefühl hatte, einen echten Unterschied im Leben der Kinder zu bewirken."

„Ich kann mir vorstellen, wie erfüllend das sein muss." Er neigte den Kopf. Seine Gedanken kreisten die ganze Zeit nur um eine einzige offenkundige Frage. „Ich bin neugierig. Diese Stelle verlangt lange Arbeitszeiten und sehr viel Engagement. Hat Ihr Mann nichts dagegen, dass Sie so viel Zeit hier verbringen?"

Das Lächeln verschwand sofort aus ihrem Gesicht. „Wir leben in den Vierzigern, Mr Wilder. Heutzutage gibt es viele berufstätige Frauen." Ihre Nasenflügel bebten. „Außerdem ist mein Mann fort und ich muss für meine Familie sorgen."

„Ich verstehe." Er zögerte, dann fragte er mit bewusst sanfter Stimme: „Haben Sie Kinder?"

Sie hob ruckartig den Kopf und ihre grünen Augen blitzten. Dann legte sich ebenso schnell eine ausdruckslose Miene über ihr Gesicht. „Leider sind mein Mann und ich nicht mit Kindern gesegnet worden. Deswegen bin ich umso dankbarer für meine Karriere."

Trotz ihres brüsken Tons spürte Garrett den Schmerz, der ihren Worten zugrunde lag. Wie schwer musste es sein, sich nach einem Kind zu sehnen und gleichzeitig unermüdlich dafür zu kämpfen, die Kinder anderer Leute in guten Familien unterzubringen.

„Ich bewundere Ihre Stärke. Und soweit ich das beurteilen kann, leisten Sie hervorragende Arbeit als Mr Mills' Stellvertreterin."

Als sie zu ihm aufsah, konnte er zum ersten Mal eine Spur von Verletzlichkeit in ihren Augen sehen. „Meinen Sie das ernst?"

„Ich habe mich noch nicht eingehend mit allen Bereichen befasst, aber mein erster Eindruck ist, dass Sie beherzt eingesprungen sind und dafür gesorgt haben, dass alles reibungslos weiterläuft. Ich kann bei den Ausgaben nichts Außergewöhnliches finden, abgesehen von ein oder zwei kleineren Beträgen, und –"

„Was für Beträge?", unterbrach sie ihn gereizt.

„Nun, zum einen dieser Eintrag hier …" Er beugte sich über das Kassenbuch, um auf eine Zahl zu zeigen. „Für ‚Geburtstagsgeschenke'. Ich nehme an, es geht um Geschenke für die Kinder?"

„Richtig." Sie nahm die Brille ab und runzelte die Stirn. „Was stimmt damit nicht?"

„Es ist eine beträchtliche Ausgabe für etwas Unnötiges."

„Da bin ich anderer Meinung. Ich finde, jedes Kind hat ein Geburtstagsgeschenk verdient. Es ist ein Ansporn für die Kinder und gibt ihnen etwas, worauf sie sich freuen können."

„Aus geschäftlicher Sicht ist es jedoch eine unnötige Ausgabe, von der ich abraten werde."

Ihre Augen weiteten sich. „Als Nächstes wollen Sie wahrscheinlich Weihnachten abschaffen."

Er verkniff sich ein Lachen, als er ihren entgeisterten Tonfall hörte. „Nennen Sie mich einfach Mr Scrooge."

„Das kann doch nicht Ihr Ernst sein! Kinder brauchen Weihnachten. Das ist nicht verhandelbar."

Er kniff die Augen zusammen. „Hat Mr Mills das mit den Geschenken unterstützt?"

Sie zögerte einen Moment. „Nicht wirklich. Ich habe es eingeführt, nachdem er krank geworden ist."

„Wie wurde es in den Jahren davor gehandhabt?"

„Die Leute haben Spielsachen und Süßigkeiten für die Kinder gespendet."

„Hat das die Organisation etwas gekostet?"

„Nein."

„Dann schlage ich vor, dass wir das wieder einführen. Es gibt viele Möglichkeiten, Kindern schöne Geschenke zu Weihnachten und zum Geburtstag zu besorgen, ohne das Geld der Organisation dafür auszugeben." Er wartete und hoffte, dass sie nicht weiter mit ihm streiten würde.

„Sie haben recht", sagte sie. „Ich fürchte, meine neue Stellung ist mir ein wenig zu Kopf gestiegen." Sie zuckte verlegen die Schultern und errötete leicht.

Garrett hoffte, dass ihr der Posten nur dieses eine Mal zu Kopf gestiegen war und sie nichts mit den fehlenden Geldern zu tun hatte. Es widerstrebte ihm, sie etwas Derartigen zu verdächtigen. Sollte es ihrerseits tatsächlich eine Form von Misswirtschaft gegeben haben, betete er, dass es bloß ein Fehler gewesen war, der sich leicht ausbügeln ließ.

Er stand auf. „Danke für Ihre Zeit. Ich werde meine Prüfung fortsetzen und nach weiteren Möglichkeiten suchen, Kosten zu sparen."

Er nickte ihr zu, klemmte sich das Kassenbuch unter den Arm und kehrte in sein Kämmerchen zurück, wo er das Buch mit einem Seufzer auf den Tisch warf. Dann rieb er die Stelle an seiner Brust, wo der Granatsplitter steckte. Auch wenn Jane vollkommen unschuldig war – was er hoffte –, durfte er nicht vergessen, dass sie Konkurrenten waren.

Er konnte nicht zulassen, dass sein wachsender Respekt vor der Frau seine Zukunftspläne durchkreuzte.

Kapitel 7

„Sie sagen, dass sie in der nächsten halben Stunde kein Taxi schicken können. Es gab wohl einen Unfall und mehrere ihrer Wagen stecken im Stau." Melanie zuckte entschuldigend die Achseln, während sie den Hörer auflegte.

Jane ließ ihre Handtasche auf Melanies Schreibtisch plumpsen. „Hm, das ist ungünstig." Sie blies sich eine Strähne aus der Stirn. Es war ohnehin schon später, als sie gedacht hatte. Jetzt musste sie wohl oder übel mit dem Bus fahren und ihre Mutter noch ein wenig länger warten lassen.

„Was ist ungünstig?" Garrett erschien im Durchgang zum Sekretariat.

Angespannt richtete Jane sich auf. Sie hatte gehofft, verschwinden zu können, ohne dass er es mitbekäme. „Ach, es sind nur alle Taxis belegt. Aber dann nehme ich stattdessen den Bus."

„Soll ich Sie nach Hause fahren?" Er kam herein. Sein Jackett hatte er inzwischen abgelegt und die Ärmel seines Hemdes hochgekrempelt, sodass seine sehnigen, dunkel behaarten Unterarme zu sehen waren.

„Nein, danke. Ich muss meine Mutter im Krankenhaus abholen."

„Noch ein Grund, mein Angebot anzunehmen." Er sah sie mit gehobenen Brauen an. „Mein Auto steht gleich vor der Tür. Bitte lassen Sie mich Ihnen helfen."

Sie biss sich auf die Lippe. Wenn sie sein Angebot annahm, würde sie sich im Auto mit ihm unterhalten müssen. Aber es waren nur fünfzehn Minuten. Und vor dem Krankenhaus wartete normalerweise eine ganze Reihe von Taxis. Wenn ihre Mutter entlassen wurde, könnten sie mit einem nach Hause fahren. Jane seufzte erschöpft. „Na gut. Ich würde gerne bei Ihnen mitfahren, wenn es keine Umstände macht."

Ein Grinsen erhellte sein Gesicht. „Wunderbar. Ich gehe nur schnell mein Jackett holen."

Jane starrte mit gerunzelter Stirn auf den leeren Durchgang. Irgendetwas an diesem Mann verwirrte sie auf unerklärliche Weise.

„Warum der finstere Blick?", fragte Melanie mit belustigter Stimme. „Es ist nur eine Autofahrt."

„Ich weiß nicht. Ich habe einfach das Gefühl, dass Mr Wilder bei allem, was er sagt oder tut, einen Hintergedanken hat." Sie schüttelte den Kopf. „Vielleicht bin ich einfach paranoid."

„Oder es ist etwas anderes." Melanie lehnte sich in ihrem Stuhl zurück, der protestierend quietschte. „Ich weiß, dass diese Überprüfung uns alle nervös macht. Aber andererseits ist dieser Mann auch einfach umwerfend – das musst du schon zugeben."

Jane warf ihr einen bedeutungsvollen Blick zu. „Ich bin verheiratet, schon vergessen?" Melanie war die Einzige im Büro, die wusste, dass Jane geschieden war.

Sie lachte. „Ist ja schon gut, Chefin – ich für meinen Teil werde versuchen, Mr Wilders Aufmerksamkeit zu erregen, solang er hier ist. Immerhin gibt es wegen dieses blöden Krieges fast keine akzeptablen Männer mehr."

„Ich dachte, du wärst an Harold Bolton interessiert."

„Eine Frau sollte sich alle Optionen offenhalten. Außerdem bin ich mir ziemlich sicher, dass er sich auch mit anderen trifft. Warum sollte ich es dann nicht auch tun?"

Jane schüttelte den Kopf. „Wer weiß, ob Mr Wilder nicht vielleicht verheiratet ist."

„Ist er nicht. Ich habe ihn gefragt."

Warum störte sie dieser Gedanke so? „Sei vorsichtig, Melanie. Du weißt, dass man schief angeguckt wird, wenn man mit Kollegen ausgeht."

Melanie krümmte sich in einem plötzlichen Hustenanfall.

„Alles in Ordnung, Miss Benton?", ertönte Garretts besorgte Stimme hinter Jane. „Soll ich Ihnen ein Glas Wasser bringen?"

„Es geht mir gut, danke." Melanies rotes Gesicht strafte sie Lügen. Aber Jane vermutete, dass nicht der Husten, sondern Verlegenheit der Grund für ihr Erröten war.

Jane nahm ihre Tasche. „Bis morgen, Melanie. Würdest du bitte das Taxi für mich absagen?"

„Ja, mache ich gleich."

Jane lief an Garrett vorbei, der verwirrt dreinblickte, und musste sich zusammenreißen, um nicht die Augen zu verdrehen. Die Anwesenheit dieses Mannes stiftete in vielerlei Hinsicht Unruhe im Haus. Sie fragte sich, wie viele ihrer Kolleginnen wohl noch ein Auge auf ihn geworfen hatten.

Jane hoffte nur, dass er seine Untersuchung so bald wie möglich beenden würde. Vielleicht kehrte dann wieder so etwas wie Normalität in der Organisation ein.

Während der Fahrt zum Krankenhaus riskierte Garrett einen kurzen Seitenblick auf Jane, die auf dem Beifahrersitz saß. Vorhin hatte er den Eindruck gehabt, ein privates Gespräch zwischen den beiden Frauen gestört zu haben. Und nun schien Jane schlecht gelaunt zu sein.

„Darf ich fragen, worum es eben ging?", fragte er. „Haben Sie etwa Witze über mich gerissen?"

„Nicht wirklich." Ihre Mundwinkel zuckten. „Aber ich glaube, dass Miss Benton ein Auge auf Sie geworfen hat, Mr Wilder."

Er schüttelte den Kopf. „Ich fühle mich geschmeichelt, aber ich habe kein Interesse. Ich bin hier, um einen Auftrag zu erledigen, sonst nichts."

„Richtig. Man sollte sich nicht mit dem Feind verbrüdern." Der leichte Sarkasmus in ihrer Stimme ließ ihn erneut zu ihr hinüberblicken.

„So sehen Sie mich also? Oder denken, dass ich Sie sehe? Als meinen Feind?"

„Nein. Ich meine nur …" Ihre Wangen wurden rosig. „Ich weiß nicht genau, als was ich Sie sehen soll."

„Na ja, wie ich bereits erklärt habe, ziehen wir am selben

Strang. Wir arbeiten gemeinsam daran, die Organisation zu verbessern."

„Ich hoffe, Sie meinen das auch so", sagte sie leise. „Ich will nicht das Gefühl haben, immer aufpassen zu müssen, was ich in Ihrer Nähe sage oder tue."

Garrett spürte ein unbehagliches Kribbeln im Nacken. Ihre Worte lagen näher an der Wahrheit, als ihm recht war. Aber er hatte keine bösen Absichten. Er machte nur seine Arbeit. „Glauben Sie mir, ich halte mich nicht mit Tratsch oder Andeutungen auf. Ich werde nur das weitergeben, was ich für nötig halte, um eine positive Veränderung der Organisation zu bewirken."

Sie fuhren ein paar Minuten schweigend weiter. Garrett trommelte mit den Fingern auf dem Lenkrad.

„Erzählen Sie mir mehr über den kleinen Martin", sagte er schließlich. „Wie ist er im System gelandet?"

Ihre verkrampfte Haltung entspannte sich ein wenig. „Er wurde mit neun Monaten von seiner Mutter zur Adoption freigegeben."

„So jung." Garrett pfiff. „Andererseits nehme ich an, dass es kein Problem ist, Adoptiveltern für einen gesunden Säugling zu finden."

„Das stimmt. Er wurde von einem jungen Paar aufgenommen, das sich anfangs sehr über ihn freute. Leider brachten sie Martin zurück, als er noch keine zwei Jahre alt war. Er wurde eine Zeit lang im Säuglingsheim untergebracht, bis man eine andere Familie für ihn fand. Aber kurz nach seinem vierten Geburtstag wurde er erneut zurückgebracht. Diesmal kam er in unser Kinderheim."

„Stimmt, das Säuglingsheim nimmt ja nur Kinder unter vier Jahren auf", erinnerte sich Garrett. Jane hatte es in ihrem Gespräch am Vortag erwähnt.

„Genau." Sie seufzte. „Seitdem wurde Martin von einer Pflegefamilie in die nächste weitergereicht."

Garrett wurde das Herz schwer. Was könnte ein Kind getan haben, um eine so schreckliche Behandlung zu verdienen? „Haben diese Leute einen Grund dafür angegeben, dass sie ihn zurückgebracht haben?"

Jane warf ihm einen unsicheren Blick zu, während sie ihre Finger fest verschränkte. „Wenn ich Ihnen das erzähle, müssen Sie es vertraulich behandeln."

„Das ist doch selbstverständlich."

Sie zögerte einen Augenblick und schien dann eine Entscheidung zu treffen. „Martin leidet an Epilepsie. Wir denken, dass seine Mutter ihn wahrscheinlich deswegen abgegeben hat. Es war auf jeden Fall der Grund dafür, dass seine Adoptiveltern ihn zurückgebracht haben. Seine medizinischen Probleme sowie die Tatsache, dass er immer wieder abgelehnt wurde, haben dazu geführt, dass sein Benehmen immer schlechter wurde. All diese Dinge tragen jetzt natürlich dazu bei, dass es schwierig ist, ihn unterzubringen." Sie hob das Kinn. „Aber ich bin fest entschlossen, ein dauerhaftes Zuhause für ihn zu finden."

Garrett dachte über das Gehörte nach. „Nachdem seine Krankheit bekannt wurde, nehme ich an, hat man die infrage kommenden Eltern im Voraus darüber informiert?"

„Natürlich."

„Wurden sie dann nicht auf seine Anfälle vorbereitet? Haben sie keine medizinische Schulung erhalten?"

„Doch, aber traurigerweise ist es schwieriger, in der Praxis damit umzugehen, als auf dem Papier davon zu lesen."

„Ich verstehe. Was haben Sie jetzt vor?"

Sie atmete tief durch. „Das Gleiche wie immer. Ihn im Heim behalten, bis wir eine andere Familie für ihn gefunden haben." Sie schüttelte den Kopf. „Ich bete inständig, dass Gott das richtige Zuhause für Martin findet. Ich weiß nicht, warum er meine Gebete bisher nicht erhört hat."

Garrett fuhr schweigend weiter, schaltete und beschleunigte. „Haben Sie je eine andere Art von Adoption für Martin in Erwägung gezogen? Eine Witwe vielleicht? Eine großmütterliche Frau? Es klingt, als würde Martin von etwas ungeteilter Aufmerksamkeit profitieren."

Jane nickte. „Ich habe oft gedacht, dass eine unkonventionelle Familie passender für Martin wäre." Sie hielt inne, als zögerte sie fortzufahren. „Ich habe die Idee einmal mit Mr Mills besprochen, aber er war dagegen. Er meinte, es würde sich nicht lohnen, eine solche Änderung dem Vorstand vorzuschlagen."

Garrett bog ab, dann warf er ihr einen vorsichtigen Blick zu. „Bitte verzeihen Sie mir, wenn ich zu weit gehe, aber was ist mit Ihnen und Ihrem Mann? Sie mögen Martin doch offensichtlich sehr."

Jane umklammerte die Griffe ihrer Tasche so fest, dass ihre Knöchel weiß hervortraten. Ihr Kehlkopf hüpfte auf und ab, sodass Garrett fast schon dachte, sie hätte sich verschluckt. „Donald wollte keine Adoption", sagte sie letztendlich.

Hinter diesen vier knappen Worten verbarg sich unfassbar viel Leid. Manche Männer waren fest davon überzeugt, dass sie leibliche Nachkommen brauchten, um den Familiennamen zu erhalten. Vielleicht war Janes Mann einer davon.

Kurze Zeit später fuhr er vor dem Krankenhaus vor und hielt den Wagen an.

„Danke fürs Mitnehmen", sagte sie. „Das war sehr freundlich von Ihnen."

Sie hatte ihre Deckung wieder hochgezogen, eine perfekte professionelle Fassade. Bevor er sich hinter dem Lenkrad hinauswinden konnte, war sie bereits ausgestiegen.

„Ich warte hier auf Sie", rief er ihr nach.

Sie sah über die Schulter zurück. „Bitte warten Sie nicht. Ich weiß nicht, wie lange es dauern wird. Wir sehen uns morgen im Büro."

Sie winkte kurz und eilte dann auf den Eingang zu. Garrett hatte den Eindruck, dass er eine alte Wunde bei ihr aufgerissen hatte. Und er wusste nicht, wie er es wiedergutmachen sollte.

Kapitel 8

Während Jane durch die Korridore des Krankenhauses lief, versuchte sie, die restliche Anspannung abzuschütteln. Die viertelstündige Fahrt mit Garrett war noch schlimmer gewesen, als sie erwartet hatte.

„Was ist mit Ihnen und Ihrem Mann? Sie mögen Martin doch offensichtlich sehr.“

Es schien fast, als versuchte er, sie mit seinen persönlichen Fragen zu provozieren. Ihre Geheimnisse aufzudecken. Geheimnisse, die sie eigentlich nicht preisgeben wollte.

Wenn sie diese aufreibende Zeit, in der er jede ihrer Bewegungen überwachte, irgendwie überstehen wollte, musste sie unbedingt eine professionelle Distanz wahren. Ihr Privatleben sollte absolut tabu bleiben.

Fest entschlossen machte Jane sich auf den Weg zum Zimmer ihrer Mutter im fünften Stock. Glücklicherweise war Mutter bereits fertig angezogen. Sie saß auf der Bettkante und umklammerte die Tasche auf ihrem Schoß.

„Da bist du ja, Liebes.“ Mutter stand auf, sobald sie Jane an der Tür erblickte. „Ich bin mehr als bereit, nach Hause zu gehen.“ Sie warf einen vielsagenden Blick zum Nachbarbett hinüber und rollte mit den Augen. Wie um die stille Andeutung ihrer Mutter zu bestätigen, ertönte hinter dem Vorhang ein lautes, röchelndes Husten.

Jane lächelte. „Warte, ich gehe dir einen Rollstuhl holen. Dann brechen wir auf.“

„Nicht nötig“, rief eine fröhliche Stimme.

Jane wandte sich um und sah eine Krankenschwester in einem weißen, kurzärmligen Kittel mit einem Rollstuhl durch die Tür kommen.

„Ich habe hier schon einen für Sie, Mrs Mitchell.“ Die junge Frau stellte den Rollstuhl ab und trat dann ans Fußende des Betts, um die Akte vom Haken zu nehmen. „Ihre Entlassungspapiere wurden anscheinend unterschrieben und Sie können jetzt nach Hause."

Die Furchen verschwanden aus Mutters Gesicht. „Danke für Ihre Freundlichkeit, Betty."

„Ich mache nur meine Arbeit." Die unscheinbaren Gesichtszüge der Krankenschwester verwandelten sich in ein hübsches Lächeln. „Ich hoffe, dass wir Sie nicht so bald wiedersehen werden."

„Ich werde mich bemühen." Mutter ließ sich ohne einen Mucks von Betty in den Rollstuhl helfen.

„Irgendwelche Anweisungen?", fragte Jane, als sie die Griffe des Rollstuhls packte.

„Ihr Herz schlägt jetzt wieder gleichmäßig. Sorgen Sie einfach dafür, dass sie viel Ruhe bekommt. Hin und wieder braucht sie auch etwas leichte Bewegung für ihre Gelenke." Sie zwinkerte Mutter zu. „Nicht, dass Sie mir einrosten."

„Danke, Betty." Jane lächelte der Schwester zu. „Wir sind Ihnen sehr dankbar für Ihre Fürsorge."

Als Jane ihre Mutter in den Korridor schob, entdeckte sie Dr. Henshaw, der in ihre Richtung kam.

„Oh, verlässt mich meine Patientin etwa schon?", neckte er.

Ihre Mutter kicherte. „Sosehr ich Ihre Gesellschaft schätze, bin ich doch froh, nach Hause zu dürfen."

Janes Muskeln entspannten sich ein wenig. Sie war erleichtert, noch kurz den Arzt sprechen zu können, bevor sie gingen. Er war ein freundlicher, ehrlicher Mann mit viel Einfühlungsvermögen, was ihrer Mutter sehr guttat. „Sind Sie sicher, dass meine Mutter nach Hause kann?"

Der Arzt sah sie an und seine braunen Augen waren voller Aufrichtigkeit. „Ja. Es war zum Glück nur eine leichte Arrhythmie. Nichts, was man nicht mit ein wenig Ruhe heilen könnte." Er reichte Jane einen Zettel. „Ich wollte Ihrer Mutter gerade diese Nachricht für den Apotheker bringen. Ich habe die Dosierung ihrer Medikamente leicht verändert. Wenn Sie das nächste Mal das Rezept einlösen, geben Sie das hier bitte ab."

Jane nahm den Zettel entgegen und starrte auf die Schrift. Ein vertrautes Gefühl der Beklemmung stieg in ihr auf. „Es muss also nicht unbedingt sofort eingelöst werden?"

„Nein. Es reicht beim nächsten Mal." Er neigte den Kopf und musterte sie. „Wenn Sie möchten, komme ich in den nächsten Tagen mal vorbei, um nach Ihrer Mutter zu sehen."

Jane fiel ein Stein vom Herzen. „Das wäre großartig. Vielen Dank."

„Keine Ursache." Er wandte sich erneut an ihre Mutter. „Denken Sie daran, es in den nächsten Tagen langsam angehen zu lassen, Mrs Mitchell, und jeglichen Stress zu vermeiden."

„Das werde ich." Mutter lächelte schwach. „Danke noch mal."

Als Dr. Henshaw gegangen war, nahm Jane wieder ihre Position hinter dem Rollstuhl ein. „Bringen wir dich nach Hause, Mama."

Mehrere Gänge und einen Aufzug später schob Jane ihre Mutter durch den Eingangsbereich zur Vordertür, wo sie innehielt, um durchzuatmen und ihre innere Anspannung loszuwerden. Der Zustand ihrer Mutter war vorerst stabil. Das war die Hauptsache. Sie dankte Gott im Stillen, während sie den Rollstuhl an einem ruhigen Ort parkte. Dann legte sie ihrer Mutter eine Hand auf die Schulter.

„Warte hier kurz, Mama, ja? Ich schaue, ob ein Taxi bereitsteht." Jane ging durch die Drehtür nach draußen und suchte die Straße vor dem Gebäude ab. Doch der Bereich, in dem normalerweise die Taxis standen, war leer. Sie atmete langsam aus. Hoffentlich würde bald wieder eins kommen.

In diesem Augenblick näherte sich ein Auto, das ihr bekannt vorkam. Sie straffte die Schultern. Was hatte Garrett noch hier zu suchen? Sie hatte ihm doch ausdrücklich gesagt, dass er nicht warten sollte. Warum hatte er nicht auf sie gehört?

Noch bevor die Wut in ihr hochkochen konnte, stieg er bereits aus dem Auto und eilte auf sie zu.

„Jane." Er winkte, als er näher kam. „Ist Ihre Mutter bei Ihnen?"

Ihre Verärgerung wuchs. „Ich habe doch gesagt, dass Sie nicht warten sollen."

„Ich habe es versucht, ehrlich. Aber ich konnte Sie und Ihre Mutter nicht einfach ohne eine verlässliche Fahrgelegenheit hier zurücklassen. Also bin ich im Kreis herumgefahren, bis ich Sie wieder entdeckt habe." Er wies zu der Stelle, an der sonst die Taxis standen. „Glücklicherweise. Das letzte Taxi ist nämlich vor ein paar Minuten abgefahren." Offensichtlich bereute er es überhaupt nicht, ihre Wünsche missachtet zu haben.

„Ich bin mir sicher, dass bald wieder eins kommt." Sie reckte den Hals, aber es war kein Fahrzeug in Sicht. Sie wollte diesen Mann auf keinen Fall in ihr Privatleben verwickeln. Und es würde eindeutig zu weit gehen, wenn er ihre gebrechliche Mutter träfe.

Er runzelte die Stirn. „Wollen Sie mein Angebot wirklich ablehnen? Obwohl Ihre kranke Mutter drinnen wartet?" Er starrte sie an, als hätte sie den Verstand verloren.

Ihr Kopf sagte ihr, dass sie sich unvernünftig verhielt, aber sie konnte nicht anders.

Er trat näher. „Wenn ich Sie irgendwie verärgert habe, tut es mir leid. Ich möchte nur helfen."

Seine beschämende Freundlichkeit ließ sie für einen Moment ihre Verärgerung vergessen. Sie atmete hörbar aus. „Es ist nicht Ihre Schuld." Sie starrte einen seiner Jackenknöpfe an, unfähig, ihm in die Augen zu sehen. „Ich bin momentan wohl etwas gereizt, aber das sollte ich nicht an Ihnen auslassen."

„Na schön. Mein Angebot steht noch." Seine ruhige Art ließ sie erneut vor Beschämung erröten.

„Janey? Ist alles in Ordnung?"

Sie wirbelte herum und sah ihre Mutter den Gehweg entlanghumpeln.

Besorgt eilte Jane zu ihr hin. „Mama, du solltest doch nicht aufstehen."

„Ich habe mich gefragt, was dich so lang aufhält."

„Es sind gerade keine Taxis da." Ihr Blick schoss zu Garrett hinüber. Augenblicklich löste sich ihr Widerstand in Luft auf. Ihre Mutter musste nach Hause, um sich auszuruhen, und Dr. Henshaw hatte ausdrücklich gesagt, dass sie Stress vermeiden sollte. Also erklärte Jane ihr: „Mein Kollege, Mr Wilder, hat angeboten, uns zu fahren."

Ein zittriges Lächeln erhellte das Gesicht ihrer Mutter. „Wie nett von ihm."

Jane wandte sich an Garrett. „Das ist meine Mutter, Hildie Mitchell."

Er kam mit ausgestreckter Hand auf sie zu. „Ich bin froh, helfen zu können, Mrs Mitchell."

Ein wenig Farbe kehrte in Mutters Wangen zurück. „Danke, Mr Wilder."

„Bitte nennen Sie mich Garrett."

Als er ihrer Mutter in den Wagen half, schien sie vor Janes Augen aufzuleben.

Jane biss sich auf die Lippe. Sie sollte erleichtert sein, froh sogar.

Aber während sie auf den Rücksitz kletterte, gelang es ihr immer noch nicht, ihr Misstrauen abzulegen.

Garrett lenkte das Auto vom Bordstein weg und blickte zu der älteren Dame neben ihm. „Wie fühlen Sie sich, Mrs Mitchell?"

Ihre Schultern und ihr Rücken waren leicht gebeugt, was ihr ein betagtes Aussehen verlieh, obwohl sie nicht viel älter als sechzig sein konnte.

„Ein bisschen schwach, aber ich bin mir sicher, dass ich mich besser fühlen werde, sobald ich zu Hause bin." Sie lächelte ihm schwach zu und lehnte den Kopf an den Sitz. „Sie arbeiten also mit Jane bei der Children's Aid?"

„Ja, Ma'am. Ich habe gerade erst dort angefangen, aber ich muss sagen, dass ich von der Arbeitsmoral Ihrer Tochter beeindruckt bin." Er widerstand dem Drang, in den Spiegel zu schauen, um Janes Reaktion zu sehen.

Mrs Mitchell wandte den Kopf, um ihn anzusehen. In ihren

Augen leuchtete plötzliches Interesse auf. „Erzählen Sie mir von sich, Garrett."

Die Anspannung in Garretts Schultern ließ nach. Er war froh, zu einem weniger gefährlichen Thema wechseln zu können.

„Nun ja, ich bin hier in der Nähe aufgewachsen. Meine Eltern haben eine Apfelplantage und einen Hof drüben in Huttonville, etwa eine Stunde von hier."

„Meine Güte, fahren Sie jeden Tag von dort aus in die Stadt?"

„Nein, Ma'am. Ich habe ein Zimmer in der Stadt. Aber am Wochenende fahre ich meistens nach Hause, um auszuhelfen."

„Darüber sind Ihre Eltern sicher sehr froh." Mrs Mitchell schniefte laut. „Wenn ich das höre, vermisse ich meinen Brandon."

Garrett hörte, wie Jane auf dem Rücksitz tief seufzte. „Ist Brandon Ihr Sohn? Der, der im Krieg ist?"

„Ja. Ich bete jeden Tag dafür, dass Gott ihn heil nach Hause bringt."

Garrett schluckte schwer. Er wusste, wie hart der Krieg für die Familien der Soldaten war. Schließlich hatte er die Reaktion seiner Mutter gesehen, als er in den Krieg gezogen war und als er verwundet zurückgekehrt war. Er sah zu ihr hinüber. „Ich war auch eine Weile im Krieg. Bis ich verwundet und nach Hause geschickt wurde. Meine Eltern sind sehr froh, mich zurückzuhaben."

„Das kann ich verstehen. Natürlich wünsche ich mir nicht, dass Brandon verwundet wird. Nur, dass er heil nach Hause kommt."

Garrett legte ihr eine Hand auf den Arm. „Ich werde dafür beten, Mrs Mitchell."

„Da vorne rechts ist unsere Straße", sagte Jane.

Garrett war froh über die Unterbrechung und erleichtert, dass niemand nach seinen Verletzungen gefragt hatte oder warum er nicht in den Kampf zurückgeschickt worden war. Vor dem Haus, auf das Jane wies, fuhr er den Wagen an den Straßenrand und schaltete den Motor ab. Dann eilte er ums Auto, um die Beifahrertür für Mrs Mitchell zu öffnen.

Während Jane ihrer Mutter aus dem Auto half, nahm Garrett ihren kleinen Koffer.

„Wo soll ich den hier hinstellen, Mrs Mitchell?“

„Stellen Sie ihn einfach auf die Veranda“, sagte Jane über die Schulter. „Ich werde ihn später holen.“

Garrett runzelte die Stirn. Warum war sie so entschlossen, keine Hilfe anzunehmen? Stumm stellte er den Koffer auf die Veranda.

„Danke.“ Jane warf ihm einen Blick zu, den er nicht deuten konnte, und öffnete die Fliegentür.

„Möchten Sie nicht reinkommen, Garrett?“ Mrs Mitchell sah ihn an ihrer Tochter vorbei an. „Das Mindeste, was wir für Sie tun können, ist Ihnen etwas zu trinken anzubieten, nachdem Sie sich so bemüht haben.“

„Also wirklich, Mama“, sagte Jane ungeduldig, während sie den Schlüssel im Schloss umdrehte. „Wir haben Garrett schon lange genug aufgehalten. Er muss bestimmt bald zum Abendessen in der Pension sein.“ Sie warf ihm einen vielsagenden Blick zu.

„Jane hat recht, Ma'am. Ich sollte –“

Plötzlich verdrehte Mrs Mitchell die Augen nach oben und kippte zur Seite. Garrett schoss vor, um sie aufzufangen, bevor sie auf den Boden der Veranda stürzte.

„Mama!“ Jane wirbelte herum und ließ die Fliegentür zuknallen. „Was ist passiert?“

Mrs Mitchells dünne Augenlider flatterten.

„Sie ist zur Seite gekippt“, sagte Garrett. Er hob die Frau hoch und trug sie ins Haus. Sie wog kaum mehr als ein Kind.

„Bringen Sie sie ins Wohnzimmer.“ Jane eilte ihm voraus ins Zimmer und wies auf einen abgenutzten Sessel neben dem Sofa.

Vorsichtig setzte er Mrs Mitchell ab und bettete ihren Kopf auf die gepolsterte Lehne.

Jane griff eine Decke und wickelte sie ihrer Mutter um die Beine. Ihre Gesichtszüge waren angespannt, ihre Stirn gerunzelt. „Mama, kannst du mich hören?“

„Ja, Liebes“, sagte Mrs Mitchell, ohne die Augen zu öffnen. „Ich bin nicht taub.“

Garrett biss sich auf die Lippe, um ein Kichern zu unterdrücken.

„Das war nur ein kleiner Schwächeanfall. In ein paar Minuten geht es mir wieder gut." Sie öffnete ein Auge. „Eine Tasse Tee würde sicherlich helfen."

„Natürlich. Ich gehe Wasser aufsetzen." Jane wandte sich mit fragendem Blick zu ihm um.

„Keine Sorge. Ich bleibe solange bei ihr."

Jane schluckte. „Danke."

„Gerne." Er legte ihr eine Hand auf den Arm. „Atmen Sie tief durch, Jane. Es ist alles in Ordnung."

Zu seinem Erstaunen wurden ihre Augen feucht. Sie nickte und verschwand dann im Flur.

Garrett starrte ihr noch ein paar Sekunden nach. Jane arbeitete also nicht nur lange Stunden im Büro, sondern sorgte sich auch noch die ganze Zeit um ihre Mutter. Sie musste völlig erschöpft sein.

Er wandte seine Aufmerksamkeit wieder dem Wohnzimmer zu und ließ seinen Blick durchs Zimmer gleiten. Ein Sofa, mehrere Beistelltische aus Holz und ein Klavier. Das Zimmer war zwar gemütlich, hatte aber definitiv bessere Zeiten gesehen, ebenso die Tapete und der Teppich. Oben an der Decke begann die Farbe abzublättern.

„So wie ich sieht auch dieses Haus etwas mitgenommen aus", sagte Mrs Mitchell, als könnte sie seine Gedanken lesen. „Seit mein Mann vor zwölf Jahren gestorben ist, habe ich leider die Dinge etwas schleifen lassen. Mein Sohn war nie ein großer Handwerker. Außerdem ist er jetzt auch schon seit fast vier Jahren fort." Sie seufzte.

„Und Janes Mann ist ebenfalls fort", fügte Garrett hinzu. Aber vielleicht war Mr Linder auch kein geschickter Handwerker.

Einen Moment lang wirkte Mrs Mitchell verwirrt und fasste sich an den Kragen ihrer Bluse. Dann nickte sie. „Sie haben recht. Donald ist schon genauso lang weg wie Brandon."

Garrett stand auf und lief zum Klavier hinüber, dem einzigen Möbelstück, das etwas besser erhalten aussah. Auf dem Instrument standen mehrere Familienfotos. Das größte zeigte Mrs Mitchell in jüngeren Jahren mit ihrem Mann und ihren zwei Kindern. Garrett sah sich die kleine Jane genauer an. Sie trug eine Schleife im Haar und lange Locken fielen über ihre Schultern. Der blonde Junge neben ihr kam nach ihrem Vater. Auf einem anderen Bild war derselbe Junge zu sehen, diesmal als junger Mann in Uniform. Ein drittes Bild zeigte Jane auf ihrer Abschlussfeier. Die unschuldige Schönheit in ihrem Gesicht verschlug ihm fast den Atem. Er suchte das Klavier und den restlichen Raum ab. Warum konnte er keine Bilder von Jane und ihrem Mann finden?

Er hörte Schritte hinter sich. Als er sich umwandte, sah er Jane, die ein volles Tablett auf den Couchtisch stellte. Er setzte sich aufs Sofa, während sie den Tee einschenkte. Eine Decke des Schweigens schien sich über den Raum zu legen. Nur das Ticken der Uhr und das Plätschern des Tees war zu hören.

„Wer ist denn der Klavierspieler in der Familie?“, fragte er, um das Schweigen zu brechen.

„Meine Mutter.“ Janes Gesicht wurde sanft. „Sie hat früher in diesem Raum Klavier unterrichtet.“ Sie reichte ihrer Mutter eine der Porzellantassen.

Mrs Mitchell lächelte. „Oh, aber Jane kann auch sehr gut spielen. Ich weiß es, weil ich es ihr beigebracht habe.“

„Du übertreibst, Mama.“ In Janes Wangen stieg eine leichte Röte, die sehr gut zum Farbton ihrer Lippen passte. „Wie trinken Sie Ihren Tee, Mr Wi… ich meine, Garrett?“

„Nur mit etwas Milch, bitte.“

Sie reichte ihm eine der zierlichen Tassen, wobei ihre Hand leicht zitterte. Er nahm die Tasse entgegen und stellte überrascht fest, dass er ihre Hand am liebsten beruhigend in seine genommen hätte.

Mrs Mitchell schlürfte ziemlich geräuschvoll ihren Tee und sah dann zu ihm herüber. „Wenn Sie in einer Pension wohnen, nehme ich an, dass Sie nicht verheiratet sind.“

Jane begann zu husten und stellte ihre Tasse mit einem lauten Klirren ab. „Mama, das ist ziemlich persönlich, findest du nicht?“

Garrett unterdrückte ein Lächeln. „Es ist eine berechtigte Frage.“ Er sah Mrs Mitchell an. „Nein, Ma'am. Ich bin nicht verheiratet.“

„Wie kommt es, dass ein gut aussehender junger Mann wie Sie noch keine Frau gefunden hat?“

Aus dem Augenwinkel konnte er Janes verärgerten Blick sehen.

„Ich hatte vor einigen Jahren eine Freundin“, sagte er. „Aber nach der Schule haben sich unsere Wege getrennt und sie hat mit mir Schluss gemacht.“ Er lehnte sich zurück. Der Gedanke an Adeline weckte bittersüße Erinnerungen in ihm.

„Das tut mir leid.“ Mrs Mitchell sah ihn voller Mitgefühl an. „Die erste Liebe kann Wunden hinterlassen, die nur schwer verheilen.“

Garrett nickte. „Es war eine schwierige Zeit. Ich wollte aufs College gehen, aber die Wirtschaftskrise war in vollem Gange und meine Eltern brauchten mich auf dem Hof. Adeline war aufgebracht, weil ich sie nicht sofort heiraten konnte. Sie verstand nicht, warum ich meine Eltern nicht verlassen wollte. Und sie wollte nicht auf dem Hof leben.“ Normalerweise versuchte er, Gespräche über Adeline um jeden Preis zu vermeiden. Aber aus irgendeinem Grund fiel es ihm nun nicht mehr so schwer, über seine Vergangenheit zu sprechen.

Mrs Mitchell schüttelte den Kopf. „Eine Frau sollte hinter ihrem Mann stehen, wenn sie ihn wirklich liebt.“

„Leider war Adeline da anderer Meinung.“ Er hob eine Schulter. „Sie hat sechs Monate später einen anderen geheiratet.“

„Wie traurig.“ Mrs Mitchell beugte sich vor, um seinen Arm zu tätscheln.

„Aber Sie haben irgendwann Ihren Abschluss gemacht“, beobachtete Jane. „Das kann Ihnen niemand nehmen.“

„Das stimmt. Auch wenn es bei der hohen Arbeitslosigkeit momentan trotzdem schwierig ist, eine Stelle zu finden.“ Er presste die Lippen zusammen. Er konnte verstehen, warum Jane Direktorin werden wollte.

Mrs Mitchell nickte. „Ich kann mir kaum vorstellen, wie schwierig es erst sein wird, wenn Brandon und all die anderen Männer aus dem Krieg zurückkehren. Gott sei Dank haben wir Janes Gehalt. Ich weiß nicht, was wir ohne das Geld machen würden." Sie stellte ihre Tasse mit einem Seufzen auf den Tisch. „So, ich denke, ich sollte mich jetzt etwas hinlegen, auch wenn ich das Gespräch sehr genossen habe."

Jane sprang sofort auf und eilte ihrer Mutter zu Hilfe.

Garrett erhob sich ebenfalls. „Kann ich helfen?"

„Nein, danke. Ihr Zimmer ist gleich nebenan." Sie legte ihrer Mutter einen Arm um die Hüfte.

„Dann werde ich jetzt gehen. Danke für den Tee."

„Ich danke Ihnen fürs Mitnehmen. Das war sehr nett von Ihnen." Jane lächelte ihm etwas zerstreut zu.

„Jederzeit gerne." Er schwieg einen Moment. „Jane, warum nehmen Sie sich morgen nicht frei, wenn die Arbeit es zulässt? Dann können Sie sich vergewissern, dass es Ihrer Mutter gut geht."

Sie verzog den Mund. „Ich werde abwarten, wie es morgen früh ist, und dann entscheiden."

Er nickte. „Hat mich gefreut, Sie kennenzulernen, Mrs Mitchell. Ich wünsche Ihnen gute Besserung." Er holte seinen Hut. „Ich finde den Weg nach draußen."

Auf der Fahrt zur Pension war Garrett in Gedanken mit all dem beschäftigt, was er über Janes Familie erfahren hatte. In diesem Krieg gab es eindeutig mehr Opfer als nur die Soldaten an der Front. Er hatte gerade zwei tapfere Frauen kennengelernt, die allein ums Überleben kämpften, da ihre Männer nicht da waren, um für sie zu sorgen.

Und beide hatten ihre Narben davongetragen.

Kapitel 9

Spät am Samstagmorgen stieg Garrett aus seinem Wagen und sog tief die Luft ein, die nach Sonnenschein und reifen Äpfeln roch. Er mochte die Stadt zwar sehr, aber es ging doch nichts über das Zuhause seiner Eltern – ein malerisches zweistöckiges Bauernhaus, umgeben von hügeligen Obstplantagen. Im Sommer wuchsen Himbeeren und Erdbeeren auf den westlichen Feldern, und selbst jetzt im September konnte Garrett noch ihren süßlichen Duft riechen.

Plötzlich schallte ihm durch die offene Scheunentür Lärm entgegen. Dann kam eine der Ziegenböcke herausgerannt, gefolgt von seinen beiden Neffen. Dale stolperte und fiel der Länge nach hin, rappelte sich jedoch schnell wieder auf und eilte seinem großen Bruder Kevin hinterher, der sich gerade auf den Bock warf. Dale stürzte sich ebenfalls ins Gefecht und schnappte sich das Seil, das dem Bock um den Hals gebunden war.

„Ich hab ihn!" Dale hob triumphierend die Faust.

„Nein, *ich* habe ihn. Ich habe mich auf ihn geworfen." Kevin ließ den Ziegenbock mit grimmiger Miene los.

Garrett musste sich ein Lachen verkneifen, als er zu den beiden ging. „Ich würde sagen, es war Teamarbeit. Gut gemacht, ihr zwei." Ramsey, ihr frechster Bock, versuchte ständig, aus dem Gehege oder der Scheune auszubrechen.

„Onkel Garrett!" Kevin kam in seine Arme gerannt. „Grandpa sagt, dass wir heute Abend, wenn es dunkel ist, ein Lagerfeuer machen dürfen."

„Das hört sich gut an." Garrett half Dale, den sturen Ziegenbock zurück in den Stall zu treiben. „Wo ist Grandpa gerade? Auf der Plantage?"

Kevin hopste ihnen hinterher. „Ja. Mama sagt, wir können ihm nach dem Mittagessen helfen."

Garrett band den Bock an einem Balken in der Nähe des Futtertrogs fest. „Lasst uns hoch ins Haus gehen. Ich habe Lust auf einen von Grandmas Haferkeksen."

„Ich auch!" Dale rannte los, bevor Garrett auch nur mit der Wimper zucken konnte.

Kevin hielt mit Garrett Schritt, während sie die Wiese zum Bauernhaus überquerten. Dale war bereits im Haus verschwunden und hatte die Fliegentür offen stehen lassen. Garrett ließ Kevin zuerst eintreten und folgte ihm dann in die Küche. Dort traf er auf seine Mutter und seine Schwester, deren Arme bis zu den Ellenbogen mit Mehl bedeckt waren.

Die Jungs steuerten sofort aufs Waschbecken zu, um sich die Hände zu waschen. Sie wussten wohl, dass ihre Großmutter ihnen sonst die Ohren langziehen würde. Außerdem würden sie mit schmutzigen Händen ganz bestimmt keinen Keks bekommen.

„Garrett! Ich habe mich schon gefragt, wo du bleibst." Seine Mutter hielt ihm die Wange für einen Kuss hin. „Es ist schon fast Mittag."

„Tut mir leid, ich bin heute Morgen spät dran. Hallo, Cass."

Seine Schwester strich sich mit dem Unterarm eine blonde Strähne aus dem Gesicht und hinterließ dabei eine mehlige Spur. „Ich hoffe, du bist bereit zum Pflücken. Ich habe den Kindern versprochen, dass wir Dad heute Nachmittag helfen."

„Selbstverständlich." Als Garrett seine Schwester aufmerksam musterte, bemerkte er die Sorgenfalten zwischen ihren Augenbrauen. „Gibt es etwas, das ich wissen sollte?"

Cassie warf ihrer Mutter einen Blick zu.

Die begann, den Teig etwas energischer durchzukneten. „Wir haben dieses Jahr schon wieder nicht genügend Pflücker. Ich fürchte, wir werden einen großen Teil der Ernte verlieren."

Da so viele Männer im Krieg waren, mangelte es an Leuten, die bereit waren, körperliche Arbeiten zu erledigen. Und das Zeitfenster, um die reifen Früchte zu ernten, war klein. Wartete man einen Tag zu lang, bestand die Gefahr, dass die Äpfel zu Boden fielen und nur noch als Tierfutter zu gebrauchen waren.

Garrett nahm einen Keks aus der Dose auf der Theke. „Wie wäre es, wenn ich im Büro ein paar Anzeigen aushänge? Vielleicht sind manche der Leute, die zu uns kommen, an Saisonarbeit interessiert."

„Da hast du recht. Jede Idee, wie wir mehr Hilfskräfte für den Hof bekommen können, ist willkommen." Seine Mutter bearbeitete den Teig nun mit dem Nudelholz. Es wurde Garrett warm ums Herz, wenn er sie in ihrer karierten Schürze sah, das braune Haar mit einem Tuch zusammengebunden.

„Apfelkuchen, Mama?"

„Was sonst um diese Zeit im Jahr?" Sie zwinkerte ihm zu.

Garrett aß seinen Keks auf und wischte sich die Hände ab. „Wo ist meine Prinzessin?"

Cassie lachte laut über seinen Spitznamen für ihre Tochter. „Deine ‚Prinzessin' hat sich schlecht benommen und wurde auf ihr Zimmer geschickt."

„Oh, was hat sie denn jetzt wieder angestellt?" Mandy war in Wirklichkeit mehr Wildfang als Prinzessin. Sie musste sich ja auch anstrengen, um mit ihren Brüdern mithalten zu können.

„Sie hat Dale geboxt."

Garrett biss sich auf die Lippe, um nicht loszulachen.

Cassie hob mahnend ihren mehligen Zeigefinger. „Wir heißen Gewalt in dieser Familie nicht gut, Garrett Wilder. Also ermutige sie bloß nicht darin – und auch nicht die Jungs." Sie ging zum Waschbecken und wusch die Teigreste von ihren Fingern.

Er hob verteidigend die Hand. „Werde ich nicht, versprochen."

„Gut." Cassies Gesicht wurde weicher. Sie suchte einen Keks aus und reichte ihn Garrett. „Du kannst ihr den bringen, aber verrat ihr bloß nicht, dass ich davon weiß."

Garrett lachte. „Muss hart sein, immer die Zuchtmeisterin spielen zu müssen."

„Machst du Witze? Wenn Jack hier wäre, würde Mandy ihn im Nu um den Finger wickeln." Als Cassie sich abwandte, zitterte ihre Unterlippe.

Garretts Hand erstarrte. Der arme Jack hatte einen Großteil von

Mandys Leben verpasst. Sie war erst sechs Monate alt gewesen, als er vor vier Jahren in den Krieg gezogen war. Garrett erinnerte sich, wie wütend er darüber gewesen war. Da Jack bereits ein Mitglied der Miliz von Toronto war, hatte sein Patriotismus über seine persönliche Verpflichtung gesiegt. Und wenn Cassie ihm vergeben konnte, wie könnte Garrett ihm da nicht verzeihen?

Er drückte seiner Schwester einen Kuss auf die Wange. „Ich bringe den Keks hoch und sorge dafür, dass Ihre königliche Hoheit keinen Ärger mehr macht."

Als Garrett und seine Familie am späten Abend ums knisternde Lagerfeuer saßen, wurde er von tiefer Zufriedenheit erfüllt. Über ihnen am Himmelszelt waren zahllose Sterne zu sehen, die ihnen zuzuzwinkern schienen.

Für Garrett war dies der schönste Ort der Welt. Hier, inmitten der wundervollen Natur, schien jedes Problem in den Hintergrund zu rücken. Hier fühlte er sich Gott am nächsten. Und hier wurde er immer daran erinnert, dankbar für alles zu sein, was Gott ihm gegeben hatte – vor allem für seine zweite Chance zu leben. Auch wenn er jetzt nicht mehr so viele Arbeiten auf dem Hof übernehmen konnte, wie er gerne würde.

Mandy saß bei ihrem Großvater auf dem Schoß und hatte ihren blonden Kopf an seine Brust gelehnt. Die beiden Jungs hielten Stöcke übers Feuer und wetteiferten darum, wer das beste Marshmallow grillen konnte.

„Ich habe gestern einen Brief von Jack bekommen", sagte Cassie plötzlich.

„Wie geht es ihm?" Abgesehen von ihrem Streit über Jacks Kriegsdienst hatten sich Garret und sein Schwager eigentlich immer gut verstanden.

Cassie schüttelte den Kopf. „Es klingt furchtbar, was er gerade erlebt. Und ich bin mir sicher, dass er mir nur die Hälfte erzählt." Sie zog die Luft ein. „Aber wenigstens ist er am Leben. Das ist alles, was zählt. Ich bete nur, dass er bald zu uns zurückkommt." Sie blickte zu Garrett herüber. „Das hört sich vielleicht egoistisch an, aber ich wünsche mir fast, dass er verwundet wird, so wie du, damit sie ihn nach Hause schicken."

Mutter legte Cassie einen Arm um die Schulter. „Niemand möchte, dass Jack etwas zustößt. Warum beten wir nicht lieber dafür, dass dieser schreckliche Krieg bald vorbei ist, damit alle Soldaten nach Hause kommen können?"

Cassie nickte und schwieg.

„Hey!", rief Kevin. „Du hast mein Marshmallow vom Stock gestoßen."

„Gar nicht!" Dale sprang erbost auf. „Du bist gegen meinen Stock gekommen."

„Jungs!" Cassie stellte sich schnell zwischen die beiden. „Ich glaube, es ist jetzt Zeit, reinzugehen."

Die Kinder fingen an zu murren, aber Garretts Vater legte Kevin entschieden eine Hand auf die Schulter. „Jungs, hört auf eure Mutter."

„Ja, Sir." Kevins kleinlaute Antwort schien auch seinen Bruder zu beschwichtigen und sie legten beide ihre Stöcke weg.

Derweil kam Garretts Mutter herüber, um Mandy vom Schoß ihres Großvaters zu heben. „Wenn ihr euch jetzt nicht mehr streitet, liest euch Onkel Garrett nach dem Baden vielleicht noch eine Geschichte vor."

Garrett nickte lächelnd. „Ich komme gleich hoch. Vergesst nicht, eure Ellenbogen und Knie gründlich zu schrubben."

Dale kicherte.

„Ich auch?" meldete sich Mandy zu Wort, die über Mutters Schulter blickte.

„Du auch, Prinzessin."

Vater lachte leise vor sich hin, während er beobachtete, wie sich die Gruppe über die Wiese auf das Haus zubewegte. „Diese Kinder halten uns ganz schön auf Trab."

„Zweifellos. Ich bin froh, dass Cassie dich und Mom hat, um sie zu unterstützen. Ich kann mir nicht vorstellen, wie sie allein klarkommen könnte." Er stocherte mit einem Stock in der Glut, um das Feuer wieder zu entfachen.

„So sehr ich diesen Krieg hasse", sagte der ältere Mann, „genieße ich auch die Zeit mit Cassie und den Kindern. Wir werden uns noch lange daran erinnern, selbst wenn Jack wieder zurück sein wird."

„Ich genieße es auch, sie jedes Wochenende zu sehen." Garrett nahm einen Schluck von seinem Kaffee, der inzwischen fast kalt war. „Wie läuft es wirklich auf der Plantage, Dad?"

Jetzt, wo seine Mutter und Cassie außer Hörweite waren, hoffte er, dass sein Vater etwas mitteilsamer wäre.

Vater rieb sich das Kinn, während er ins Feuer starrte. „Wegen der extremen Hitze diesen Sommer sind die Früchte früher reif als sonst. Und wir haben nicht genügend Erntehelfer." Er schüttelte den Kopf. „Wir können nichts tun, außer darauf zu vertrauen, dass der Herr uns helfen wird."

„Ist das alles? Oder gibt es noch etwas, das ich wissen sollte?"

Sein Vater verkniff den Mund. „Nur das Übliche. Zu viele Ausgaben und zu wenig Einnahmen."

Garrett seufzte schwer. Wenn sein Vater von Geld sprach, musste es wirklich schlimm sein. „Ich werde darüber nachdenken, wo wir mehr Arbeiter finden könnten. Hast du es in der Kirche versucht?"

„Ja. Pastor Craig verbreitet die Nachricht unter den Gemeindemitgliedern. Er hat gesagt, dass er es auch morgen nach dem Gottesdienst ankündigen wird. Mal sehen, ob dann ein paar neue Helfer dazukommen." Sein Vater sah ihn an. „Wie ist denn eigentlich deine neue Stelle? Hast du immer noch vor, dich als Direktor zu bewerben?"

„Ich denke schon. Ich habe bereits ein paar Ideen, was ich verändern könnte. Es wird wahrscheinlich viel Konkurrenz um den Posten geben. Aber wenn ich bei der Wirtschaftsprüfung gute Arbeit leiste, hoffe ich, dass ich gegenüber den anderen Bewerbern einen Vorteil habe."

Er hatte Gewissensbisse, wenn er an Jane dachte. Sie arbeitete schon seit Jahren bei der Children's Aid Society und hatte den Posten eigentlich mehr verdient als er. Aber er konnte es sich nicht leisten, so zu denken. Er musste objektiv bleiben und die Entscheidung dem Vorstand überlassen.

„Hauptsache, du bist glücklich.“ Vater stand auf und kippte einen Eimer Sand über die letzte Glut. „Ich denke, wir sollten ins Haus gehen.“

„Geh du voraus. Ich komme gleich nach.“

„Sicher?“

„Ja. Ich glaube, ich brauche ein paar Minuten allein mit den Sternen. Und mit Gott.“

Sein Vater nickte wissend. „Grüß ihn von mir.“

Kapitel 10

Jane kam am Montagmorgen spät zur Arbeit und stellte entnervt fest, dass Garrett bereits auf einem der Stühle in ihrem Büro saß. Er hatte die Ärmel hochgekrempelt, als wäre er schon seit Stunden bei der Arbeit.

„Guten Morgen", sagte er, als er von dem Notizblock auf seinem Schoß aufsah. „Ich hoffe, es macht Ihnen nichts aus, dass ich in Ihrem Büro auf Sie gewartet habe. Ich hatte eine Idee, die ich so schnell wie möglich mit Ihnen besprechen wollte."

Obwohl sie am Freitag für ein paar Stunden im Büro gewesen war, nachdem sie sich vergewissert hatte, dass ihre Mutter sich besser fühlte, hatte sie nicht viel von Garrett gesehen. Er hatte fast den ganzen Tag einen der Sozialarbeiter begleitet, um einen typischen Arbeitstag zu beobachten. Das war Jane ganz recht gewesen. Sie hatte sich noch nicht an den Gedanken gewöhnt, dass Garrett sie in einem Moment der Schwäche gesehen hatte.

„Guten Morgen." Als sie an seinem Stuhl vorbeiging, zählte sie in Gedanken bis zehn, um ihre Gefühle unter Kontrolle zu bekommen. Sie hielt ihm den Rücken zugewandt, während sie die Jacke auszog und aufhängte. Bevor sie sich umdrehte, tastete sie ihre Frisur ab, um sich zu vergewissern, dass sie noch gut saß. Dann zwang sie sich zu einem neutralen Gesichtsausdruck und setzte sich auf ihren Stuhl.

„Wie geht es Ihrer Mutter?", fragte er. „Keine weiteren Ohnmachtsanfälle, hoffe ich."

„Es geht ihr viel besser, danke." Während Jane sprach, holte sie einen Block hervor. „Wir hatten ein ruhiges Wochenende und sie scheint heute stabiler zu sein."

„Ich bin froh, das zu hören." Er kniff die Augen zusammen. „Und wie kommen Sie zurecht?"

„Mir geht es gut, danke." Sie faltete die Hände auf den Papieren. „Also, was haben Sie für eine Idee?"

Er runzelte leicht die Stirn, als bezweifelte er, dass es ihr gut ging. Aber glücklicherweise beließ er es dabei.

„Unternehmen Sie hin und wieder besondere Ausflüge mit den Heimkindern?"

Sie schwieg eine Weile, um über die unerwartete Frage nachzudenken. „Sie gehen recht oft in den Park, wenn das Wetter schön ist. Und ich glaube, dass es vor ein paar Jahren einen Ausflug in den Riverdale Zoo gegeben hat."

„Wie ist das abgelaufen? Hat jemand einen Bus gemietet? Haben Sie Betreuer gebraucht?"

Jane blinzelte, überrascht von seiner fast ungebremsten Energie. „Ich weiß es nicht genau. Es muss uns jemand geholfen haben, die Kinder zu beaufsichtigen. Aber wahrscheinlich haben sie den Stadtbus genommen. Warum?"

Seine blauen Augen strahlten noch mehr. „Als ich am Wochenende zu Hause war, ist mir eine Idee gekommen. Meine Nichte und meine Neffen hatten viel Spaß, als sie meinem Vater einen ganzen Nachmittag lang geholfen haben, Äpfel zu pflücken. Da habe ich gedacht, dass die Heimkinder bestimmt Freude an einem Ausflug auf unsere Plantage hätten. Die frische Luft, der Sonnenschein, eine Fahrt auf dem Heuwagen. Sie würden es lieben." Er hielt mit aufgeregtem Gesicht inne. „Was denken Sie?"

„Ich weiß nicht", sagte sie langsam. Dann runzelte sie die Stirn. „Würde das für Sie nicht unter die Kategorie ‚leichtsinnige Ausgaben' fallen?"

Seine Mundwinkel zuckten. „Touché. Aber ich werde versuchen, den Ausflug so günstig wie möglich zu gestalten. Ich denke, es wäre ein großartiges Erlebnis für sie."

Jane zwang sich, die Augen von der hoffnungsvollen Begeisterung in seinem Gesicht abzuwenden und objektiv zu bleiben. „Ich bin mir sicher, dass die Kinder es toll fänden, aber es gäbe einige praktische Dinge zu klären. Wie sollen wir sechzehn Kinder auf Ihren Hof hinausbringen, der doch etwa eine Stunde von hier entfernt ist?"

„Ich würde mich erkundigen, wie viel es kosten würde, einen Schulbus für einen Tag zu mieten."

„Und schon sind wir beim zweiten Problem. Wir haben ein sehr begrenztes Budget, um die Freizeit der Kinder zu gestalten. Ein Ausflug wie dieser könnte den Betrag für das ganze Jahr aufbrauchen." Sie warf ihm einen stechenden Blick zu. „Viel mehr als Geburtstagsgeschenke."

„Darauf kommen wir später zurück. Was muss noch berücksichtigt werden?"

„Sie haben es bereits erwähnt: Die Beaufsichtigung. Wir bräuchten mehrere Erwachsene, die bereit wären, auf diesen Ausflug mitzukommen."

„Wie viele?"

„Mir wäre es recht, wenn zwei oder drei mitkommen würden. Mrs Shaughnessy können wir aber nicht fragen, weil sie hier im Heim die Stellung halten muss, falls neue Kinder aufgenommen werden müssen. Außerdem muss sie sich um die Kinder kümmern, die eventuell nicht mit auf den Ausflug kommen können."

„Ich verstehe. Also einige der üblichen Helfer –"

„Müssten sich bereit erklären mitzukommen."

„Richtig. Ein oder zwei Helfer plus Sie und ich. Das würde doch gehen."

„Ich? Sie erwarten, dass ich mitkomme?"

„Ich hatte es gehofft." Seine Augen strahlten. „Und Ihre Mutter dürfte natürlich auch gerne mitkommen, wenn sie sich dazu in der Lage fühlt."

Jane widerstand dem Verlangen, mit ihm zu streiten, und zwang sich, ihre Schultern zu entspannen. Natürlich würde es den Kindern Spaß machen. Aber wäre der logistische Albtraum wirklich die Mühe wert?

Und dann war da noch ihre Mutter. War sie fit genug für einen solchen Ausflug oder würde ihre schwache Gesundheit darunter leiden? Aber wenn ihre Mutter allein zu Hause bliebe, würde Jane sich nur den ganzen Tag um sie sorgen. Sie arbeitete samstags zwar oft im Büro, aber von dort war sie mit der Straßenbahn schnell zur Stelle, falls ihre Mutter sie brauchte – und nicht eine einstündige Autofahrt entfernt. Sie fuhr sich mit der Hand über die Stirn. So hatte sie sich ihren Start in die neue Woche nicht vorgestellt.

Garrett stand auf. „Wenn Sie etwas Zeit brauchen, um darüber nachzudenken, kann ich das verstehen. In der Zwischenzeit versuche ich, mehr über die Fahrtkosten herauszufinden."

„In Ordnung."

Er blieb an der Tür stehen. „Ich hoffe, dass Sie in Erwägung ziehen mitzukommen, falls der Ausflug stattfindet. Es wird ein Tag, den Sie nicht so schnell vergessen werden." Er grinste sie breit an und verschwand dann durch die Tür.

Jane schnaubte. Warum verwirrte dieser Mann jedes Mal, wenn sie ihn sah, derart ihre Sinne? Sie musste sich in Erinnerung rufen, dass sie ein Profi war! Souverän, vernünftig und ruhig.

Wenn das doch nur ihre unruhigen Nerven auch begreifen würden …

Im Laufe des Nachmittags klopfte Garrett erneut an Janes Tür und trat in ihr Büro. „Ich habe sehr gute Neuigkeiten." Er hoffte zumindest, dass sie das auch so sehen würde. „Ich weiß jetzt, wie wir die Kinder kostenlos zur Plantage bringen können."

Sie blickte auf, mit der Brille auf der Nasenspitze. „Das ging aber schnell."

„Was soll ich sagen? Die Aussicht auf einen Ausflug hat mich inspiriert." Garret ließ sich auf den Besucherstuhl fallen. „Ein Freund meiner Familie ist Busfahrer und hat sein eigenes Fahrzeug. Als er von meiner Idee gehört hat, hat er uns den Bus kostenlos angeboten. Was uns eine Menge Geld sparen wird – und", er grinste, „hoffentlich auch alle Ihre Bedenken ausräumen wird."

Jane lächelte kurz. „Das ist eine gute Nachricht. Das macht mir die Entscheidung auf jeden Fall leichter."

„Heißt das, dass Sie über die Idee nachgedacht haben?"

„Ja. Und ich habe mit den Mitarbeitern im Heim gesprochen.

Zwei der Helferinnen sind bereit, mitzukommen und die Kinder zu beaufsichtigen."

„Das ist großartig." Er hielt inne. „Und was ist mit Ihnen?" Er beugte sich vor. Es wunderte ihn, wie wichtig es ihm war, dass sie mitkam. Tief in seinem Innern hatte er das Gefühl, dass der Ausflug aufs Land Jane ebenso guttun würde wie den Kindern.

Jane wiegte den Kopf. „Es hängt von meiner Mutter ab. Aber wenn ich kann, komme ich mit."

Er konnte sich ein Lächeln nicht verkneifen. „Großartig. Es wird Ihnen gefallen. Und die Freude in den Gesichtern der Kinder wird jede Mühe wert sein."

„Wann soll der Ausflug denn stattfinden?"

„Die Äpfel sind jetzt reif, also hatte ich an diesen Samstag gedacht. Aber es ginge auch am Samstag darauf."

Sie schürzte kurz die Lippen und nickte dann. „Ich denke, das kriegen wir hin. Diesen Samstag also." Einen Moment lang wurde ihr Ausdruck weich. Als sie aufsah, lag ein feuchter Glanz in ihren Augen. „Martin wird es lieben. Allein deshalb lohnt es sich schon für mich."

Garrett musterte sie nachdenklich, während sie fortfuhr. „Er hat in seinen acht Jahren schon so viel Leid erlebt. Er hat ein paar glückliche Erinnerungen verdient."

„Dann wird ihm unser Hof gefallen. Das garantiere ich Ihnen."

Kapitel 11

Am nächsten Morgen pfiff Garrett auf dem Weg ins Büro vor sich hin. Er freute sich darauf, die Kinder an der Schönheit des Hofs teilhaben zu lassen. Es war eine Erfahrung, die sie gewiss nicht so schnell vergessen würden.

Als er seinen Mantel auszog, bemerkte er ein seltsames Gewirr flüsternder Stimmen im Erdgeschoss. Irgendetwas ging hier vor sich. Hoffentlich nicht wieder ein Problem mit einem Kind!

Er spähte ins Büro der Stenografen, in dem eine merkwürdige Stille herrschte. Einige der Freiwilligen saßen an ihren Tischen und starrten vor sich hin. Melanie stand am Fenster, den Mund mit einer Hand bedeckt.

Er ging zu ihr hinüber. „Was ist denn hier los?", fragte er leise.

Melanie sah auf und schüttelte den Kopf. „Jane hat gerade ein Telegramm erhalten. Vom Kriegsamt."

Ein kalter Schauer lief Garrett über den Rücken. „Wissen Sie, was darin stand?"

„Nein." Melanie drehte ein Taschentuch zwischen den Fingern. „Sie hat sich in ihr Büro zurückgezogen. Ich weiß nicht, ob ich zu ihr gehen oder sie in Ruhe lassen soll."

Garrett überlegte. Melanie hatte recht. So wie er Jane kannte, bewältigte sie ihre privaten Probleme lieber allein. Trotzdem schien es ihm falsch, sie einfach sich selbst zu überlassen. „Ich schaue kurz nach ihr."

Erleichterung spiegelte sich auf Melanies Gesicht. „Sagen Sie ihr, dass ich hier bin, wenn sie mich braucht."

„In Ordnung."

Als er sich Janes Büro näherte, hatte er ein mulmiges Gefühl im Magen, das noch stärker wurde, als ein Schluchzen durch die Tür drang. Er zögerte. Sollte er sich wirklich einmischen oder sie doch lieber in Ruhe trauern lassen?

Aber wenn er nicht wenigstens versuchte zu helfen, würde er

sich schrecklich fühlen. Leise klopfte er an, trat dann ein und schloss rasch die Tür hinter sich.

Jane saß über ihren Tisch gebeugt und wurde von heftigen Schluchzern geschüttelt.

Er war nicht sicher, ob sie ihn überhaupt bemerkt hatte. Einen Moment lang hielt er inne und überlegte, was er tun sollte. Doch dann siegte sein Drang, sie zu trösten. Er ging zu ihr hin und legte vorsichtig seinen Arm um ihre Schultern.

Er wusste nicht genau, was er erwartet hatte. Dass sie ihn wegstieß? Ihn anschrie? Ihm befahl, den Raum zu verlassen?

Vieles – aber sicher nicht, dass sie sich umdrehte und ihr Gesicht an seiner Schulter vergrub.

Still hockte er so einige Zeit neben ihrem Stuhl, versuchte, den Krampf in seinen Waden zu ignorieren, und hielt sie im Arm, während sie weinte. Was immer in dem Telegramm stand, es hatte eindeutig ihren Kummer verursacht. Ging es um ihren Mann oder um ihren Bruder?

Als sie sich endlich losriss, reichte er ihr sein Taschentuch und fragte sanft: „Was ist denn passiert?"

Jane hielt sich das Taschentuch vor den Mund und zeigte auf den Schreibtisch. Er nahm das zerknitterte Telegramm und richtete sich auf, um es zu lesen.

```
Wir bedauern, Ihnen mitteilen zu müssen,
dass Ihr Sohn, Corporal Brandon Mitchell,
nach Kampfhandlungen als vermisst gemeldet
wurde und für tot gehalten wird. Jede neue
Information wird sofort an Sie weitergeleitet.
```

Garrett schloss kurz die Augen. „Es tut mir so leid, Jane." Er musste an Mrs Mitchell denken. Wie würde sie diese Nachricht wohl verkraften? „Sie sollten jetzt wahrscheinlich nach Hause gehen."

Sie blickte auf. „Wie soll ich das nur meiner Mutter beibringen?"

„Müsste sie nicht bereits ein ähnliches Telegramm erhalten haben?"

Sie schüttelte den Kopf. „Ich habe dafür gesorgt, dass die Telegramme hierhergeschickt werden. Ich wollte nicht, dass meine Mutter eine derartige Nachricht erhält, wenn sie allein ist." Ein Schauer ging durch ihren Körper. „Armer Brandon. Ich bete, dass er nicht leiden muss."

„Es ist immer noch möglich, dass er unversehrt gefunden wird", sagte er. „Sie dürfen die Hoffnung nicht verlieren." Auch wenn es sehr unwahrscheinlich war. Jeder wusste, dass solche Geschichten meistens nicht gut endeten.

Sie sah ihn mit geröteten Augen an. „Ich versuche es. Aber ich weiß, dass meine Mutter vom Schlimmsten ausgehen wird." Sie wischte sich die Tränen aus dem Gesicht. „Vielleicht wäre es besser, ihr nichts zu sagen. Nicht, bis man Genaueres weiß."

Garrett hätte ihr gerne zugestimmt, konnte es aber nicht. Man hatte ihm erzählt, wie seine Eltern reagiert hatten, als sie erfuhren, dass er verwundet worden war. Natürlich hätte er ihnen gerne verheimlicht, wie schlimm seine Verletzungen waren, aber das wäre auf lange Sicht einfach nicht fair gewesen. Sie hatten das Recht, die Wahrheit zu erfahren. Und Mrs Mitchell auch.

„Glauben Sie wirklich, dass das gut wäre? Wenn sie davon weiß, kann sie wenigstens für ihn beten und sich auf die schlechten Nachrichten vorbereiten, die vielleicht noch kommen."

Jane seufzte tief. „Da haben Sie wohl recht. Ich würde auch nicht wollen, dass mir jemand eine solche Nachricht vorenthält. So gerne ich meine Mutter verschonen möchte, ich kann es ja doch nicht."

„Das sehe ich auch so. Aber Sie können für Ihre Mutter da sein."

Sie seufzte erneut und putzte sich die Nase.

„Wenn Sie möchten, fahre ich Sie nach Hause", bot er an.

„Gerne, danke." Ihre Augen wurden wieder feucht.

Er nickte. „Ich gebe Ihnen etwas Zeit. Wenn Sie so weit sind, kommen Sie einfach in mein Büro." Er ging in Richtung Tür.

„Garrett?"

„Ja?“

„Könnten Sie es bitte Melanie und den anderen erzählen? Ich weiß, dass sie sich Sorgen machen. Und ich glaube nicht, dass ich momentan dazu in der Lage bin.“

„Natürlich.“ Er verließ den Raum, um ihr Zeit zu geben, sich zu fassen. Wenn er doch nur mehr für sie tun könnte!

Im Flur traf er auf Melanie. „Wie geht es ihr? War es eine sehr schlimme Nachricht?“

Er holte tief Luft und nickte. „Ja. Ihr Bruder gilt als vermisst.“

„O nein.“ Sie runzelte besorgt die Stirn. „Ich habe Brandon erst ein paarmal gesehen, aber er schien ein guter Mensch zu sein. Er hat sich immer sehr um ihre Mutter gekümmert.“

Garrett begann, in Richtung seines Büros zu gehen. „Wenigstens ging es nicht um Janes Mann. Das ist immerhin ein kleiner Trost, denke ich.“

Melanie verzog das Gesicht. „Jane wäre es sicher lieber, wenn dieser Mistkerl als verschollen gelten würde statt ihr Bruder.“ Dann riss sie erschrocken die Augen auf und schlug sich die Hand vor den Mund.

Garrett erstarrte. „Warum sagen Sie das?“

Verschämt biss Melanie sich auf die Unterlippe und verschränkte die Arme. „Vergessen Sie's. Ich hätte nichts sagen sollen.“

Er trat näher und nagelte sie mit einem stechenden Blick fest. „Warum sollten Sie Janes Mann als Mistkerl bezeichnen? Hat er sie etwa misshandelt? Oder betrogen?“

Melanies Worte bestärkten den Verdacht, der in ihm aufgekeimt war, als er sich in Mrs Mitchells Wohnzimmer umgesehen hatte. Mit Janes Ehe schien etwas nicht zu stimmen.

„Tut mir leid.“ Melanie errötete. „Es steht mir nicht zu, etwas dazu zu sagen. Da werden Sie Jane fragen müssen.“

Bevor er ein weiteres Wort sagen konnte, floh sie den Gang hinunter.

Während Jane die Stufen zu ihrem Haus erklomm, versuchte sie, die Sorgen beiseitezuschieben, die sie wie ein Nebel umgaben. Garretts beruhigende Gegenwart auf der Heimfahrt hatte ihr Halt gegeben und ihr geholfen, ihre Gefühle besser unter Kontrolle zu bringen, sodass sie ihrer Mutter die schlechte Nachricht nun überbringen konnte.

Warum musste es Brandon treffen und nicht Donald?

Dieser eine Gedanke, so grausam er auch war, ging ihr immer wieder durch den Kopf. Sie war wütend auf Gott. Brandon war der einzige anständige Mann in ihrem Leben und Mutters Liebling. Jetzt war es gut möglich, dass er niemals zurückkehren würde.

Ihre Beine waren schwer wie Blei, als sie die Haustür öffnete.

„Jane, bist du das?", drang Mutters beunruhigte Stimme aus dem Wohnzimmer.

„Ja, Mama." Sie zog ihren Mantel aus und hängte ihn an der Garderobe auf.

Dann atmete sie tief durch und betrat das Wohnzimmer. Ihre Mutter sah auf, die Stirn von tiefen Furchen durchzogen. „Warum bist du um diese Zeit schon zu Hause? Bist du krank?"

Das Zimmer drehte sich um Jane, sodass sie sich an einem Stuhl festhalten musste. *Sei stark, Jane. Deine Mutter braucht dich.* Sie straffte die Schultern und setzte sich neben sie. „Ich habe heute Morgen eine schlechte Nachricht erhalten, Mama."

Ihre Mutter ließ das Strickzeug in den Schoß fallen. „Hast du deine Arbeit verloren?"

„Nein, Mama. Das ist es nicht."

„Ist es … ist es Brandon?" Ihre Worte waren nur ein Flüstern, in dem die leise Hoffnung mitschwang, dass die Antwort Nein lauten würde.

Jane presste ihre Hand auf die zitternden Lippen und nickte. „Er gilt als vermisst." Sie erwähnte nicht, dass er für tot gehalten wurde. Mutter musste das nicht hören. Nicht, bis es ohne einen Zweifel bewiesen war.

Einen Moment lang saß ihre Mutter schweigend da. Sie starrte Jane an, als spräche sie eine andere Sprache. Dann riss sie den Mund auf und sackte mit einem lauten Wehklagen in sich zusammen.

Jane kniete sich vor sie und streichelte ihr den Rücken. „Du darfst die Hoffnung nicht aufgeben, Mama. Vielleicht kommt er doch noch zu uns zurück."

Doch ihre Mutter war so sehr in ihre Trauer versunken, dass sie Jane gar nicht zu hören schien. „Mein lieber Junge! Warum, Herr? Warum nimmst du mir meinen einzigen Sohn?"

Jane erschauerte, weil Mutters Worte sie an Donald erinnerten. Nach ihrer zweiten Fehlgeburt hatte er beinahe das Gleiche gesagt. *„Mein Sohn! Warum nimmt Gott mir meinen Sohn?"*

Donald war am Boden zerstört gewesen – so sehr, dass er nicht in der Lage gewesen war, Jane in ihrer unermesslichen Trauer zu trösten. Er hatte sie einfach mit ihren Schuldgefühlen und ihrem Leid alleingelassen.

Aber das war nichts dagegen, was ihre Mutter empfinden würde, sollte sie Brandon wirklich verlieren. Er war ihr Fels in der Brandung, seit Vater gestorben war.

Sie weinte mit ihrer Mutter. Als die ältere Frau nach einer Weile den Kopf wieder hob, reichte Jane ihr ein Taschentuch.

„Haben sie noch etwas anderes gesagt?", fragte Mutter.

„Nur, dass sie sich bei uns melden, wenn es etwas Neues gibt."

„Du meinst, wenn sie seine Leiche gefunden haben." Wieder liefen Mutter Tränen über die runzligen Wangen. Sie schien in den letzten zehn Minuten um zehn Jahre gealtert zu sein. „Wir wissen alle, dass ‚vermisst' eigentlich ‚tot' heißt."

Es war zwecklos, mit ihr zu diskutieren. Vor allem, da Jane die Wahrheit ihrer Aussage nicht leugnen konnte. „Das war ein furchtbarer Schock, Mama. Vielleicht solltest du dich ein wenig hinlegen."

Sie schüttelte den Kopf. „Ich möchte in die Kirche gehen, um für Brandon zu beten."

Je mehr Jane über diese Idee nachdachte, desto sicherer war sie, dass die Kirche genau der Ort war, an den sie jetzt gehen sollten.

Während sie ihrer Mutter half, sich fertig zu machen, kamen ihr Garretts Abschiedsworte in den Sinn.

„Ihre Mutter wird Sie heute brauchen, Jane. Machen Sie sich keine Gedanken um die Arbeit. Wir kommen schon klar. Nehmen Sie sich alle Zeit, die Sie brauchen." Garrett hatte ihr in stiller Verbundenheit sein Mitgefühl zum Ausdruck gebracht.

Sein Blick hatte ihr mehr bedeutet als alle hohlen Phrasen der Welt. Und zum ersten Mal hatte sie nicht das Gefühl gehabt, dass er ein geheimes Ziel verfolgte. Vielleicht musste sie diesen Mann doch nicht als ihren Feind betrachten.

Kapitel 12

Garrett saß im schwachen Licht seiner Schreibtischlampe und rieb sich die Augen. Ein Blick auf die Wanduhr verriet ihm, dass es bereits nach zweiundzwanzig Uhr war. Kein Wunder, dass er nur noch verschwommen sah. Er starrte schon seit Stunden auf Zahlen über Zahlen.

Nach der schockierenden Nachricht, die Jane Anfang der Woche erhalten hatte, war sie jeden Tag pünktlich um fünf Uhr nach Hause zu ihrer Mutter gegangen. Es gefiel ihm gar nicht, Jane so verändert zu sehen. Ihre Schultern schienen durch den Kummer nach unten gedrückt zu sein und das Leuchten war aus ihren Augen verschwunden. Allmählich schien der Schreck jedoch nachzulassen. Garrett war froh darüber, schließlich konnte es Jahre dauern, bis die Frauen erfuhren, was mit Brandon geschehen war. Bis dahin konnten sie nur versuchen, so gut wie möglich mit ihrem Leben weiterzumachen.

Aber es gab noch etwas, das Garrett seit jenem Tag beschäftigte. Er konnte Melanies unachtsame Bemerkung über Janes Mann nicht vergessen. Obwohl Garrett Jane von ganzem Herzen vertrauen wollte, konnte er nicht darüber hinwegsehen, dass sie etwas verbarg. Und allein diese Tatsache machte es schwierig, sie im Fall des fehlenden Geldbetrags als mögliche Verdächtige auszuschließen.

Insbesondere jetzt, da er Beweise gefunden hatte, die den Verdacht des Vorstands zu bestätigen schienen.

Es hatte tatsächlich jemand Einträge im Kassenbuch gefälscht und Geld unterschlagen. Zugegeben, man brauchte eine Lupe, um die Änderungen zu sehen. Aber Garrett hatte in den Büchern der letzten sechs Monate mehrere Einträge gefunden, bei denen die Dezimalstelle verschoben, eine Null in eine Acht verwandelt oder eine Eins vor die Zahl geschrieben worden war. Die einzelnen Beträge waren nicht sonderlich groß, aber insgesamt war es eine beachtliche Summe.

Und Janes Initialen standen auf jeder einzelnen Seite.

Er kniff sich in den Nasenrücken. Man konnte unmöglich überprüfen, ob die Zahlen geändert worden waren, nachdem Jane sie durchgesehen hatte, oder ob sie sie selbst gefälscht hatte. War es bloß Zufall, dass es diese Unstimmigkeiten erst gab, seit Jane Mr Mills vertrat?

Garrett bekam Magenschmerzen, wenn er nur daran dachte. Aber er hatte das abgenutzte Wohnzimmer der Mitchells gesehen und gehört, wie ihre Mutter sagte, dass sie von Janes Lohn abhängig waren. Es war also durchaus möglich, dass Jane in finanziellen Schwierigkeiten steckte und der Versuchung erlegen war.

Könnte das Ganze irgendwie damit zu tun haben, dass Melanie so schlecht von Janes Mann dachte? Hatte er vielleicht einen Schuldenberg hinterlassen, als er in den Krieg gezogen war, und ließ Jane jetzt die Konsequenzen tragen?

Garrett rieb sich den Nacken. Je länger er darüber nachdachte, desto überzeugter war er, dass er Jane selbst auf das Problem ansprechen musste. Es führte kein Weg daran vorbei.

Aber wenn er daran dachte, Jane mit irgendwelchen Beschuldigungen zu konfrontieren, wurde ihm ganz schlecht.

Das Einzige, was ihm jetzt noch helfen konnte, war Gebet.

Herr, bitte hilf mir, herauszufinden wer wirklich hinter diesen Diebstählen steckt. Und schenk mir die richtigen Worte, um mit Jane reden zu können, ohne sie anzuklagen. Lass sie erkennen, dass ich nur die Wahrheit herausfinden will. Und wenn Jane schuldig sein sollte, hilf mir bitte, so barmherzig mit ihr umzugehen, wie du es tun würdest. Amen.

Am späten Donnerstagnachmittag öffnete Jane erschöpft und niedergeschlagen die Tür zu ihrem Büro. *So lang ist mir eine Woche noch nie vorgekommen.*

Das Telegramm am Dienstag war nur die erste von vielen

schlechten Nachrichten gewesen. Mrs Shaughnessys Bericht über Martin war alles andere als ermutigend. Er kam immer noch nicht mit den anderen Kindern im Heim zurecht. Jane hatte Bonnie Dupuis gebeten, nach möglichen Pflegefamilien für den Jungen zu suchen. Bisher ohne Erfolg. Anscheinend würde Jane die Sache selbst in die Hand nehmen müssen.

Sie seufzte, als sie ihre Tasche abstellte. Wenn der Tag nur mehr Stunden hätte. Diese Woche arbeitete sie weniger als sonst, weil sie mehr Zeit mit ihrer Mutter verbringen wollte. Auch um sicherzugehen, dass die Sorge um Brandon ihre Gesundheit nicht zu sehr belastete.

Wieder einmal war Jane hin- und hergerissen zwischen ihrer Pflicht gegenüber ihrer Mutter und ihrer Karriere. Leider trat immer deutlicher zutage, dass ihre Arbeit darunter litt. Seit Garrett Wilder da war, schien Janes Leben aus den Fugen zu geraten. Und statt sich in ihrer Rolle als Direktorin sicherer zu fühlen, hatte sie das Gefühl, sich abstrampeln zu müssen, um nicht unterzugehen.

Ihr heutiges Treffen mit dem Bürgermeister war ein weiterer Beweis dafür gewesen. Es war ganz und gar nicht so verlaufen, wie sie gehofft hatte. Er hatte sich schlichtweg geweigert, die Finanzierung für die Children's Aid zu erhöhen, weil die Stadt wegen der schlechten wirtschaftlichen Lage angeblich mehr Geld in die Arbeitslosenhilfe und andere soziale Dienste investieren musste. Die langen Schlangen vor der *Scott Mission* und anderen Suppenküchen in der Stadt zeigten, dass er recht hatte. Aber das machte seine Abfuhr nicht weniger schmerzhaft für Jane. Der Bürgermeister hatte ihr vorsichtig geraten, sich um zusätzliche finanzielle Unterstützung aus dem privaten Bereich zu bemühen. Er hatte sie an die Vorträge erinnert, die Mr Mills gerne vor wohltätigen Vereinen gehalten hatte, um für die Children's Aid zu werben.

Jane wusste durchaus darüber Bescheid. Ihr Chef war immer sehr erfolgreich gewesen und hatte viele Wohlhabende überzeugen können, etwas von ihrem Reichtum abzugeben. Wenn Jane doch nur in seine Fußstapfen treten könnte! Aber ihr wurde schon schwindelig, wenn sie nur daran dachte, sich vor einen Raum voller Menschen zu stellen und um Geld zu betteln, auch wenn es für einen guten Zweck war. Hinzu kam, dass viele der Gruppen, die Mr Mills angefragt hatte, reine Männervereine gewesen waren, die sich partout nicht mit Jane hatten treffen wollen. Das Einzige, was sie tun konnte, war, sie mit Briefen zu bombardieren. Doch bisher hatte kaum jemand darauf reagiert.

Jane presste die Finger an die Schläfen. Sie wünschte, sie könnte die Zweifel, die immer wieder in ihr aufstiegen, einfach auslöschen. Besaß sie wirklich das nötige Können und die Ausdauer für diesen Posten? Ließ sie die Kinder im Stich, weil sie nicht alles in ihrer Macht Stehende tat, um mehr Geld für die Organisation zu beschaffen?

Ein Klopfen unterbrach ihre quälenden Gedanken.

„Herein."

Garrett trat ein. „Haben Sie ein paar Minuten? Es gibt da etwas, das ich mit Ihnen besprechen möchte."

Sein ernstes Gesicht vertiefte ihre Zweifel. Was immer er zu sagen hatte, konnte nichts Gutes sein. Aber es hatte keinen Sinn, es aufzuschieben. Deshalb nickte sie ihm zu. „Ich kann etwas Zeit erübrigen."

„Danke." Bevor er sich setzte, vergewisserte er sich, dass die Tür auch wirklich geschlossen war. Dann legte er ein Buch und einen Block auf den Stuhl neben ihm, atmete tief durch und wandte sich ihr zu. „Ich fürchte, dass dieses Gespräch unangenehm wird, und möchte Sie schon im Voraus um Ihre Nachsicht bitten."

Ihre Alarmglocken schrillten. Ob er die Befugnis hatte, sie zu feuern? Nein, diese Entscheidung lag sicherlich bei Mr Fenmore und dem Vorstand. Aber Garretts ernster Gesichtsausdruck verriet ihr, dass sein Anliegen bedeutungsvoll war. Sie nahm ihre Brille und setzte sie auf. „Worum geht es?"

„Ich bin dabei, die Regeln ein wenig zu beugen." Er fuhr sich mit der Hand durchs Gesicht. „Aber ich sehe keine andere Möglichkeit."

Jane drückte ihren Rücken gegen die Streben ihres Stuhls. Sie hatte Garrett noch nie so ernst erlebt. „Fahren Sie fort."

„Obwohl ich noch nicht lange hier bin, glaube ich, dass wir ein gewisses Maß an gegenseitigem Vertrauen aufgebaut haben. Würden Sie mir da zustimmen?"

„Ja", sagte sie vorsichtig. Ihre Gedanken überschlugen sich, aber ihr kam einfach kein möglicher Grund für dieses Gespräch in den Sinn.

„Was ich jetzt sagen werde, muss unter uns bleiben. Es wird dem Vorstand nicht gefallen, dass ich Ihnen das erzähle."

Janes Hände begannen zu zittern. Sie verschränkte sie auf dem Tisch, um ihre Nervosität zu verbergen. „Ich verstehe."

„Einer der Hauptgründe dafür, dass ich zur Children's Aid Society geholt wurde", sagte er, während er ihr geradewegs in die Augen sah, „war, um herauszufinden, ob jemand Geld von den Konten stiehlt."

Jane blinzelte und schüttelte dann den Kopf. „Nein, das ist unmöglich. Ich gehe die Bücher jeden Monat durch und …" Sie stockte, als die Erkenntnis sie traf. „Wollen Sie damit sagen, dass der Vorstand mich verdächtigt?"

Garretts blaue Augen blickten sie unverwandt an. „Leider ist niemand über allen Verdacht erhaben, auch wenn ich es mir noch so sehr wünsche."

Sie bemühte sich, ruhig zu bleiben. „Könnten Sie mir das mit den fehlenden Geldern genauer erklären? Mir ist nie etwas Ungewöhnliches an den Büchern aufgefallen." Andererseits waren die Finanzen auch nicht ihre Stärke. Wenn jemand wollte, konnte er sie problemlos hinters Licht führen. Aber nicht Mr Warren.

Oh. Kein Wunder, dass der Mann bei ihrem letzten Treffen nicht besonders freundlich gewesen war. Verdächtigte er sie des Diebstahls?

Garrett nahm das Buch und schlug eine Seite auf, die er mit einem Band markiert hatte. „Wenn Sie genau hinsehen, werden Sie erkennen, dass allein auf dieser Seite mehrere Zahlen abgeändert worden sind."

Er zeigte ihr die drei Stellen.

Jane betrachtete sie genau, dann holte sie eine Lupe aus der

Schublade, um genauer hinzusehen. Tatsächlich, die Zahlen waren verändert worden. An einer Stelle hatte jemand eine Eins vor einen Betrag von 130 Dollar gesetzt und ihn so auf 1130 Dollar erhöht.

„Es gibt noch mehr solcher Abänderungen in den Einträgen der letzten sechs Monate. Nicht alle sind so extrem wie diese, aber es kommt einiges zusammen." Er nahm wieder Platz und beobachtete sie mit undurchdringlichem Gesicht.

Wartete er jetzt darauf, dass sie ihm eine plausible Erklärung lieferte? Wie sollte sie das tun, wenn sie keine Ahnung hatte, was hier vor sich ging?

„Ich weiß nicht, was ich sagen soll. Ich fühle mich schrecklich, weil es mir nicht aufgefallen ist." Sie zuckte die Schultern. „Vielleicht habe ich nicht jeden Eintrag so gründlich geprüft, wie ich es hätte tun sollen. Aber aus diesem Grund geht Mr Warren ja alles noch einmal durch."

Garrett nickte. „Es war Mr Warren, der die Unstimmigkeiten bemerkt hat."

„Und einen unabhängigen Prüfer eingeschaltet hat, um den Schuldigen zu finden."

„Unter anderem, ja."

„Und was machen wir jetzt? Wollen Sie mit Mr Bolton sprechen?" Das Zittern in ihren Händen breitete sich allmählich bis in ihre Beine aus.

„Später, ja. Aber zuerst müssen Sie mir die ganze Wahrheit sagen." Garrett beugte sich vor. „Sie behaupten also, dass Sie absolut nichts davon wussten?"

Sie hielt seinem Blick stand. „Bis Sie mich darauf aufmerksam gemacht haben, hatte ich keine Ahnung, dass mit den Büchern etwas nicht stimmt."

Er schloss einen Moment die Augen. Dann öffnete er sie mit einem Seufzer. „Ich muss Ihnen noch eine unangenehme Frage stellen, Jane."

Sie senkte den Blick und überlegte fieberhaft, worauf er anspielen könnte.

„Als ich neulich mit Melanie gesprochen habe, hat sie angedeutet, dass Ihr Ehemann nicht gerade ein Vorbild an … Rechtschaffenheit ist. Aber sie hat sich geweigert, mehr dazu zu sagen. Das hat meinen Verdacht bestätigt, dass irgendetwas nicht stimmt."

Panik machte sich in ihr breit. Was hatte Melanie gesagt?

„Normalerweise würde ich das Thema nicht ansprechen. Aber in dieser Situation, in der jeder Unregelmäßigkeit nachgegangen werden muss …" Er verstummte mit gequältem Blick. „Es tut mir leid, aber ich muss die Wahrheit erfahren. Hat Ihr Mann Sie in einer finanziellen Notlage sitzen lassen?"

Ihr Herz schien einen Schlag auszusetzen, um dann weiterzurasen. Am liebsten wäre sie aufgestanden und gegangen. Aber selbst, wenn sie den Mut dazu gehabt hätte, wäre es ihr mit ihren zittrigen Beinen unmöglich gewesen, aufzustehen.

Garrett schien anzunehmen, dass sie Geld von der Organisation abzweigte, um Donalds Schulden zu tilgen. Eigentlich sollte sie über eine solch blödsinnige Unterstellung empört sein, aber sie empfand nichts als pure Angst. Angst, dass sie ihre Unschuld nicht beweisen könnte. Angst, dass der Vorstand zu demselben Schluss wie Garrett kommen und sie feuern würde. Oder Schlimmeres!

Sie fuhr sich mit der Zunge über die trockenen Lippen. „Sie haben mich vorhin gebeten, dass dieses Gespräch unter uns bleibt", sagte sie. „Ich möchte Sie jetzt um den gleichen Gefallen bitten."

Garrett starrte Jane über den Tisch an. Alle Farbe war aus ihrem Gesicht gewichen. Feine Schweißperlen glänzten auf ihrer Stirn und ihre Hände zitterten sichtbar, obwohl sie sie fest verschränkt hatte. Was würde sie ihm jetzt erzählen?

„Solang es nichts Illegales ist, haben Sie mein Wort." Er hielt die Luft an und betete, dass er dieses Versprechen nicht bereuen würde.

„Es stimmt, dass meine Mutter und ich finanziell nicht so gut dastehen. Ich übernehme die laufenden Kosten für ihr Haus und außerdem habe ich einen Kredit bei der Bank, den ich nach und nach abbezahle." Sie reckte das Kinn. „Aber ich bin nicht in finanzieller Not. Und ich würde ganz bestimmt niemanden bestehlen, vor allem nicht die Kinder."

Garrett kniff die Augen zusammen. „Sie reden nur von sich. Wie passt Ihr Mann da ins Bild?"

Jane wandte schnell den Blick ab und starrte auf die Wand hinter ihm. „Gar nicht." Scharfe Linien zeichneten sich um ihren Mund ab, als sie seufzte. „Ich … habe keinen Mann mehr."

„Was?" Garrett klappte der Mund auf. „Ist er … wurde er im Krieg getötet?" War es möglich, dass sie seinen Tod die ganze Zeit geheim gehalten hatte? Warum sollte sie das tun?

„Nein. Soweit ich weiß, ist Donald gesund und munter." Einige Sekunden vergingen, bis sie ihm endlich in die Augen sah. „Aber wir sind geschieden."

Ihre Aussage traf Garrett wie ein Schlag in die Magengrube. *Geschieden?* Das Wort hallte in seinem Kopf wider. Diese Möglichkeit war ihm gar nicht in den Sinn gekommen. „Seit wann?"

„Seit zwei Jahren."

Garrett stand ruckartig auf und begann, im Raum auf und ab zu gehen, während er sich den Nacken rieb. „Moment. Ist er nicht schon seit Jahren im Krieg?" Vielleicht nutzte sie das ja nur als Ausrede, um seine Abwesenheit zu erklären.

„Ja, seit Kriegsbeginn."

Garrett kratzte sich am Kopf. „Sie behaupten, dass Donald mitten im Krieg nach Hause gekommen ist, um sich von Ihnen scheiden zu lassen?"

Sie starrte auf ihre Hände. „Unsere Ehe stand schon vor dem Aus, bevor er eingerückt ist. Offenbar hat er kurz darauf in England eine Frau kennengelernt. Und dann hatte er es sehr eilig, sie zu heiraten."

Sämtliche Luft schien aus Garretts Lungen zu weichen. Plötzlich sah er Jane in einem anderen Licht. Der Schmerz in ihren Augen. Der Schutzwall, den sie um sich her errichtet hatte. Nun ergab alles einen Sinn.

Ihr Mann hatte sich von ihr scheiden lassen, um eine andere zu heiraten. Wie verheerend musste das für das Selbstwertgefühl einer Frau sein. Und für ihre Seele.

Tausende Fragen schossen ihm durch den Kopf. Doch er hatte nicht das Recht, sie zu stellen. Er bemühte sich, beim Thema zu bleiben. „Es tut mir leid, dass Sie das durchmachen mussten. Aber ich verstehe nicht, warum Sie ein Geheimnis daraus machen. Scheidungen sind doch nicht mehr so ungewöhnlich wie früher."

„Das mag sein. Aber es ist immer noch ein Stigma. Und ich wollte nicht, dass es sich negativ auf meine Karriere auswirkt." Sie verschränkte die Arme wie ein Schutzschild vor der Brust. „Mr Mills habe ich davon erzählt. Ich musste mir ja öfter freinehmen, um Anwälte zu treffen oder vor Gericht zu erscheinen. Aber er hat respektiert, dass ich es für mich behalten möchte. Melanie ist die einzige andere Person hier, die es weiß. Und das auch nur, weil sie zufällig ein Telefonat mit meinem Anwalt mitbekommen hat."

„Und jetzt weiß ich es auch."

„Ja." Sie starrte ihn an, als versuchte sie, seine Gedanken zu lesen. „Ich hoffe, ich kann auf Ihre Diskretion zählen."

Er zögerte. Die Verletzlichkeit in ihren Augen zerriss ihm schier das Herz. Was sollte er in dieser Situation tun?

„Sie haben doch gesagt, dass ein gewisses Maß an Vertrauen zwischen uns besteht", fuhr sie mit verzweifeltem Unterton fort. „Ich hoffe, dass ich mich nicht in Ihnen getäuscht habe. Ich weiß sehr wohl, dass Sie diese Information gegen mich verwenden könnten."

Er fuhr sich mit der Hand durchs Gesicht. „Was hat Ihre Scheidung damit zu tun?"

„Ich habe schon einen großen Nachteil, weil ich eine Frau bin. Aber eine Geschiedene?" Sie schüttelte den Kopf. „Ich bezweifle, dass der Vorstand mich überhaupt berücksichtigen würde."

Garrett musterte sie aufmerksam. Sie wirkte vollkommen aufrichtig. Er musste zugeben, dass sie nicht ganz unrecht hatte. Er unterdrückte einen Seufzer. Das war einer dieser entscheidenden Momente im Leben, in denen sein nächster Schritt nicht nur sein eigenes Schicksal bestimmen könnte, sondern auch ihres.

Er kehrte auf seinen Platz zurück und begegnete ihrem nervösen Blick. „Erstens glaube ich, dass Sie nichts von dem fehlenden Geld gewusst haben. Zweitens finde ich, dass Ihr Privatleben und Ihr Familienstand keinen Einfluss auf Ihre Fähigkeiten haben sollten. Wenn ich die Stelle bekomme, dann möchte ich sie, weil der Vorstand mich für den besten Kandidaten hält. Sie haben mein Wort, dass ich dem Vorstand nichts von Ihrer Scheidung erzählen werde."

Janes Unterlippe bebte. Ein feuchter Schimmer trat ihr in die Augen und ließ sie noch grüner wirken. „Danke. Sie wissen gar nicht, wie viel mir das bedeutet." Sie schluckte schwer und hob dann das Kinn. „Also, wie finden wir jetzt heraus, wer unser Geld geklaut hat?"

Garrett schüttelte den Kopf und lächelte zögerlich. Sie hatte Mumm, das musste er ihr lassen. „Warum erzählen Sie mir nicht erst einmal alles, was Sie über Harold Bolton wissen?"

Kapitel 13

„Danke, dass du dich mit mir triffst, Olivia. Ich hoffe, ich habe dich nicht zu einem ungünstigen Zeitpunkt hergebeten." Jane lächelte ihrer Freundin zu, während sie sich in eine der Sitzgruppen von *Marty's Diner* setzten.

„Ganz und gar nicht. Ruth macht es nichts aus, für mich einzuspringen. Und meine Schwiegermutter kümmert sich um das Baby. Der Zeitpunkt könnte also nicht besser sein." Olivia stellte ihre Tasche neben sich auf die Bank. „Außerdem habe ich dir am Telefon angemerkt, dass dich etwas beschäftigt." Olivias braune Augen musterten sie besorgt. Sie sah wie immer hübsch und frisch aus in ihrem gelben Kleid und der hellblauen Strickjacke. In letzter Zeit umgab sie eine Aura des Friedens. Die Ehe und das Mutterglück standen ihr wirklich gut.

Jane wurde fast ein wenig neidisch, wenn sie daran dachte, wie sich im Leben ihrer Freundin alles zum Guten entwickelt hatte, trotz der Schwierigkeiten, die sie hatte durchmachen müssen. Schwierigkeiten, zu denen Jane unwissentlich selbst beigetragen hatte.

Die Kellnerin kam, um ihre Bestellung aufzunehmen. Da es beinahe Mittag war, bestellten beide ein Schinkensandwich und eine Tasse Tee.

„Du hast recht", sagte Jane, als die Kellnerin wieder gegangen war. „Es gibt momentan vieles, das mich belastet. Ich brauche den Rat einer Person, die mir ehrlich ihre Meinung sagt." Sie grinste Olivia an. „Und was das betrifft, kann ich immer auf dich zählen."

„Stimmt." Olivia lachte kurz, dann wurde sie wieder ernst. „Hat das irgendetwas mit dem Buchprüfer zu tun, den dein Vorstand eingestellt hat?"

Die Kellnerin brachte die Getränke.

„Ja. Es sieht schlimmer aus, als ich dachte." Jane goss Milch in ihren Tee und erklärte kurz die Probleme der Organisation sowie die Unstimmigkeiten in den Finanzen.

„Sie verdächtigen aber nicht dich, oder?“ Olivia riss die Augen auf.

„Garrett hat es zwar nicht direkt gesagt, aber ich kann zwischen den Zeilen lesen. Es gibt diese Unstimmigkeiten erst, seitdem ich Direktorin bin. Natürlich sieht das verdächtig aus.“

Olivia stellte ihre Tasse etwas zu heftig ab. „Das ist verrückt! Du arbeitest schon seit über zehn Jahren dort und hast dich immer vorbildlich verhalten.“

Jane schlürfte ihren Tee. Sie hatte im Laufe ihrer Karriere durchaus Fehler gemacht, aber keiner davon hatte mit Geld zu tun gehabt.

„Wie kommen sie auf die Idee, dass du plötzlich anfängst, sie zu bestehlen?“ Olivia schüttelte den Kopf. Das Deckenlicht spiegelte sich auf ihrem dunklen Haar. „Das ergibt doch keinen Sinn.“

„Muss es auch nicht. Aber es ändert nichts an der Tatsache, dass sich die Lage der Organisation unter meiner Führung verschlechtert hat. Jetzt, da Mr Mills offiziell in Rente ist, wird der Vorstand selbstverständlich meine Leistung überprüfen.“

Ihre Sandwiches kamen und Olivia begann sofort zu essen. Jane bezweifelte, dass sie einen Bissen herunterkriegen würde. Die Sache schlug ihr auf den Magen.

„Hast du den Wirtschaftsprüfer überzeugen können, dass du es nicht warst?“

„Ich denke schon“, sagte Jane langsam. „Aber ich musste ihm erzählen …“, sie fuhr mit gedämpfter Stimme fort: „… dass ich geschieden bin.“

Olivia erschrak. „Warum?“

Ihre Freundin wusste, wie sorgfältig Jane ihr Geheimnis hütete. Und da sie selbst viel Schlimmes erlebt hatte, verstand sie Janes Wunsch, ihr Privatleben für sich zu behalten.

„Er dachte, dass Donald mir vielleicht Schulden hinterlassen hätte und ich jetzt verzweifelt versuchen würde, seine Rechnungen zu bezahlen.“ Sie zuckte die Schultern. „Ich musste ihm klarmachen, dass Donald in meinem Leben keine Rolle mehr spielt.“

„Wird er es dem Vorstand erzählen?“

„Er sagt, dass er es für sich behält." Jane spielte mit ihrem Löffel, plötzlich unsicher, ob es klug gewesen war, ihre Freundin mit dem Ganzen zu belasten.

„Was ist dann das Problem?"

Jane starrte aus dem Fenster auf die vorbeilaufenden Passanten. Ja, was *war* es eigentlich genau, das sie störte?

„Ich bin mir nicht sicher", sagte sie letztendlich. „Ich denke, ich fühle mich einfach so verletzlich, seit Garrett von der Scheidung weiß. Angreifbar. Er kennt zu viele persönliche Details." Sie atmete aus. Wie war es möglich, dass Garrett nach so kurzer Zeit schon so eng mit ihrem Leben verbunden war?

Olivia legte ihr Sandwich auf den Teller und musterte Jane mit hochgezogenen Augenbrauen. „Fühlst du dich zu ihm hingezogen?"

Jane verschluckte sich fast an ihrem Tee. „Was? Nein. Überhaupt nicht." Doch die Hitze, die ihr in die Wangen stieg, strafte sie Lügen. „Es ist bloß anstrengend, die ganze Zeit unter Beobachtung zu stehen. Er hinterfragt alles und möchte sogar die Heimkinder auf einen Ausflug zur Plantage seiner Eltern mitnehmen."

Olivias Mundwinkel zuckten. „Wie schrecklich! Was für finstere Pläne hat er wohl noch ausgeheckt?"

„Sehr witzig." Jane schüttelte den Kopf. „Aber jetzt mal im Ernst. Er lässt mich an mir selbst zweifeln. Was, wenn ich einfach nicht für die Stelle geeignet bin?" Sie schluckte schwer.

Olivia beugte sich vor, um Janes Hand zu drücken. „Natürlich bist du das. Du bist eine intelligente und kompetente Frau." Sie neigte den Kopf zur Seite. „Es sei denn, es gibt außer der Buchprüfung noch etwas, das dich belastet. Wird dir die Arbeit zu viel?"

Zu Janes Entsetzen drohten ihr Tränen in die Augen zu steigen. Sie blinzelte schnell. „Vielleicht. Da Martin jetzt wieder im Heim ist, kehren meine alten Schuldgefühle zurück, über die Fehler, die ich bei ihm gemacht habe."

„Oh, Jane. Das tut mir leid. Ich weiß, wie sehr du gehofft hast, dass diese Familie die richtige für ihn ist. Aber du musst aufhören, die Vergangenheit immer wieder ans Licht zu holen. Das hilft weder dir noch Martin weiter."

Olivia war die Einzige, die die ganze Geschichte von Janes Fehler kannte. Martin war der erste Fall gewesen, den sie als frisch gebackene Sozialarbeiterin zugeteilt bekommen hatte. Damals hatte Jane gegen die Regeln verstoßen – sie hatte Martins leibliche Mutter kontaktiert, nachdem die erste Adoption fehlgeschlagen war, um sie zu fragen, ob sie Martin zurücknehmen würde. Die Frau war am Boden zerstört gewesen, als sie erfuhr, dass ihr Baby von seinen Adoptiveltern abgelehnt worden war. Und in einem fehlgeleiteten Versuch, es wiedergutzumachen, hatte Jane ihr auch noch versprochen, das perfekte Zuhause für ihren Sohn zu finden.

Ein Versprechen, das sie noch nicht erfüllt hatte.

„Hör mir zu." Olivias ruhige Stimme riss Jane aus ihren Selbstvorwürfen. „Wenn ich es geschafft habe, meine Vergangenheit hinter mir zu lassen, um das wundervolle Leben zu führen, das ich jetzt habe, dann kannst du das auch." Sie nahm Janes Hand und drückte sie erneut. „Und vor allem bin ich davon überzeugt, dass Gott einen Plan für dein Leben hat. Du musst nur geduldig sein."

„Ich … ich habe Angst, Olivia." Sie hatte diese Worte noch nie laut ausgesprochen. „Was, wenn der Vorstand mich für den Betrug verantwortlich macht? Was, wenn sie mich verhaften lassen? Was passiert dann mit Martin und meiner Mutter?"

Jane wünschte, sie hätte den standhaften Glauben ihrer Freundin. Diese felsenfeste Überzeugung, dass alles gut werden würde. Jane konnte das einfach nicht glauben. Nicht nach den vielen Tragödien, die sie erlebt hatte: ihre Fehlgeburten, ihre Unfähigkeit, Kinder zu bekommen, die Scheidung von ihrem Mann und dessen Wiederheirat und jetzt auch noch das Verschwinden ihres Bruders. Wie viel wollte Gott ihr noch zumuten?

„Der Vorstand kann nicht beweisen, dass du etwas verbrochen hast, weil du unschuldig bist", sagte Olivia bestimmt. „Selbst wenn der schlimmste Fall eintritt und sie dich entlassen, wirst du eine andere Stelle finden. Das wäre auch kein Weltuntergang."

„Aber es könnte Monate dauern und Mama und ich kommen auch so schon kaum über die Runden." Jane wehrte sich gegen die Panik, die in ihr aufstieg. „Wir könnten das Haus verlieren."

„Es gibt noch eine andere Möglichkeit, auf die ich insgeheim hoffe, auch wenn das egoistisch von mir ist." Olivia lächelte verlegen.

„Und das wäre?"

„Du könntest den Posten aufgeben und wieder deine alte Stelle annehmen. Du bist eine wundervolle Sozialarbeiterin, Jane. Wir vermissen dich in Bennington Place."

Jane freute sich über Olivias Lob. „Den Teil meiner Arbeit vermisse ich auch sehr."

Olivia tupfte sich mit der Serviette den Mund ab, dann lehnte sie sich seufzend zurück. „Das neue Mädchen, Miss Dupuis, ist in Ordnung. Sie kann aber nicht so gut mit den Frauen umgehen wie du. Du hast das perfekte Gleichgewicht zwischen Sanftmut und Bestimmtheit."

„Es hat Jahre gedauert, dieses Gleichgewicht zu finden. Das weißt du sicher am besten." Jane würde immer bereuen, dass sie Olivias erstes Kind auf so überhebliche Weise in die Obhut der Children's Aid genommen hatte. Mit der Zeit hatte Olivia Jane vergeben, was diese immer wieder dankbar machte.

„Möchtest du nicht wenigstens über meine Idee nachdenken? Wir könnten wieder ein gutes Team werden." Olivias flehender Blick versetzte Janes Herz einen weiteren Stich.

„Du weißt, dass mir die Arbeit mit den Müttern und ihren Babys Spaß macht. Aber mein Herz blutet, wenn ich an all die ungewollten Kinder denke." Jane schluckte, um ihre Gefühle im Zaum zu halten. „Als Direktorin könnte ich Adoptionen an ältere Ehepaare oder unverheiratete Frauen genehmigen. Leute, die Mr Mills und der Vorstand von vornherein ausgeschlossen haben."

„Ich verstehe das und bewundere dich dafür. Und ich verspreche dir, dass ich für deine Arbeit beten werde und dafür, dass du Gottes Willen für dein Leben erkennst. Ansonsten bin ich dir wohl leider keine große Hilfe gewesen."

„Das stimmt nicht." Jane öffnete ihr Portemonnaie und holte ein paar Scheine heraus. „Es hat gutgetan, über alles zu reden."

„Das freut mich. Versuch jetzt erst mal, dich zu entspannen.

Genieß den Ausflug aufs Land mit den Kindern. Ich glaube, dass es ein wundervoller Tag für euch alle wird.“ Sie zwinkerte. „Vor allem bei dem attraktiven Reiseführer.“

Jane knuffte sie in den Arm. „Wer sagt, dass er gut aussieht?“

„Du. Ich konnte es an der Art erkennen, wie du über ihn sprichst.“

„Gutes Aussehen ist eine Ablenkung, die ich gerade nicht gebrauchen kann.“ Jane sah ihre Freundin streng an, während sie sich erhob.

„Wenn du meinst.“ Olivia lachte. „Aber vergiss nicht, Gott die Einzelheiten zu überlassen. Er wird dir schon den richtigen Weg zeigen.“

Kapitel 14

Am Samstag wachte Garrett um sechs Uhr morgens auf. Er war aufgeregter als ein Kind an Heiligabend. Gleich würde er sich mit Ken, dem Busfahrer, vor dem Heim treffen. Während die Kinder den Bus nehmen sollten, würde Garrett mit dem Auto hinterherfahren.

Seine Gedanken kreisten ununterbrochen um Jane, als er durch die ruhigen Straßen fuhr. Es fiel ihm immer noch schwer, sich vorzustellen, dass ihr Mann sich von ihr hatte scheiden lassen, um eine andere zu heiraten. Seine Finger schlossen sich fester ums Lenkrad, als er sich ausmalte, was er diesem Kerl am liebsten antun würde. Welchen Grund könnte Donald gehabt haben, seine Frau sitzenzulassen? Und warum hatte Jane sich nicht gegen die Scheidung gewehrt? Er hatte kein gutes Bauchgefühl bei dieser Sache. Wahrscheinlich steckte noch viel mehr dahinter, aber es stand ihm nicht zu, Jane danach zu fragen.

Die Tatsache, dass sie alleinstehend war, hatte ihrer kollegialen Beziehung einen neuen Reiz verliehen. Es fiel ihm immer schwerer, seine Gefühle für sie zu ignorieren. Aber das musste er. Zum einen war es seine Aufgabe, als objektiver Wirtschaftsprüfer mit ihr zu arbeiten. Zum anderen war es gut möglich, dass er letzten Endes mit ihr um denselben Posten konkurrieren würde. Doch der dritte und wichtigste Grund war, dass Janes Kollegen sie für verheiratet hielten. Er wollte auf keinen Fall ihrem Ruf schaden.

Die beste Lösung war, Jane wie eine Schwester zu behandeln – mit Respekt und brüderlicher Zuneigung. Vielleicht würde es ihm so gelingen, diesen Auftrag durchzustehen, ohne seine Integrität zu kompromittieren.

Der Bus wartete bereits vor dem Heim, als Garrett eintraf. Während er ausstieg, kam ihm Ken auf dem Gehweg entgegen.

„Hallo, Garrett!“, rief der kräftige Mann. „Ich habe Bertha für euch auf Hochglanz gebracht. Von innen und außen.“

Garrett reichte ihm die Hand. „Du weißt schon, dass du heute sechzehn Kinder mitnimmst, oder?"

Ken lachte aus vollem Halse. „Ja, natürlich. Aber die haben auch saubere Sitze verdient."

Garret grinste. „Sag nicht, ich hätte dich nicht gewarnt."

Ein Taxi hielt hinter seinem Wagen. Als Garrett sich umwandte, stieg gerade Jane aus und lief auf die andere Seite, um ihrer Mutter beim Aussteigen zu helfen.

Ein warmes Gefühl machte sich in Garrett breit und er strahlte. „Jane, Mrs Mitchell. Ich bin so froh, dass Sie beide kommen konnten."

Jane half ihrer Mutter auf den Gehweg, dann hob sie den Kopf und bedachte ihn mit einem strahlenden Lächeln. „Wir freuen uns auf den Ausflug. Das ist wie ein Kurzurlaub für uns."

Als Garretts Blick auf ihre Kleidung fiel, kam er nicht umhin, sie anzustarren. Sie trug heute eine Jeanshose, die sie bis zu den Knöcheln hochgekrempelt hatte, und darunter ein Paar hohe Arbeitsschuhe. Eine blaue Bluse und eine passende Strickjacke rundeten ihr Outfit ab. Zudem hatte sie ihr kastanienbraunes Haar mit einem geblümten Tuch zurückgebunden.

Sie sah … ganz und gar bezaubernd aus.

Garrett zwang sich, den Blick von ihr abzuwenden, um Mrs Mitchell zu begrüßen. „Ich dachte, Sie beide möchten vielleicht bei mir im Auto mitfahren. Da sitzt man bequemer als im Bus."

„Sehr gerne." Mrs Mitchell strich ihr Kleid glatt und lächelte, wobei ein Netz aus kleinen Fältchen um ihre Augen sichtbar wurde. „Danke, dass Sie mich eingeladen haben, Garrett. Ich habe noch nie Äpfel gepflückt."

Jane kräuselte die Stirn. „Aber Mama, du weißt doch, dass du keine Leitern hochklettern kannst."

Garrett lachte. „Wir finden sicher einige Äste, die tief genug hängen, dass auch Sie ein paar Äpfel pflücken können", sagte er mit einem Zwinkern.

Mrs Mitchell sah viel besser aus als beim letzten Mal. Wenn

dieser Ausflug sie für eine Weile von der Sorge um ihren Sohn ablenken konnte, war er auf jeden Fall die Mühe wert.

Eine Mischung aus polternden Schritten und aufgeregten Stimmen ertönte aus der Richtung des Heims. Es hörte sich fast wie ein aufziehendes Gewitter an.

Garrett wandte den Kopf. „Aha! Die Kinder scheinen da zu sein."

Wenige Sekunden später strömten die Kinder laut johlend und wild durcheinanderlaufend nach draußen. Die beiden ehrenamtlichen Helferinnen sahen schon jetzt erschöpft aus. Nach einer Weile standen die Kinder endlich in Reih und Glied vor dem Bus und warteten auf Kens Anweisungen. Der Fahrer wies ihnen ihre Plätze zu wie ein Kapitän, der neue Matrosen auf sein Schiff kommandiert.

Garrett zeigte auf sein Auto. „So, meine Damen, sollen wir?"

Jane blickte mit gerunzelter Stirn zum Bus hinüber. „Ich hoffe, dass wir das Richtige tun. Was, wenn etwas passiert?"

Er konnte ihr die Besorgnis deutlich ansehen. „Alles wird gut gehen, Jane. Vertrauen Sie mir."

Sie sah ihm in die Augen und nickte.

Als sie ins Auto stiegen, betete Garrett, dass er recht behalten würde.

Jane saß auf dem Rücksitz und betrachtete die vorbeiziehende Landschaft. Sie hatte darauf bestanden, dass ihre Mutter vorne saß, um die Aussicht genießen zu können. Insgeheim wollte Jane aber auch mehr Abstand von dem Mann, der ihre Gedanken und ihren Puls in letzter Zeit so oft durcheinanderbrachte.

Hier hinten konnte sie freier atmen und seiner Unterhaltung mit ihrer Mutter lauschen. Seit Garrett wusste, dass sie unverheiratet war, spürte Jane eine leichte Veränderung zwischen ihnen. Ohne ihren Schutzwall, der keine Romantik zugelassen hatte, befand sich Jane auf unbekanntem Territorium. Plötzlich konnte sie nicht mehr leugnen, dass sie sich zu ihm hingezogen fühlte. Aber sie durfte diesem Gefühl nicht nachgeben. Sie drehte an dem Ring, den sie immer noch trug, um sich daran zu erinnern, dass alle anderen sie für verheiratet hielten. Sie musste sich unbedingt weiterhin so verhalten.

Die Autofenster waren einen Spalt geöffnet, sodass eine sanfte Brise sie umwehte. Trotz ihrer quälenden Gedanken gelang es Jane, sich allmählich zu entspannen. Nach einigen Minuten veränderte sich die Landschaft. Die Bauten aus Backsteinen und Beton wichen sanft geschwungenen, grünen Hügeln. Ab und zu kamen sie an kilometerlangen Baumreihen vorbei. Auf manchen Feldern grasten Schafe oder Rinder.

Garrett wusste zu allem, was sie sahen, etwas zu sagen und an ihrer erfreuten Reaktion konnte Jane erkennen, dass ihre Mutter jede Sekunde davon genoss. Wie lange war es her, seit sie gemeinsam etwas unternommen hatten, das kein Arztbesuch war? Jane schluckte einen Anflug von Schuldgefühlen hinunter. Sie war immer so sehr mit ihrer Arbeit beschäftigt, dass sie keine Zeit für die kleinen Freuden im Leben hatte. Aber darunter sollte ihre Mutter nicht leiden müssen. Jane nahm sich vor, ein paar Ausflüge für sie beide zu planen, die nicht zu anstrengend für ihre Mutter waren.

Schlussendlich bog Garrett auf einen Schotterweg ab. Ein Schild zeigte an, dass sie sich nun auf dem Land der Wilders befanden. Sie fuhren an einem grob gezimmerten Obststand vorbei und auf ein Backsteinhaus zu. Rechts vom Haus befand sich eine große Scheune und in der Ferne konnte Jane einen Traktor mit einem Hänger voll Heu erkennen.

Garrett hielt vor dem Haus und stellte den Motor ab. „Willkommen auf unserem Hof.“ Er grinste, während er ausstieg und ums Auto ging, um ihrer Mutter die Tür zu öffnen.

Jane stieg aus und sog tief die Landluft ein, die nach frisch gemähtem Gras roch. Der Bus war noch nicht in Sicht, sodass ihr ein paar Minuten blieben, um sich zu entspannen und ihre Umgebung genauer zu betrachten. Sie stemmte die Hände in die Hüften und ließ den Blick über das Land schweifen. „Es ist wunderschön hier.“

„Das ist es“, stimmte Mutter zu. „Danke noch mal für Ihre Einladung.“

„Es ist mir eine Freude.“ Garrett schlug die Tür zu und lehnte sich mit der Hüfte ans Auto. „Ich zeige gerne anderen Leuten unser wunderschönes Zuhause.“

Jane wurde von frischem Optimismus erfüllt. Es hatte etwas Befreiendes, ringsum von Natur umgeben zu sein. Für heute würde sie ihre Sorgen vergessen und versuchen, Spaß zu haben.

Plötzlich erklang ein übermütiges Bellen und ein schwarzweißes Fellknäuel kam über die Wiese geschossen.

Garrett entfernte sich ein paar Schritte vom Auto, um den Hund abzufangen, bevor er sie umrennen konnte. Das Tier lief ein paarmal aufgeregt um Garretts Beine herum, bis dieser sich bückte, um es zu streicheln. „Hey, Jett. Ich habe dich auch vermisst, Kumpel.“ Liebevoll kraulte er ihm den Kopf.

Als Jane das sah, breitete sich ein warmes Gefühl in ihr aus.

Mit einem Lächeln richtete sich Garrett wieder auf und blickte zu ihnen hinüber. „Das ist mein Hund Jett.“

Jane trat näher und ließ Jett an ihrer Hand schnuppern. „Was für eine Rasse ist das?“

„Er ist ein Border Collie. Schlau, treu und sehr geschickt, wenn es darum geht, umherstreifende Ziegen zurück in die Herde zu treiben.“

„Nicht Schafe?“

Garrett lachte laut und seine blauen Augen blitzten. „Schafe, Ziegen. Er ist nicht wählerisch.“

Jane stimmte in sein Lachen ein, als sie Jett streichelte. Garretts Freude war ansteckend. Es war offensichtlich, dass er diesen Ort liebte – warum lebte er also in der Stadt?

Die Tür des Bauernhauses öffnete sich mit einem Quietschen. „Ich hoffe, mein Sohn lässt seine Gäste nicht hier draußen stehen.“ Eine große Frau mit hellbraunen Haaren kam lächelnd die Stufen herab. Sie trug ein geblümtes Hauskleid und eine weite beige Strickjacke.

„Entschuldige, Mom. Jett hat mich abgelenkt.“ Er umarmte seine Mutter herzlich. „Mom, das sind Jane Linder und ihre Mutter, Mrs Mitchell."

„Hallo, herzlich willkommen. Ich bin Sarah. Mein Mann, Ben, ist schon draußen auf der Plantage."

„Freut mich, Sie kennenzulernen, Mrs Wilder." Jane mochte die sympathische Frau sofort.

„Bitte, nennen Sie mich Sarah. So nennen mich alle."

„Gut. Dann bin ich Jane und meine Mutter heißt Hildie."

Sarah kam zu ihnen hinüber und legte ihrer Mutter einen Arm um die Schulter. „Hildie. Ein sehr schöner Name."

„Oh, danke schön. Hildie klingt schöner als Hilda, finde ich. Mein Vater gab mir den Spitznamen und er hat sich durchgesetzt."

Jetzt schwang die Tür erneut auf und zwei Jungen kamen herausgerannt, gefolgt von einer schlanken blonden Frau, die ein kleines Mädchen auf der Hüfte trug. Ungestüm liefen die Jungen zu Jett und warfen sich auf ihn. Den Hund schien der spielerische Angriff nicht im Geringsten zu stören.

„Wo sind denn die ganzen Kinder?", fragte der ältere Junge. Er mochte etwa sieben oder acht Jahre alt sein.

„Sie werden jeden Moment hier sein." Garrett wuschelte ihm durchs Haar. „Das sind meine Neffen", sagte er zu Jane. „Der ältere heißt Kevin und der jüngere Dale." Als die junge Frau näher kam, wandte sich Garrett zu ihr um. „Das ist meine Schwester Cassie und diese Schönheit hier", er nahm ihr das kleine Mädchen ab, „ist meine Nichte Amanda oder Mandy, wie wir sie nennen." Er gab ihr einen Kuss auf die Wange und sie kicherte.

Jane lächelte Cassie zu. „Hallo, ich bin Jane und das ist meine Mutter Hildie." Jane bewunderte die zerbrechliche Anmut der Frau. Mit dem blonden Haar, der reinen Haut und den großen grauen Augen erinnerte sie Jane an den Engel, den ihre Mutter jedes Jahr auf die Spitze des Weihnachtsbaums setzte.

„Schön, Sie kennenzulernen", sagte Cassie. „Wir sind so froh, dass Sie kommen konnten. Wir freuen uns über jede Hilfe, die wir um diese Jahreszeit auf der Plantage bekommen können."

Jane lachte. „Ich hoffe nur, dass die Kinder nicht mehr Äpfel essen, als sie pflücken."

Der Motor eines herannahenden Fahrzeugs war zu hören.

„Apropos Kinder", sagte Jane. „Da kommen sie schon."

Kurz darauf kam der Bus auf dem Rücken eines kleinen Hügels in Sicht. Kaum hatte er angehalten, wurden die Türen geöffnet und eine gehetzt wirkende Miss Channing kam heraus. Die andere Helferin, Miss Tate, folgte ihr auf den Fersen.

Miss Tate übernahm sofort das Kommando. „Kinder, ihr könnt jetzt aussteigen und euch neben dem Bus aufstellen."

Unter lautem Gelächter hüpften und stolperten die Kinder aus dem Bus.

Janes Blick fiel sofort auf Martin, der mit großen Augen seine Umgebung betrachtete. Er war offensichtlich beeindruckt. Dann bemerkte er Jett und schoss direkt auf ihn zu. Kurz vor Garrett blieb er stehen und schaute zu ihm hinauf.

„Ist das Ihr Hund, Mr Wilder?"

Garrett legte dem Hund eine Hand auf den Kopf, um ihn daran zu hindern, auf Martin zuzuspringen. „Ja. Er heißt Jett."

„Darf ich ihn streicheln?" Der flehende Blick des Jungen brachte Janes Fassung ins Wanken. Martin sollte bei einer Familie wohnen und einen eigenen Hund haben, den er lieben konnte.

„Natürlich. Aber nur kurz, dann musst du wieder zurück zu den anderen."

„Ja, Sir." Martin kniete sich hin und streichelte den Kopf des Hundes.

Jett hechelte und schien es sichtbar zu genießen.

„Martin", rief Miss Tate. „Stell dich bitte in die Reihe."

Der Junge kraulte noch einmal kurz Jetts Ohren, dann eilte er zurück.

Als die Kinder sich aufgestellt hatten, sagte Jane: „Guten Morgen, zusammen. Das hier ist der Hof der Familie Wilder. Ich möchte, dass ihr auf Mr Wilders Anweisungen hört und an dem Ort bleibt, an den ihr geschickt werdet. Wir wollen, dass heute alle ihren Spaß haben. Mr Wilder erklärt euch jetzt, wie es weitergeht."

Garrett stellte sich neben sie. Ihr fiel unweigerlich auf, wie entspannt er wirkte. Er war hier eindeutig in seinem Element. Seine Jacke hatte er ausgezogen. Darunter trug er ein blau kariertes Hemd, dazu eine dunkle Hose und Arbeitsschuhe. Er hatte die Hände in die Hüften gestemmt und strahlte Selbstvertrauen und Männlichkeit aus.

„Ich hoffe, dass ihr euch aufs Pflücken freut", sagte er zu den Kindern. „Wenn wir da sind, werde ich euch kurz einweisen. Zuerst ein paar Regeln, an die ihr euch halten müsst: Bleibt in eurer Gruppe, klettert nicht auf die Bäume und steigt nur auf eine Leiter, wenn es euch ein Erwachsener erlaubt hat." Er klatschte in die Hände. „Wer hat Lust auf eine Heuwagenfahrt?"

Jane und alle Kinder hoben die Hand.

Garrett wandte sich zwinkernd zu ihr um. „Alles klar. Ich hole schnell meinen Vater, dann können wir los."

Während sein Vater hinter dem Lenkrad des Traktors saß und wartete, überprüfte Garrett noch einmal, ob alle Kinder sicher auf dem Heuwagen saßen.

„Alle bereit, Dad", rief er.

„Kommen Sie nicht mit?" Jane runzelte die Stirn.

Anscheinend hatte sie neben sich einen Platz für ihn freigehalten. Einen wirklich sehr gemütlichen Platz.

„Ich laufe lieber. Aber ich hole euch auf der Plantage wieder ein."

Jane blickte verwirrt drein. Garrett versuchte, nicht darüber nachzudenken, während er neben dem Wagen herlief. Wahrscheinlich würde sie ihn später mit Fragen löchern. Aber er hatte seine Antwort parat. Eine Antwort, die nicht im Detail darauf einging, warum das Geruckel des Traktors nichts für ihn war. Außer Cassie und seinen Eltern wusste niemand, wie schlimm seine Kriegsverletzungen wirklich waren.

Garrett schüttelte die finsteren Gedanken ab und konzentrierte sich stattdessen auf die Kinder. Wie erhofft schienen sie sich prächtig zu amüsieren. Einige der jüngeren hatten es sich auf dem Heu in der Mitte des Wagens gemütlich gemacht, während die älteren Jungs ihre Beine vom Rand baumeln ließen und in jeder Kurve laut johlten. Jane und ihre Mutter saßen lächelnd nebeneinander und bestaunten die Landschaft.

Es war ein perfekter Tag, um Äpfel zu pflücken. Es war so warm, dass man keine Jacke brauchte, und hin und wieder wehte eine leichte Brise, die nach reifen Äpfeln und frischem Heu duftete.

Der Traktor fuhr an mehreren Baumreihen vorbei, bis sie zu dem Bereich kamen, in dem sie pflücken würden. Sein Vater stellte den Motor ab und sprang herunter.

„Also gut, Kinder, steigt ab und versammelt euch bei dem ersten Baum da drüben. Garrett wird euch erklären, wie es weitergeht."

„Danke für die Fahrt, Mr Wilder", sagte eines der Kinder.

„Gerne. Meine Familie und ich freuen uns, dass ihr hier seid. Wir haben auch nichts dagegen, wenn ihr beim Pflücken ein paar Äpfel nascht", erwiderte er mit einem Zwinkern. Die Kinder lachten.

Garrett wartete, bis alle sich vor dem Baum versammelt hatten. „So, Kinder, wir werden heute McIntosh-Äpfel ernten – meine Lieblingssorte. Miss Tate wird euch in vier Gruppen einteilen, dann fangen wir an. Cassie, du und die Kinder könnt euch eine Gruppe aussuchen."

Nachdem sie sich aufgeteilt hatten, zeigte Garrett ihnen, wie sie die reifen Äpfel von den noch nicht erntereifen unterscheiden konnten. Er verteilte große Pflückkörbe und brachte den Kindern bei, die Äpfel vorsichtig hineinzulegen, damit sie keine Druckstellen bekamen.

„Pflückt möglichst viele reife Früchte von einem Baum, bevor ihr zum nächsten weiterzieht", wies er sie an. „Wenn ihr Äpfel seht, die zu weit oben hängen, bittet einen Erwachsenen, sie für euch zu pflücken. Geht kein Risiko ein. Ein Apfel ist es nicht wert, dass ihr fallt und euch verletzt." Er wartete. „Gibt es noch Fragen?"

„Nein, Sir“, murmelten mehrere Stimmen.

„Dann lasst uns anfangen. Denkt daran, dass wir am Ende vergleichen, welche Gruppe die meisten Körbe gefüllt hat. Es könnte auch eine Belohnung geben.“

Wieder jauchzten die Kinder vor Freude.

Garrett teilte jeder Gruppe eine Baumreihe zu. Nachdem er sich vergewissert hatte, dass die Betreuer alles hatten, was sie brauchten, zog es ihn zu Jane und ihren jungen Schützlingen. Es überraschte ihn nicht, Martin bei ihr zu finden, mit Denise an seiner Seite. Außerdem gehörten noch ein Junge und ein Mädchen, die etwa zehn und zwölf Jahre alt sein mussten, zu ihrer Gruppe. Sie hatten ihre Körbe an den Fuß des Baumes gestellt und verglichen die Größe ihrer Äpfel, bevor sie sie in den Korb legten. Garrett kicherte in sich hinein. Wenn sie so weitermachten, würden sie bis zum Mittag keine zwei Körbe gefüllt haben. Aber solang sie Spaß hatten, war er zufrieden.

Jane stand auf Zehenspitzen und streckte sich mit entschlossenem Blick nach einem Zweig mit mehreren Äpfeln aus. Als es ihr gelang, ihre ganze Beute abzupflücken, strahlte sie übers ganze Gesicht. „Hab ich dich.“ Sie zupfte die überflüssigen Blätter ab und legte die Früchte in den Korb.

Als sie sich aufrichtete und sah, dass Garrett sie beobachtete, wurde sie rot.

„Ich glaube, Sie haben Ihren Beruf verfehlt“, neckte er sie.

Sie lachte. „Ich wusste nicht, dass es so viel Spaß machen kann, Äpfel zu pflücken.“ Sie rieb eine Frucht an ihrer Hose, bis die Schale glänzte. Dann nahm sie einen Bissen und schloss genießerisch die Augen, während sie kaute. „Das ist der beste Apfel, den ich je gegessen habe.“ Als sie ihre Augen wieder öffnete, leuchteten kleine goldene Funken darin.

Er hatte sie noch nie so erlebt. Sie wirkte so entspannt … so voller Leben … so wunderschön.

Garrett spürte ein sehnsüchtiges Ziehen in der Brust und holte tief Luft. Er durfte diese Gefühle nicht zulassen. Er musste eine professionelle Distanz wahren. „Das freut mich“, sagte er. „Falls

Sie mich brauchen: Ich gehe jetzt durch die Reihen und sehe nach den anderen."

Jane lächelte. „Danke. Wir kommen bestimmt zurecht."

Garrett warf noch einen letzten Blick auf die Gruppe, um sich an der offensichtlichen Freude in Martins Gesicht zu weiden. Dann steuerte er auf die Baumreihe zu, die am weitesten von der Versuchung entfernt war. Während er ins Sonnenlicht hinaufsah, das durch die Blätter fiel, hatte er den Eindruck, genau zu wissen, wie sich Adam im Garten Eden gefühlt haben musste.

Auch wenn Garretts Versuchung nicht viel mit Früchten zu tun hatte.

Kapitel 15

„Darf ich auf die Leiter klettern, um die Äpfel da oben zu holen, Mrs Linder?“ Martin deutete auf einen Ast weit oben in dem Baum, von dem sie gerade pflückten.

Matt und Trudy hatten den beinahe vollen Korb soeben ein Stück vom Stamm weggezogen, während Denise im Gras hockte und zufrieden in einen glänzenden Apfel biss. Nachdem sie nun fast vier Pflückkörbe gefüllt hatten, verdienten die Kinder eine Pause.

Jane schirmte die Augen mit der Hand ab und sah hinauf. „Ich glaube nicht, dass wir so weit hochklettern müssen.“

„Aber Mr Wilder hat gesagt, dass wir jeden Baum erst leer pflücken sollen, bevor wir zum nächsten gehen.“

Jane wusste, dass Martin sich nicht davon abbringen lassen würde. Aber sie hatte kein gutes Gefühl dabei, eins der Kinder auf die Leiter steigen zu lassen. Vielleicht sollte sie es selbst tun, auch wenn sie nicht ganz schwindelfrei war. „Ich werde gehen“, sagte sie. „Ich bin viel größer und komme eher an die Äpfel heran.“

„Aber ich kann gut auf Leitern klettern.“ Wie um es zu beweisen, hüpfte Martin auf die unterste Sprosse. „Mr McElroy hat mich immer eine große Leiter hochgeschickt, um seine Dachrinnen sauber zu machen.“

Jane schob diesen beunruhigenden Gedanken erst einmal beiseite, um nicht vom Thema abzukommen. „Das mag sein, aber ich möchte nicht, dass du da hochkletterst. Also werde ich gehen. Haltet ihr die Leiter fest, während ich hochsteige.“

Als sie an der Holzleiter hochschaute, die etwa sechs Meter lang sein musste, versuchte sie, ihre Angst zu verbergen. Wenigstens trug sie festes Schuhwerk, das ihr einen sicheren Tritt verlieh. Solang sie den Blick nach oben gerichtet hielt, sollte alles gut gehen.

Auf einer der obersten Sprossen blieb sie stehen, um sich zu sammeln und die Lage abzuschätzen. Als ihr Blick nach links schwenkte, blieb ihr der Mund offen stehen. Aus dieser Höhe konnte sie über die Bäume hinweg auf die wunderschöne Landschaft schauen. In der Ferne entdeckte sie einen anderen Hof, dessen rotes Silo sich deutlich vom strahlend blauen Himmel abhob.

„Wow", hauchte sie. „Die Aussicht ist unglaublich."

„Die Äpfel sind auf der anderen Seite, Mrs Linder", rief Denise zu ihr herauf.

Jane wandte ihre Aufmerksamkeit wieder dem Baum zu. „Ich sehe sie." Die Äpfel waren reif. Wenn man sie nicht bald pflückte, würden sie wahrscheinlich auf den Boden fallen und zu Futter für die Eichhörnchen werden.

Sie streckte die Hand aus. Ihre Finger kamen gerade so an die Äpfel heran. Mit einem Ruck pflückte sie das Büschel ab und geriet für einen Moment ins Wanken. Das Herz schlug ihr bis zum Hals, als die Leiter wackelte. Doch dann fand sie ihr Gleichgewicht wieder. „Ich hab sie!", jubelte sie.

Die triumphierenden Schreie der Kinder begleiteten sie auf dem Weg nach unten. Sie stellte fest, dass es schwieriger war, eine Leiter hinunterzuklettern, als sie hochzusteigen. Hinzu kam, dass sie sich nicht gut festhalten konnte, weil sie in einer Hand die Äpfel hielt. Trotzdem machte sie beharrlich weiter und stieg Sprosse um Sprosse nach unten.

Als sie beinahe unten angekommen war und sich schon für ihren Heldenmut gratulieren wollte, rief eins der Kinder: „Mr Wilder! Mr Wilder! Haben Sie das gesehen? Mrs Linder hat die Äpfel von ganz oben gepflückt."

In dem Moment rutschte ihr Fuß ab. Glücklicherweise fand sie schnell wieder festen Halt. Hatte Garrett sie die ganze Zeit beobachtet? Sie atmete tief durch und kletterte weiter.

Als sie nur noch zwei oder drei Sprossen über dem Boden war, umfassten starke Hände ihre Taille, hoben sie von der Leiter und setzten sie sanft im Gras ab.

„Was für ein Einsatz!" Garrett richtete mit einem Finger ihr Kopftuch. Ein amüsiertes Lächeln umspielte seinen Mund.

Peinlich berührt trat sie einen Schritt zurück und lachte atemlos. „Aber es hat sich gelohnt. Die Aussicht von da oben ist fantastisch. Und ich habe mein Ziel erreicht.“ Sie hielt die Äpfel hoch. „Hier, Trudy. Leg die bitte für mich in den Korb.“

Das Mädchen rannte herbei, um die Früchte entgegenzunehmen.

Martin zupfte an ihrem Ärmel. „Darf ich beim nächsten Mal auf die Leiter steigen?“

„Auf keinen Fall!“, erwiderte sie. „Ich weiß jetzt aus eigener Erfahrung, dass es viel zu gefährlich ist.“

Garrett legte Martin die Hand auf die Schulter. „Mrs Linder hat recht. Es passieren zu viele Unfälle auf Leitern.“

„In Ordnung, Sir.“

„Also gut. Ich wollte euch eigentlich Bescheid geben, dass wir jetzt Mittagspause machen.“ Garrett setzte seine Kappe wieder auf. „Mal sehen, was meine Mutter für uns vorbereitet hat.“

Jane sorgte dafür, dass alle Kinder Platz auf den Decken fanden, die unter einer Gruppe von Eichen ausgebreitet waren. Dann ging sie zum Wagen hinüber, um Sarah mit den Picknickkörben zu helfen. Ihre Mutter saß unter einem Baum und unterhielt sich mit Ben Wilder.

„Ich hoffe, dass wir Ihnen nicht allzu viele Umstände bereitet haben“, sagte Jane, während sie die belegten Sandwiches auspackte.

„Überhaupt nicht. Ich bin es gewohnt, die Arbeiter zu versorgen. Auch wenn sie normalerweise nicht so lebhaft und quirlig sind.“ Sarah lächelte herzlich. „Sobald alle versorgt sind, werde ich Hildie mit ins Haus nehmen. Ich habe ihr eins unserer Zimmer angeboten, falls sie sich nach dem Essen etwas ausruhen möchte.“

Jane richtete sich auf. „Das ist nett von Ihnen, aber wir wollen Ihnen nicht zur Last fallen.“

Sarah legte ihr eine Hand auf den Arm. „Das tun Sie nicht. Ich freue mich, etwas Gesellschaft im Haus zu haben. Bitte machen Sie sich keine Sorgen.“

Jane konnte nur nicken. Garrett musste Sarah von den gesundheitlichen Problemen ihrer Mutter erzählt haben.

„Sie können gerne damit anfangen, das Essen zu verteilen“, sagte Sarah. „Ich wette, die Landluft hat die Kleinen ganz schön hungrig gemacht.“

Zehn Minuten später saßen die Kinder auf dem Boden und mampften zufrieden ihre Sandwiches. Hier und da war ein Kichern oder lautes Lachen zu hören. Jane hatte sich auch auf einer Decke niedergelassen. Sie versuchte, nicht an ihre Probleme zu denken und sich zu entspannen. Als ihr Blick wie gewöhnlich an Martin hängen blieb, ging ihr das Herz auf. Er schien hier ein ganz anderer Junge zu sein. Er war locker und entspannt und lachte mit den anderen Kindern, als wäre er zum ersten Mal in seinem Leben vollkommen sorgenfrei.

Jane lächelte, während sie ihr Sandwich auspackte. Diese Kostprobe vom Landleben würde den Kindern guttun – sowohl körperlich als auch seelisch. Vielleicht sollten sie solche Ausflüge öfter ins Programm der Heimkinder aufnehmen. Sie hatten es verdient, mehr von der Welt zu sehen.

„Darf ich mich zu Ihnen setzen?“

Jane blinzelte zu Garrett auf, der plötzlich vor ihr stand. Sie hatte ihn eine Weile nicht gesehen und angenommen, er sei ins Haus zurückgekehrt.

„Natürlich.“ Sie rutschte zur Seite, um ihm Platz zu machen.

Er ließ sich mit einem Roastbeef-Sandwich in der Hand neben sie auf die karierte Decke fallen. „Die Kinder scheinen eine Menge Spaß zu haben.“ Er nahm einen großzügigen Bissen von seinem Sandwich.

„Das habe ich auch gerade gedacht. Es ist etwas ganz Besonderes für sie. Und bisher hat es auch keine Unfälle gegeben.“ Sie lachte nervös.

„Das ist immer gut.“ Er lächelte, sodass seine Grübchen erschienen.

Garrett wirkte hier, außerhalb des Büros, völlig anders auf Jane. Er war entspannt und ganz in seinem Element. Hier draußen strahlte er ein Selbstbewusstsein aus, das sie sehr anziehend fand. Umgeben von seiner Familie und den Kindern konnte sie sich gut vorstellen, was für einen hervorragenden Ehemann und Vater er einmal abgeben würde.

Sie bekam eine Gänsehaut. Plötzlich wurde ihr bewusst, wie nah er ihr war. Nah genug, um die silbernen Pünktchen in seinen blauen Augen zu sehen. Nah genug, um eine winzige Narbe an seiner Augenbraue auszumachen und den frischen Duft seiner Seife zu riechen.

Um ihren rasenden Herzschlag zu beruhigen, nahm Jane schnell einen kleinen Bissen von ihrem Sandwich und kaute langsam darauf herum.

„Was ist mit Ihnen?", fragte er. „Amüsieren Sie sich?"

„Selbstverständlich. Es ist wunderschön hier."

„Warum wirken Sie dann nicht mehr so entspannt wie vorhin? Ihre Schultern sehen ziemlich verkrampft aus."

Sie setzte sich anders hin und versuchte, ihre Muskeln zu lockern. „Ich bin wohl nicht besonders gut darin, mich zu entspannen. Irgendwie gibt es immer etwas, das mir Sorgen bereitet."

Seit sie im Alter von sechzehn Jahren ihren Vater verloren hatte, war die Welt für sie zu einem unsicheren Ort geworden. Zuerst hatte sie sich Sorgen darum gemacht, wie ihre Familie ohne ihren Vater überleben sollte. Dann hatte sie sich um ihren Bruder gesorgt, dessen wilde Ader ohne die Zurechtweisung ihres strengen Vaters überhandgenommen hatte. Später, als sie mit Donald verheiratet war, fragte sie sich besorgt, ob sie ihm die Familie würde schenken können, die ihm so wichtig war. Und jetzt machte sie sich um ihre Karriere Sorgen, während sie gleichzeitig versuchte, ihre Mutter zu pflegen. Ganz zu schweigen von ihrer Sorge um all die verlorenen und misshandelten Kinder, die Woche für Woche durch die Türen der Organisation kamen.

Er sah sie einige Sekunden unverwandt an. „Ich glaube, es wird Zeit, dass wir etwas dagegen unternehmen. Ich möchte, dass Sie heute Nachmittag nur an die frische Luft, den Sonnenschein und die Bäume denken. Gott hat die Natur geschaffen und er möchte, dass Sie sie genießen."

Jane unterdrückte ein Seufzen. Bei ihm hörte es sich so leicht an. Aber sie schleppte diese Verantwortung schon so lange mit sich herum. Sie konnte sie nicht einfach loslassen. „Ich werde es versuchen“, sagte sie, weil sie wusste, dass er sich nicht ohne eine Antwort zufriedengeben würde.

„Gut. Ich werde Ihnen dabei helfen.“

Um sich von seinem entwaffnenden Blick abzulenken, griff Jane in den Picknickkorb und holte ein Gläschen heraus. „Ist das selbst gemachter Apfelmus?“

„Ja. Es ist das Lieblingsrezept meiner Mutter, mit einer geheimen Zutat, die sie niemandem verrät. Nicht einmal mir. Sie müssen es unbedingt probieren.“

„Das werde ich.“ Jane suchte einen Löffel, öffnete den Deckel und nahm einen kleinen Happen. Auf ihrer Zunge fand die reinste Geschmacksexplosion statt. Säuerliche Äpfel, brauner Zucker, Zimt und ein anderes Gewürz, das sie nicht einordnen konnte. Wahrscheinlich die geheime Zutat. „Es ist köstlich. Der beste Apfelmus, den ich je probiert habe.“

Er lachte. „Ich werde es weitergeben.“

„Man kann vermutlich auch nicht viel falsch machen, wenn man frisch gepflückte Äpfel nimmt.“ Sie lächelte und neigte den Kopf, um den Blick über die Plantage schweifen zu lassen. „Ich verstehe, warum Sie diesen Ort so lieben. Es wundert mich bloß, dass Sie nicht hier an der Seite Ihrer Familie arbeiten. Warum wohnen Sie in einer Pension in der Stadt und arbeiten in einem Büro?“

Als sie sah, wie er den Kiefer anspannte, wünschte sie, ihre Frage zurücknehmen zu können. „Tut mir leid. Vergessen Sie's.“

Er fuhr sich mit der Hand durchs Gesicht. „Ich liebe diesen Ort wirklich sehr und hatte immer vor, eines Tages den Hof zu übernehmen. Ich habe extra meinen Abschluss gemacht, um meinen Vater im geschäftlichen Bereich zu unterstützen.“ Seine Augen verdunkelten sich.

„Was ist passiert?“, fragte sie leise.

„Der Krieg ist passiert.“ Bitterkeit verzerrte sein attraktives Gesicht.

Sie atmete langsam ein. „Ihre Verletzungen …?“

„Ja."

Eine sanfte Brise umwehte sie, während Jane darauf wartete, dass Garrett fortfuhr. Seine grimmige Miene hingegen war alles andere als sanft.

„Eine Granate ist in meiner Nähe explodiert, als ich gerade einem Kameraden geholfen habe. Ich bin in einem Krankenhaus aufgewacht, ohne zu wissen, wo ich bin und wie ich dort gelandet war." Er rollte seine Serviette zu einer festen Kugel zusammen. „Ich habe sogar noch Glück gehabt, weil ich alle meine Gliedmaßen behalten durfte. Aber ich bin trotzdem nicht mehr in der Lage, einen Hof zu führen."

„Sind Sie deshalb nicht bei uns auf dem Heuwagen mitgefahren?"

Er schaute weg und nickte. „Das Ruckeln des Traktors auf unebenem Boden ist nicht gut für …", er zögerte, „meinen Rücken." Ein Muskel in seinem Nacken zuckte.

Jane war sich sicher, dass Garrett ihr nicht alles erzählt hatte. Sie hatte noch keine Anzeichen dafür gesehen, dass er seinen Rücken schonte. Er wirkte eigentlich sogar ziemlich beweglich. Wenn jemand Hilfe brauchte, sprang er immer sofort auf.

„Das tut mir leid", sagte sie. „Es muss schwer gewesen sein, das zu akzeptieren."

„Das war es. Als ich erkannt habe, dass ich keine schweren körperlichen Arbeiten mehr verrichten kann, habe ich noch ein paar Kurse im Bereich Finanzen und Wirtschaftsprüfung belegt, um bessere Chancen auf einen Bürojob zu haben."

„Aber das ist nicht Ihr Traumberuf, oder?"

„Nein", gab er zu. „Ist es nicht."

Wie traurig, dass er seinen Herzenswunsch hatte aufgeben und sich mit seiner zweiten Wahl hatte zufriedengeben müssen. Jane fühlte sich an ihr eigenes Schicksal erinnert. Ihr Traum, eine Familie zu gründen, war mit ihren Fehlgeburten geplatzt. Und jetzt versuchte auch sie, das Beste aus ihrer zweiten Chance zu machen.

Anscheinend hatten sie mehr gemeinsam als gedacht.

Garrett musterte Janes Gesicht und versuchte, ihre Reaktion auf sein Eingeständnis zu deuten. Warum hatte er ihr von seiner Verletzung erzählt? Von nun an würde sie ihm mit Mitleid, vielleicht sogar mit weniger Respekt begegnen.

Wenigstens hatte er das Schlimmste an seinem Zustand für sich behalten – die Ungewissheit, die seine gesamte Zukunft überschattete.

„Es muss schwierig sein, jedes Wochenende nach Hause zu kommen", sagte Jane. Sie sah ihn unsicher durch ihre Wimpern an, als hätte sie Angst, etwas Falsches zu sagen.

„Nicht wirklich." Er riss einen Grashalm ab und ließ ihn durch seine Finger gleiten. „Ich habe gelernt, meine Einschränkungen zu akzeptieren und bei den Arbeiten zu helfen, die ich machen kann. Außerdem sind meine Nichte und meine Neffen für mich Anreiz genug, um nach Hause zu kommen. Sie erden mich und erinnern mich daran, was im Leben wirklich zählt."

„Das glaube ich gern." Ein wehmütiger Ausdruck huschte über ihr Gesicht. „Es geht nichts über Kinder, um alles wieder ins rechte Licht zu rücken." Sie lächelte sanft und deutete auf Martin, der gerade mit Garretts Neffen Ball spielte. „Wenn Martin nur jeden Tag so glücklich und sorglos sein könnte."

Der Ball fiel zu Boden und rollte auf ihre Decke.

Martin rannte herbei, um ihn zu holen. „Entschuldigung, Mr Wilder. Ich habe ihn nicht erwischt."

„Macht nichts. Du brauchst nur mehr Übung." Garrett schnappte sich den Ball und sprang auf, froh über die Ablenkung von der reizenden Frau neben ihm. „Mit einem Handschuh wäre es einfacher, aber lasst uns erst mal ohne üben." Er warf den Ball in einem hohen Bogen.

Martin rannte und streckte die Hände aus, doch der Ball rutschte ihm durch die Finger.

„Guter Versuch." Garrett lief zu den Jungen hinüber.

„Onkel Garrett! Wirf ihn zu mir!“ Kevin hüpfte neben Martin auf und ab.

Garrett tat ihm den Gefallen. Nach ein paar weiteren Würfen mit seinem Neffen hielt er inne. „Ich glaube, dass Martin etwas Übung braucht. Wie wäre es, wenn wir ihm das Fangen beibringen, so wie ich es dir beigebracht habe?“

„Ich kann auch fangen!“ Dale, der immer mit seinem großen Bruder konkurrierte, schob schmollend die Unterlippe vor.

Garrett lachte. „Natürlich kannst du das. Also, was ist die erste und wichtigste Regel, die ich euch beigebracht habe?“

„Immer den Ball im Auge behalten“, riefen seine Neffen im Chor.

„Genau. Hast du das gehört, Martin? Du darfst nicht wegschauen, wenn der Ball auf dich zufliegt.“ Er warf dem Jungen noch einen einfachen Ball zu.

Diesmal gelang es Martin, ihn zu fangen.

„Sehr gut! Jetzt wirf ihn zu mir zurück.“

Martin holte mit konzentriertem Gesicht aus und warf den Ball hoch in die Luft.

Garrett hätte hochspringen können, um ihn zu fangen, aber wenn er auf unebenem Grund aufkäme, wäre die Erschütterung vielleicht zu stark. Deshalb gab er nur vor, es zu versuchen, und ließ den Ball vorbeifliegen.

Martin starrte Garrett erwartungsvoll an.

„Guter Wurf, Martin! Ich war nicht schnell genug, um ihn zu fangen.“

Er ging den Ball holen und reichte ihn Kevin. „Warum gibst du Martin nicht ein paar Tipps? Das würde ihm bestimmt helfen.“

Kevin grinste. „Kann ich machen.“

Sie hatten erst wenige Bälle geworfen, als die Stimme von Garretts Vater über das Feld schallte. „Also, Kinder, wer von euch ist bereit weiterzumachen?“

Die Kinder sprangen alle begeistert auf und stürmten los. Garrett hob den vergessenen Ball auf und kehrte zur Decke zurück.

Jane hatte bereits die Reste ihres Mittagessens eingepackt. „Ich danke Ihnen“, sagte sie, als er kam.

„Wofür?"

„Dass Sie sich um Martin gekümmert haben. Ich habe ihm angesehen, dass es ihm viel bedeutet hat."

Er zuckte die Schultern. „Ich habe ihn einfach genauso behandelt wie meine Neffen."

Sie legte sich lächelnd die gefaltete Decke über den Arm. „Das ist es ja. Martin tut es gut zu sehen, dass nicht alle Männer strenge Zuchtmeister sind. Dass manche auch liebevoll mit Kindern umgehen."

Er schüttelte den Kopf. „Es ist eine Schande, was er durchgemacht hat. Ich kann mir gar nicht vorstellen, dass jemand Kinder nicht so sehr liebt wie ich." Er musste den Blick von ihr abwenden, weil er fürchtete, dass ihm die Bewunderung in ihrem Gesicht zu Kopf steigen könnte. „Also dann, einen schönen Nachmittag und nehmen Sie sich vor den Leitern in Acht."

Als er sich entfernte, folgte ihm ihr Lachen, ging ihm unter die Haut und wärmte seine Seele. „Reiß dich zusammen", murmelte er leise. Er durfte nicht vergessen, dass Jane nur eine Kollegin war und nichts weiter. Es spielte keine Rolle, dass sie unverheiratet war. Seine Kriegswunden machten es ihm unmöglich, einer Frau mehr als Freundschaft anzubieten.

Denn wie könnte er jemandem eine Zukunft versprechen, wenn er selbst nicht wusste, ob er überhaupt eine hatte?

Kapitel 16

Im Gegensatz zu dem idyllischen Tag auf dem Hof der Wilders hielt die folgende Woche eine ganze Reihe neuer Probleme für Jane bereit.

Garrett hatte Mr Bolton überprüft, um so viel wie möglich über den Mann zu erfahren, bevor er ihn zu dem fehlenden Geld befragte. Er hatte herausgefunden, dass Mr Bolton vor einigen Monaten aus einer Vollzeitstelle entlassen worden war und niemandem davon erzählt hatte. Garrett vermutete, dass der Mann die Children's Aid aus Verzweiflung bestohlen hatte, nicht aus Gier. Aus diesem Grund wollte er besonders vorsichtig mit seinen Anschuldigungen sein. Jane hatte schon genug zu tun und war froh, dieses Problem Garrett überlassen zu können.

Denn im Moment galt ihre größte Sorge Martin.

Obwohl der Junge den Ausflug aufs Land sehr genossen hatte und mit den anderen Kindern gut ausgekommen war, hatte sich sein Benehmen nach der Rückkehr ins Heim nicht gebessert. Mrs Shaughnessy verlor langsam die Geduld mit ihm, weil er immer wieder Ärger machte – auch in der Schule. Nach mehreren Versuchen, Martin zu maßregeln, hatte der Rektor beschlossen, dass er zu Hause unterrichtet werden sollte.

Nun war Jane in einem Dilemma.

Sie hatten nicht die Mittel, um einen Privatlehrer zu engagieren. Und die anderen Angestellten, sowohl im Heim als auch im Büro, waren ohnehin schon überlastet. Letzen Endes war die Aufgabe also an Jane hängen geblieben. Jetzt musste Martin jeden Morgen bei ihr im Büro erscheinen. Sie brachte ihn dann in den Pausenraum und gab ihm ein paar Bücher, Blätter und Stifte. Danach verbrachte sie eine halbe Stunde damit, die Lektion für den Tag durchzugehen und ihm Aufgaben zu stellen. In ihrer Mittagspause sah sie seine Lösungen durch und gab ihm Hausaufgaben auf.

Zu ihrer Erleichterung schien Martin seine Auszeiten vom Heim zu genießen und hatte noch nicht versucht wegzulaufen. Jane vermutete, dass auch Garrett ein Grund dafür war. Er war Martins neues großes Vorbild. Seit dem Ausflug schwärmte Martin pausenlos von Mr Wilder, seinem Hund und dem Hof. Die Tatsache, dass Garrett mehrmals am Tag nach Martin sah, trug natürlich zur Schwärmerei des Jungen bei.

Als hätten ihre Gedanken ihn heraufbeschworen, klopfte Garrett in diesem Moment an ihre Tür und trat ein.

„Schon eine Idee, was wir mit Martin machen?" Er zog sich einen Stuhl heran. „Er kann nicht für immer im Pausenraum bleiben."

Jane sah von den Papieren auf ihrem Schreibtisch auf und versuchte, das Kribbeln in ihrem Bauch zu ignorieren. „Ich arbeite daran. Wenn er ein dauerhaftes Zuhause hätte, würde er sich besser benehmen, davon bin ich immer noch überzeugt."

Sie senkte den Blick. In letzter Zeit fiel es ihr schwer, die Augen von Garrett abzuwenden. Sein mitfühlendes Verhalten, seit sie die schlechte Nachricht über Brandon erhalten hatte, und ihre gemeinsame Zeit auf dem Hof seiner Familie hatten ihre Meinung von ihm deutlich verbessert. Und nun erwischte sie sich immer wieder bei den verschiedensten albernen Tagträumen.

Sie holte einen Ordner hervor. „Ich habe die Auswahl auf drei mögliche Familien begrenzt."

„Darf ich?" Er streckte die Hand aus.

„Natürlich." Sie reichte ihm die Akte. „Obwohl es mich überrascht, dass Sie sich jetzt schon mit den Einzelheiten der Organisation befassen wollen."

Er blickte auf. „Ich bin hier, um alles zu analysieren, Jane, auch die Einzelheiten. Ich nehme die Dinge so, wie sie kommen." Er musterte sie. „Wenn ich darüber nachdenke, überrascht es mich, dass Sie eine Familie für Martin suchen. Sollte das nicht seine Betreuerin tun?"

Sie setzte die Brille ab und klappte sie zusammen. „Theoretisch bin ich das immer noch. Wahrscheinlich sollte ich Martin einem der Sozialarbeiter zuteilen. Aber er vertraut mir – und glauben Sie mir, er fasst nicht schnell Vertrauen."

„Das ergibt Sinn." Er nahm die Papiere aus dem Ordner und überflog die Informationen über die drei möglichen Familien.

Jane spielte nervös mit einem Stift, während sie wartete. Sie hatte die Beschreibungen wieder und wieder durchgelesen, konnte sich aber für keine der Familien so richtig erwärmen. Nach ihrer Fehleinschätzung der McElroys war ihr Selbstvertrauen etwas erschüttert. Um ehrlich zu sein, wollte sie gerne Garretts Meinung hören.

Er klappte den Ordner mit gerunzelter Stirn zu. „Keine davon ist ideal, oder?"

„Nicht wirklich. Aber wie gesagt, wir haben wegen des Kriegs viele Pflegefamilien verloren und müssen uns mit den übrigen begnügen. Außerdem fallen die Familien weg, bei denen Martin schon war oder die kein älteres Kind wollen oder nur Mädchen nehmen. Da bleiben nicht viele übrig."

„Zu welcher Familie tendieren Sie?"

Jane zögerte. Seltsamerweise wollte sie ihre Meinung nur ungern preisgeben. „Ich denke, dass ich die Harrisons wahrscheinlich ausschließen würde. Sie sind ein älteres Paar und mein Instinkt sagt mir, dass sie nur eine Hilfskraft für ihren Hof suchen. Ich glaube nicht, dass sie wirklich daran interessiert sind, einem Kind eine Familie zu bieten."

Er hob eine Augenbraue. „Woher wollen Sie das wissen?"

„Ich bin auf ihrem Hof gewesen. Sie besitzen ziemlich viel Land. Ihr letztes Pflegekind ist in den Westen gezogen, um dort zu arbeiten, sobald es achtzehn wurde. Ich habe das Gefühl, sie suchen nur nach einem Ersatz."

„Das muss nichts Schlechtes sein."

„Vielleicht nicht. Aber ich wünsche mir einfach eine richtige Familie für Martin. Eltern, die ihn wie ihr eigenes Kind behandeln. Die ihn erziehen und ihm helfen, zu dem wundervollen jungen Mann zu werden, der er sein könnte." Ein Kloß bildete sich in ihrem Hals. Sie brach eine der grundlegendsten Regeln, indem sie sich emotional auf ein Kind einließ, das sie vermitteln wollte.

„Ziemlich optimistisch", meinte Garrett.

„Ich kann nicht anders. Ich will, dass sich jedes Kind geliebt und angenommen fühlt."

„Ein bewundernswertes Ziel."

Sein anerkennender Blick löste ein kribbelndes Gefühl in ihrem Bauch aus.

„Und was denken Sie, welche Familie Martin so ein idyllisches Leben bieten könnte?" Jane beschloss, den neckenden Unterton in seiner Stimme zu ignorieren.

„Ich würde die Jeffersons wählen. Sie sind Anfang vierzig und haben bereits erfolgreich Pflegekinder aufgenommen. Ich denke, sie könnten Martin die Stabilität geben, die er braucht." Sie zog eins der Papiere zu sich herüber. „Andererseits könnte es auch mit den Blackwoods klappen. Sie hatten nur noch nie ein Pflegekind und es wäre riskant, einem unerfahrenen Paar einen potenziell schwierigen Fall anzuvertrauen."

„Es könnte aber auch ein Volltreffer sein. Sie haben angegeben, dass sie irgendwann auf eine Adoption hoffen. Das könnte das dauerhafte Zuhause sein, das Sie sich für Martin wünschen."

„Schon möglich." Sie biss sich auf die Lippe. „Aber irgendetwas sagt mir, dass sie als unerfahrene Pflegeeltern nicht auf ein Kind mit besonderen Bedürfnissen vorbereitet sind."

Plötzlich ertönte draußen vor dem Gebäude ein gellender Schrei. Kurz darauf wurde eine Tür zugeschlagen.

„Martin, komm sofort zurück!", schrie eine Frau.

„Das war Melanie!" Jane sprang von ihrem Stuhl auf. „Was hat Martin jetzt wieder angestellt?"

Garrett eilte noch schneller aus dem Büro als sie. Gemeinsam liefen sie durch den Flur nach draußen. Auf dem Rasen vor dem Haus begegneten sie Melanie, die in Richtung Straße starrte.

„Martin! Komm sofort hierher!" Die junge Frau hatte die Lippen zusammengepresst und die Arme verschränkt.

Jane eilte an ihr vorbei den Gehweg hinab. Die kühle Herbstluft drang durch den dünnen Stoff ihrer Bluse.

Martin kniete mitten auf der Straße neben einem schwarzen pelzigen Haufen.

Jane blieb fast das Herz stehen. Was machte er da? Sie sah schnell nach links und rechts, bevor sie zu ihm hinrannte. „Martin, du musst von der Straße runterkommen."

„Mrs Linder!" Er hob den Kopf. Sein Gesicht war tränenverschmiert. „Der Hund ist verletzt. Er braucht Hilfe."

Sie blickte besorgt auf das leblos wirkende Tier hinunter. Das Blut an seinen Hinterbeinen ließ vermuten, dass es angefahren worden war. „Ich werde Hilfe rufen, aber zuerst musst du mit mir nach drinnen kommen."

„Ich lasse ihn nicht allein." Martin schob das Kinn vor. „Er könnte überfahren werden."

„*Du* könntest überfahren werden!" Panik stieg in Jane auf und sie versuchte, Martin von der Straße zu zerren.

Er riss sich los und legte die Arme schützend über den Hund. „Nein! Ich bleibe hier."

Garrett lief auf die Straße und beugte sich über das verletzte Tier. Er tastete kurz seinen Körper und seine Beine ab, während er beruhigend auf es einredete. Der Hund schien bewusstlos zu sein. Er bewegte sich zumindest nicht, als Garrett sein gebrochenes rechtes Hinterbein berührte. Wahrscheinlich hatte das Tier auch innere Verletzungen.

„Ist er tot, Mr Wilder?", fragte Martin mit zittriger Stimme.

„Nein, aber es sieht nicht gut aus. Wir müssen ihn zu einem Tierarzt bringen." Garrett legte Martin eine Hand auf die Schulter. „Geh du mit Mrs Linder ins Haus. Ich bin mit dem Auto hier. Wir müssen nur den nächsten Tierarzt finden."

Der Junge blickte ihn trotzig an. „Ich will mitfahren."

„Martin", sagte Garrett mit fester Stimme. „Mrs Linder hat das Sagen. Du musst auf sie hören." Er sah zu Jane hinüber und wünschte, er könnte ihre Gedanken lesen. „Vielleicht kann Martin Ihnen helfen, den nächsten Tierarzt zu finden?"

Sie nickte. „Ich habe ein Telefonbuch in meinem Büro.“ Sie streckte die Hand aus, die ein wenig zitterte, und sah Martin erwartungsvoll an.

Zögernd nahm der Junge ihre Hand und folgte ihr, ohne seinen Blick von dem Tier abzuwenden.

Garrett hob den Hund so vorsichtig er konnte hoch. „Mein Auto steht gleich da drüben. Ich lege ihn hinein und komme dann noch mal rein, um die Adresse zu holen.“

Jane nickte erneut und führte den Jungen dann ins Gebäude zurück.

Garrett atmete tief durch. Armer Martin. Er schien die Probleme aber auch geradezu anzuziehen. Doch Garrett hatte an Martins Umgang mit Jett gesehen, wie sehr der Junge Tiere liebte. Konnte man es ihm da verübeln, dass er versuchte, eines zu retten?

Er öffnete die Hintertür seines Fords und legte das Tier auf den Rücksitz. „Halte durch, Kumpel. Ich bin gleich zurück.“ Kein Halsband – er sah jedoch zu wohlgenährt aus, um ein Streuner zu sein. Egal. Jetzt mussten sie erst einmal dafür sorgen, dass er überlebte. Um die Einzelheiten würden sie sich später kümmern.

Kapitel 17

Am nächsten Morgen gelang es Jane auf dem Weg ins Büro nicht, ihre Sorgen abzuschütteln. War es richtig gewesen, Martin mit zum Tierarzt gehen zu lassen?

Ein Teil von ihr musste zugeben, dass sie oft zu nachgiebig mit dem Jungen war. Aber wenn sie auf ihrer Autorität bestand, schien Martin erst recht auf stur zu schalten. Im Laufe der Jahre hatte sie gelernt, welche Kämpfe mit ihm es wert waren und welche nicht. Und gestern hatte Martin bloß eine Schulstunde verpasst, ihre Nachgiebigkeit hatte also nicht viel geschadet.

Es sei denn, sie ließ zu, dass er sein Herz an einen Streuner hängte. Jane wusste, dass der Junge auf eine riesige Enttäuschung zusteuerte. Aber außer ihm zu verbieten, den Hund wiederzusehen – was herzlos wäre –, konnte sie nicht viel tun.

Im Gebäude herrschte eine unnatürliche Stille, als Jane ihr Büro betrat und das Licht einschaltete. Sie schloss die Tür hinter sich, um einen kurzen Moment der Ruhe zu genießen, bevor ihr Arbeitstag mit all seinen Anrufen, Besprechungen, Problemen und dem vielen Papierkram begann. Aus irgendeinem Grund konnte sie keine Begeisterung für die Dinge aufbringen, die auf ihrer Tagesordnung standen. Hatte sie ihre Leidenschaft für den Posten verloren? Oder vermisste sie einfach die praxisnähere Tätigkeit als Sozialarbeiterin?

Vielleicht hatte Olivia recht. Vielleicht war der Direktorenposten doch nichts für sie. Jane konnte sich wirklich nicht dafür erwärmen, den Klempner dafür zu bezahlen, dass er die Rohre gereinigt hatte, oder sich mit den ständigen Beschwerden ihrer Angestellten auseinanderzusetzen. Ebenso wenig konnte sie sich dazu aufraffen, private Spenden zu sammeln, um die Einrichtung über Wasser zu halten. Aber wenn sie etwas bei der Children's Aid bewirken wollte, war dies der Preis dafür. Als einfache Sozialarbeiterin hatte sie keinen Einfluss auf die Richtlinien der Organisation.

Es klopfte an der Tür. So viel zu ihrem friedlichen Moment der Stille.

„Herein."

Garrett platzte herein. „Guten Morgen, Jane."

„Guten Morgen." Ihre matte Begrüßung ließ das Lächeln aus seinem Gesicht verschwinden.

„Was ist los? Sie machen ein Gesicht, als wäre Ihr Hund gestorben."

Sie warf ihm einen finsteren Blick zu.

„Na gut, schlechter Witz, wenn man bedenkt, was gestern war." Er ließ sich auf ihren Besucherstuhl fallen. „Deshalb bin ich übrigens hier. Ich habe Neuigkeiten über Blackie."

„Sie haben ihn Blackie getauft?"

Garrett lehnte sich zurück und tat ihre Frage mit einer Handbewegung ab. „Ich habe heute Morgen beim Tierarzt angerufen. Es sieht aus, als würde Blackie wieder ganz gesund werden. Er ist unterernährt und dehydriert, deshalb wollen sie ihn dabehalten, bis er zu Kräften gekommen ist."

Als Jane seufzte, runzelte Garrett die Stirn. „Was ist? Ich dachte, Sie würden sich für Martin freuen. Er wird glücklich über die gute Nachricht sein."

„Ich bin froh, dass es dem Hund gut geht", sagte sie. „Aber es bereitet mir auch Sorgen."

„Wieso?"

„Ich will Martins Interesse an dem Tier nicht bestärken."

Garrett zog die Brauen noch stärker zusammen. „Warum nicht? Immerhin hat er geholfen, ihn zu retten."

Sie drehte einen Stift zwischen ihren Fingern. „Na ja, zum einen wird sich Martin heute den ganzen Tag nur auf den Hund konzentrieren statt auf seine Schulaufgaben. Aber vor allem habe ich Angst, dass er den Hund zu sehr ins Herz schließt."

„Ich dachte, wenn der Besitzer nicht gefunden werden kann ..." Garrett zuckte verlegen mit den Schultern und sein Gesichtsausdruck erinnerte sie an Martins. „Dann könnte ich Blackie behalten. Wir können immer einen Hund auf dem Hof gebrauchen."

Sie biss die Zähne zusammen und kramte ein paar Papiere aus ihrer Aktentasche. Warum verärgerte sie diese Idee noch mehr? „Das ist Ihre Entscheidung. Aber ich bleibe dabei. Bitte ermutigen Sie Martin nicht, eine Bindung zu diesem Hund aufzubauen."

„Jane." Der sanfte Nachdruck in seiner Stimme ließ sie innehalten.

Sie versuchte, eine möglichst neutrale Miene aufzusetzen, als sie aufblickte.

„Alles wird gut werden."

Sie schüttelte den Kopf. Ein Kloß bildete sich in ihrem Hals und sie kam sich lächerlich vor, weil sie so emotional wurde. „Sie wissen nicht, wie schnell Martin sich Hoffnungen macht." Sie schluckte. „Bitte versprechen Sie ihm nichts, was Sie nicht auch halten können."

„Ich verstehe." Er beugte sich über den Tisch und legte eine Hand auf ihren Arm. Sie spürte seine Wärme durch ihren Ärmel. Sein mitfühlender Blick weckte in ihr das Verlangen, ihren Gefühlen freien Lauf zu lassen.

„Bitte entschuldigen Sie mich", sagte sie mit erstickter Stimme. „Ich muss jetzt arbeiten."

Er zog seine Hand zurück und nickte. „Ich auch."

Mit diesen Worten ging er aus dem Büro und ließ Jane mit einer verwirrenden Mischung von Gefühlen zurück. Sie presste die Finger an die Schläfen. Sie war es satt, immer stark sein zu müssen. Ständig die ganze Verantwortung allein tragen zu müssen. Am liebsten wollte sie sich einfach voll und ganz auf Garrett stützen. Aber das war unmöglich. Und undenkbar. Sie gab sich einen Ruck, setzte ihre Brille auf und öffnete die Akte, die ganz oben auf dem Stapel lag.

Eine halbe Stunde später sah Jane auf die Uhr an der Wand und erschrak. Martin hätte schon längst da sein müssen. Vielleicht sollte sie –

Das Telefon auf ihrem Schreibtisch klingelte. Rasch nahm sie ab. „Ja, Melanie?"

„Mrs Shaughnessy ist für dich am Apparat", kündigte diese an.

„Stell sie durch.“

Nach ein paar Sekunden hörte sie Mrs Shaughnessys Stimme.

„Mrs Linder.“ Die Frau klang außer Atem. „Sie müssen sofort herkommen. Martin dreht völlig durch und ich weiß nicht mehr, was ich tun soll. Ich brauche Ihre Hilfe.“

Jane stockte der Atem. *Oh, Martin. Was hast du jetzt wieder getan?* Sie atmete tief durch. „Ich komme sofort, Mrs Shaughnessy. Versuchen Sie, möglichst ruhig zu bleiben.“

Sie legte auf, ohne auf eine Antwort zu warten. Dann schoss sie aus ihrem Stuhl hoch und stürmte in den Flur hinaus, wo sie gegen ein Hindernis prallte. Ein Grunzen ertönte und starke Hände umfassten sie, um sie aufzufangen.

„Hoppla!“, ertönte Garretts amüsierte Stimme an ihrem Ohr. „Wo brennt es denn diesmal?“

„Entschuldigung.“ Sie trat einen Schritt zurück, ohne ihn anzusehen. „Ich muss rüber ins Heim. Es gibt ein Problem mit Martin.“

Sie eilte an ihm vorbei in Richtung Ausgang. Vor dem Sekretariat blieb sie kurz stehen, um Melanie Bescheid zu sagen. Erst, als sie bereits auf halbem Weg zum Heim war, bemerkte sie, dass Garrett ihr folgte.

Ein albernes Gefühl der Erleichterung erfasste sie bei dem Gedanken, dass er mit seiner beruhigenden Gegenwart in ihrer Nähe sein würde, falls sie ihn brauchte. Als sie das Heim erreichte, hörte sie aus dem zweiten Stock laute Stimmen. Unverzüglich rannte sie die Treppe hinauf.

Im Spielzimmer begegnete ihr ein unfassbares Durcheinander. Spielzeuge lagen auf dem Teppich verteilt, viele davon zerstört. Mehrere kleine Kinder saßen in einer Ecke und weinten, während Miss Tate vergeblich versuchte, sie zu trösten.

Mrs Shaughnessy hatte sich mit verschränkten Armen vor Martin aufgebaut, der auf einem Tisch stand und einen kleinen Baseballschläger wie ein Schwert durch die Luft schwang.

„Mrs Linder, Mr Wilder. Gott sei Dank.“ Die Hausmutter wandte sich erleichtert zu ihnen um. „Vielleicht können Sie diesen Teufelsbraten dazu bewegen herunterzukommen.“

Als Jane Martins wilden, glasigen Blick sah, schnürte Angst ihre Kehle zu. Sie hatte ihn schon einmal so gesehen. An jenem Tag hatte sie gelernt, dass Stress ein Auslöser für seine Anfälle sein konnte. Sie betete innerlich um Weisheit, während sie auf den Jungen zuging.

„Martin", sagte sie mit ihrer ruhigsten Stimme, „bitte gib mir den Schläger und komm da runter." Sie streckte ihm die Hand hin.

Er schüttelte den Kopf und blieb weiterhin in Kampfstellung.

„Geht es den anderen Kindern gut?", fragte Jane die Hausmutter, ohne den Blick von Martin abzuwenden.

„Abgesehen davon, dass sie völlig verängstigt sind, ja."

Jane holte tief Luft und zwang sich, ihre Anspannung etwas zu lockern. Niemand war verletzt worden. Um die zerstörten Spielsachen konnten sie sich später kümmern. „Miss Tate, führen Sie die anderen Kinder bitte aus dem Raum."

Die Frau nickte und scheuchte die untröstlichen kleinen Kinder mit bemerkenswerter Geschwindigkeit in den Flur hinaus, um sie nach unten zu bringen.

„Wenn du jetzt mit mir kommst, Martin, können wir über das reden, was dich so verärgert hat." Jane betete, dass er die Rettungsleine ergreifen würde.

Aber er bewegte sich nicht und reagierte auch nicht auf ihre Worte.

„Denk daran, was ich dir gesagt habe. Wir lösen unsere Probleme nicht mit Gewalt. Wir reden über das, was uns stört, und suchen dann nach vernünftigen Lösungen."

„Reden ist blöd." Martins Beine begannen zu zittern und ein Muskel unter seinem Auge zuckte.

Jane fürchtete, dass ein Krampfanfall bevorstand und er vom Tisch fallen könnte. Wenn sie nur wüsste, was ihn so aufgeregt hatte. „Na ja, es ist auch keine Lösung, Spielsachen zu zerstören. Was immer das Problem ist, wir können bestimmt eine Lösung finden."

„Nein!" Sein Gesicht lief bis zu den Ohren rot an. „Das sagen Sie immer, aber dann ändert sich nichts." Er schwang den Schläger von einer Seite auf die andere. „Ich hasse es hier! Ich hasse die!" Er zeigte auf die Tür, durch die Miss Tate und die Kinder verschwunden waren. „Und Sie hasse ich auch!"

Jane versuchte, diese verletzende Bemerkung nicht an sich heranzulassen. Sie wusste, dass er es nicht so gemeint hatte. Später würde er sich wieder bei ihr entschuldigen. Trotzdem versetzten ihr seine Worte einen Stich. Sie suchte nach Worten, um ihn zu beruhigen.

Doch bevor sie sich etwas überlegen konnte, wurden Martins Augen plötzlich glasig und seine Muskeln begannen zu zucken. Der Schläger fiel zu Boden.

Janes Herz hämmerte, während sie auf den Jungen zuschoss. *Ein Krampfanfall.* Genau, was sie befürchtet hatte.

Gerade noch rechtzeitig fing sie Martin auf und legte seinen zuckenden Körper vorsichtig in der Mitte des Zimmers auf den Teppich. „Rufen Sie Dr. Henshaw!", rief sie über die Schulter.

Mrs Shaugnessy war bereits zur Tür hinaus. Glücklicherweise waren keine anderen Kinder mehr im Raum. So ein Anfall konnte ziemlich Furcht einflößend sein.

Jane rollte Martin auf die Seite und öffnete den obersten Knopf seines Hemdes. „Ist schon gut, mein Schatz", murmelte sie. „Ich bin bei dir. Alles wird gut."

Garrett kniete sich auf die andere Seite des Jungen. „Was können wir tun?", fragte er mit tiefen Furchen auf der Stirn.

Martins Körper zuckte immer noch.

„Wir müssen den Anfall abwarten", sagte sie. „Wir können nur aufpassen, dass er sich nicht verletzt. Und ihn wissen lassen, dass er nicht allein ist."

Sie legte sanft eine Hand auf Martins Schulter, in der Hoffnung, dass die tröstende Geste irgendwie in sein Bewusstsein drang. „Wir sind bei dir, Martin. Es wird dir bald wieder besser gehen." Tränen schnürten ihr die Kehle zu. Das war nicht sein erster Anfall, den sie miterlebte. Es zerriss ihr das Herz, ihn so zu sehen.

Garrett legte ihr eine Hand auf die Schulter. Als sie in seine besorgten blauen Augen sah, fühlte sie sich stärker.

„Sie sollten ein wenig Abstand halten", riet sie ihm. „Er könnte sich übergeben."

Sie erwartete, dass Garrett sich schnell entfernen würde, aber er blieb vollkommen ruhig.

„Das macht mir nichts." Er sah auf Martins zitternden Körper. „Armes Kind. Ich kann mir nicht vorstellen, was er durchmacht."

Jane wurde warm ums Herz. Die meisten Menschen reagierten nicht so besonnen, wenn sie zum ersten Mal einen Anfall miterlebten. Aber Garrett schien die Ruhe selbst zu sein.

Jane spürte, dass Martins Körper sich langsam entspannte, bis er schließlich ruhig dalag. Sein Gesicht war weiß wie die Wand und er hatte die Augen geschlossen. Sein Atem ging wieder gleichmäßig, was ein gutes Zeichen war.

Sie rieb seinen Arm. „Martin. Wach auf, Schatz."

Garrett runzelte die Stirn. „Sollten wir ihn nicht schlafen lassen?"

„Wir müssen erst sichergehen, dass er bei Bewusstsein ist. Wenn er zu sich kommt, wird er ziemlich müde sein. Dann kann er sich ausruhen. Wenn Dr. Henshaw kommt, wird er uns sagen, ob wir noch etwas anderes tun können."

Martins Augenlider zuckten, dann blinzelte er und öffnete langsam die Augen.

Jane strich ihm über die Wange. „Du hattest einen Anfall, mein Schatz, aber jetzt ist alles gut. Bleib einfach ruhig liegen, bis der Arzt da ist."

Er starrte an ihr vorbei. Tränen traten ihm in die Augen und rollten langsam über sein Gesicht.

Ach, Martin. Jane schnürte es das Herz zusammen. Ruhig und entschlossen nahm sie ihn in den Arm und lehnte seinen Kopf an ihre Schulter. Es war ihr egal, wie schlecht er sich benommen oder wie viele Spielzeuge er zerstört hatte. Dieses Kind brauchte Liebe und Mitgefühl. „Schh, ist ja gut. Du bist hier sicher." Eine Träne entwich ihr und rollte über ihre Wange, aber es war ihr egal. Dieser Junge verdiente so viel mehr als ihre Tränen.

So viel mehr als leere Worte, die ihm eine bessere Zukunft versprachen.

Wenn sie nur wüsste, wie sie ihm diese Zukunft geben könnte.

Kapitel 18

Garrett lief im Pausenraum auf und ab und fühlte sich mehr und mehr wie ein Löwe im Käfig. Nachdem der Arzt eingetroffen war und Martin ins Bett gebracht hatte, war Garrett auf Janes Anraten hin ins Büro zurückgegangen. Sie musste sich noch mit Mrs Shaughnessy unterhalten, um die Ursache für den Zwischenfall zu erfahren. Und es hatte keinen Sinn, dass sie beide ihren Vormittag vergeudeten.

Leider war es ihm unmöglich gewesen, sich auf die Zahlen vor ihm zu konzentrieren. Er konnte an nichts anderes als an Martins Anfall denken. Es hatte ihn erstaunt, wie Jane mit der brisanten Situation umgegangen war. Ihre ruhige und bestimmte Reaktion war einfach brillant gewesen. Erst ihre Tränen am Ende hatten gezeigt, wie betroffen sie gewesen war. Er hatte sich zurückhalten müssen, um sie nicht in die Arme zu schließen.

Er schüttelte den Kopf. Er musste aufhören, so zu denken, und sich daran erinnern, dass er hier war, um einen Auftrag zu erledigen.

Schritte ertönten im Gang und wenig später erschien Jane in der Tür.

„Oh, hallo, Garrett. Ich hatte niemanden hier erwartet." Sie steuerte auf den Herd zu, wo die Kaffeekanne stand, und schenkte sich eine Tasse des starken Gebräus ein.

„Wie ist es gelaufen?", fragte er.

Sie nahm einen langen Schluck. „Nicht gut."

Er erstarrte. „Ist alles in Ordnung mit Martin?"

„Ja. Dr. Henshaw hat ihm ein leichtes Beruhigungsmittel gegeben, damit er besser schläft."

„Was ist dann schlecht gelaufen? Das Gespräch mit Mrs Shaughnessy?"

Jane nickte, zog einen Stuhl heran und ließ sich darauf sinken.

„Hat sie gesagt, was passiert ist, dass Martin sich so aufgeführt hat?"

„Sie war nicht sicher. Miss Tate hat uns erzählt, dass einer der Jungen etwas zu Martin gesagt hat, das ihn verärgert hat. Und die anderen Kinder haben gelacht, wodurch alles noch schlimmer geworden ist." Sie sah ihn an. „Martin hasst es, ausgelacht zu werden. Anscheinend hat er daraufhin angefangen, den anderen die Spielzeuge wegzunehmen und sie zu zerstören. Er hat versucht, die Kinder genauso zu verletzen wie sie ihn." Sie schüttelte den Kopf. „Was natürlich keine Entschuldigung für sein Benehmen ist."

Er setzte sich ihr gegenüber. „Nein, ist es nicht. Aber wenigstens können Sie sein Verhalten jetzt nachvollziehen."

„Ja. Aber das löst nicht mein Problem." Sie fuhr sich mit der Hand über die Augen. „Mrs Shaughnessy hat genug von Martin. Sie will, dass er so bald wie möglich das Heim verlässt." Zwei senkrechte Falten bildeten sich über ihrer Nase. „Sie hat gesagt, dass sie kündigen wird, wenn wir ihn nicht bis Ende der Woche aus dem Heim nehmen." Sie seufzte laut. „Ich kann mir nicht leisten, sie zu verlieren, Garrett. Ohne Mrs Shaughnessy müssten wir das Heim schließen." Sie ließ die Schultern hängen und blickte niedergeschlagen drein.

„Welche anderen Möglichkeiten haben Sie?" Garrett beugte sich über den Tisch, während er sich den Kopf nach möglichen Lösungen zerbrach. Er wünschte, die Nachbarn seiner Eltern nähmen noch Pflegekinder auf. Aber Mrs O'Neill war vor ein paar Jahren gestorben und Mr O'Neill hatte auf dem Hof alle Hände voll zu tun.

„Ich werde einige Pastoren in der Gegend fragen, ob es vielleicht jemanden in ihrer Gemeinde gibt, der Martin vorübergehend aufnehmen würde."

„Das hört sich doch gut an." Er kniff die Augen zusammen. „Warum wirken Sie dann so mutlos?"

Sie zuckte die Schultern. „Ich habe das schon ein paarmal versucht, ohne Erfolg. Und es graut mir davor, Martin zu sagen, dass er im Heim nicht willkommen ist." Tränen stiegen ihr in die Augen, sodass die goldenen Flecken darin deutlicher zum Vorschein kamen.

Garrett wurde es schwer ums Herz. Er wünschte sich so sehr,

ihr etwas von ihrer Last abnehmen zu können. „Lassen Sie uns positiv denken. Ich bin mir sicher, dass eine der ausgewählten Familien gut zu ihm passen wird. Bis dahin brauchen wir nur eine Zwischenlösung."

Sie sah so niedergeschlagen aus, dass er sich danach sehnte, sie aufzuheitern. Aber er konnte nichts tun, außer für sie und Martin zu beten.

Er stand auf und nickte kurz. „Ich lasse Sie jetzt besser die Anrufe erledigen. Sagen Sie mir Bescheid, wenn ich irgendetwas tun kann."

„Danke, Garrett. Es war mir eine Hilfe, Sie heute dabeizuhaben." Ihre Lippen formten so etwas wie ein Lächeln.

„Das freut mich." Er blieb an der Tür stehen. „Sie waren übrigens großartig. Martin kann sich glücklich schätzen, Sie zu haben." Bevor er noch mehr von seinen Gefühlen preisgeben konnte, zwang er sich zu gehen.

Janes Hände zitterten, als sie den Hörer auflegte. Nur einer von den fünf Pastoren, die sie angerufen hatte, war bereit, nach einer Familie für Martin zu suchen. Die anderen hatten sie einfach abgewimmelt. Sie war nicht stolz darauf, dass sie bei zwei von ihnen die Geduld verloren hatte, weil die beiden ihrer Ansicht nach äußerst lieblos auf ihre Anfrage reagiert hatten.

Nicht gerade ihr bester Moment.

Dabei war sie so stolz auf die guten Beziehungen, die sie zu verschiedenen Institutionen in der Stadt geknüpft hatte. Eigentlich hätte sie die Pastoren nicht in ihrem aufgewühlten Gemütszustand anrufen dürfen. Sie hatte zugelassen, dass ihre schlechte Laune ihr professionelles Verhalten beeinträchtigt hatte. Das passierte ihr sonst nie.

Sie stützte den Kopf in die Hände. Alles in ihrem Leben schien ihr aus der Hand zu gleiten.

Am liebsten würde sie Martin aus dem Heim holen und an einen sicheren Ort bringen. Was sollte sie nur tun, wenn er sich besser fühlte und sie immer noch keine Familie für ihn gefunden hatte?

Sie öffnete die unterste Schublade und kramte von ganz hinten eine abgewetzte Akte hervor. Vorsichtig schlug sie sie auf.

Antrag zur Aufnahme eines Pflegekindes
Name: Mr und Mrs Donald Linder
Status: Genehmigt

Jane starrte auf die restlichen Daten und erinnerte sich an die Vorfreude, die sie vor vier Jahren beim Ausfüllen der Formulare empfunden hatte – bevor Donald ihre letzte Hoffnung auf eine eigene Familie zerstört hatte.

Klar, vielleicht war es unklug gewesen, den Antrag zu stellen, ohne ihm davon zu erzählen. Aber sie hatte gedacht, dass er seine Meinung zur Adoption sicherlich ändern würde, wenn der erste Schritt einmal getan war. Und dass er spätestens bei der Überprüfung ihres Hauses genauso begeistert bei der Sache sein würde wie sie. Wie hatte sie sich nur so in ihrem Mann täuschen können?

Jane starrte auf das Dokument. Wagte sie, es jetzt zu gebrauchen, um Martins vorübergehender Vormund zu werden?

Würde das einen Interessenkonflikt darstellen? Eine Verletzung der Ethik? Eine Lüge?

Sie atmete tief durch. Im Moment war es ihr egal. Martins Wohlergehen stand auf dem Spiel. Morgen würde sie ihn mit nach Hause nehmen. Mit den Konsequenzen würde sie sich später befassen.

Kapitel 19

Am nächsten Tag parkte Garrett sein Auto vor Janes Haus. Er saß einige Sekunden still und wischte sich die feuchten Handflächen an der Hose ab, während er vergeblich versuchte, seine Nerven zu beruhigen. War es die richtige Entscheidung gewesen, hierher zu kommen? Oder sollte er besser bis morgen warten, um mit Jane zu sprechen?

Wenn er sie zur Rede stellte, würde es die Sache womöglich noch schlimmer machen. Aber er konnte auch nicht einfach zurück in die Pension fahren, wenn er wusste, dass sie vielleicht gerade einen Fehler beging, der ihre Aussichten auf den Direktorenposten zunichtemachte.

Heute Morgen hatte ein sehr kleinlauter Martin im Pausenraum gesessen. Er hatte sich gut genug gefühlt, um wieder unterrichtet zu werden. Jane hatte ihm jedoch nur ein paar kurze Anweisungen erteilt und sich dann gleich wieder in ihr Büro zurückgezogen. Wahrscheinlich wollte sie weitere Anrufe tätigen, um ein vorübergehendes Zuhause für den Jungen zu finden. Garrett hatte Jane gefragt, ob sie nicht mit Martin über sein Verhalten am Vortag reden wollte, aber sie war dagegen gewesen.

„Ich will ihn nicht aufregen und so vielleicht einen weiteren Anfall auslösen", hatte sie gesagt. „Ich werde ihn zu gegebener Zeit darauf ansprechen."

Im Laufe des Tages hatte ihn der Tierarzt angerufen, um mitzuteilen, dass Blackie vielleicht früher als erwartet wieder nach Hause könne. Garrett wollte Martin davon erzählen, um ihn aufzuheitern. Aber als er nach dem Jungen hatte sehen wollen, war der Pausenraum leer gewesen und Janes Büro verschlossen. Ein ungutes Gefühl beschlich ihn. Hatte sie eine Familie für den Jungen gefunden? Wenn ja, warum hatte sie Garrett nichts davon erzählt?

Als er Melanie fragte, wo Martin war, hatte sie ihm zögerlich erzählt, dass Jane früh gegangen sei und den Jungen mitgenommen habe. Nur für eine Nacht, hatte sie erklärt, bis weitere Vorkehrungen getroffen werden konnten.

Aber Garrett war nicht überzeugt. Er hatte den beunruhigenden Verdacht, dass Jane vorhatte, Martin bei sich zu behalten. Und in seinen Augen entstand dadurch ein Interessenkonflikt.

Es widerstrebte ihm, die Sache dem Vorstand zu melden. Bereits Montag würden sie sich treffen, um über weitere Beweise für den Betrug zu reden. Jane nahm mittlerweile einen besonderen Platz in Garretts Herzen ein und er wollte ihr das Leben nicht noch schwerer machen. Wenn sie jedoch wirklich vorhatte, Martin auf Dauer zu behalten, und er es nicht meldete, könnte er das Vertrauen des Vorstands verlieren. Und damit auch seine Chance, der neue Direktor zu werden.

Garrett hob die Hand zur Klingel und zögerte. Wenn er je Gottes Führung gebraucht hatte, dann jetzt. Er neigte den Kopf. *Himmlischer Vater, du erforschst mein Herz und kennst meine Beweggründe und Absichten. Bitte hilf mir, einen klaren Kopf zu bewahren und im besten Interesse aller Beteiligten zu handeln.*

Die Ruhe, die ihn nach diesem Gebet erfüllte, löste sich augenblicklich in Luft auf, als Jane die Tür öffnete.

„Garrett? Was machen Sie denn hier?" Ihre Stimme klang nervös und sie konnte ihm nicht in die Augen schauen. Sie hielt verkrampft die Tür fest, die sie nur einen Spaltbreit geöffnet hatte.

„Hallo, Jane. Darf ich reinkommen?"

„Das hängt von Ihrer Antwort auf meine Frage ab." Ihre Augen blitzten herausfordernd.

Er zögerte, wohl wissend, dass er behutsam vorgehen musste. Der Wind wurde stärker und wehte den Kragen seines Jacketts hoch. „Könnten wir uns vielleicht im Haus unterhalten? Ich habe meinen Mantel nicht dabei."

Einen Augenblick lang fürchtete er, sie würde ablehnen, doch dann öffnete sie widerwillig die Tür und ließ ihn eintreten.

„Kommen Sie in die Küche, da sind wir ungestört." Sie ging ihm voraus durch den engen Flur in den hinteren Bereich des Hauses.

Als sie an der offenen Tür zum Wohnzimmer vorbeikamen, warf

er einen Blick hinein. Martin und Mrs Mitchell waren gerade in eine Partie Dame vertieft.

„Hallo, Mrs Mitchell", sagte er. „Martin scheint Sie ja gut zu unterhalten."

Die ältere Dame hob lächelnd den Kopf. „Hallo, Garrett. Ja, das tut er wirklich."

Ihre Augen wirkten strahlender als sonst. Vielleicht lag es daran, dass ein Kind im Haus war. Garrett wusste aus eigener Erfahrung, wie Kinder die Stimmung heben konnten.

Martin blickte auf. „Ich gewinne, Mr Wilder. Wollen Sie zuschauen?"

Garrett lächelte. Er war erleichtert, dass der Junge so gut gelaunt war. „Später vielleicht. Ich muss erst etwas mit Mrs Linder besprechen."

Er trat durch den Flur in die Küche. Jane stand an der Spüle und füllte einen Kessel mit Wasser. Er konnte ihre Anspannung schier greifen. Sie drehte den Wasserhahn zu und stellte den Kessel auf den Herd, ohne Garrett dabei anzusehen.

Er ging ein paar Schritte durch die Küche und betrachtete den erstaunlich gemütlichen Raum – den runden Tisch mit der karierten Tischdecke, die Töpfe mit Efeu am Fenster. Ein köstlicher Geruch hing in der Luft, vermutlich Hackbraten. Garretts Magen knurrte und erinnerte ihn daran, dass er das Abendessen in der Pension verpasste.

„Wir müssen reden", sagte er leise. „Können wir uns bitte setzen?"

Sie nickte und deutete zum Tisch.

Er zog einen Stuhl für sie heran und wartete, bis sie sich gesetzt hatte. Dann nahm er an der anderen Seite des Tisches Platz, um ihr möglichst viel Raum zu geben. Er wollte auf keinen Fall, dass sie sich bedrängt fühlte.

„Ich habe ernsthafte Bedenken, weil Martin hier wohnt", begann er mit leiser Stimme. „Das sieht für mich nach einem Interessenkonflikt aus."

Jane straffte die Schultern und sah ihm in die Augen. „Es ist nur eine Notlösung, bis wir eine Pflegefamilie gefunden haben."

„Was, wenn ich vielleicht eine Lösung habe?" Die Idee war ihm erst auf der Fahrt hierher gekommen, er hatte also noch keine Zeit gehabt, sie gründlich zu durchdenken.

„Was für eine Lösung?" Ihr ängstlicher Blick erinnerte ihn an ein in die Enge getriebenes Tier.

Er holte tief Luft. „Was halten Sie davon, dass Martin bei meinen Eltern auf dem Hof bleibt, bis Sie eine Pflegefamilie gefunden haben?"

„Auf dem Hof?" Janes erster Gedanke war, dass der Hof der perfekte Ort für Martin war. Aber es fiel ihr schwer, das zu akzeptieren.

„Ja. Ich müsste es erst noch mit meinen Eltern besprechen. Aber ich bin recht zuversichtlich, dass sie einverstanden sein werden. Nur als vorübergehende Maßnahme natürlich."

Jane starrte mit pochendem Herzen vor sich hin. Martin war gerade erst zu ihnen gekommen, trotzdem wirkte das Haus jetzt schon heller. Und auch ihre Mutter schien glücklicher zu sein. Sie konnten sich nicht jetzt schon wieder von ihm trennen. „Das ist eine interessante Idee, aber ich ... ich glaube nicht, dass es funktionieren würde."

„Warum nicht?" Er neigte den Kopf zur Seite und sah sie ohne zu blinzeln an.

Sie presste die Lippen zusammen, um ihn nicht mit offenem Mund anzustarren. Gerade Garrett sollte doch verstehen, warum sie das tat. Er kannte ihre komplizierte Geschichte mit Martin und wusste, wie sehr sie ihn beschützen wollte – nein, *musste*. Sie suchte krampfhaft nach Argumenten. „Ihre Eltern sind noch nicht überprüft worden. Sie müssen erst die nötigen Papiere ausfüllen und nachweisen, dass sie die Voraussetzungen für die Bereitschaftspflege erfüllen."

„Haben Sie das gemacht?" Er durchbohrte sie mit einem strengen Blick.

„Natürlich." Das schlechte Gewissen nagte an ihr. Ja, sie hatte die Formalitäten erledigt. Es war nur schon vier Jahre her.

Er kniff die Augen zusammen. „Eine alleinstehende arbeitstätige Frau, die ihre kranke Mutter pflegt? Ich bezweifle, dass das den Anforderungen entspricht."

Hitze stieg ihr in die Wangen, aber sie reckte das Kinn. Sie würde nichts zugeben.

„Aha, ich verstehe." Er beugte sich vor. „Sie haben die Anträge ausgefüllt und sich die Genehmigung selbst erteilt. Wenn das kein Regelverstoß ist, weiß ich es auch nicht mehr."

„Das stimmt nicht. Ich – nein, *wir* – wurden als Pflegeeltern zugelassen. Donald und ich, als wir noch verheiratet waren."

Der Kessel pfiff und Jane stand ruckartig vom Tisch auf. Als Garrett den Kopf schüttelte, musste sie die Zähne zusammenbeißen, um ihn nicht anzufahren. „Und außerdem ist Martin hier absolut sicher. Das wissen Sie. Er liegt niemandem mehr am Herzen als mir."

Er warf die Hände in die Luft. „Sehen Sie das nicht? Genau das ist ja das Problem. Als stellvertretende Direktorin müssen Sie objektiv bleiben."

Sie nahm den Kessel vom Herd und goss das Wasser in die Teekanne. Ihre Hände zitterten so sehr, dass das Wasser über den Rand der Kanne spritzte.

„Jane." Seine leise Stimme ging ihr durch Mark und Bein. „Ich treffe mich am Montag mit dem Vorstand. Sie wollen wissen, was ich bisher herausgefunden habe." Er kam mit gerunzelter Stirn auf sie zu. „Ich … was soll ich ihnen hiervon erzählen?"

Ihr Kopf schoss hoch und ihr Magen drehte sich vor Angst. „Warum müssen Sie dem Vorstand überhaupt etwas davon erzählen?" Sie hasste den bettelnden Unterton in ihrer Stimme. „Es ist doch nur vorübergehend. Und es schadet niemandem."

„Sicher?" Er trat näher. „Sie wollten nicht, dass Martin den Hund ins Herz schließt, aber Sie finden es gerecht, dass er Sie ins Herz schließt?"

Sie rang nach Luft. Seine Worte trafen sie wie ein Faustschlag.

Er hatte recht. Sie *wollte*, dass Martin sie ins Herz schloss, genauso wie sie ihn ins Herz geschlossen hatte. Aber das war ihm gegenüber nicht gerecht. Nicht, wenn sie ihm nicht das Zuhause bieten konnte, das er verdient hatte. Selbst wenn sie einen Adoptionsantrag für Martin stellte, würde der Vorstand es nie erlauben.

Trotzdem konnte sie heute Abend nichts mehr an der Situation ändern. Es hatte keinen Sinn, weiter mit Garrett zu diskutieren. Sie wappnete sich innerlich gegen seinen wissenden Blick. „Ich habe nichts mehr zu sagen. Ich denke, Sie sollten jetzt gehen."

Ein Muskel in seinem Kiefer zuckte. „Na gut. Aber ich werde mit meinen Eltern sprechen. Wenn sie einverstanden sind, lasse ich sie den Antrag für die Bereitschaftspflege ausfüllen." Er blieb an der Küchentür stehen. „Und nur fürs Protokoll – ich möchte bei Ihren Gesprächen mit den infrage kommenden Pflegeeltern anwesend sein. Ich halte eine objektive zweite Meinung für angebracht." Er sah sie lange an, bevor er durch die Tür verschwand.

Alle Luft schien aus ihren Lungen zu weichen, um dann fast augenblicklich durch rasende Wut ersetzt zu werden. Konnte er nicht sehen, in was für einer unmöglichen Lage sie war?

Und warum verletzte sie seine Missbilligung so?

Sie würde heute Nacht viel Zeit auf den Knien verbringen müssen, um Gott zu bitten, ihr in Hinblick auf Martin und sich selbst Klarheit zu schenken. Es schien ihr, dass sie nur durch eine göttliche Fügung einen Ausweg aus diesem Durcheinander finden konnte.

Kapitel 20

Am Montag las Jane den Antrag von Mr und Mrs Wilder zum dritten Mal durch. Doch sosehr sie es sich auch wünschte, sie konnte einfach nichts Ungewöhnliches entdecken. Garrett war heute noch vor ihr im Büro gewesen und hatte die Formulare auf ihren Tisch gelegt, bevor er zur Vorstandssitzung gegangen war. Sie nahm ihren Stempel in die Hand und rollte ihn zwischen den Fingern. Sobald sie den Antrag abstempelte, würde sie Martin verlieren.

Sie seufzte. Es war so schön gewesen, den Jungen übers Wochenende im Haus zu haben. Er hatte in Brandons Zimmer geschlafen, gleich gegenüber von ihrem, und zum ersten Mal seit langer Zeit hatte sie sich nicht mehr so einsam gefühlt. Seit ihre Mutter krank war, schlief sie unten im Esszimmer. Auch wenn Jane es nie zugegeben hätte, hatte sie sich oben im ersten Stock ziemlich isoliert gefühlt. Die Gewissheit, dass Martin auf der anderen Seite des Flurs schlief, war ein Trost für sie gewesen. Und der Junge war definitiv ein Segen für Mutter gewesen. Er hatte ihr Gesellschaft geleistet und ihr neue Energie geschenkt.

Dennoch verstand Jane, dass der Hof der Wilders eine bessere Wahl für den Jungen war. Er konnte dort mit Garretts Neffen spielen, war an der frischen Landluft und hatte seine geliebten Tiere um sich. Sie musste Martin zuliebe die selbstlose Wahl treffen. Mit wehem Herzen drückte sie den Stempel in die Tinte und stempelte dann die Anträge und Durchschläge ab.

Wenn Garrett von seiner Sitzung zurückkam, würde sie ihm die gute Nachricht verkünden.

Sie legte den Stempel seufzend zurück in die Schublade. Wenn die Nachricht so gut war, warum fühlte sie sich dann so schlecht? Entschlossen wischte sie eine Träne weg, während sie sich wieder einmal fragte, ob es klug war, hier weiterzuarbeiten. Wie viel Trauer konnte ihre Seele noch ertragen? Sie sah so viele Kinder, die ein liebevolles Zuhause brauchten, und durfte selbst keines adoptieren.

Quälte sie sich nur selbst, indem sie hierblieb?

Vielleicht sollte sie Donalds Beispiel folgen und ihr Leben komplett auf den Kopf stellen. Von vorne anfangen, etwas völlig Neues beginnen. Wenn sie nur eine Ahnung hätte, was sie tun könnte. Die Children's Aid war alles, was sie je gekannt hatte.

Ein kurzes Klopfen ertönte und Garrett kam herein. „Hallo, Jane. Hatten Sie schon Gelegenheit, den Antrag meiner Eltern zu prüfen?"

Er trug einen dreiteiligen Anzug mit einer Weste mit Messingknöpfen und einem strahlend weißen Einstecktuch in der Brusttasche. Sein Haar, das oft etwas zerzaust aussah, weil er gerne mit den Fingern durchfuhr, saß heute perfekt nach hinten gekämmt und betonte seine blauen Augen.

Ihr Herz begann ungleichmäßig zu pochen. „Ja." Sie reichte ihm die Papiere. „Wenn Ihre Eltern bereit sind, können Sie Martin heute Abend zu ihnen auf den Hof bringen."

Garretts Finger spielten nervös mit den Blättern, während er sie mit durchdringendem Blick musterte.

Sie drehte sich in ihrem Stuhl, um eine der Schubladen des Aktenschranks zu öffnen, und gab vor, einen Ordner zu suchen. Er sollte nicht sehen, wie sehr sie das Ganze mitnahm.

„Warum kommen Sie nicht mit uns?", fragte er mit sanfter Stimme. „Meine Mutter hat gesagt, dass ich Sie zum Essen einladen soll. Vielleicht wird der Übergang dadurch etwas leichter für alle."

Für sie, meinte er wohl. Tränen brannten ihr in den Augen. Ohne etwas zu sehen, nahm sie einen Ordner aus der Schublade und wandte sich wieder zu ihrem Tisch um. „Danke, aber lieber nicht."

„Jane."

Sie straffte die Schultern. „Es ist besser, einen klaren Schnitt zu machen."

„Was ist mit Martin? Wollen Sie ihm das Gefühl geben, dass Sie gegen seinen Umzug sind?"

Sie hob ruckartig den Kopf. „Ich habe nicht gesagt, dass ich dagegen bin. Ich weiß, dass es auf dem Hof wundervoll für ihn sein wird. Es ist nur … schwierig." Sie senkte den Kopf und nahm einen Stift zur Hand.

„Das Hähnchen und die Klöße meiner Mutter könnten es erträglicher machen." Er wackelte mit den Augenbrauen und eins seiner Grübchen trat hervor.

Sie starrte ihn an. Warum war er so nett zu ihr? Fühlte er sich wegen irgendetwas schuldig? „Sie haben dem Vorstand nichts von Martin oder meiner Scheidung erzählt, oder?" Ihre Stimme war nicht viel lauter als ein Flüstern.

Sein Lächeln verschwand. „Nein. Als ich heute Morgen hier angekommen bin, habe ich mich nicht für das Treffen bereit gefühlt. Ich habe entschieden, dass ich mehr Zeit brauche, um herauszufinden, was genau Bolton mit dem fehlenden Geld zu tun hat. Also habe ich die Sitzung um ein paar Wochen verschoben." Er warf ihr einen vielsagenden Blick zu. „Ich nehme an, dass Martins Situation bis dahin geklärt sein wird."

Erleichterung machte sich in ihr breit. Sie hatte den Eindruck, dass er die Sitzung mehr ihretwegen verschoben hatte als wegen Mr Bolton. Sie nickte und presste die Lippen zusammen, um ihre Gefühle zurückzuhalten. „Kann ich über die Einladung nachdenken?"

„Klar. Meine Mutter kocht immer genug für zehn Leute, es ist also kein Problem." Er faltete den Durchschlag des genehmigten Antrags und steckte ihn in sein Jackett. „Ich komme Martin gegen fünf holen. Sie können mir dann Bescheid geben."

Mit einem kaum sichtbaren Lächeln verließ er den Raum.

Jane sackte gegen die Stuhllehne. Sie fühlte sich völlig kraftlos. Fast wünschte sie, dass Garrett nicht so großmütig wäre. Dass sie ihn in Gedanken immer noch den „Eindringling" nennen könnte. Denn in letzter Zeit wurde seine Anziehungskraft zu stark, um ihr zu widerstehen. Aber auch wenn sie keine Kollegen wären, war eine Zukunft mit Garrett ausgeschlossen. Er hatte eine Partnerin ohne Altlasten verdient, eine junge, unverdorbene Frau. Keine Geschiedene, die ihm nicht die Kinder geben konnte, die er sich wünschte.

Sie setzte wieder ihre Brille auf und versuchte, sich auf ihre Arbeit zu konzentrieren. Es führte zu nichts, sich romantischen Tagträumen hinzugeben. Ihr Herz würde das nicht überstehen.

„Wirklich?" Martins braune Augen funkelten. „Ich darf auf Mr Wilders Hof wohnen?"

Jane hatte gewusst, dass Martin sich freuen würde. Trotzdem tat es weh, dass er es kaum erwarten konnte zu gehen. Sie behielt ihr steifes Lächeln bei. „Vorerst, ja. Aber nur für ein paar Wochen, bis wir etwas anderes gefunden haben." Sie wollte ihn nicht in dem Glauben lassen, dass er dauerhaft dort wohnen würde.

„Wann fahren wir los?"

„Bald. Aber zuerst müssen wir über etwas reden." Jane deutete ihm, sich neben sie aufs Sofa zu setzen. Er spürte wohl, was jetzt kommen würde, denn er saß vollkommen still und mit gesenktem Kopf da.

„Du musst verstehen, dass dein Verhalten im Heim völlig inakzeptabel war. Und Mrs Shaughnessy hatte das Recht, darauf zu bestehen, dass du gehst."

Er schaute weiterhin auf seine Knie.

„Auch wenn die älteren Jungs dich verspotten, musst du lernen, sie zu ignorieren."

„Ich mag es nicht, wenn sie mich auslachen", sagte Martin so leise, dass Jane ihn kaum verstehen konnte.

„Ich weiß, dass es nicht schön ist, ausgelacht zu werden. Mrs Shaughnessy hat auch mit den anderen Kindern geschimpft. Aber das heißt nicht, dass es in Ordnung von dir war, Spielsachen kaputt zu machen."

Martin ließ den Kopf hängen.

„Am Ende hast du dadurch nur … dich selbst verletzt." Beinahe hätte sie gesagt „einen Anfall ausgelöst". Aber sie wollte nicht, dass er sich Sorgen machte, es könnte jederzeit wieder passieren, wenn er sich aufregte.

„Es tut mir leid, Mrs Linder."

„Ich nehme deine Entschuldigung an. Und ich hoffe, dass du

dich an dieses Gespräch erinnern wirst, wenn du auf dem Hof bist. Mr und Mrs Wilder sind sehr nette Menschen, aber sie werden auch kein schlechtes Benehmen dulden. Du musst dich mit den anderen Kindern im Haus vertragen und so viel helfen, wie du kannst."

„Das werde ich, Mrs Linder. Versprochen." Er sah sie ängstlich an.

Jane musste sich bei seinem reumütigen Anblick bremsen, um ihn nicht in die Arme zu schließen. Sie durfte schlechtes Benehmen nicht belohnen, auch wenn sie es noch so sehr wollte. Dass sie ihm erlaubte, auf den Hof zu ziehen, kam ihr auch schon fast wie eine Belohnung vor.

„Mr Wilder wird bald hier sein", sagte sie. „Brauchst du Hilfe beim Packen?"

„Nein, danke. Es wird nicht lang dauern." Mit diesen Worten flitzte er aus dem Zimmer und die Treppe hoch.

Jane schüttelte mit einem leisen Lachen den Kopf. Obwohl sie traurig über die bevorstehende Trennung war, musste sie sich einfach für Martin freuen. Er würde auf dem Hof aufblühen, da war sie sich sicher.

Als Jane vom Sofa aufstand, kam ihre Mutter ins Wohnzimmer. Sie setzte sich auf ihren Sessel und nahm ihre Strickarbeit auf.

„Was möchtest du heute Abend essen? Es ist noch etwas Auflauf von gestern da."

Ihre Mutter sah sie an. „Heute findet doch das gemeinsame Abendessen in der Kirche statt. Mrs Peters holt mich um sechs ab."

„Ach ja. Das hatte ich ganz vergessen." Jane biss sich auf die Lippe. Hatte sie ihre Mutter in letzter Zeit wegen der Aufregung auf der Arbeit vernachlässigt? Sie hätte etwas zubereiten sollen, das ihre Mutter in die Kirche mitnehmen könnte.

„Warum kommst du nicht mit uns, Liebes? Vielleicht sind ein paar nette junge Männer da, die ihre Mütter begleiten." Sie zwinkerte ihr zu.

„Also wirklich, Mama. Wirst du nie aufhören, mich wieder verheiraten zu wollen?" Jane sammelte das schmutzige Geschirr vom Mittagessen ein und ließ den Blick über das restliche Zimmer gleiten. Sie sollte wirklich darüber nachdenken, ein paar einfache, günstige Veränderungen vorzunehmen.

„Nicht, bis du glücklich verheiratet bist und deine eigene Familie hast."

„Du bist die einzige Familie, die ich brauche." Sie drückte ihrer Mutter einen Kuss auf die Stirn.

„Und Brandon, wenn er zurückkommt." Ihre Mutter sah sie streng an. „Gib ihn noch nicht auf, Janey. Er ist stark und zäh. Er wird zu uns zurückkommen."

„Ich bete, dass du recht hast, Mama. Wirklich." Wenigstens war die Einstellung ihrer Mutter positiver geworden.

Jane brachte das Geschirr in die Küche und stellte es in die Spüle. Dann öffnete sie den Kühlschrank und spähte hinein. Dem kargen Inhalt nach zu schließen würde sie wohl bald wieder einkaufen gehen müssen.

Während sie noch darüber nachdachte, erklang die Türklingel. Rasch schloss Jane die Kühlschranktür und strich ihr gemustertes Kleid glatt, das sie nach der Arbeit angezogen hatte. Vielleicht sollte sie Mrs Wilders Einladung doch annehmen. Das wäre besser, als hier im leeren Haus Trübsal zu blasen und Martins Geplapper zu vermissen.

Als sie durch den Flur lief, hörte sie Martin die Treppe herunterpoltern. Er erreichte noch vor ihr die Tür und riss sie auf.

„Hallo, Martin", grüßte Garrett ihn und trat lächelnd in den Flur.

„Mr Wilder! Ich kann es nicht glauben, dass ich auf dem Hof wohnen darf!"

Garrett wuschelte ihm durchs Haar. „Meine Familie freut sich schon auf dich. Vor allem meine Neffen." Er hob den Kopf und begegnete Janes Blick. „Kommen Sie mit uns zum Abendessen?"

Jane versuchte, ihren rasenden Herzschlag zu ignorieren. „Da Mutter heute Abend in der Kirche ist, würde ich Ihre Einladung gerne annehmen."

Sein Lächeln wurde noch breiter. „Das ist großartig." Er sah zu Martin hinüber. „Hast du eine Tasche, die ich für dich tragen kann?"

„Sie steht neben der Treppe. Ich hole sie." Er rannte los, bevor sie auch nur mit der Wimper zucken konnten.

Jane nahm ihre Jacke von der Garderobe. Garrett trat an ihre Seite, um ihr hineinzuhelfen. „Ich muss Sie vorwarnen." Sein Atem kitzelte an ihrem Ohr.

„Wieso?", fragte sie, während sie versuchte, nicht zu erröten.

„Ich habe eine Überraschung für Martin." Er zuckte verlegen die Schultern.

„Eine Überraschung für mich?" Martin kam zurück und zerrte seinen kleinen Koffer hinter sich her.

„Ja." Garrett grinste und sah dabei selbst wie ein Spitzbube aus. „Sie ist im Auto."

Jane wusste nicht, wer aufgeregter war – Garrett oder Martin. „Verabschieden wir uns zuerst von meiner Mutter."

Martin eilte ins Wohnzimmer. „Auf Wiedersehen, Mrs Mitchell. Es hat Spaß gemacht, mit Ihnen Dame zu spielen. Und das Lied auf dem Klavier zu lernen."

Mutter lächelte ihn an. „Viel Spaß auf dem Hof und sei vorsichtig! Hör auf Mr und Mrs Wilder."

„Das werde ich."

„Einen schönen Abend in der Kirche, Mama." Jane beugte sich vor, um sie auf die Wange zu küssen. „Ich komme nicht allzu spät zurück."

„Viel Spaß, Liebes. Und herzliche Grüße an Sarah und Ben."

Bis Jane ihre Tasche geholt und nach draußen gegangen war, saß Martin schon auf dem Rücksitz von Garretts Auto. Neben ihm lag ein großer schwarzer Hund mit einem Verband am rechten Hinterbein.

Jane verschränkte die Arme und warf Garrett, der auf dem Gehweg stand, einen verärgerten Blick zu.

Er kam herüber und legte ihr eine Hand auf die Schulter. Mit ernstem Gesicht sagte er: „Der Besitzer konnte nicht gefunden werden. Wenigstens weiß Martin so, dass Blackie ein gutes Zuhause hat."

Jane sah, wie der Hund Martins Hand ableckte und unterdrückte einen Anflug von Eifersucht. Garrett gab Martin alles, was sie ihm immer hatte geben wollen. Wenn auch nur vorübergehend. War es sehr schlimm, dass sie sich wünschte, diejenige zu sein, die Martin so glücklich machte?

Mit einem Seufzen ging sie ums Auto herum. Alles, was zählte, war Martins Wohlergehen. Er würde das Leben auf dem Hof genießen. Und Jane hatte dadurch Zeit, das Zuhause für ihn zu finden, das er verdiente. Sie musste dieses Ziel im Auge behalten und Gott für die kleinen Dinge dankbar sein.

Einige Stunden später stand Garrett im Schatten der Veranda seiner Eltern und beobachtete die Kinder, die gerade Jett und Blackie einander vorstellten. Er hatte beschlossen, die beiden Hunde erst nach dem Essen zusammenzubringen. Jett hatte draußen bleiben müssen, während Blackie sich an das Haus und die neuen Menschen gewöhnte. Während des Essens hatte Blackie auf einer Decke in der Küche gelegen. Als er sich endlich wohlzufühlen schien, hatten sie beschlossen, ihn mit Jett bekannt zu machen.

Nun lag Blackie hechelnd im Gras und sah zu, wie Kevin und Dale hinter Jett herrannten. Martin blieb an Blackies Seite und hatte einen Arm um das Tier gelegt.

Garrett hatte befürchtet, dass das Durcheinander für den älteren Hund zu viel sein könnte, doch Blackie schien alles gelassen hinzunehmen.

Jane trat aus dem Haus und gesellte sich zu ihm ans Geländer. „Die Kinder haben offensichtlich ihren Spaß."

Ihr sehnsüchtiger Ton ließ Garrett aufhorchen und er musterte sie. Sie sah traurig aus. Ihre Mundwinkel hingen leicht nach unten und ihre Schultern waren gebeugt.

„Es wird ihm hier gut gehen. Es war die richtige Entscheidung."

Sie schüttelte den Kopf, ohne den Blick von Martin abzuwenden. „Warum fühlt es sich dann so schrecklich an?"

Er hatte das überwältigende Verlangen, sie zu trösten. Während des Abendessens waren sie zum Du übergegangen, was eine neue Vertrautheit zwischen Ihnen hergestellt hatte. Und da sie momentan nicht auf der Arbeit waren, gab er nun dem Impuls nach, einen Arm um sie zu legen und sie an sich zu ziehen. „Du kannst jederzeit herkommen und ihn besuchen. Mutter und Vater freuen sich, wenn du kommst. Sie finden dich ziemlich großartig, falls du es noch nicht bemerkt hast."

Sie schniefte leise. „Ich mag sie auch sehr."

„Nur, damit das klar ist", sagte er. „Ich finde dich auch ziemlich großartig."

Sie blickte mit großen, feuchten Augen zu ihm auf.

Sein Blick fiel auf ihre Lippen und sein Herz hämmerte wie wild in seiner Brust. Die Versuchung wühlte sein Innerstes auf. Doch bevor er irgendetwas tun konnte, trat sie plötzlich einen Schritt zurück.

„Ich habe mich schon von deiner Familie verabschiedet und möchte jetzt nach Hause, wenn es für dich in Ordnung ist."

„Natürlich." Ihre subtile Ablehnung versetzte ihm einen Stich, obwohl es wahrscheinlich besser so war. „Ich muss nur schnell meine Jacke und die Schlüssel holen."

„In Ordnung. Ich gehe mich von Martin verabschieden."

Als Garrett wieder nach draußen kam, saß Jane bereits mit undefinierbarem Gesichtsausdruck im Wagen.

Bevor er ebenfalls einstieg, ging er noch kurz zu den Kindern hinüber. „Hey, Jungs, ich fahre jetzt zurück in die Stadt. Kevin, Dale, ich gehe davon aus, dass ihr alles tun werdet, damit Martin sich hier wie zu Hause fühlt."

„Keine Sorge, Onkel Garrett." Kevin zerrte an Jetts Halsband. „Wir werden Martin die Scheune und die Plantage zeigen und ihm verraten, wo die Kekse aufbewahrt werden."

Garrett lachte. „Also alles, was wichtig ist."

„Und wir werden aufpassen, dass Mandy ihm nicht zu sehr auf die Nerven geht." Dale sprang in Garretts Arme. „Sie kann eine richtige Nervensäge sein."

Garrett hatte früher das Gleiche von seiner kleinen Schwester gedacht. Trotzdem warf er Dale einen möglichst strengen Blick zu. „Mandy will nur bei euch mitmachen. Denkt daran, dass es eure Aufgabe ist, sie zu beschützen." Er umarmte den Jungen und setzte ihn im Gras ab. Dann klopfte er Kevin auf die Schulter und wandte sich zu Martin um. Er war ungewöhnlich ruhig und hatte den Arm noch immer um Blackie gelegt. „Martin, ich muss jetzt fahren, aber wir sehen uns am Samstag. Ich werde morgen anrufen, um zu hören, wie es dir geht."

Der Junge blickte auf. „Okay, Mr Wilder. Danke, dass Sie mich hergebracht haben. Und Blackie auch."

„Gerne." Er streichelte dem Jungen den Kopf. „Sei brav. Wir sehen uns bald."

Garrett lächelte immer noch, als er die Landstraße entlangfuhr. Die Sonne war schon lange hinter den Bäumen in der Ferne verschwunden und der Mond begann gerade aufzugehen.

„Ich denke, meine Neffen werden Martin guttun", sagte er zu Jane, die sehr still war. „Wenn wir Glück haben, kann er vielleicht ein paar Wochen bei ihnen verbringen."

Sie schüttelte traurig den Kopf. „Wenn er sich gerade eingewöhnt hat, muss er wieder umziehen."

Was sollte er darauf erwidern? Sie hatte recht, aber sie hatten momentan einfach keine andere Wahl.

Die restliche Fahrt verbrachten sie größtenteils schweigend. Garrett unterbrach ab und zu die Stille, um Jane durch Geschichten über seine Familie zum Lachen zu bringen. Als er schlussendlich in ihre Straße abbog, überlegte er fieberhaft, wie er sie noch beruhigen oder ihre Laune etwas heben konnte.

„War das Hähnchen meiner Mutter so gut, wie ich behauptet habe?" Die Frage klang albern, als er sie laut aussprach.

„Natürlich. Es war köstlich." Über ihre Lippen huschte ein winziges Lächeln. „Ich habe sie sogar nach dem Rezept gefragt."

„Oh, das könnte schwierig werden. Meine Mutter teilt ihre Familienrezepte nicht mit jedermann."

Sie hob die Augenbrauen. „Sie hat gesagt, dass sie es mir gibt. Ich brauchte sie gar nicht zu überreden."

Garrett grinste. „Vielleicht weil meine Mutter eine gute Menschenkenntnis hat. Und ich muss sagen, dass ich ihr zustimme."

Jane schüttelte mit einem resignierten Gesichtsausdruck den Kopf. „Nun, dann irrt ihr euch beide. In letzter Zeit scheine ich einfach alles falsch zu machen." Sie biss sich auf die Unterlippe und senkte den Blick.

Plötzlich war die selbstbewusste Direktorin der Children's Aid verschwunden. Stattdessen konnte er nichts als Verletzlichkeit und Selbstzweifel sehen. Die Gefühle, die er den ganzen Tag über zurückgehalten hatte, drohten aus im herauszubrechen. Wieso wusste sie nicht, wie wundervoll sie war?

Er parkte das Auto vor ihrem Haus. Die Schatten der Baumkronen über ihnen gaben ihnen etwas Privatsphäre und machten ihn mutiger. Er rutschte näher an sie heran – nah genug, um den berauschenden Duft ihrer Lavendelseife zu riechen. „Da liegst du völlig falsch, Jane. Du bist klug, hübsch und mitfühlend. Und mutig. So unglaublich mutig. Ich habe noch nie eine Frau wie dich getroffen." Sein Finger strich über ihre weiche Wange. Er fühlte sich mit jeder Zelle seines Körpers zu ihr hingezogen. „Ich würde dich gerne küssen", murmelte er. „Das möchte ich schon seit Langem. Aber nur, wenn du es auch willst."

Ihr Blick fiel auf seinen Mund und ihre Lippen öffneten sich leicht. Sie wich nicht zurück. Auch nicht, als er sich näher heranbeugte.

Als sie kaum merklich nickte, seufzte er leise und streifte ihre Lippen sanft mit seinen. Sein Herz raste wie verrückt, als sie die Arme um seinen Nacken legte und seinen Kuss erwiderte.

Sie war wunderschön. Ihre Haut war wie aus Porzellan und ihre Augen so gefühlvoll, dass sie geradezu glühten. Er küsste sie noch einmal. Es fühlte sich an, als wäre er bis zu diesem Augenblick durchs Leben geschlafwandelt. Als hätte der Geschmack ihrer

Lippen jeden seiner Sinne geweckt, sodass er jetzt alles unglaublich intensiv wahrnahm.

Dann riss er sich von ihr los und lehnte seine Stirn an ihre. Die Scheiben waren beschlagen und die Luft im Auto viel zu warm. Er öffnete das Fenster einen Spaltbreit und ließ die frische Nachtluft herein.

Mit der kühlen Luft schien auch die harte Realität hereinzuströmen. Was hatte er sich nur gedacht?

Dieser Kuss würde alles verändern. Und wahrscheinlich nicht zum Guten.

Jane hielt die Augen geschlossen und ihr Herz hämmerte wie wild gegen ihren Brustkorb. Innerhalb weniger Minuten hatte Garretts Kuss sie aus den Tiefen der Verzweiflung in verzückende Höhen versetzt.

Die Intensität erschreckte sie. Machte ihr Angst. Wie konnte sie so stark für jemanden empfinden, den sie erst seit ein paar Wochen kannte?

„Garrett." Sie atmete aus. „Ich … ich weiß nicht, ob das eine gute Idee war."

Er nickte kaum merklich. „Ich weiß." Er seufzte. „Ich hätte widerstehen sollen, aber ich konnte es heute Abend einfach nicht."

Sie sah ihm in die Augen, hin und her gerissen zwischen Dankbarkeit und Bedauern. „Du weißt gar nicht, wie viel mir deine Worte bedeutet haben. Ich habe so lange versucht, alles ganz allein zu schaffen …" Sie schluckte schwer. „Es ist schön zu wissen, dass endlich mal jemand auf meiner Seite steht."

„Ich werde immer auf deiner Seite stehen." Er legte seine Hand an ihre Wange. „Aber du hast recht. Das war wahrscheinlich nicht so klug. Zumindest nicht jetzt, wo wir noch zusammenarbeiten."

Sie seufzte leise. „Das denke ich auch."

Ein Grinsen breitete sich langsam auf seinem Gesicht aus. „Eins ist mir aber gelungen. Ich habe dich deine Probleme für eine Weile vergessen lassen."

Sie kicherte. „Da hast du recht."

„Möchtest du, dass ich mit reinkomme? Um sicherzugehen, dass es deiner Mutter gut geht?"

„Das ist lieb von dir, aber ich komme schon klar." In ihrem Bauch tanzten Schmetterlinge. Was war nur los mit ihr? Sie war doch sonst immer so vernünftig und pragmatisch. Sie fing nie etwas mit Kollegen an, sie schaute auch sicherlich keinen gut aussehenden Männern hinterher oder verlor sich in leidenschaftlichen Küssen.

Garrett legte einen Finger unter ihr Kinn und hob es an. „Entspann dich, Jane. Alles ist in Ordnung. Und mach dir bitte keine Sorgen um Martin. Es wird alles gut werden, du wirst schon sehen."

„Bist du immer so optimistisch?"

„Meistens, ja." Er wurde ernst. „Bist du sicher, dass es dir gut geht?"

Sie nickte. „Ja. Gute Nacht, bis morgen."

Nachdem sie sich einigermaßen gesammelt hatte, öffnete sie die Tür und stieg aus. Ihre Beine zitterten leicht, als sie die Stufen hinaufging, aber sie hielt ihren Rücken kerzengerade. Garrett sollte nicht sehen, wie sehr er ihre Sinne verwirrt hatte.

Sie schloss die Tür auf, drehte sich kurz um und winkte lässig. Dann trat sie ein und schloss schnell die Tür hinter sich.

Wie in aller Welt sollte sie diesen Kuss vergessen und am nächsten Tag so weitermachen, als wäre nichts zwischen ihnen passiert?

Kapitel 21

Am nächsten Morgen fuhr Jane zusammen mit Garrett zu einem Gespräch mit der Familie Jefferson. Sie war froh, dass es ihnen trotz ihres intimen Moments am Vorabend gelungen war, zu ihrem alten Arbeitsverhältnis zurückzukehren.

Ihre Erleichterung verwandelte sich jedoch bald in das Unbehagen, das sie eigentlich hatte vermeiden wollen.

„Wie war dein Abend gestern noch, nachdem ich weg war?", fragte Garrett mit einem leichten Funkeln in den Augen.

„Gut, danke." Sie hielt den Blick nach vorne gerichtet, damit er ihr nicht ansah, dass ihr Abend ganz und gar nicht gut gewesen war. Dass sie nicht hatte einschlafen können, weil sie immerzu an ihren Kuss denken musste. Und weil sie Martin furchtbar vermisst hatte.

Garrett sah zu ihr herüber. „Ich hatte gehofft, dass es dir nicht unangenehm sein würde, aber du hast mir heute noch kein einziges Mal in die Augen geschaut."

Sie zuckte die Schultern. „Wie gesagt, ich halte es für das Beste, das Ganze einfach zu vergessen." Ihre Wangen wurden heiß, wenn sie nur daran dachte.

Einen Moment herrschte Stille im Auto. Dann seufzte er. „Na gut. Wir werden nicht mehr darüber sprechen."

Glücklicherweise näherten sie sich gerade dem Haus der Jeffersons. „Es müsste da vorne rechts sein", sagte Jane.

Heute würden sie sich mit den Jeffersons und den Blackwoods treffen. Jane betete, dass eine der Familien passend für Martin wäre. Oder mehr als passend. Perfekt. Er verdiente eine Familie, die perfekt zu ihm passte!

Garrett bog in eine Auffahrt ab, die zu einem großen Backsteinhaus führte, und sah Jane von der Seite an. „Versuch, dir keine Sorgen zu machen. Wenn diese Familie nicht passt, dann finden wir eine andere."

Jane runzelte die Stirn. Er hatte gut reden. Er war nicht in den letzten sechs Jahren der für Martin zuständige Sozialarbeiter gewesen.

„Und versuch es mal mit einem Lächeln." Garretts Mundwinkel zuckten, während er das Auto abstellte. „Wir wollen die netten Leute ja nicht verschrecken."

Sie verzichtete auf eine sarkastische Antwort und setzte ein übertriebenes Lächeln auf. „Besser?"

Er verzog das Gesicht. „Fast schon gruselig. Schraub es vielleicht ein bisschen runter."

Sie versuchte, ihm einen bösen Blick zuzuwerfen, konnte sich aber das Lachen nicht verkneifen. „Hab verstanden. Gehen wir."

Die Jeffersons waren so freundlich, wie sie das Paar aus ihrem ersten Gespräch vor ein paar Jahren in Erinnerung hatte. Mr Jefferson arbeitete schon seit über zwanzig Jahren als Lehrer und Mrs Jefferson war eine Hausfrau, die sich gern um Pflegekinder kümmerte. Ihr Zuhause war modern, aber gemütlich. Mit fünf Schlafzimmern und einem großen Garten bot es genügend Platz für mehrere Kinder.

„Warum haben Sie keins der Pflegekinder, die Sie hatten, adoptiert?", fragte Jane, nachdem Mrs Jefferson den Tee gebracht hatte.

Die Frau stellte die Kanne auf ein Tablett. „Wir waren früher durchaus offen für eine Adoption. Einmal waren wir sogar kurz davor, aber die Mutter änderte ihre Meinung, nachdem das Mädchen schon zehn Monate bei uns gewohnt hatte. Ich habe diesen Verlust nie richtig verkraftet. Es hat Jahre gedauert, bis ich mir wieder vorstellen konnte, Pflegekinder aufzunehmen." Sie lächelte. „Dann haben mein Mann und ich erkannt, dass wir viel mehr Kindern helfen können, wenn wir keines adoptieren."

„Ich verstehe." Jane stellte ihre Tasse ab. „Und haben Sie nie darüber nachgedacht, ein älteres Kind zu adoptieren, das Ihnen nicht wieder genommen würde?"

Sie runzelte leicht die Stirn. „Nicht wirklich, nein."

Jane biss sich auf die Lippe und schrieb einen Vermerk auf ihren Block.

„Ich nehme an, dass Sie nach einem dauerhaften Zuhause für dieses Kind suchen", meinte Mr Jefferson.

„Ja. Martin ist ein besonderer Fall. Neben seiner Erkrankung hat er Schwierigkeiten, weil er sich verlassen und abgelehnt fühlt. Ich denke, dass es ihm besser gehen würde, wenn er eine Familie hätte, die ihm ungeteilte Liebe und Aufmerksamkeit schenkt."

„Was für eine Erkrankung?", fragte Mr Jefferson mit neugierigem Gesicht.

„Er hat epileptische Anfälle. Das kann ziemlich Furcht einflößend sein, wenn man es zum ersten Mal sieht."

„Ich hatte schon mehrere Schüler mit Epilepsie. Ich weiß, wie man sich verhält, wenn jemand einen Krampfanfall hat. Und ich könnte es meiner Frau beibringen."

„Das ist sehr gut." Garrett, der bisher die meiste Zeit geschwiegen hatte, ergriff nun das Wort. „Wer weiß? Vielleicht gewinnt Martin Sie ja für sich und Sie ändern Ihre Meinung."

„Das halte ich für unwahrscheinlich", sagte Mr Jefferson.

Mrs Jefferson legte ihm eine Hand auf den Arm. „Das heißt nicht, dass wir nicht bereit wären, ihn längerfristig aufzunehmen."

„Sie wollen nur nicht adoptieren."

„Genau", erwiderte der Mann. „Wir möchten lieber keine dauerhaften gesetzlichen Verpflichtungen. Es ist besser, ein Kind durch die Schule zu begleiten und es dann als jungen Erwachsenen in die Welt zu entlassen. Danach können wir wieder einem anderen bedürftigen Kind helfen."

Jane legte ihren Stift weg. „Martin ist in seinen acht Jahren schon viel herumgereicht worden. Er neigt dazu, aus der Reihe zu tanzen – entweder um Aufmerksamkeit zu bekommen oder um zu testen, ob seine neuen Pflegeeltern ihn auch wieder zurückschicken. Wir müssten sicher wissen, dass Sie Martin nicht beim ersten Anzeichen von Schwierigkeiten aufgeben würden."

„Ich habe Erfahrung mit den unterschiedlichsten Kindern, Mrs Linder", sagte Mr Jefferson ruhig. „Ich bin mir sicher, dass Martin kein Problem wäre."

Jane bemühte sich, ihre Enttäuschung zu verbergen. Abgesehen davon, dass sie nicht adoptieren wollten, schienen die Jeffersons perfekt zu sein. „Alles klar. Vielen Dank für Ihre Zeit." Jane stand auf und schüttelte ihnen die Hand. „Wir melden uns, sobald wir uns entschieden haben."

„Was meinst du?", fragte Jane Garrett auf dem Weg zum Haus der Blackwoods.

„Im Großen und Ganzen sind sie ein sehr nettes Paar. Ich bewundere es, dass sie so vielen Kindern wie möglich helfen wollen." Er versuchte, alles, was er über die Jeffersons gelernt hatte, im Kopf durchzugehen, damit er es später detailliert aufschreiben konnte.

„Ja, aber würden sie zu Martin passen? Darauf kommt es an."

„Ich möchte mit meiner Einschätzung lieber warten, bis wir das andere Paar getroffen haben."

„Na schön." Sie lächelte ein wenig. „Das ist das Haus. Nummer dreiundfünfzig." Sie zeigte auf eine Doppelhaushälfte mit einem makellosen Vorgarten und einem ordentlichen Blumenbeet unter dem Fenster.

„Die Blackwoods sind anders als die Jeffersons", erklärte sie, als er das Auto vor dem Haus parkte. „Sie sind jünger, deshalb sind sie wahrscheinlich auch naiver und idealistischer."

„Verstanden. Geh du voran."

Während des Gesprächs mit den Blackwoods bewunderte Garrett Janes geschickte Art, dem jüngeren Paar durch intelligente Fragen Informationen zu entlocken. Debra und Larry waren Anfang dreißig und hatten noch keine eigenen Kinder. Während sie weiterhin auf diese Möglichkeit hofften, wollten sie gerne Pflegekinder aufnehmen. Sie waren offen für eine Adoption. Allerdings machten sie kein Geheimnis daraus, dass sie nur einen Säugling adoptieren wollten.

Sie sagten immer das Richtige und ihr Eifer und Enthusiasmus waren im Gespräch deutlich zu spüren. Abgesehen von ihrem

Wunsch, ein Baby zu adoptieren, hielt Garrett sie für die bessere Wahl. Dieses Paar zog eine Adoption wenigstens in Erwägung.

„Es wäre eindeutig zu riskant, Martin zu den Blackwoods zu schicken", sagte Jane jedoch, sobald sie wieder im Auto saßen.

„Warum? Sie scheinen mir die bessere Wahl zu sein."

„Hast du ihre Reaktion gesehen, als ich Martins Krankheit erwähnt habe?"

Er runzelte die Stirn. „Ist mir nicht aufgefallen. Ich habe nur zwei engagierte Menschen gesehen, die bereit wären, es mit einem schwierigen Kind zu versuchen."

„Was bewundernswert ist. Aber sie haben einfach nicht die nötige Erfahrung, um mit Martin fertigzuwerden. Du hast gesehen, wie herausfordernd er sein kann."

„Das habe ich. Trotzdem würde ich die Blackwoods vorziehen."

Jane schüttelte den Kopf. „Dann sind wir wohl unterschiedlicher Meinung."

Er sah ihr skeptisches Gesicht. „Sieh mal, es gibt keinen Grund zur Eile. Wenn wir zurück im Büro sind, schreiben wir unsere Eindrücke auf und erstellen eine Liste mit den Vor- und Nachteilen."

„In Ordnung." Sie ließ die Schultern hängen.

Es gefiel ihm nicht, sie so mutlos zu sehen. Die Welt schien sich in letzter Zeit gegen sie verschworen zu haben – die schwache Gesundheit ihrer Mutter, die schlechte Nachricht über Brandon und dann noch Martins Fall … All dies hatte zusammen mit den anderen Problemen der Organisation dazu geführt, dass sie unter einem enorm hohen Druck stand.

Garrett wünschte, er könnte ihr in Bezug auf die Jeffersons recht geben. Aber es wäre unprofessionell, ihr nur zuzustimmen, um sie aufzuheitern.

„Ich könnte einen Happen Essen vertragen", sagte er wenig später. „Warum halten wir nicht irgendwo, bevor wir zurückfahren? Sieh es als Geschäftsessen an."

„Ich weiß nicht." Sie sah auf die Uhr. „Ich habe heute Nachmittag noch viel zu erledigen. Ich sollte zurück ins Büro."

„Du musst was essen. Wir beeilen uns, versprochen."

„In Ordnung", sagte sie zögerlich. „Ich habe schon etwas Hunger. Und ich habe heute nichts zu essen dabei."

Zwanzig Minuten später saßen sie in einem kleinen Diner und hatten ihre Teller vor sich stehen. Das Restaurant war beinahe leer, da die Mittagszeit schon vorüber war.

„Martin genießt die Zeit bei meinen Eltern sehr", sagte Garrett und biss in sein Sandwich. „Er liebt den Hof und die Tiere."

„Wie war seine erste Nacht dort?"

„Er hat sich mit Dale und Kevin gestritten. Aber meine Mutter hat sie so lange am Küchentisch sitzen lassen, bis sie sich wieder vertragen haben." Er kicherte. „Dafür hat Mom einen anderen Kampf verloren. Blackie darf jetzt bei Martin im Zimmer schlafen."

Jane nippte an ihrem Wasser. „Zum Teil freue ich mich darüber. Ich denke, dass ihm die bedingungslose Liebe eines Tiers guttun wird. Aber ich mache mir auch Sorgen, wie es wird, wenn er sich von Blackie trennen muss." Sie blinzelte ein paarmal schnell hintereinander. „Denkst du …" Sie zögerte, dann sah sie ihm hoffnungsvoll in die Augen. „Denkst du, dass deine Eltern sich vorstellen könnten, ihn zu adoptieren?"

Seine Hand erstarrte an seinem Glas. Diese Frage hatte er überhaupt nicht kommen sehen.

„Ich bezweifle es", sagte er vorsichtig. „Es wäre eine große Verpflichtung für Leute in ihrem Alter. Vor allem jetzt, wo sie meine Schwester und ihre Kinder aufgenommen haben."

„Ich weiß." Jane verzog enttäuscht das Gesicht.

„Hey, gib noch nicht auf." Er nahm ihre Hand in seine. „Wir werden das richtige Zuhause für ihn finden. Ich habe das zu meiner persönlichen Mission gemacht."

„Das habe ich schon vor Jahren und ich bin immer noch auf der Suche." Sie blinzelte und tupfte sich die Augen mit ihrer Serviette ab.

In diesem Augenblick wünschte Garrett sich, den Jungen selbst adoptieren zu können, wenn auch nur, um ihr diese Last abzunehmen und die erleichterte Dankbarkeit in ihren Augen sehen zu können. Er drückte ihre Hand. „Jane, wir werden wirklich alles tun, was wir können."

„Dir ist genauso viel daran gelegen wie mir, oder?", fragte sie leise.

Ihm lag wirklich viel an Martin, aber noch mehr lag ihm an Jane. Das durfte er jedoch auf keinen Fall zugeben. Nicht, solang der Direktorenposten zwischen ihnen stand – unter anderem.

„Ja. Martin hat mein Herz genauso erobert wie deins."

„Ich bin froh, das zu hören." Ihre Lippen bebten, als sie sich über den kleinen Tisch beugte. „Ich weiß, dass du tun wirst, was das Beste für ihn ist."

Garrett musste sich sehr beherrschen, um sie nicht zu küssen. Aber er durfte nicht den gleichen Fehler noch einmal machen. „Apropos Martin", sagte er stattdessen. „Er freut sich sehr auf Thanksgiving nächstes Wochenende. Ich nehme an, dass er nie ein richtiges Familienfest miterlebt hat." Er lächelte und schüttelte den Kopf. „Er bettelt meine Mutter schon die ganze Zeit an, ihr beim Kürbiskuchenbacken helfen zu dürfen."

„Ich freue mich, dass er Thanksgiving auf dem Hof erleben darf. Es wird bestimmt unvergesslich." Jane hob einen Löffel mit Suppe zum Mund.

„Was hast du an dem Tag vor?"

Sie sah etwas bedrückt aus. „Nichts Besonderes. Ich werde ein Hühnchen braten und einen Kuchen backen. Apfelkuchen, den mag meine Mutter am liebsten."

„Seid ihr nur zu zweit?"

Sie nickte. „Ja, seit Brandon im Krieg ist …"

„Ihr solltet mit uns auf dem Hof feiern", platzte es aus ihm heraus, bevor er die Idee zu Ende denken konnte. „Wir haben mehr als genug zu essen. Und meine Eltern würden sich freuen, wenn ihr kommt."

Sie runzelte die Stirn. „Das weißt du doch gar nicht."

„Doch, meine Mutter lädt immer Gäste ein. Sie kann den Gedanken nicht ertragen, dass jemand diesen Tag allein verbringen muss. Und sie mag dich und Hildie sehr gern."

Jane sah ihm für den Bruchteil einer Sekunde in die Augen. „Ich … ich werde es mit meiner Mutter besprechen und dir dann Bescheid geben."

„In Ordnung. Aber ich hoffe sehr, dass ihr kommt."

Das tat er wirklich. Auch wenn es ihm dann sehr schwerfallen würde, seine Gefühle unter Kontrolle zu halten.

Kapitel 22

Warum habe ich nur zugesagt?

Jane ergriff die Armstütze des Rücksitzes von Garretts Ford, während sie dem Lachen ihrer Mutter lauschte, das von vorne zu ihr drang. Sie musste vorübergehend den Verstand verloren haben. Ein ganzer Tag mit Garrett und seiner Familie würde ihre Widerstandskraft wahrscheinlich übersteigen.

„Flirten Sie etwa mit mir, junger Mann?“ Mutters fröhliche Stimme war fast nicht wiederzuerkennen.

„Ich kann nicht anders, wenn ich eine schöne Frau vor mir habe.“

Sein neckender Tonfall verwandelte Mutters Lachen in ein mädchenhaftes Kichern.

Jane entspannte sich ein wenig, als sie diesen Klang hörte. Wenigstens schienen Garretts Späße ihre Mutter davon abzulenken, dass sie Brandon vermisste und dass sie vielleicht nie wieder Thanksgiving mit ihm feiern würden. Allein deshalb lohnte sich der Ausflug schon. Außerdem würde Jane den Feiertag mit Martin verbringen.

Der einzige Nachteil war, dass sie so viel Zeit mit Garrett in einer so persönlichen Umgebung zubringen würde. Aber bei so vielen Leuten würde es ihr sicherlich leichtfallen, sich von ihm fernzuhalten.

Sarah hieß sie mit einem fröhlichen Lächeln in der Küche willkommen. Sie trug eine blaue Schürze mit großen Sonnenblumen darauf. „Hildie, Jane. Ich freue mich so, Sie wiederzusehen.“ Sie trat auf sie zu und umarmte sie.

In der Küche roch es nach Truthahn, Zwiebeln und Sellerie. Zudem lag ein Hauch von Kürbis in der Luft.

Jane reichte Sarah eine abgedeckte Auflaufform. „Ich habe kandierte Süßkartoffeln dabei. Ich wollte eigentlich Kuchen mitbringen, aber Garrett meinte, dass Sie mehr als genug davon haben.“

Sarah lachte laut. „Ja, in der Tat. Aber vielen Dank!"

„Wo ist Dad?", fragte Garrett, während er seine Köstlichkeiten, die er in einer Bäckerei besorgt hatte, auf der Küchentheke abstellte.

Cassie kam mit Mandy auf der Hüfte herein. „Er ist bei den Jungs draußen. Kevin bringt Martin gerade Football bei."

Jane lächelte. Während in den USA Thanksgiving im November gefeiert wurde, kam man hier in Kanada bereits im Oktober zusammen. Für Jane war das der perfekte Monat. Das Wetter war meistens noch gut genug, um nach draußen gehen zu können, und die Blätter leuchteten in den buntesten Farben.

„Sie lassen mich nicht mitspielen, Onkel Garrett." Mandy schob die Unterlippe vor.

„Das ist mein Stichwort." Garrett lachte, während er das Mädchen aus den Armen seiner Mutter hob. „Gehen wir, Süße. Wenn sie dich nicht mitspielen lassen, spielen wir eben zu zweit."

Ein strahlendes Lächeln erhellte ihr Gesicht. „Oder wir könnten eine Teeparty machen."

Garrett starrte sie mit gespieltem Entsetzen an. „Damit wir später keinen Appetit mehr auf den Truthahn haben? Niemals!"

Mandy kicherte, sodass ihre Zöpfe auf und ab hüpften.

„Ich lasse euch Damen mal in Ruhe arbeiten." Garrett gab seiner Mutter einen Kuss und verschwand durch die Hintertür.

Jane, die die ganze Zeit Garrett beobachtet hatte, wandte ihre Aufmerksamkeit wieder der Küche zu. „Sie ist wirklich eine kleine Charmeurin, nicht wahr?"

Cassie schnaubte. „So könnte man es auch ausdrücken." Sie öffnete den Kühlschrank und holte eine abgedeckte Schüssel heraus. „Es ist schön, Sie beide wiederzusehen. Ich bin froh, dass Sie kommen konnten."

Sarah führte Janes Mutter zum Küchentisch. „Setzen Sie sich, Hildie. Jetzt geht der Wahnsinn los."

„Wie kann ich helfen?" Jane stand etwas unbeholfen in der Mitte des Raums. Die Arbeitsplatte und der Küchentisch schienen vollständig mit Schüsseln und Schneidebrettern bedeckt zu sein.

„Wie gut können Sie Kartoffeln stampfen?"

„Ich bin quasi ein Profi darin."

„Großartig." Sarah reichte ihr einen Stampfer. „Cassie wird sie abgießen, dann können Sie übernehmen. Ich muss jetzt die Bratensoße umrühren."

Sie arbeiteten Seite an Seite, während Sarah sie mit fröhlichem Geplauder unterhielt. Wenig später rief sie die Männer und Kinder herein. Dann versammelten sich alle am langen Esstisch.

Ben ließ sich am oberen Ende des Tisches nieder und begann, den beeindruckenden Truthahn zu schneiden. Eine Mischung köstlicher Düfte schwebte durch die Luft, während sie die dampfenden Schüsseln und Platten herumreichten. Als alle Teller gefüllt waren, streckte Ben beide Hände aus. „Lasst uns danken."

Garrett nahm sofort die Hand seines Vaters und streckte Jane die andere Hand hin.

Mit einem vorsichtigen Lächeln legte sie ihre Hand in seine, während sie versuchte, das Kribbeln in ihrem Bauch zu ignorieren. Sie reichte Martin ihre andere Hand und deutete ihm, den Kopf zu neigen.

Ben schloss die Augen und begann: „Himmlischer Vater, wir danken dir für diesen Tag, für die Familie und die Freunde, die hier bei uns versammelt sind. Wir danken dir für das viele Essen und die reiche Ernte, die du uns dieses Jahr geschenkt hast. Bitte wache über die Soldaten, die momentan im Krieg sind. Wir bitten dich vor allem um deinen Schutz für Jack und Brandon. Bewahre sie und bring sie heil zu uns zurück, Herr."

Der sanfte Druck von Garretts Fingern ließ Janes Emotionen überfließen. Sie spürte, wie ihre Augen feucht wurden, aber sie drückte sie fest zu, um die Tränen zurückzuhalten.

„Danke", fuhr Ben fort, „dass Garretts Verletzungen verheilt sind und er zu uns zurückkehren durfte. Segne die Obrigkeiten auf der ganzen Welt. Leite ihre Entscheidungen, damit dieser Krieg bald ein Ende hat und wieder Friede einkehrt. Wir preisen dich und danken dir für deinen reichen Segen. Amen."

Jane öffnete langsam die Augen, während Garrett ihre Hand losließ. Sie blickte zu ihrer Mutter hinüber, die sich gerade die Augen mit einer Serviette abtupfte.

„Das war sehr schön, Ben", sagte Janes Mutter. „Danke, dass Sie auch für meinen Jungen gebetet haben. Ich muss schon den ganzen Tag an ihn denken."

Ben nickte. „Sarah hat mir von der Sache mit Brandon erzählt. Seitdem beten wir jeden Tag für ihn. Ich weiß noch, wie es war, als wir von Garretts Verletzung erfuhren. Wir hatten keine Ahnung, wie schlimm er verwundet war oder ob wir ihn je wiedersehen würden." Sein Adamsapfel hüpfte auf und ab. „Unsere Gebete wurden erhört und unser Sohn ist zu uns zurückgekehrt. Ich bete, dass deiner auch zurückkommen wird."

Sarah seufzte laut. „Jetzt ist aber Schluss mit dem trübseligen Gerede. Lasst uns essen, bevor es kalt wird."

Alle lächelten und den Rest des Abends verbrachten sie in wundervoller Gemeinschaft. Jane bewunderte die Beziehung von Ben und Sarah. Ihre offensichtliche Zuneigung zueinander sowie zu ihren Kindern und Enkelkindern füllte den ganzen Raum mit Liebe.

Nach einem Stück des besten Kürbiskuchens, den sie je probiert hatte, schob Jane schließlich ihren Stuhl mit einem Seufzen zurück. „Das war köstlich. Aber ich glaube, mein Magen beschwert sich langsam, dass ich so viel gegessen habe." Sie stellte ihren und Martins Teller zusammen. „Sarah, lassen Sie mich bitte das Geschirr abwaschen. Ich muss irgendwie die Kalorien wieder loswerden."

„Gute Idee." Garrett sprang ebenfalls auf und begann, die restlichen Kuchenteller einzusammeln. „Mom, du und Cassie solltet bei Dad, Hildie und den Kindern bleiben und euch ausruhen. Jane und ich übernehmen den Abwasch."

Sarah blinzelte nur. „Na schön, wenn ihr darauf besteht."

„Das tun wir", sagte Jane bestimmt. „Es wäre schön, wenn Sie Mama Gesellschaft leisten könnten." Sie zwinkerte ihrer Mutter zu.

„Das wird uns nicht schwerfallen", lachte Sarah, während sie Jane ihren Teller reichte.

„Ich wünschte, ich hätte noch so viel Kraft wie früher", sagte Mutter. „Manchmal fühle ich mich richtig nutzlos."

„Unsinn." Sarah half Mutter aus dem Stuhl. „In unserem Alter haben wir es uns verdient, dass die jungen Leute ihren Beitrag leisten."

Jane trug das Geschirr durch die Schwingtür in die Küche und füllte das Waschbecken mit heißem Wasser und Spülmittel. Garrett folgte ihr und stellte seinen Stapel Geschirr auf die Arbeitsplatte.

Janes Herz begann schneller zu schlagen. Es war vermutlich keine so gute Idee, sich allein mit Garrett in der Küche aufzuhalten. Sie standen so dicht beieinander, dass sie die Wärme seines Arms spüren konnte. Es war wohl das Beste, sich möglichst auf den Abwasch zu konzentrieren. Sie ließ möglichst viele Teller ins Wasser gleiten und suchte nach einem Spüllappen.

„Wir benutzen einen Schwamm. Er liegt hier." Garrett griff über ihre Schulter, wobei er ihren Arm streifte. Er nahm den gelben Schwamm und warf ihn mit so viel Schwung ins Wasser, dass ein wenig Schaum aufspritzte.

Als er kicherte, kitzelte sein Atem ihren Nacken.

Sie warf ihm einen gespielt bösen Blick zu. „Wenn du helfen möchtest, solltest du dich benehmen."

„Du Spaßbremse." Er grinste sie an.

„Wie alt bist du? Zwölf?" Sie schnaubte, konnte sich ein Lächeln aber nicht verkneifen, während sie die Teller abwusch und sie dann in die Wanne mit klarem Wasser stellte.

Garrett griff hinein und fischte einen sauberen Teller heraus, um ihn abzutrocknen. „Alles ist angenehmer, wenn man ein bisschen Spaß dabei hat. Solltest du mal ausprobieren."

Sie warf ihm einen Blick zu. „Vielleicht nicht, wenn ich gerade in der Küche anderer Leute bin."

Sie arbeiteten ein paar Minuten in harmonischem Schweigen weiter. Jane gab eine zweite Ladung Geschirr ins Wasser und sah zu Garrett hinüber. Er hatte die Ärmel bis über die Ellenbogen hochgekrempelt und seine muskulösen Arme dehnten den Stoff.

„Du hast großes Glück", sagte sie leise, „dass du so eine wundervolle Familie hast." Während sie eine Auflaufform schrubbte, spürte sie, dass er sie aufmerksam musterte. „Ich habe immer davon geträumt, Thanksgiving so zu feiern – mit einer großen, lauten Familie, die zusammen lacht und sich gegenseitig neckt." Sie unterbrach sich, um die Kontrolle über ihre Stimme wiederzuerlangen. „Danke, dass du sie heute mit uns geteilt hast." Sie wagte es, zu ihm hinüberzusehen.

Seine tiefblauen Augen waren auf sie gerichtet. Darin lag ein Ausdruck, den sie nicht ganz deuten konnte. „Gern geschehen." Er streckte die Hand aus, um ihr eine Locke hinters Ohr zu streichen. Dann blieben seine Finger leicht wie eine Feder auf ihrer Wange liegen.

Gänsehaut lief ihre Arme entlang. Als er einen Schritt näher trat, stockte ihr der Atem. Würde er sie erneut küssen? Ihre Lippen öffneten sich wie von selbst, während sie ihm tief in die Augen sah. Die Erinnerungen an ihre letzte Umarmung stiegen in ihr auf und ließen ihr Herz noch schneller schlagen.

„Braucht ihr Hilfe hier drinnen?" Cassie kam hereingeplatzt und blieb wie angewurzelt stehen. „Oh, Entschuldigung." Sie grinste verschmitzt. „Ich komme später noch mal."

Hitze stieg Jane in die Wangen. Meine Güte! Wo war nur ihre Selbstbeherrschung geblieben?

Garrett widerstand dem Drang, laut aufzustöhnen. Fast hätte er seinen Schwur gebrochen, seinen Gefühlen für Jane nicht nachzugeben und eine rein freundschaftliche Beziehung mit ihr zu führen.

Irgendetwas an dieser Frau ließ seine Widerstandskraft dahinschmelzen wie Butter in der Sonne. Und trotzdem konnte er sich einfach nicht von ihr fernhalten.

Jane ging zum Küchentisch hinüber und begann, die Oberfläche fieberhaft mit dem Schwamm zu bearbeiten. „Ich will gar nicht wissen, was Cassie jetzt von mir denkt. Weiß deine Familie überhaupt, dass ich geschieden bin?"

„Ja. Ich hoffe, du hast nichts dagegen, dass ich es ihnen erzählt habe."

Sie fuhr fort, den bereits sauberen Tisch zu schrubben.

„Es tut mir leid", sagte er ruhig. „Ich habe mir eigentlich geschworen, dass ich dich nicht mehr küssen würde. Aber ich habe mich hinreißen lassen. Das passiert mir viel zu oft in deiner Gegenwart."

Sie hob ruckartig den Kopf und starrte ihn mit offenem Mund an.

„Du bist eben einfach unwiderstehlich." Er wackelte mit den Augenbrauen und hoffte auf ein Lachen oder wenigstens ein Lächeln von ihr.

Stattdessen bebten ihre Nasenflügel und ihre Augen funkelten verärgert. „Wenn ich so unwiderstehlich wäre, hätte mein Mann mich wohl kaum für eine andere sitzen lassen." Sie senkte den Kopf und setzte ihren Angriff auf den Tisch fort.

Garrett musterte sie. War sie wütend auf ihn oder war es ihr einfach nur peinlich, dass sie von seiner Schwester in solch einem Moment erwischt worden waren?

Er legte seine Hand auf ihre und hielt sie fest. Dann befreite er sanft den Schwamm aus ihrem Griff. „Donald war ein Dummkopf."

Sie stand still, ihre Hände zitterten.

Garrett trat einen Schritt zurück. Vielleicht würde ihnen beiden ein Ortswechsel guttun. „Warum gehen wir nicht raus an die frische Luft? Du könntest mir helfen, die Tiere zu füttern." Als sie zögerte, fügte er hinzu: „Wir können zur Sicherheit auch die Kinder mitnehmen."

Sie atmete hörbar auf. „Das ist eine gute Idee."

„Großartig. Wir treffen uns in fünf Minuten an der Haustür."

Während Jane die restlichen Oberflächen in der Küche abwischte, trommelte Garrett die Kinder zusammen. Dabei versuchte er, Cassies wissendem Blick auszuweichen. „Zieht eure Jacken an", wies er sie an. „Es ist kalt draußen."

„Darf ich die Ziegen füttern, Mr Wilder?", war Martins Stimme über das Knistern des Radios im Wohnzimmer zu hören. „Mr Ben erlaubt mir das manchmal."

Garrett tauschte einen amüsierten Blick mit seinem Vater. Dann legte er Martin eine Hand auf die Schulter. „Natürlich. Aber du musst dich mit den anderen abwechseln. Mandy füttert auch gern die Zicklein, stimmt's, Prinzessin?"

Das Mädchen nickte energisch mit dem Kopf. „Petunia mag ich am liebsten. Du kannst Ramsey füttern. Aber er beißt."

Martin grinste bloß spöttisch. „Ich habe schon gelernt, wie man die Finger rechtzeitig wegzieht."

Kevin, Dale und Martin stürmten zur Haustür hinaus. Cassie hatte gerade Mandys Jacke fertig zugeknüpft, als Jane in den Flur kam. Ihre Wangen liefen sofort rot an. Schnell senkte sie den Kopf, nahm ihren Mantel vom Haken und begleitete Cassie und Garrett auf die Veranda hinaus. Mandy nahm sogleich die Verfolgung der Jungen auf.

Cassie legte eine Hand auf Janes Arm. „Es ist schlau, die Kinder mitzunehmen. Das wird meinen Bruder hoffentlich dazu zwingen, sich zu benehmen." Sie lachte leichthin und legte einen Arm um Jane.

Janes Gesichtszüge entspannten sich ein wenig. „Ich weiß nicht, ob er das kann."

Cassie lachte wieder. „Und sei unbesorgt wegen deiner Mutter. Sie genießt es hier in vollen Zügen. Sie scheint sich sogar für Dads Bauernhofgeschichten zu interessieren."

Garrett schnaubte. „Hildie ist nur höflich. Niemand könnte sich wirklich dafür begeistern." Sein Vater war berüchtigt für seine langatmigen Geschichten über die Plantage und die Tiere.

„O nein, meine Mutter hört liebend gern solche Geschichten. Sie erinnern sie an ihre eigene Kindheit." Jane lächelte Cassie zu. „Ich freue mich so, dass Mama ein schönes Thanksgiving hat."

„Wir freuen uns, dass sie hier ist."

Garretts Blick schwenkte zwischen den beiden Frauen hin und her. Wenn er nichts unternahm, würde Cassie die ganze Nacht hier stehen bleiben und plaudern.

„Bis nachher, Schwesterherz." Garrett nahm Jane bei der Hand und führte sie die Stufen hinab. Er genoss es, ihre Hand in seiner zu spüren – egal, was seine Schwester dachte.

Sie schlenderten über den Rasen zur Scheune. Die Kinder waren bereits im hinteren Bereich bei den Ziegen.

Garrett führte Jane zu den Pferdeboxen. „Erinnerst du dich an Elias und Elliott von der Heuwagenfahrt?"

„Nicht wirklich."

„Die beiden sind unsere Arbeitspferde. Sie machen alles, vom Pflügen der Felder bis hin zum Ziehen der Wagen. Sie sind sehr gutmütig." Er nahm die Heugabel, um etwas Heu vom Ballen zu lösen und es in die Tröge zu geben. Dann stellte er sicher, dass die Pferde genügend frisches Wasser hatten.

Jane lehnte sich an einen Balken und sah ihm bei der Arbeit zu. Sie schien etwas Angst zu haben, den Pferden zu nahe zu kommen. Oder vielleicht hatte sie auch Angst, ihm zu nahe zu kommen.

„Hast du oft Schmerzen im Rücken?" Ihre Stimme klang ein wenig besorgt.

Garret stellte den leeren Eimer ab. Sein Vater hatte Jane vermutlich durch sein Gebet an Garretts Verletzung erinnert. „Unterschiedlich. Meistens ist es erträglich." Schuldgefühle nagten an ihm. Wenn er bedachte, wie nahe sie sich gekommen waren, fühlte es sich falsch an, die Wahrheit vor ihr zu verbergen.

Er rieb sich den Staub von den Händen und sah ihr in die Augen. „Das Schlimmste an meiner Verletzung sind nicht die Schmerzen." Er atmete langsam ein. Seine nächsten Worte könnten alles zwischen ihnen verändern. „Es ist der Granatsplitter, der noch in der Nähe meiner Wirbelsäule steckt."

Sie runzelte die Stirn, sodass sich winzige Furchen über ihren Brauen bildeten. „Das hört sich nicht gut an."

Er strich etwas Heu von seinem Ärmel. „Ist es auch nicht. Leider ist es … sehr gefährlich." Kleine Schweißperlen traten ihm auf die Stirn. Bisher hatte er nur Cassie und seinen Eltern erzählt, wie schlimm seine Verletzungen waren.

„Gefährlich?" Der goldene Schein der Laterne, die in der Nähe hing, spiegelte sich in ihren geweiteten Augen. „Warum das?"

Das Kichern der Kinder drang zusammen mit dem Gemecker der Ziegen zu ihnen herüber. Es schien falsch, etwas so Ernstes an einem Tag zu besprechen, der eigentlich der Danksagung dienen sollte. Aber jetzt, wo er damit angefangen hatte, konnte er ebenso gut fortfahren.

„Es kann sein, dass der Splitter sich verschiebt und … meine Wirbelsäule verletzt." Er trat auf Elliott zu, um seine Nüstern zu streicheln. Er wollte nicht, dass Jane seinem Gesicht ablas, wie ernst die Situation war.

„Deshalb musst du so vorsichtig sein", sagte sie. „Du musst jede Erschütterung vermeiden."

Er nickte.

„Was würde passieren, wenn der Splitter sich verschiebt?" Obwohl ihre Stimme kaum mehr als ein Flüstern war, konnte er deutlich die Angst darin hören.

Natürlich stellte Jane die eine Frage, die er eigentlich hatte vermeiden wollen.

„Garrett?" Sie streckte die Hand aus und legte sie auf seine Hand, mit der er immer noch das Pferd streichelte.

Seufzend drehte er sich zu ihr um. „Es könnte zu einer Querschnittslähmung führen."

Sie starrte ihn entsetzt an. „Kann man denn nichts dagegen tun? Eine Operation oder so?"

„Ich fürchte nicht. Mein Arzt meint, dass es das Risiko nicht wert sei." Und Garrett sah es genauso. „Ich werde wohl kein Rodeo mehr reiten." Er zwang sich zu einem Lachen, um die Stimmung aufzulockern, in der Hoffnung, dass sie es ihm nachmachen würde.

Stattdessen schlang sie die Arme um seine Taille und lehnte ihren Kopf an seine Brust. „Das tut mir so leid, Garrett."

Er schloss die Augen. Seine Arme umfingen sie instinktiv, während er ihren Trost in sich aufsog. Wann würde ihr aufgehen, dass er in Wahrheit ein Krüppel war? Er hätte sie nie küssen und sie nie so nah an sich herankommen lassen dürfen.

Bevor er sich in ihrer Umarmung zu wohl fühlte, schob er sie sanft von sich weg. Es erschütterte ihn, Tränen in ihren Augen zu sehen. „Hey, es ist halb so wild. Ich habe überlebt und kann ein relativ normales Leben führen. Es hätte viel schlimmer kommen können." Er strich mit dem Daumen eine Träne von ihren Wimpern. „Komm, wir schauen lieber nach, was die Kinder mit den armen Tieren anstellen."

Ihm war alles recht, um wieder ein Lächeln auf ihr Gesicht zu zaubern. Und wenn irgendetwas diese Wirkung hatte, dann waren es Babyziegen.

Kapitel 23

Jane versuchte, die Freude der Kinder zu genießen, während sie die Ziegen fütterten, aber ihre Gedanken kehrten immer wieder zu Garrett zurück. Wie konnte er nur mit dieser Ungewissheit leben? Mit dem Wissen, dass ein Metallsplitter in seinem Körper ihn für den Rest seines Lebens an einen Rollstuhl fesseln könnte?

„Es ist Zeit, wieder reinzugehen", kündigte Garrett schließlich an.

Ein aufgeregtes Gewimmel folgte, als sich die Kinder von den Tieren verabschiedeten. Dann rannten die Jungen um die Wette zum Haus zurück, während Mandy von Garrett getragen wurde.

Wenn sie allein gewesen wären, hätte Jane es vielleicht gewagt, seine Hand zu nehmen. Sie wollte ihm zeigen, dass er sich auf sie verlassen konnte. Vermutlich hatte er ihr etwas anvertraut, was nicht viele wussten.

Cassie wartete bereits auf der Veranda auf sie. „Jane, ich möchte dich nicht beunruhigen, aber deiner Mutter ging es nicht so gut und jetzt ist sie wohl eingeschlafen."

Janes Alarmglocken läuteten. Warum hatte sie ihre Mutter bloß so lange alleingelassen? Sie eilte ins Haus und lief geradewegs ins Wohnzimmer. Ihre Mutter lag mit geschlossenen Augen zugedeckt auf dem Sofa. „Mama?" *O Herr, bitte nicht. Nicht hier, so weit weg vom nächsten Krankenhaus.*

Sarah, die auf einem Stuhl neben dem Sofa gesessen hatte, stand auf. „Es geht ihr gut, Jane. Ihr war ein wenig schwindelig, deshalb habe ich ihr angeboten, sich hinzulegen."

„Danke. Das war eine gute Idee." Jane nahm die Hand ihrer Mutter und fühlte den Puls an ihrem Handgelenk. Er war zwar schwach, aber es hätte schlimmer sein können. Allerdings atmete ihre Mutter auch sehr flach, was darauf hinwies, dass sie nicht genügend Sauerstoff bekam. Jane zog die Decke etwas höher. In diesem Zustand wäre die lange Autofahrt zu viel für ihre Mutter. Warum hatte Jane nicht daran gedacht, früher zu fahren?

Weil ich zu sehr mit Garrett beschäftigt war, deshalb.

Sarah legte ihr eine Hand auf die Schulter. „Warum bleiben Sie beide nicht über Nacht? Wir haben genug Platz. Dann kann Hildie sich ausruhen und Sie fahren morgen früh nach Hause."

„Mom hat recht." Garrett kam herein.

„Ich weiß nicht …" Jane wollte den Wilders keine Umstände machen. Sie hasste es, anderen zur Last zu fallen. Aber sie hatte im Grunde keine Wahl.

„Cassie hat schon angeboten, bei den Kindern zu schlafen. Du und deine Mutter könnt ihr Zimmer haben." Garretts gesamtes Verhalten strahlte Ruhe und Sicherheit aus.

Jane blickte zum Flur. „Mama kann keine Treppen steigen."

„Kein Problem. Ich kann sie hochtragen." Garrett musterte Jane aufmerksam, bereit, sofort zur Tat zu schreiten.

Als sie zögerlich nickte, kam er sogleich herüber. Er hob ihre Mutter behutsam und völlig mühelos hoch.

Jane folgte Garrett, als er ihre Mutter die Treppe hinauf und in eines der Zimmer trug. Er wartete, bis Jane die Decke von einem der beiden Betten zurückgezogen hatte. Dann legte er ihre Mutter vorsichtig hinein.

Jane zog ihr die Schuhe aus und deckte sie zu. Das leichte Heben und Senken ihres Brustkorbs beruhigte Jane ein wenig. Sie richtete sich auf und sah zu Garrett hinüber. „Danke. Ich weiß, dass es noch früh ist, aber ich werde eine Weile bei ihr bleiben, um mich zu vergewissern, dass alles in Ordnung ist."

„Natürlich." Er holte einen Holzstuhl aus einer Ecke und stellte ihn neben das Bett. „Sag Bescheid, wenn du noch etwas brauchst. Ich bin draußen und helfe meinem Vater bei ein paar Arbeiten, aber es wird nicht lang dauern." Er blieb an der Tür stehen. „Mein Zimmer ist gleich gegenüber. Wenn Hildie einen Arzt braucht, weck mich, egal um welche Uhrzeit."

Sie bekam einen Kloß im Hals. „Das ist sehr nett von dir. Es tut mir leid, dass ich euch so zur Last falle."

„Du bist keine Last, Jane. Du musst nicht immer allein mit allem fertigwerden."

Sie presste die Lippen zusammen und versuchte verzweifelt, all ihre ungewollten Gefühle tief in sich zu vergraben, wo sie hingehörten. Sie nickte knapp und setzte sich auf den Stuhl, um Wache zu halten.

Eine halbe Stunde später, als Jane sicher war, dass ihre Mutter friedlich schlief und wieder normal atmete, ging sie in die Küche. Sie würde Mutter ein Glas Wasser holen, da sie nachts oft mit einem trockenen Mund aufwachte.

Auf der Theke brannte eine kleine Lampe, ansonsten wirkte der Raum verlassen. Jane war froh, dass sie Garrett beim Einräumen beobachtet hatte und daher wusste, wo die Gläser standen. Sie öffnete den entsprechenden Schrank und holte das kleinste Glas heraus.

„Wie geht es Hildie?", ertönte Sarahs sanfte Stimme vom Küchentisch her.

Jane sah überrascht in ihre Richtung. „Sarah, ich habe Sie gar nicht gesehen. Mama schläft tief und fest. Danke noch mal für Ihr Angebot. Ich denke, so ist es am besten für sie."

„Nichts zu danken. Möchten Sie eine Tasse Kamillentee mit mir trinken? Der Kessel müsste noch heiß sein."

„Nein, danke." Sie schob einen Stuhl zurück. „Aber ich setze mich ein paar Minuten zu Ihnen, wenn ich darf."

„Natürlich. Ich freue mich über Gesellschaft."

Jane setzte sich mit einem Seufzer hin. Es war ein langer Tag gewesen, aber sie hatte noch etwas mit Sarah zu besprechen. „Ich habe auf eine Gelegenheit gehofft, mit Ihnen über Martin zu reden." Sie überflog die Küche und den Flur, um sich zu vergewissern, dass er nicht da war.

„Keine Sorge. Die Kinder sind oben bei Cassie. Was möchten Sie wissen?"

„Wie kommt er hier zurecht? Benimmt er sich?"

„Seit wir ein paar grundlegende Regeln festgelegt haben, klappt es gut." Winzige Linien bildeten sich um Sarahs Augen.

„Wie läuft es in der Schule?"

„Er geht mit den Kindern zusammen. Da er in derselben Klasse wie Kevin ist, scheint es ihm zu gefallen. Bisher hat sich sein Lehrer auch noch nicht bei uns beschwert."

Jane atmete auf. „Das freut mich. Ich habe ihn schon lange nicht mehr so glücklich erlebt."

Sarah stellte die Tasse ab. „Er ist Ihnen sehr wichtig, oder?"

„Ja. Ich bin schon seit seinem zweiten Lebensjahr für ihn zuständig. Und ich werde das Gefühl nicht los, ihn enttäuscht zu haben." Sie schluckte schwer.

Sarah legte ihre Hand auf Janes. „Nach dem zu urteilen, was Garrett mir erzählt hat, haben Sie Ihr Bestes gegeben."

„Aber irgendwie scheint das nicht genug zu sein."

Sie saßen einige Sekunden schweigend da, bis Jane sich traute, die Frage zu stellen, die sie schon seit einer Weile beschäftigte. „Sarah, besteht irgendeine Möglichkeit, dass Ben und Sie in Betracht ziehen könnten, ihn zu adoptieren?" Obwohl sie Garrett bereits gefragt hatte, wollte Jane die Antwort gerne persönlich hören.

Sarah sah sie mitfühlend an und seufzte. „Unter anderen Umständen würde ich sofort Ja sagen. Aber momentan wohnen Cassie und die Kinder hier und der Hof ist in einer schwierigen finanziellen Lage." Sie schüttelte den Kopf. „Dabei würde ich ihm so gerne das Zuhause geben, das er verdient."

Die Luft wich aus Janes Lungen und hinterließ ein Gefühl der Leere. Sie blinzelte die Tränen weg. „Ich verstehe."

„Vielleicht ändert sich das, wenn Garrett den Posten als Direktor bekommt."

Jane runzelte die Stirn. „Was hat das mit dem Hof zu tun?"

„Ich dachte, er hätte es Ihnen erzählt." Sarah hob ihre hellen Augenbrauen. „Garrett schickt uns alles Geld, das er erübrigen kann. Er behält nur so viel, wie er zum Leben in Toronto braucht. Wenn er diese Stelle bekommen würde, hätte er ein gesichertes, höheres Einkommen."

Jane sank in ihren Stuhl zurück. Sie hatte nicht gewusst, dass Garrett vor allem deshalb Direktor werden wollte, weil er dann seiner Familie mehr finanzielle Unterstützung zukommen lassen könnte – Unterstützung, auf die sie eindeutig angewiesen war.

„Dieses Stellenangebot ist aus mehreren Gründen ein Geschenk des Himmels", fuhr Sarah fort. „Garrett hilft leidenschaftlich gerne Kindern. Wenn er die Stelle bekommen würde, hätte er die Möglichkeit dazu. Aber vor allem würde sie perfekt passen, weil die schweren Arbeiten auf dem Hof nichts mehr für ihn sind."

„Garrett hat mir von dem Granatsplitter erzählt", sagte Jane leise. „Ich kann mir nicht vorstellen, wie schwierig es sein muss, damit zu leben."

Sarah nickte. „Ich möchte, dass ein Spezialist ihn untersucht, um herauszufinden, ob man nicht doch noch etwas tun kann. Aber die Warteliste ist sehr lang." Sie blickte auf. „Der Splitter in der Nähe seiner Wirbelsäule ist schon schlimm genug. Aber es ist der Splitter in der Nähe seines Herzens, der mir am meisten Sorgen macht."

„In der Nähe seines Herzens?" Ein kalter Schauer lief ihr über den Rücken.

„Mutter!", ertönte eine barsche Stimme von der Küchentür her. Dort stand Garrett und starrte Sarah an. Schweiß glänzte auf seiner Stirn.

„Es tut mir leid, Garrett. Ich dachte … Jane hat gesagt, dass sie von dem Splitter weiß." Der Kummer auf Sarahs Gesicht jagte Jane noch einen Schauer über den Rücken.

Sie stand auf und ging auf Garrett zu. „Warum hast du mir nicht die ganze Geschichte erzählt?"

Er ging mit steifen Schritten zum Kühlschrank, holte einen Krug Limonade heraus und schenkte sich ein Glas ein. Dann trank er es, ohne zu antworten, in einem Zug aus.

Sarah warf Garrett einen entschuldigenden Blick zu und stand auf. „Ich lasse euch beide mal allein. Gute Nacht, Jane. Bis morgen."

Als Sarah gegangen war, legte sich eine angespannte Stille über den Raum. Jane lehnte an der Wand und wartete auf Garretts Antwort. Sie versuchte, sich in ihn hineinzuversetzen. Vielleicht hatte er vorgehabt, die Wahrheit Stück für Stück preiszugeben, um den Schock ein wenig abzumildern.

Er stand an der Theke und hatte die Hände zu Fäusten geballt. Nach einer Weile atmete er laut aus und wandte sich zu ihr um. „Ich weiß, dass ich dir von beiden Splittern hätte erzählen sollen. Aber es ist schon schwer genug zuzugeben, dass ich vielleicht irgendwann gelähmt sein werde. Dass ich in ständiger Lebensgefahr schwebe, ist noch viel schlimmer." Er schüttelte den Kopf. „Und ich hasse es, bemitleidet zu werden."

Die Sorge schnürte ihr die Brust zu. „Ich bemitleide dich nicht, Garrett. Ich habe Mitgefühl. Das ist etwas völlig anderes."

„Es fühlt sich aber nicht anders an." Er fuhr sich mit den Fingern durchs Haar. „Dieser … ‚Zustand' gibt mir das Gefühl, nutzlos und schwach zu sein und mein Leben nicht im Griff zu haben. Ich dachte, ich hätte meinen Frieden damit geschlossen. Ich weiß ja, was für ein Glück ich habe, noch am Leben zu sein. Ich hatte mich damit abgefunden, allein zu bleiben. Und ich hatte gehofft, anderen helfen zu können, damit mein Leben wenigstens irgendeinen Sinn hat." Er schaute auf und sah sie mit verstörtem Blick an. „Und dann habe ich dich kennengelernt."

Ihr stockte der Atem, als er auf sie zutrat. Sie sollte jetzt besser gehen, vor der Gefühlsexplosion in ihrem Innern fliehen. Aber sie blieb wie angewurzelt stehen.

„Mein Herz", fuhr er fort, während er sie immer noch anstarrte, „das ich zu meinem eigenen Schutz fest verschlossen hatte, schlägt plötzlich in einem neuen, aufregenden Rhythmus. Zum ersten Mal, seit ich aus dem Krieg zurückgekehrt bin, hadere ich mit Gott, weil er meine Verletzungen zugelassen hat. Seit ich dich kenne, habe ich wieder Träume für mein Leben."

Er kam näher. So nah, dass sie die Wärme seines Körpers spüren konnte. Er hob eine Hand an ihre Wange, musterte ihr Gesicht und schien darauf zu warten, dass sie sich zurückzog. Aber sie blieb stehen.

„Ich weiß, wie es ist, sich nutzlos zu fühlen", flüsterte sie. „Mein Mann hat mich verlassen, weil ich zwei Fehlgeburten hatte und dann die Nachricht erhalten habe, dass ich keine Kinder mehr bekommen kann. Ich hatte die schmerzhafte Gewissheit, dass kein Mann eine geschiedene Frau will. Erst recht nicht, wenn sie ihm keine Kinder schenken kann. Ich dachte, ich könnte nie wieder glücklich sein und müsste den Rest meines Lebens allein verbringen."

Er musterte sie einige Sekunden schweigend und mit finsterem Gesicht. „Das war Donalds Grund?"

Sie nickte. „Das zweite Baby habe ich erst spät in der Schwangerschaft verloren. Der Verlust unseres Sohnes war für uns beide furchtbar. Als der Arzt sagte, dass ich keine Kinder bekommen könnte, wollte Donald es nicht wahrhaben. Und eine Adoption kam für ihn nicht infrage." Sie atmete zitternd aus. „Als er mich verließ, fühlte ich mich ungeliebt. Wertlos. Wie Ausschussware."

Garretts Stimme war ein tiefes Grollen. „Das bist du nicht, Jane. Du bist wunderschön, innerlich und äußerlich. Jeder Mann könnte sich glücklich schätzen, dich an seiner Seite zu haben."

Mit diesen Worten beugte er sich langsam vor, bis sein Mund ihren berührte. Er liebkoste ihre Lippen mit seinen, bis sie nicht mehr widerstehen konnte. Mit einem leisen Seufzen schlang sie die Arme um ihn und erwiderte seinen Kuss. Er zog sie näher an sich heran, sodass ihr Herzschlag sich mit seinem vermischte und in ihrem Kopf widerhallte. Ein elektrisierendes Gefühl ging durch ihren Körper und durchdrang jeden einzelnen Nerv. Plötzlich erkannte sie die Wahrheit.

Ihre Gefühle für diesen Mann waren zu stark, um sie unbeachtet zu lassen! Zu aufregend, um sich von ihm abzuwenden. Wenn er trotz allem, was er über sie wusste, dasselbe für sie empfand, wie könnte sie ihn da abweisen?

Garrett drückte sein Gesicht in Janes weiches, dickes Haar. Sein Herz floss von einer so leidenschaftlichen Liebe über, dass er nicht wusste, wie er sie zurückhalten sollte. Dennoch schrie in seinem Kopf die ganze Zeit eine Stimme: *Du verhältst dich egoistisch. Was für ein Leben kannst du ihr schon bieten?*

Er seufzte tief und riss sich von ihr los. „Du hast etwas Besseres verdient als einen Mann, der im Rollstuhl landen oder plötzlich tot umfallen könnte."

Sie erschauderte. „Und du hast eine Frau verdient, die dir die Kinder schenken kann, die du dir mit Sicherheit wünschst."

Er lehnte seine Stirn gegen ihre. „Was machen wir also jetzt?"

„Ich … ich weiß es nicht."

„Es wird mir nicht leichtfallen, aber ich werde dich in Ruhe lassen, wenn es das ist, was du willst, Jane. Diesmal meine ich es wirklich ernst."

„Um ehrlich zu sein, weiß ich nicht, was ich will. Mein Kopf und mein Herz sagen zwei unterschiedliche Dinge." Sie seufzte. „Und dann steht da noch der Direktorenposten zwischen uns."

Sein erster Gedanke war, sich selbst aus dem Rennen zu nehmen. Aber selbst wenn er das täte, gäbe es keine Garantie dafür, dass der Vorstand Jane die Stelle geben würde.

„Warum nehmen wir uns nicht etwas Zeit, um darüber nachzudenken?" Es gelang ihm, seine Lippen zu einem Lächeln zu formen. „Lass uns beten und herausfinden, was Gott mit uns vorhat."

Die Erleichterung stand ihr ins Gesicht geschrieben. „Das hört sich vernünftig an. In der Zwischenzeit verhalten wir uns bei der Arbeit weiterhin vollkommen professionell. Einverstanden?"

Es schnürte ihm die Brust zu. Warum hörte sich das an, als bereute sie seine Liebeserklärung jetzt schon? Aber sie hatte recht. Das Letzte, was sie beide – vor allem Jane – jetzt gebrauchen konnten, waren Gerüchte über unangemessenes Verhalten am Arbeitsplatz. „Einverstanden."

„Also gut …" Jane lächelte sanft. „Ich sollte jetzt zu Mama zurückgehen und nachsehen, ob sie noch schläft."

„Natürlich." Er versuchte, die Enttäuschung darüber zu verbergen, sich von ihr trennen zu müssen, wenn auch nur für kurze Zeit.

„Würdest du etwas für mich tun, bevor ich gehe?" Als sie zu ihm aufblickte, sah er die Unsicherheit in ihren Augen.

„Klar. Alles, was du willst."

Ihre Augenbrauen hoben sich leicht. „Würde es dir etwas ausmachen … mich noch einmal zu küssen?"

Ihm wurde warm ums Herz und er grinste breit. „Ganz und gar nicht."

Kapitel 24

Als Jane am Dienstagmorgen wieder auf der Arbeit war, dankte sie Gott für das schöne verlängerte Wochenende, das sie mit ihrer Mutter verbracht hatte. Und für Garretts Küsse. In ihrem Bauch kribbelte es, wenn sie an die Berührung seiner Lippen dachte. An seine starken Arme, die sie umschlossen. An das Feuer in seinen Augen.

Sie schüttelte den Kopf, um die Erinnerungen zu vertreiben. Eigentlich sollte sie sich auf ihre Arbeit konzentrieren. Gott sei Dank ging es ihrer Mutter heute besser. Somit hatte Jane heute ohne schlechtes Gewissen zur Arbeit gehen können.

Es klopfte an der Tür.

Ihr Herz begann sofort in ihrer Brust zu hämmern. Nachdem sie sich ermahnt hatte, professionell zu bleiben, falls es Garrett wäre, rief sie: „Herein!"

„Guten Morgen, Mrs Linder." Bonnie Dupuis trat ein. Dafür, dass es noch früh am Tag war, sah sie ziemlich erschöpft aus.

Jane verspürte einen Anflug von Enttäuschung. „Guten Morgen. Wie war Ihr Thanksgiving?"

„Sehr schön, wie immer. Alle meine Geschwister haben es dieses Jahr nach Hause geschafft, was großartig war."

Jane nahm sich vor, ihren Sozialarbeitern in Zukunft öfter persönliche Fragen zu stellen, statt immer nur über die Arbeit zu reden. „Das freut mich. Was kann ich für Sie tun?"

„Mrs Bennington hat mich heute früh angerufen. Sie möchte, dass so bald wie möglich jemand rüberkommt und mit einer der Bewohnerinnen spricht." Bonnie verlagerte ihr Gewicht von einem Fuß auf den anderen. „Ich habe heute einen vollen Terminkalender. Clarine hat sich krankgemeldet, sie hat die Grippe. Und alle anderen sind auch überlastet." Sie hielt ein paar Akten hoch. „Ich wollte wissen, welcher Termin Ihrer Meinung nach noch warten kann."

Jane dachte eine Weile nach. „Ist nicht nötig. Ich habe heute Morgen zufällig etwas Zeit. Ich werde mich selbst um Bennington Place kümmern." Außerdem konnte sie etwas Ablenkung gebrauchen.

Die junge Frau wurde kreidebleich. „O nein, das brauchen Sie nicht. Ich kann einen der anderen Termine auf morgen verschieben."

„Es ist kein Problem. Ich warte schon seit Längerem auf eine Gelegenheit, um Ruth und Olivia zu besuchen."

„Sind Sie sicher, dass Sie Zeit dafür haben?" Bonnie riss die Augen auf und deutete auf die Papierstapel auf Janes Schreibtisch. „Ich meine, ich weiß ja, wie beschäftigt Sie sind …"

„Normalerweise, ja. Aber mein Morgentermin wurde gerade abgesagt." Jane stand auf und ging um den Schreibtisch herum. „Würden Sie bitte Melanie sagen, wo ich bin? Sie soll auch Mr Wilder informieren, wenn er kommt."

„Ja, natürlich. D-danke." Bonnie senkte den Kopf und verließ den Raum.

Nach einer kurzen Busfahrt erreichte Jane das Mütterheim. Es war über sechs Monate her, seit sie zum letzten Mal hier gewesen war. Sie hatte zwar regelmäßig Kontakt zu Olivia, aber sie freute sich auch darauf, die andere Heimleiterin wiederzusehen. Ruth war eine freundliche ältere Witwe, die ihr Zuhause mit Olivias Hilfe in einen Zufluchtsort für unverheiratete Mütter verwandelt hatte.

Mit einem Lächeln im Gesicht erklomm Jane die Stufen und klopfte an die Haustür.

Eine schwangere junge Frau öffnete ihr.

„Guten Morgen. Ich bin Mrs Linder von der Children's Aid Society. Kann ich mit Mrs Bennington oder Mrs Reed sprechen?"

„Ja, Ma'am. Kommen Sie herein." Das Mädchen führte sie ins Wohnzimmer.

Zwei Minuten später kam Olivia ins Zimmer. Sie trug ein pausbäckiges Baby auf der Hüfte. Der dunkelhaarige Junge strampelte und hüpfte, als wollte er gerne abgesetzt werden.

„Jane! Ich habe dich gar nicht erwartet." Olivia eilte herüber, um sie zu umarmen. „Schön, dich wiederzusehen."

„Ebenso. Und ist das etwa der kleine Costas? Er ist so groß geworden."

„Ja, stimmt. Er ist schon fast sieben Monate alt. Und viel zu aktiv." Sie kniff dem Jungen sanft in die Nase. „Du hältst Mama immer von der Arbeit ab, nicht wahr?"

Er lachte, wobei ihm etwas Sabber übers Kinn lief.

„Nimmst du ihn jeden Tag mit zur Arbeit?"

„Nein, meistens passt meine Schwiegermutter auf ihn auf. Aber heute hat sie einen Termin."

„Wie gut für mich, sonst hätte ich ihn nicht gesehen." Jane strich dem Jungen ein paar Haare aus der Stirn. „Er kommt echt nach seinem Vater. Mit diesen großen blauen Augen ist er das Ebenbild von Darius."

Olivia strahlte. „Ja, das stimmt. Ich habe großes Glück, zwei so gut aussehende Männer in meinem Leben zu haben. Und zwei wunderschöne Töchter dazu."

„Du hast es verdient, nach allem, was du durchgemacht hast."

„Was ist mit dir, Jane? Wie läuft es mit Mr Wilder?", fragte Olivia.

Hitze stieg Jane ins Gesicht und ließ ihre Wangen erröten. „Gut. Er macht seine Arbeit sehr gründlich."

Olivia kniff die Augen zusammen. „Wenn ich sehe, wie rot du wirst, frage ich mich, wie gründlich er wohl vorgeht."

Jane unterdrückte ein Aufstöhnen. Wie wollte sie ihre Beziehung zu Garrett geheim halten, wenn sie schon knallrot wurde, sobald ihn nur jemand erwähnte? „Wir sind wohl im Laufe der Zeit Freunde geworden."

„Nur Freunde?" Olivia zog die Augenbrauen fast bis zum Haaransatz hoch.

Jane verlagerte ihr Gewicht von einem Fuß auf den anderen und rückte ihre Umhängetasche zurecht. „Vorerst, ja. Wir müssen uns doch professionell verhalten."

„Aha. Und was passiert, wenn er mit seiner Arbeit fertig ist?" Olivia grinste und schaukelte das Baby, um es bei Laune zu halten.

„Ich weiß es ehrlich gesagt nicht. Aber momentan ist es …"

„Beängstigend?"

Jane stieß überrascht die Luft aus. „Woher weißt du das?"

„Bei Darius habe ich am Anfang auch so empfunden." Olivia lachte. „Ich deute das mal als gutes Zeichen."

Jane beugte sich vor. „Bitte bete für mich. Die Situation ist recht kompliziert. Er wird sich wahrscheinlich auch als Direktor bewerben."

„O weh. Ich werde auf jeden Fall noch mehr für dich und die Organisation beten."

„Danke. Ich bin übrigens hier, um die neue Bewohnerin zu treffen."

„Ach ja. Ihr Name ist Polly Breen." Olivia kam näher heran. „Anfangs war sie fest entschlossen, ihr Baby abzugeben, aber jetzt scheint sie ihre Meinung geändert zu haben. Vielleicht kannst du ihr ein paar Tipps geben."

„Ich werde mein Bestes tun."

„Sie ist oben im zweiten Zimmer den Gang runter."

Jane lächelte. „Sag Ruth, dass ich mich gerne mit ihr unterhalten würde, wenn ich fertig bin."

Sie stieg in den ersten Stock hinauf und fand mühelos das richtige Zimmer. Da die Tür offen stand, klopfte sie leise an den Türrahmen und trat ein.

Eine junge Frau saß in einem Schaukelstuhl und hielt ein Baby im Arm. Jane schätzte sie auf Anfang zwanzig. Mit ihren blonden Haaren und ihren ernsten braunen Augen war sie ziemlich hübsch.

„Hallo", sagte Jane und ging lächelnd auf sie zu. „Sind Sie Polly?"

„Ja." Die junge Frau runzelte die Stirn. „Und wer sind Sie?"

Jane blieb stehen. Hatte Polly sie nicht erwartet? Oder hatte Ruth ihr nichts von ihrem Anruf erzählt? „Ich bin Mrs Linder von der Children's Aid Society. Ich habe gehört, dass Sie mit jemandem über Ihr Baby sprechen wollen."

Polly drückte ihr Kind fester an sich. „I-ich hatte Miss Dupuis erwartet."

Jane setzte sich auf die Bettkante, um Polly nicht einzuschüchtern, indem sie auf sie hinunterblickte. „Ich fürchte, Miss Dupuis hat heute keine Zeit. Deshalb bin ich an ihrer Stelle gekommen." Sie lächelte ihr freundlich zu. „Wie kann ich Ihnen helfen, Polly?"

Die Lippen der Frau begannen zu zittern. „Ich möchte meine Kleine nicht mehr zur Adoption freigeben. Ich will sie behalten." Sie hob das Kinn und funkelte Jane herausfordernd an.

„Erstens gratuliere ich Ihnen zu Ihrem kleinen Mädchen." Jane beugte sich vor, um einen Blick auf das fein behaarte Köpfchen zu werfen, das aus der Decke herausblitzte. Es war immer gut, die Mütter wissen zu lassen, dass die Children's Aid nicht nur darauf wartete, ihnen ihre Kinder zu entreißen. Jane hatte das bei Olivia auf die harte Tour lernen müssen. „Und zweitens ist es Ihr gutes Recht, Ihr Kind zu behalten, wenn Sie in der Lage sind, für es zu sorgen."

„Danke." Polly atmete auf. „Ich dachte, Sie wären verärgert, wenn ich meine Meinung ändere." Ihr Gesicht wurde weich, als sie auf ihr Baby hinuntersah. „Aber ich kann Pearl einfach nicht weggeben."

„Was für ein schöner Name." Jane stellte ihre Tasche ab. „Wissen Sie schon, wie Sie für Ihre Tochter sorgen werden?", fragte sie mit sanfter Stimme.

„Noch nicht." Pollys Ausdruck wurde wieder hart. „Aber ich habe vorher als Schneiderin gearbeitet. Ich bin mir sicher, dass ich wieder Arbeit finden werde, wenn ich so weit bin."

„Ich nehme an, dass Mrs Bennington und Mrs Reed Ihnen von den Schwierigkeiten einer alleinerziehenden Mutter erzählt haben. Haben Sie jemanden, vielleicht ein Familienmitglied, das Sie unterstützen würde, bis Sie wieder auf den Beinen sind?" Jane musste in erster Linie sicherstellen, dass das Kind nicht vernachlässigt wurde.

Sie spürte, dass Polly zögerte. Vermutlich befürchtete sie, dass sie ihr Baby nicht behalten dürfte, wenn sie die falsche Antwort gab.

Jane fuhr fort: „Wenn Sie Ihre kleine Tochter wirklich allein großziehen wollen, wird es nicht leicht. Aber Sie sollen wissen, dass wir Ihnen helfen wollen. Die beiden Damen des Hauses lassen junge Mütter oft so lange hier wohnen, bis sie Arbeit und eine angemessene Betreuung für ihre Kinder gefunden haben. Die Bewohnerinnen passen auch oft gegenseitig auf ihre Babys auf, wenn eine von ihnen ein Bewerbungsgespräch hat oder arbeiten muss."

Polly lächelte zaghaft. „Ja, Ruth und Olivia sind bisher sehr nett gewesen. Und eins der Mädchen hier hat schon angeboten, nach Pearl zu schauen."

„Das ist gut. Ich bin froh, dass Sie bereits Pläne schmieden." Jane musterte die junge Frau und bemerkte, dass Polly ihrem Blick nervös auswich. „Allerdings frage ich mich, warum Sie eine Sozialarbeiterin sprechen wollten. Sie hätten uns einfach am Telefon mitteilen können, dass Sie Ihre Meinung geändert haben."

Polly fuhr mit der Zunge über die Lippen. „Es tut mir leid, aber da ich Pearl jetzt behalte, möchte ich mein Geld zurückhaben."

„Ihr Geld?" Janes Herz begann zu pochen. „Welches Geld?"

„Das Geld, das ich Miss Dupuis gegeben habe, damit sie ein gutes Zuhause für mein Baby findet." Polly starrte Jane verwirrt an. „Sie hat gesagt, dass die Mütter, die es sich leisten können, eine Sonderbehandlung kriegen. Ihre Babys hätten dann bessere Chancen, von wohlhabenden Eltern adoptiert zu werden."

Wut kochte in Jane hoch. „Das hat Ihnen Miss Dupuis gesagt?"

„J-ja." Zweifel schlichen sich in Pollys Blick. „Ist das etwa nicht richtig?"

„Nein, ist es nicht." Jane atmete tief durch. „Wie viel haben Sie für diese Sonderbehandlung bezahlt?"

„Zweihundert Dollar." Pollys Augen füllten sich mit Tränen. „Es war alles, was ich hatte. Ich hätte noch mehr bezahlt, wenn Pearl dadurch das bestmögliche Zuhause bekommen hätte."

Jane schüttelte den Kopf. „Polly, wir nehmen kein Geld für unsere Dienste. Haben Ihnen die anderen Frauen das nicht gesagt?"

Polly öffnete den Mund und schloss ihn wieder. „Miss Dupuis hat mir geraten, mit niemandem darüber zu sprechen, weil es

Privatsache ist. Und sie wollte nicht, dass sich die Frauen, die kein Geld haben, schlecht fühlen."

Jane presste die Lippen zusammen. Die enorme Tragweite der Situation schockierte sie.

„Habe ich etwas falsch gemacht?", fragte Polly ängstlich.

Jane sah sie mitfühlend an. „Nein. Sie können nichts dafür." Sie öffnete ihre Handtasche und holte Block und Stift heraus. „Aber ich brauche Ihre Hilfe. Was Miss Dupuis getan hat, ist illegal. Ich möchte, dass Sie alles aufschreiben, woran Sie sich erinnern." Jane sah sie an. „Können Sie das für mich tun, Polly?"

Das junge Mädchen nickte. „Ich werde Pearl in die Wiege legen und es sofort erledigen."

„Danke. Das wäre sehr hilfreich. Vor allem, wenn Sie sich daran erinnern, wie das Geldthema überhaupt zur Sprache kam."

Polly stand mit dem Baby auf und legte es in den Stubenwagen neben ihrem Bett. „Es tut mir leid. Ich wusste nicht, dass es falsch war, sie zu bezahlen."

Jane legte ihr eine Hand auf den Arm. „Es ist nicht Ihre Schuld. Sie hatten keinen Grund, an Miss Dupuis' Worten zu zweifeln." Sie nahm ihre Tasche. „Ich gehe nach unten, um mit Ruth und Olivia zu sprechen. Dann haben Sie Zeit, um alles aufzuschreiben."

„In Ordnung."

Auf dem Weg nach unten kam Jane ein grimmiger Verdacht. Ob es wohl eine Verbindung zu den gefälschten Büchern gab? Sie konnte es kaum erwarten, Garretts Meinung dazu zu hören.

Garretts Vorfreude, Jane am Dienstagmorgen wiederzusehen, wich leichter Enttäuschung, als er erfuhr, dass sie unterwegs war. Aber vielleicht war es auch besser so … Wenigstens würde er nun in Ruhe arbeiten können, ohne die ganze Zeit daran denken zu müssen, dass sie im Büro am anderen Ende des Ganges saß.

Und wie gern er sie wieder küssen würde.

Schluss damit, Wilder. Du bist auf der Arbeit. Denk an deine Prioritäten und widersteh der Versuchung.

Leichter gesagt als getan.

Irgendwie gelang es ihm trotzdem, seine Notizen von den Gesprächen mit den Jeffersons und den Blackwoods abzuschreiben und seine Beobachtungen und Empfehlungen in Bezug auf beide Paare zu formulieren. Er wollte sie gerade auf Melanies Schreibtisch legen, damit sie sie abtippen konnte, als er hörte, wie die Eingangstür aufging.

„Ich bin wieder da, Melanie", rief Jane, während sie in den Raum eilte. „Weißt du, wo Bonnie ist? Sie hat gesagt, sie hätte heute einen vollen Terminkalender."

„Ich glaube, sie ist mit einem Klienten oben." Melanie runzelte die Stirn. „Musst du mit ihr sprechen?"

„Nicht jetzt. Es kann bis später warten. Ich möchte dich bitten, vorerst keine Anrufe durchzustellen. Ich muss etwas Dringendes erledigen ..." Sie verstummte, als sie Garrett entdeckte. „Oh, gut. Ich muss sofort mit dir reden."

Er zwang sich zu einem neutralen Gesichtsausdruck. „Guten Morgen, Jane. Ich hoffe, du hattest ein schönes verlängertes Wochenende." Er wusste nicht, ob sie jemandem erzählt hatte, dass sie Thanksgiving bei seiner Familie gefeiert hatte.

Ihre Wangen wurden fast so rot wie ihr Lippenstift. „Ja, es war sehr schön, danke." Sie wandte sich wieder an Melanie. „Wie gesagt, ich muss mich um etwas Wichtiges kümmern. Stell bitte keine Anrufe durch."

„In Ordnung."

Jane wandte sich zu Garrett um. „Könntest du bitte so bald wie möglich in mein Büro kommen?"

Er verspürte plötzlich kein Verlangen mehr, sie zu necken. Irgendetwas stimmte nicht. Jane wirkte nervös und gereizt. Sogar ein wenig verstört.

„Ich habe jetzt sofort Zeit", sagte er. „Ich wollte gerade mit dir über die Pflegefamilien sprechen."

Sie sah ihn lange an, dann nickte sie. „Gut. Gehen wir in mein Büro."

„Was ist los?", fragte er ohne Umschweife, sobald er die Tür ihres Büros hinter ihnen geschlossen hatte. „Ist etwas mit deiner Mutter?"

Sie blinzelte. „Nein. Mama geht es gut. Es geht um die Organisation." Sie dämpfte die Stimme. „Ich bin heute Morgen im Mütterheim auf ein ernsthaftes Problem gestoßen. Und ich brauche deinen Rat." Ihr Gesicht war bleich geworden.

„Ich werde es versuchen."

„Ich weiß nicht, ob diese Sache mit den finanziellen Unstimmigkeiten zu tun hat, aber ich vermute es."

Garrett beugte sich alarmiert vor. „Erzähl."

„Ich habe heute erfahren, dass Bonnie Dupuis von einer Mutter zweihundert Dollar verlangt hat, um ein gutes Zuhause für ihr Baby zu finden."

„Was? Das ist illegal!"

„Zweifellos. Die betreffende Mutter möchte ihr Kind jetzt aber nicht mehr zur Adoption freigeben und will ihr Geld zurück." Jane bückte sich, um einen Notizblock aus ihrer Tasche zu holen. „Ich habe sie alles aufschreiben lassen, woran sie sich in Bezug auf Miss Dupuis erinnern kann."

Garrett blätterte die Notizen durch und pfiff leise. „Wie viele Mütter hat sie wohl derart hinters Licht geführt?"

„Ich weiß es nicht." Jane fuhr sich mit der Hand über die Augen und seufzte. „Ich verstehe nicht, wie das passieren konnte. Ich dachte, ich würde meine Arbeit als Direktorin gut machen. Aber offensichtlich habe ich mich geirrt, wenn derartige Dinge direkt vor meiner Nase passieren."

Er drückte sanft ihren Arm. „Jane, du darfst nicht dir die Schuld geben. Das hättest du doch nicht wissen können."

„Glaubst du, dass es eine Verbindung zu Mr Bolton gibt? Es scheint mir ein zu großer Zufall, dass er zur selben Zeit Geld unterschlägt, wie Miss Dupuis unverheiratete Mütter erpresst."

„Du hast recht. Vielleicht arbeiten die beiden zusammen."

Jane riss die Augen auf. „Was machen wir jetzt? Die Polizei rufen?"

Garrett stand auf und lief im Raum auf und ab, während er überlegte, wie sie nun am besten vorgingen. „Ich denke, wir sollten die Behörden informieren. Vorerst würde ich Miss Dupuis unbehelligt lassen, damit sie keinen Verdacht schöpft. Aber es wäre vielleicht ratsam, ihre Aufzeichnungen durchzusehen und zu überprüfen, wie viele Kinder sie in letzter Zeit untergebracht hat. Dann haben wir eine genauere Vorstellung von dem Ausmaß ihres Vergehens."

Jane nickte. „Sie geht erst seit Kurzem in die Mütterheime, davor war sie für die größeren Kinder zuständig. Es sind also hoffentlich nicht zu viele Mütter betroffen."

„Das ist gut. Wir müssen trotzdem vorsichtig sein, damit wir sie nicht warnen, bevor die Polizei etwas unternehmen kann."

Jane lehnte sich mit einem lauten Seufzer in ihrem Stuhl zurück. „Ich kann nicht glauben, dass eine unserer Angestellten zu so etwas … Abscheulichem fähig ist."

Er hätte sie am liebsten getröstet, aber er hatte ihr versprochen, sich im Büro professionell zu verhalten. Und er wollte sein Versprechen halten. „Ich werde die gefälschten Bücher zur Polizei bringen. Ich nehme an, dass sie Mr Bolton befragen werden. Vielleicht gesteht er sogar Miss Dupuis' Rolle in der ganzen Angelegenheit. So oder so würde ich ihn nicht mehr ins Gebäude lassen. Und für Miss Dupuis würde ich die Entlassungspapiere bereithalten."

Sie straffte die Schultern und lächelte ihn dankbar an. „Danke für deinen Rat. Es ist eine große Erleichterung, diese Last mit jemandem zu teilen."

Ihm wurde warm ums Herz. „Ich bin froh, dass ich helfen kann."

„Wenn du morgen Zeit hast, sollten wir uns noch mal mit Martins Unterbringung befassen."

„In Ordnung." Er zögerte. Es fiel ihm schwer, sie zu verlassen. „Ich denke, ich werde dann mal gehen."

Sie nickte und setzte die Brille auf. „Viel Erfolg bei der Polizei. Ich bin gespannt, was sie sagen werden."

„Versuch, dir keine Sorgen zu machen", sagte er. „Alles wird gut werden, versprochen."

Kapitel 25

Zwei Tage später lief Garrett die Queen Street entlang in Richtung des städtischen Gebäudes, wo er sich mit dem Vorstand treffen würde. Er dachte erstaunt darüber nach, wie schnell der Betrugsfall aufgeklärt worden war. Mr Bolton hatte der Polizei letztendlich alles gestanden, woraufhin er und Miss Dupuis festgenommen worden waren. Offenbar waren die beiden ein Paar und hatten das Ganze zusammen ausgeheckt. Jetzt waren die Schuldigen gefasst und somit wenigstens einer von Garretts Aufträgen bei der Children's Aid erfüllt.

Nun, da die Angelegenheit geklärt und Janes Unschuld bewiesen war, hatte Garrett keinen Grund mehr, die Vorstandssitzung weiter aufzuschieben. Eigentlich hätte er stolz sein müssen, dass er und Jane dieses Verbrechen aufgedeckt hatten. Stattdessen lag ihm aber eine gewisse Beklemmung auf der Seele, die er einfach nicht loswurde.

Einerseits war er froh über den Bericht, den er verfasst hatte. Er war zuversichtlich, dass seine Empfehlungen einen echten und bleibenden Unterschied bei der Children's Aid bewirken würden.

Aber andererseits rang er immer noch mit einer bestimmten Angelegenheit. Etwas, das ihn nun schon seit einiger Zeit belastete …

Im Innern des Gebäudes zog er seinen Mantel aus, hängte ihn über den Arm und lief dann die breite Steintreppe in den zweiten Stock hinauf. Als er den Konferenzraum erreichte, sah er auf die Uhr. Er hatte noch zwanzig Minuten.

Langsam ging er zu einem der großen Fenster hinüber, durch die man auf die Straße hinunterschauen konnte, und starrte sein verschwommenes Spiegelbild an. *Tue ich das Richtige, Herr? Bin ich wirklich unvoreingenommen oder ist mein Urteil getrübt?*

Nachdem er Jane vorgeworfen hatte, nicht objektiv genug zu sein, gestand Garrett sich nur sehr ungern ein, dass er selbst die Unbefangenheit, die für seine Analyse nötig war, verloren hatte.

Irgendwie war er mit der Zeit immer tiefer in Janes und Martins Leben verwickelt worden. Als er in den letzten zwei Tagen seinen Bericht geschrieben hatte, war ihm klar geworden, dass er seine persönlichen Gefühle beiseiteschieben und bei seinen abschließenden Empfehlungen vollkommen ehrlich sein musste.

Auch wenn diese Ehrlichkeit als verletzend empfunden oder sogar als Verrat angesehen werden könnte.

Garrett betrachtete sein Spiegelbild genauer, zog die Krawatte zurecht und strich eine Haarsträhne zurück an ihren Platz. Es lief alles auf eine einzige Frage hinaus: Was für ein Mann wollte er sein, sowohl im geschäftlichen als auch im privaten Bereich?

Der Krieg hatte ihn zwar viel gekostet, aber Garrett war überzeugt, dass das Wort eines Mannes nur so viel wert war wie seine Taten. Er atmete erschöpft aus, dann straffte er die Schultern. Auch wenn es ihm noch so schwerfiel, sah er seinen Weg weiterhin klar vor sich. Er hatte von Anfang an gewusst, dass er diesen Weg gehen musste.

Mit einem Gebet auf den Lippen lief er durch den Flur auf den Tagungsraum zu. Vor der Doppeltür blieb er nervös stehen und wartete darauf, dass der Vorstand ihn hereinbat.

Ein paar Minuten später wurde die Tür geöffnet und Mr Fenmore winkte ihn herein. „Hallo, Mr Wilder. Sie können jetzt eintreten."

Garrett versuchte, möglichst selbstsicher zu wirken, während er dem Mann in den Raum folgte.

Zwölf Männer und vier Frauen unterschiedlichen Alters saßen um den langen Tisch herum. Über ihren Köpfen hing eine Rauchwolke, die von den glimmenden Zigaretten und Pfeifen in den Aschenbechern auf dem Tisch aufstieg.

Garrett versuchte, sich nicht von ihren prüfenden Blicken verunsichern zu lassen. „Guten Morgen, allerseits."

„Mr Wilder." Der grauhaarige Mann am unteren Ende des Tisches deutete auf einen leeren Stuhl. „Bitte, setzen Sie sich."

Garrett stellte seine Aktentasche auf den Tisch und nahm Platz. Er holte einen Ordner hervor und legte ihn vor sich hin. „Wie gewünscht bin ich heute hier, um meine Ergebnisse zu präsentieren."

Mr Fenmore kehrte auf seinen Platz zurück. „Hervorragend. Wir sind gespannt, sie zu hören."

Garrett lockerte den Knoten seiner Krawatte und räusperte sich. „Zu Beginn möchte ich anmerken, dass mein Bericht mit Ausnahme der Schlussfolgerungen zur Abteilung für den Kinderschutz vollständig ist. Sobald ich mein letztes Gespräch mit dem Abteilungsleiter geführt habe, werde ich die Ergebnisse zusammenfassen und den vollständigen Bericht abgeben."

„Sehr gut. Bitte fahren Sie fort."

„Ich möchte mit meiner größten Sorge beginnen: dem äußerst begrenzten Platz im Gebäude." Garrett holte ein anderes Blatt hervor. „Insbesondere die Sprechzimmer im zweiten Stock sind massiv überfüllt, was es unmöglich macht, bei Gesprächen die Privatsphäre zu wahren." Er blickte auf. „Mrs Linder deutete an, dass die Pläne für eine Expansion oder einen Umzug in ein größeres Gebäude auf Eis gelegt wurden, vermutlich wegen des Krieges."

„Das ist korrekt", sagte Mr Fenmore. „In diesen unsicheren Zeiten hielten wir es nicht für ratsam, solch drastische und kostspielige Veränderungen vorzunehmen. Wir hoffen aber, dass wir unsere Pläne nach dem Krieg umsetzen können."

„Angesichts der unsicheren wirtschaftlichen Lage ist das verständlich. Aber da die Arbeitslast der Organisation stark zugenommen hat, können wir das Platzproblem nicht länger ignorieren. Ist Ihnen bewusst, dass die Sozialarbeiter in diesem Gebäude über zweihundert Klienten am Tag betreuen? Wie sie das schaffen, ist mir ein Rätsel. Als Übergangslösung schlage ich deshalb vor, Räumlichkeiten anzumieten. In Anbetracht der aktuellen Wirtschaft denke ich, dass dies zu einem vernünftigen Preis möglich ist."

Garrett hielt einen Moment inne. „Ich würde Ihnen außerdem raten, die Verwaltung von der Abteilung der Sozialarbeiter getrennt zu halten. Aktuell befindet sich der Warteraum für die Klienten direkt gegenüber von den Büroräumen, was zu vielen Unterbrechungen führt. Das ständige Kommen und Gehen lenkt die Angestellten ab. Wenn es nicht möglich ist, die Verwaltung in einem anderen Gebäude unterzubringen, würde ich die Einrichtung einer Büroetage vorschlagen. Darüber hinaus brauchen die Sozialarbeiter mehr Privatsphäre für die Gespräche mit ihren Klienten. Ich schlage vor, dass sie in Zukunft Räume bekommen, die in kleinere, privatere Arbeitsbereiche unterteilt sind. Diese Maßnahme könnte man vorübergehend auch für wenig Geld im aktuellen Gebäude umsetzen."

Mehrere Personen am Tisch nickten zustimmend und das Kratzen von Stiften auf Papier war zu hören.

„Des Weiteren ist mir aufgefallen, dass den ehrenamtlichen Mitarbeitern im Büro sehr viele Aufgaben übertragen werden. Auch daran würde ich in Zukunft etwas ändern."

„Da bin ich anderer Meinung, Mr Wilder", warf eine Frau ein. „Die Freiwilligen bilden schon seit vielen Jahren das Rückgrat der Children's Aid. Ich bezweifle, dass wir ohne sie überhaupt funktionieren könnten."

Ihre leidenschaftliche Reaktion ließ Garrett vermuten, dass sie selbst als Ehrenamtliche bei der Organisation angefangen hatte. „Ich bestreite das nicht, Ma'am. Ich habe gesehen, dass die Freiwilligen eine große Hilfe sein können. Sie besuchen die Heimkinder, nähen und stricken Kleidung oder spenden Geschenke und Essen. Das ist großartig. Aber ich finde es nicht gut, dass sie Einblick in gewisse vertrauliche Unterlagen haben, insbesondere in die Finanzen."

Garretts Blick fiel auf Mr Warren, der sich in seinem Stuhl vorlehnte. „Ich muss Mr Wilder in diesem Punkt zustimmen."

„Ich hatte Gelegenheit, die finanziellen Unterlagen der Organisation aus der Zeit vor und nach Mr Mills' Pensionierung genauer zu untersuchen." Garrett warf einen kurzen Blick auf seine Notizen und straffte die Schultern. „Im Großen und Ganzen schienen die Bücher in Ordnung zu sein. Allerdings habe ich in jüngeren Einträgen Beweise für den Betrug gefunden, dem Mr Warren auf der Schliche war. Ich habe Mrs Linder darauf aufmerksam gemacht und sie war zutiefst erschüttert." Er bemühte sich, einige Vorstandsmitglieder direkt anzusehen. Wenn er ihr Vertrauen gewinnen wollte, war es wichtig, Augenkontakt zu halten.

„Haben Sie herausgefunden, wer dahintersteckt?", erkundigte sich Mr Warren.

„Ein offensichtlicher Verdächtiger war Mr Bolton, der Buchhalter. Aber bevor wir gegen ihn vorgegangen sind, wollte ich wissen, ob noch jemand in die Sache verwickelt war. Mrs Linder fand heraus, dass Miss Dupuis, eine der Sozialarbeiterinnen, ihre Stellung missbrauchte. Sie verlangte Geld von unverheirateten Müttern, um ihre Kinder an möglichst wohlhabende Familien zu vermitteln. Anscheinend waren sie und Mr Bolton ein Paar und hatten diesen betrügerischen Plan gemeinsam ausgeheckt."

Einige Personen im Raum schnappten hörbar nach Luft.

Mr Fenmores Gesicht, das ohnehin immer etwas rötlich war, lief puterrot an. „Ist diese Sache inzwischen geklärt worden?"

„Ja, Sir. Vor zwei Tagen hat die Polizei den Fall übernommen. Mr Bolton und Miss Dupuis sind verhaftet worden."

„Denken Sie, dass die Behörden unsere Organisation aus der Sache heraushalten werden? Diese Art von Aufmerksamkeit können wir gewiss nicht gebrauchen."

„Die Polizei hat mir versichert, dass sie so diskret wie möglich vorgehen wird."

Mr Fenmore atmete erleichtert auf. „Das ist eine gute Nachricht. Wir stehen tief in Ihrer Schuld, Mr Wilder. Ich hatte keine Ahnung, dass sich in unserer Einrichtung so schreckliche Dinge abspielen."

Mr Warren blickte finster drein. „Das spricht nicht gerade für unsere jetzige Direktorin. Sie hat nicht nur die gefälschten Einträge unterzeichnet, sondern auch die schlimmeren Vergehen übersehen, die vor ihrer Nase verübt wurden."

Garrett ballte die Finger um seinen Stift. „Solch eine Verurteilung ist nicht gerecht, Sir", sagte er möglichst ruhig. „Wenn nicht eine der betroffenen Mütter zu Mrs Linder gekommen wäre, wüsste bis heute niemand von der Sache. Wir haben es Mrs Linders schnellem Handeln zu verdanken, dass diese Situation so glimpflich ausgegangen ist."

Ein unbehagliches Schweigen legte sich über den Raum. Garrett hielt inne, um sich auf seine Notizen zu konzentrieren, bevor er fortfuhr.

„Jetzt, da Mr Bolton weg ist, schlage ich vor, einen Buchhalter in Teilzeit einzustellen. Derart vertrauliche Unterlagen sollten gut geschützt werden."

Mr Warren schlug auf den Tisch. „Das sage ich schon seit Jahren."

„Wird notiert", erwiderte Mr Fenmore mit hochgezogener Augenbraue.

„Meine letzte Empfehlung in diesem Bereich ist, alle Unterlagen in feuersicheren Schränken aufzubewahren. Wichtige Unterlagen müssen vor möglichen Beschädigungen geschützt und sicher archiviert werden."

„Das klingt sinnvoll", sagte eine andere Frau. „Ich könnte mich nach den Kosten für feuersichere Aktenschränke erkundigen."

„Danke, Mrs Browning. Das wäre sehr gut." Mr Fenmore wandte sich wieder Garrett zu. „Ich würde gerne noch wissen, zu welchen Schlüssen Sie in Bezug auf das Kinderheim und die Hausmutter gekommen sind."

„Natürlich. Meiner Ansicht nach hat Mrs Shaughnessy das Heim fest im Griff. Die Kinder sind gesund, gut versorgt und diszipliniert." Er schob den Gedanken an Martin beiseite. Der Junge war natürlich eine Ausnahme. „Ich empfehle, für die Instandhaltung des Gebäudes einen Fonds einzurichten. Das Haus kommt allmählich in die Jahre."

Einige Mitglieder notierten sich diesen Punkt.

„Ein vernünftiger Plan." Mr Fenmore nickte, dann tippte er mit den Fingern auf einen Ordner, der vor ihm lag. „Kommen wir nun zum Wesentlichen. Was haben Sie über Mrs Linder herausgefunden? Hat sie etwas mit den Schwierigkeiten der Organisation zu tun?"

Ein Schweißtropfen lief Garrett über den Rücken. Das war der Teil, den er am meisten gefürchtet hatte. „Ich habe keinen Zusammenhang zwischen Mrs Linder und den Problemen der Organisation erkennen können. Ebenso wenig habe ich etwas an ihrem Verhalten als Direktorin auszusetzen. Sie pflegt sehr gute Beziehungen sowohl zu den Mitarbeitern als auch zu den Kindern."

Ein Mann schnaubte. „Das ist nicht gerade ein Vorzug. Eine Direktorin sollte respektiert und geachtet werden, nicht mit den Angestellten befreundet sein."

„Da bin ich anderer Meinung, Sir. Ich glaube, dass man ein gesundes Gleichgewicht aus beidem braucht. Apropos Gleichgewicht – ich denke, dass Mr Mills etwas zu tief in die einzelnen Bereiche der Agentur verwickelt war. Vielleicht war das sogar der Grund für seine gesundheitlichen Probleme." Garretts Gedanken kehrten zu Jane zurück, die so tapfer versuchte, in die Fußstapfen ihres Mentors zu treten. „Ich bin der Ansicht, dass der Direktor mehr Aufgaben an die Abteilungsleiter abgeben sollte, statt sich mit den Einzelheiten des Tagesgeschäfts zu befassen. Wenn er sich alle zwei bis vier Wochen mit den Leitern trifft, bleibt er trotzdem auf dem Laufenden. Und er hat mehr Zeit für die allgemeinen Belange der Organisation."

„Das ergibt Sinn." Mr Fenmore lehnte sich vor. „Und wie kommt Mrs Linder mit dem Druck zurecht?"

Garrett fuhr sich mit dem Finger unter den Kragen. Obwohl die Fenster geöffnet waren, fühlte sich die Luft im Raum übermäßig warm an. Er atmete tief ein. Es graute ihm davor, die Erklärung abzugeben, die Janes Schicksal besiegeln würde. „Ich muss leider sagen, dass Mrs Linder von den Pflichten als Direktorin ... überwältigt wirkt. Sie gibt zu, dass die Finanzen nicht ihre Stärke sind. Und ihre Bemühungen um eine zusätzliche Finanzierung, die so dringend benötigt wird, waren nicht ausreichend." Er zögerte. *Vergib mir, Jane.* „Mrs Linder hat der Organisation zwar nicht geschadet, sie aber auch nicht wirklich vorangebracht. Auch wenn es ihr gelungen ist, die Einrichtung in dieser Übergangszeit über Wasser zu halten ..." – das beklemmende Gefühl in seiner Brust ließ ihn kurz innehalten – „... erachte ich sie nicht als geeignet, um die Children's Aid Society in eine neue Zukunft zu führen."

Ein Murmeln erhob sich rund um den Tisch. Mehrere Personen steckten die Köpfe zusammen und tuschelten.

Garrett fühlte sich schrecklich. Wie könnte Jane das nicht als Verrat auffassen? Aber er musste ehrlich sein.

„Ihre Talente", fuhr er fort, „könnten in einem anderen Bereich besser eingesetzt werden. Sie ist eine hervorragende Sozialarbeiterin. Ich habe selbst erlebt, wie sehr sie Kinder liebt und wie unermüdlich sie sich dafür einsetzt, dass jedes Kind ein liebevolles Zuhause findet."

Mr Fenmore nickte nachdenklich. „Danke für Ihre Ehrlichkeit, Mr Wilder. Ich denke, Ihre Einschätzung stimmt mit unserer Beurteilung von Mrs Linders Arbeit überein."

Mrs Browning zog die Brille aus, um in die Runde zu schauen. „Ich habe Mrs Linder immer sehr geschätzt und schlage vor, dass wir uns darum bemühen, sie als Sozialarbeiterin zu behalten."

„Danke, Mrs Browning. Das sehe ich auch so." Garrett lächelte die Frau an. „Wo wir schon von Mrs Linder sprechen, möchte ich gerne einige ihrer Ideen vorstellen. Es geht darum, die Kriterien für die Adoption anzupassen. Wie Sie wissen, ist es durch den Krieg schwieriger geworden, adoptionswillige Paare zu finden. Und die meisten von ihnen wünschen sich Neugeborene. Wenn wir bei der Adoption älterer Kinder flexibler wären, könnten wir mehr von ihnen in liebevollen, wenn auch etwas unkonventionellen Familien unterbringen. Das ist Mrs Linders Anliegen und ich stimme ihr voll und ganz zu."

Unangenehme Stille legte sich über den Raum, bis eine Frau das Wort ergriff: „Ich halte das für eine lobenswerte Idee. Ich freue mich darauf, Ihren vollständigen Bericht zu lesen, Mr Wilder."

„Danke, Ma'am."

„Möchten Sie noch etwas sagen, bevor wir die Sitzung beenden?", fragte Mr Fenmore.

„Ich glaube, das waren die wichtigsten Punkte, Sir. Weitere Einzelheiten folgen in meinem schriftlichen Bericht."

„Ausgezeichnet." Mr Fenmore erhob sich – ein Zeichen, dass die Sitzung beendet war. „Vielen Dank für Ihre Arbeit, Mr Wilder. Wir werden über alle Ihre Empfehlungen nachdenken."

Garrett stand ebenfalls auf und reichte Mr Fenmore ein

Dokument. „Bei dieser Gelegenheit möchte ich gerne offiziell meine Bewerbung um den Direktorenposten einreichen. Ich bin jetzt mehr denn je davon überzeugt, dass ich die Children's Aid Society voranbringen könnte."

Mr Fenmore nahm die Bewerbung mit einem Nicken entgegen. „Sehr gut. Sie werden von mir hören."

Garrett schloss die Aktentasche. „Vielen Dank für Ihre Zeit", sagte er in die Runde. „Auf Wiedersehen."

Das Bedauern setzte ein, als Garrett wieder zurück bei der Arbeit war. Obwohl alles, was er dem Vorstand erzählt hatte, der Wahrheit entsprach, wurde er das Gefühl nicht los, Janes Vertrauen missbraucht zu haben. Aber er durfte sich nicht durch seine persönlichen Gefühle davon abbringen lassen, seine berufliche Pflicht zu erfüllen. Er hoffte nur, dass Jane es ebenso sehen würde.

Seufzend warf er die Aktentasche auf seinen Schreibtisch. Was würde Mr Fenmore tun, nachdem er Garretts Meinung über Janes Arbeit gehört hatte? Würde er Jane zu einer Besprechung einladen? Oder würde er ihr am Telefon mitteilen, dass sie bei der Besetzung des Postens nicht weiter berücksichtigt wurde?

Garrett musste Jane erzählen, was er dem Vorstand gesagt hatte, damit sie ein solcher Anruf nicht unvorbereitet träfe. Auch wenn sie ihn dann vielleicht hassen würde.

Mit beschwertem Herzen lief er durch den Gang zu ihrem Büro und klopfte an.

Als niemand antwortete, sah er auf die Uhr und stellte fest, dass es bereits nach zwölf war. Er ging in den Pausenraum, fand dort aber nur Melanie vor.

„Jane ist drüben im Heim, falls Sie nach ihr suchen", sagte sie.

„Hoffentlich gibt es keine Probleme dort?"

„Nein, sie geht nur die Kinder besuchen." Melanie legte ihr Brot auf einen Teller. „Das macht sie, wann immer sie kann."

„Stimmt." Er erinnerte sich, dass Jane es ihm erzählt hatte, als sie das Heim zum ersten Mal besichtigt hatten. „Nun, dann werde ich mich später mit ihr unterhalten."

„Stimmt etwas nicht? Sie scheinen heute nicht ganz Sie selbst zu sein."

Garrett zwang sich zu einem Lächeln. „Es ist alles in Ordnung." *Abgesehen davon, dass ich gerade Janes Träume zerstört habe.*

„Ich nehme an, dass Sie uns bald verlassen werden. Ihr Bericht ist ja fast fertig."

Er nickte, während er versuchte, sein Unbehagen zu ignorieren. „Ich werde wahrscheinlich Ende dieser oder Anfang nächster Woche fertig."

„Es war schön, Sie hier zu haben." Sie zwinkerte ihm zu. „Sie haben diesen Ort auf jeden Fall interessanter gemacht."

Er schmunzelte. Jetzt, da er Melanie besser kannte, wusste er, dass sie einfach nur gerne mit ihm flirtete und kein ernsthaftes Interesse an ihm hatte. „Danke … denke ich."

Statt an seinen Schreibtisch zurückzukehren, schnappte sich Garrett seinen Mantel und machte sich auf den Weg zum Kinderheim. Vielleicht würde er Jane unterwegs begegnen.

Als er vor über sechs Wochen hier angefangen hatte, war er von Optimismus geblendet gewesen. Er hatte gedacht, er könnte hier hereinspazieren, seine Untersuchung durchführen und in seiner unendlichen Weisheit die Lösung für alle Probleme der Organisation finden. Wie naiv er doch gewesen war!

Als er das Heim fast erreicht hatte, erschien Jane vor dem Gebäude. Sie stellte gerade ihren Kragen auf, um sich vor dem kühlen Wind zu schützen, dann lief sie in seine Richtung. Als sie ihn auf dem Gehweg bemerkte, blieb sie überrascht stehen.

„Hallo, Garrett. Willst du zu mir?"

„Ja. Ich hatte gehofft, kurz mit dir reden zu können, bevor wir ins Büro zurückkehren."

Zwei Furchen bildeten sich zwischen ihren Augenbrauen. „Ist etwas passiert?"

„Nicht direkt. Aber ich wollte dir erzählen, was ich heute Morgen dem Vorstand berichtet habe."

„Ich verstehe." Sie holte zu ihm auf und passte sich seinem Schritt an.

Eine Zeit lang schwiegen sie beide. Garrett wusste, dass er Zeit schindete. Doch irgendwann konnte er es nicht länger hinauszögern. „Jane, du weißt, wie sehr ich dich bewundere. Nicht nur deine Arbeit, sondern alles an dir. Deine Intelligenz, dein Mitgefühl und dein Herz für Kinder machen dich zu einer hervorragenden Sozialarbeiterin."

Ihre Schritte wurden langsamer, bis sie ganz zum Stehen kam. Sie sah mit fragendem Blick zu ihm auf. Ihre Augen wirkten heute so grün wie Jade. „Danke für das Kompliment", sagte sie langsam. „Aber ich habe das Gefühl, dass du mir noch etwas anderes sagen willst."

Es war ihm, als könnte er den Schmerz bereits spüren, den er ihr nun zufügen würde. „Bei meiner allgemeinen Analyse wollte der Vorstand auch von mir wissen, für wie effizient ich dich als Direktorin halte. Es ist mir sehr schwergefallen, aber ich musste meine Gefühle außen vor lassen und dich ganz ehrlich beurteilen." Er ballte die Hände zu Fäusten. „Ich habe ihnen gesagt, dass du zwar eine hervorragende Sozialarbeiterin bist, ich dich aber nicht für die richtige Person halte, um die Organisation zu leiten."

Ein verletzter Ausdruck trat in ihre Augen. Sie schluckte, dann straffte sie die Schultern. „Was hat dich zu dieser Einschätzung gebracht? Mein Umgang mit Martins Situation?"

„Auch. Aber vor allem habe ich gesehen, wie der Stress im Laufe der Wochen an dir gezehrt hat. Und um ehrlich zu sein, ist es mit der Organisation in den letzten sechs Monaten etwas bergab gegangen. Es kommt nicht so viel Geld herein wie zu Mr Mills' Zeiten. Die Sozialarbeiter arbeiten nicht mehr so effizient wie früher – zum Teil wegen des Platzmangels, aber meiner Meinung nach auch, weil sie dich als ihre Mitarbeiterin und nicht als ihre Vorgesetzte ansehen. Sie stehen dir zu nah, weil du einmal eine von ihnen gewesen bist."

Sie starrte ihn an, ohne ein Wort zu sagen. Er hatte erwartet, dass sie wütend werden und mit ihm streiten oder ihn sogar beschimpfen würde.

Aber ihr Schweigen war wesentlich schlimmer.

„Ich habe in meinem Bericht dazu geraten, einen Außenstehenden zum Direktor zu machen. Jemanden, der eine frische Perspektive hat."

„Jemanden wie dich also?" Ihr Sarkasmus traf ihn wie ein Schlag ins Gesicht.

„Ich weiß es nicht. Es kommt darauf an, wer die anderen Bewerber sind. Ich bin vielleicht auch nicht der Richtige für den Posten." Er schob die Hände tief in die Taschen seines Mantels. „Die gute Nachricht ist, dass ich deine Ideen für unkonventionelle Adoptionen in meine Empfehlungen aufgenommen habe."

„Wenigstens etwas." Sie nahm einen zittrigen Atemzug, während sie auf einen Punkt über seiner Schulter starrte. „Bitte entschuldige mich, ich muss jetzt zu einer Besprechung." Sie entfernte sich mit schnellen Schritten.

Garrett blieb wie angewurzelt stehen. Sein Herz war schwer wie Blei. „Es tut mir leid, Jane!", rief er ihr hinterher.

Aber sie lief weiter, ohne sich umzudrehen.

Kapitel 26

„Ich verstehe. Danke für Ihre Mitteilung.“ Jane legte auf, lehnte sich in ihrem Stuhl zurück und schloss die Augen.

Der Anruf, den sie seit Garretts verstörendem Geständnis gestern erwartet hatte, war endlich gekommen. Mr Fenmore hatte ihr mitgeteilt, dass der Vorstand drei Bewerber in die engere Auswahl genommen hatte und sie leider nicht dazugehörte. Aber er hoffe, dass sie weiterhin ein geschätztes Mitglied des Teams bleiben würde – in ihrer alten Stelle als Sozialarbeiterin. Und er hatte sie gebeten, weiterhin als Direktorin einzuspringen, bis sie den Posten neu besetzt hätten.

Welche Ironie, dass sie so viel Angst gehabt hatte, dass der Vorstand von ihrer Scheidung erfahren könnte, wenn es am Ende überhaupt keine Rolle spielte.

Als Jane nun vor dem Papierstapel auf ihrem Schreibtisch hockte, schien sie sämtliche Begeisterung verloren zu haben. Es war nicht nur das demütigende Gefühl, versagt zu haben. Sie fühlte sich auch von Garrett verraten. Wieso hatte er ihr nichts gesagt, bevor er dem Vorstand von ihren Defiziten berichtete? Wenn er das getan hätte und sie besser darauf vorbereitet gewesen wäre, hätte es ihr nicht so einen Stich versetzt.

Sie lachte kurz auf. Wem wollte sie etwas vormachen? Sie war so verletzt, weil Garrett und sie eine persönliche Beziehung begonnen hatten. Wenn Garrett für sie der „Eindringling“ geblieben wäre, hätte ihr sein Bericht nur halb so viel ausgemacht.

Aber stattdessen waren sie sich nahegekommen. Offenbar zu nahe!

Wie hatte er so etwas tun können, wenn er sie so sehr mochte, wie er behauptete? Er hätte doch einfach einen allgemeinen Bericht über ihre Arbeit abgeben und den Vorstand selbst entscheiden lassen können, ohne ihn durch seine Meinung zu beeinflussen.

Stattdessen hatte er alle ihre Chancen zunichtegemacht.

Sie schluckte, um den Kloß in ihrem Hals loszuwerden. Irgendwie würde sie die nächsten ein oder zwei Wochen als Direktorin überstehen müssen, bis ein Nachfolger gefunden war. Dann würde sie wieder ihre frühere Stelle mit dem wesentlich niedrigeren Gehalt annehmen.

Plötzlich kam ihr ein furchtbarer Gedanke. Was wäre, wenn Garrett der neue Direktor wurde? Würde es ihr gelingen, ihm das Ruder zu überlassen und ihn als ihren Vorgesetzten zu akzeptieren? Selbst wenn sie über diese Schmach hinwegkäme, würde es ganz sicher das Ende ihrer romantischen Beziehung bedeuten. Sie würden nie ein Paar sein können, wenn er ihr Chef wurde.

Unglücklich vergrub sie das Gesicht in den Händen. Wie war es nur zu diesem Durcheinander gekommen?

Das Telefon klingelte. Im ersten Moment war Jane versucht, es einfach zu ignorieren. Aber beim dritten schrillen Klingeln nahm sie schließlich doch ab.

„Jane." Melanies Stimme klang erstickt.

„Was ist los?"

„Du solltest ganz schnell herkommen."

Als Jane auflegte, hatte sie am ganzen Körper Gänsehaut. Was konnte heute denn noch schiefgehen? Mit zittrigen Beinen verließ sie ihr Büro und lief den Hauptgang entlang. Ein Mann in einem grauen Mantel stand an der Eingangstür.

Jane blinzelte, dann erstarrte sie. Das Blut schien ihr in den Adern zu gefrieren.

Der Mann nahm den Hut ab und lächelte zögerlich, während er sie unentwegt anstarrte. „Hallo, Jane. Wie ich sehe, hast du dich kein bisschen verändert. Du bist genauso hübsch wie früher."

Sie stolperte einen Schritt vor. *Das darf doch nicht wahr sein …* „D-Donald", flüsterte sie. „Wie … was machst du denn hier?"

„Ich bin hier, um dich zu sehen." Er rollte die Hutkrempe zwischen seinen Fingern und blickte nervös zu den anderen Angestellten hinüber, die neugierig ihre Köpfe aus dem vorderen Büro streckten. „Ich habe bei dir angerufen. Deine Mutter hat mir gesagt, dass du hier bist." Die tiefen Furchen um seinen Mund verstärkten seinen gequälten Blick.

„Aber ... warum bist du nicht in Europa? Ich verstehe nicht ..." Ihre Knie wurden weich. Unbemerkt war Garrett aus einem Raum hinter sie getreten und hielt sie nun am Arm, um sie zu stützen.

Donalds Ausdruck wurde flehend. „Jane, können wir nicht irgendwo einen Kaffee trinken gehen? Ich habe dir so viel zu erzählen, so viel zu erklären."

Janes Lungen schienen ihren Dienst zu versagen. Ihr Ehemann – nein, ihr *Ex*-Mann –, den sie seit vier Jahren nicht gesehen hatte, stand plötzlich vor ihr und lud sie auf einen Kaffee ein.

Als wäre es das Normalste auf der Welt.

Als müsste sie dankbar sein, dass er sich die Zeit genommen hatte, sie zu besuchen.

Als hätte er sie nicht verlassen, um eine andere zu heiraten.

Verletzende Worte lagen ihr auf der Zunge. Aber obwohl sie nichts lieber getan hätte, als sie ihm an den Kopf zu werfen, hielten die neugierigen Blicke ihrer Kollegen sie davon ab. Fast alle hier hielten sie und Donald für verheiratet. Wie würde es da aussehen, wenn sie wütend wurde, statt ihm unter Freudentränen um den Hals zu fallen?

Dennoch war es ihr unmöglich, die liebende Ehefrau zu spielen, die geduldig auf die Rückkehr ihres Mannes gewartet hatte. Nicht einmal Vivien Leigh war eine so gute Schauspielerin. Im Moment erschien es ihr das Beste, Donald möglichst bald aus dem Gebäude zu bekommen. Sie zwang sich zu einem angespannten Lächeln. „Lass mich nur kurz meine Jacke und Tasche holen."

Ohne den verblüfften Ausdruck auf Garretts Gesicht zu beachten, wirbelte sie herum und lief in ihr Büro. Dort angekommen lehnte sie sich von innen gegen die Tür und atmete mehrmals tief durch. *Beruhige dich, Jane. Du schaffst das. Wenn jemand fragt, kannst du deine seltsame Reaktion auf den Schock schieben.*

Garrett wartete vor der Tür auf sie. „Alles in Ordnung?"

Sie konnte ihn jetzt nicht ansehen, konnte nicht den besorgten Ausdruck in seinen tiefblauen Augen ertragen.

„Ja." Sie wollte sich an ihm vorbeidrängen, aber er hielt sie am Arm fest.

„Du musst nicht mit ihm gehen", sagte er leise. „Du schuldest ihm nichts."

Einen Augenblick lang war sie versucht, sich in seine Arme zu werfen. Aber diese Situation hatte nichts mit ihm zu tun. Und nach allem, was passiert war, wollte sie sich ganz bestimmt nicht von ihm trösten lassen. Sie würde diese Sache allein regeln.

„Ich weiß, aber das ist meine Entscheidung." Sie fummelte an den Knöpfen ihres Mantels herum, die sich einfach nicht schließen lassen wollten, und lief durch den Flur zum Haupteingang, wo Donald auf sie wartete. „Ich komme gleich zurück", sagte sie zu Melanie.

Dann ließ sie sich auf wackligen Beinen von Donald zur Tür hinausgeleiten.

„Eine Straße weiter gibt es ein Café", sagte sie knapp. „Obwohl ich nicht weiß, was wir zu besprechen haben könnten." Sie wollte dieses lächerliche Treffen einfach so schnell wie möglich hinter sich bringen.

Beim Café angelangt hielt Donald ihr die Tür auf. Jane wählte einen Tisch in der Nähe des Ausgangs und setzte sich. Mit zittrigen Händen strich sie sich die Haare glatt und versuchte, trotz ihres rasenden Herzschlags eine ausdruckslose Miene aufzusetzen. „Warum bist du hier? Bist du auf Heimaturlaub?"

Sobald sie die Frage ausgesprochen hatte, erkannte sie, wie absurd sie war. Warum sollte er seinen Urlaub verschwenden, um nach Kanada zu kommen? Er hatte hier keine Familie mehr. Seine Eltern waren gestorben und sein einziger Bruder kämpfte ebenfalls im Krieg. Sie war die Einzige hier, mit der ihn noch etwas verband.

Donald setzte sich und legte seinen Mantel neben sich auf die Bank. Seine grauen Augen waren ernst, als er sie ansah. „Nicht ganz." Er presste die Lippen zusammen.

„Warum bist du dann in Kanada?" Ihre Geduld war ausgereizt. Sie würde all die vernichtenden Anschuldigungen, die ihr auf der Zunge lagen, nicht mehr lange zurückhalten können.

Er hielt inne, um ihre Bestellung aufzugeben. Dann faltete er die Hände vor sich auf dem Tisch. „Ich bin vor Kurzem verwundet und in ein Krankenhaus in Frankreich gebracht worden. Glücklicherweise geht es mir wieder gut."

„Du bist hier, um dich zu erholen?" Jane verstand es immer noch nicht. Wenn er von der Armee freigestellt worden war, warum war er dann nicht zu seiner Frau zurückgekehrt?

„Nein." Die Linien um seinen Mund traten deutlicher hervor. „Ich wollte mich gerade wieder meiner Einheit anschließen, als ich eine schreckliche Nachricht erhalten habe."

Erst jetzt gelang es Jane, über ihren eigenen Schrecken und Zorn hinwegzuschauen und die Trauer in seinen Augen zu sehen. Sie hatte seinen matten Blick der Erschöpfung vom Krieg oder von der Reise zugeschrieben.

Jane atmete tief durch. „Dein Bruder?" Das würde erklären, warum er in Kanada war. Er wollte seinen Bruder begraben und dessen Nachlass regeln.

Doch Donald schüttelte den Kopf und senkte den Blick. Als er wieder aufsah, glitzerten Tränen in seinen Augen. „Meine Frau Moira ist gestorben."

Jane klappte den Mund auf und wieder zu. Dann sagte sie: „Oh. Das tut mir leid." Es kam ihr unwirklich vor, ihm ihr Beileid auszudrücken für die Frau, die sie ersetzt hatte.

Die Kellnerin kam und stellte zwei Tassen auf den Tisch.

Donald trocknete sich unauffällig die Augen. Jane konnte sich nicht erinnern, ihn je weinen gesehen zu haben. Außer als sie ihren Sohn verloren hatten.

Sie starrte auf ihre Tasse hinunter. Sein Besuch ergab absolut keinen Sinn. Warum in aller Welt war er so weit gereist, um Jane diese Nachricht mitzuteilen? Sie war so ziemlich die letzte Person, von der man erwarten konnte, mit ihm zu trauern. „Ich möchte nicht unsensibel klingen, Donald, aber was hat das alles mit mir zu tun?"

Er zuckte zusammen und wandte den Kopf, um durch das Fenster auf die Passanten zu schauen. Nach einigen Sekunden drehte er sich endlich wieder zu ihr um. „Die Sache ist die …“ Er zögerte kurz, dann sah er ihr direkt in die Augen. „Ich habe ein Kind. Einen Sohn.“

Ein stechender Schmerz zuckte durch Janes Brust, als hätte ihr jemand ein Messer ins Herz gerammt. Sofort stiegen ihr die Tränen in die Augen. Sie schlug die Hand vor den Mund.

Wirklich, Herr? Wie viel Leid muss ich noch ertragen?

„Er ist sieben Monate alt. Und er braucht eine Mutter.“

Jane biss sich auf die Lippe und kämpfte gegen den Schwindel an.

„Ich weiß, dass die Art und Weise, wie ich dich verlassen habe, unverzeihlich war“, fuhr er fort. „Und ich weiß, dass es keine Entschuldigung ist, aber ich bin zusammengebrochen, als wir –“

Sie schnappte nach Luft. „Stopp!“, zischte sie. Wenn er die Worte „unseren Sohn“ ausspräche, würde sie hier, mitten im Café, die Beherrschung verlieren.

Er schloss die Augen und versuchte, sich zusammenzureißen. Dann öffnete er sie wieder. „Die Armee schien mir der perfekte Ausweg zu sein, denn damals war es mir wirklich egal, ob ich lebe oder sterbe. Und wenn man in ständiger Gefahr schwebt, denkt man an nichts anderes mehr.“ Er zog eine Augenbraue hoch. „Dann, eines Abends während meines Urlaubs, traf ich Moira in einem Pub und –“

„Ich will das nicht hören.“ Jane schob ihren Stuhl zurück und stand auf.

„Warte! Es tut mir leid.“ Er streckte eine Hand aus, als wollte er sie festhalten. „Bitte lass mich ausreden …“

Sein flehender Tonfall und verzweifelter Blick erregten ihr Mitleid, obwohl sie es nicht wollte. Sie zögerte einen Moment, dann setzte sie sich wieder hin.

„Danke.“ Sein Gesicht entspannte sich. Er nahm einen Schluck Kaffee, dann hob er den Kopf und sah sie mit durchdringendem Blick an. „Nach Moiras Tod wurde mir klar, dass du und ich eigentlich nur ein großes Problem in unserer Ehe gehabt haben: Wir konnten keine Kinder bekommen. Jetzt bin ich alleinerziehender

Vater eines kleinen Kindes. Und ich habe keine Ahnung von Babys. Also dachte ich mir … vielleicht könnten wir uns gegenseitig helfen." Er legte seine Hand auf ihre. Dann sagte er mit ernstem Gesicht: „Ich kann dir das Baby geben, das du immer haben wolltest, Jane. Wir könnten eine richtige Familie sein. Wenn du dich nur dazu überwinden kannst, mir zu vergeben."

Kalte Schauer liefen Jane über die Arme. Sie starrte ihn fassungslos an. „Erwartest du von mir, dass ich einfach vergesse, dass du dich von mir getrennt hast, um eine andere zu heiraten? Dass ich all den Schmerz und das Leid vergesse, das du mir zugefügt hast?"

Erstaunlicherweise traten Donald erneut die Tränen in die Augen. „Es tut mir so leid, Jane. Du weißt nicht, wie schrecklich ich mich fühle, weil ich dich im Stich gelassen habe, als es dir so schlecht ging. Wie gesagt, es gibt keine Entschuldigung für mein Verhalten. Ich kann nur sagen, dass die Trauer mich um den Verstand gebracht hat. Nicht nur die Trauer um unseren Sohn, sondern auch wegen der Nachricht, dass ich nie Vater werden würde." Er fuhr sich mit der Hand durchs Gesicht und sah sie dann mit gequältem Blick an. „Was meinst du, Jane? Können wir das alles hinter uns lassen, um die gemeinsame Zukunft zu ergreifen, von der wir immer geträumt haben?"

Kapitel 27

Garrett starrte aus dem Fenster, das auf die Isabella Street hinausführte, als könnte er dadurch Jane heraufbeschwören. Sie war schon seit über einer Stunde fort.

„Ich kann nicht glauben, dass er die Nerven hatte, hier einfach aufzutauchen.“ Melanies entrüstete Stimme schallte durch das inzwischen leere Büro der Stenografen. „Wenigstens hatte er den Anstand, seine neue Frau nicht mitzubringen.“ Sie schnaubte verächtlich. „Was, denken Sie, könnte er Jane zu sagen haben?“

„Keine Ahnung.“

„Vielleicht ist er auf Heimaturlaub, um seine Familie zu besuchen, und hat beschlossen, dass er sich bei der Gelegenheit persönlich bei Jane entschuldigt.“

„Möglicherweise.“ Garrett trat vom Fenster weg und wagte es, eine der vielen Fragen loszuwerden, die ihn quälten. „Glauben Sie, dass Jane ihm tatsächlich vergeben könnte?“

Die andere Frage – ob sie noch Gefühle für Donald hatte – traute er sich nicht zu stellen. Er wollte die Antwort sowieso nicht wissen.

Melanie schürzte die Lippen. „Ich weiß es nicht. *Ich* könnte es jedenfalls nicht. Aber unter Janes harter Schale verbirgt sich ein weicher Kern. Ich wäre nicht überrascht, wenn sie ihm am Schluss doch vergibt.“

Garrett verschränkte die Arme vor der Brust. „Ich hoffe nur, dass sein Erscheinen nicht allzu schmerzhaft für Jane ist und er ihr keine zusätzlichen Probleme bereitet.“

Melanie hob eine Augenbraue. „Gibt es da etwas zwischen Ihnen beiden, von dem ich wissen sollte?“

„Natürlich nicht“, sagte er mit fester Stimme. Melanie war die letzte Person, der er von seinen Gefühlen für Jane erzählen würde. Sie konnte nichts für sich behalten.

„Sicher, dass Ihnen unsere Vorgesetzte nicht ein bisschen den Kopf verdreht hat?“

Er stieß sich von der Wand ab, an die er sich gelehnt hatte. „Jane ist nicht meine Vorgesetzte." Er warf Melanie einen strengen Blick zu. Er durfte nicht zulassen, dass sie solche Gerüchte im Büro verbreitete.

Melanie blickte ein wenig verdrossen drein und Garrett hoffte, dass sie das Thema nun ruhen lassen würde.

In diesem Moment klingelte das Telefon. Melanie eilte hinüber, um den Anruf anzunehmen. „Toronto Children's Aid." Sie lauschte kurz und riss dann die Augen auf. „Jane, geht es dir gut?"

Garrett straffte sofort die Schultern und ging zum Schreibtisch hinüber.

„Ich verstehe, aber was hat Donald –?" Melanie runzelte die Stirn und schrieb etwas auf einen Block, als gäbe Jane ihr Anweisungen. „Ja, natürlich. Gut. Dann bis morgen. Ruf mich an, wenn du reden möchtest." Als sie den Hörer auflegte, zuckte eine Reihe verschiedener Emotionen über ihr Gesicht.

Garrett beugte sich über ihren Schreibtisch. „Was hat sie gesagt?"

„Ich soll Ihnen und den anderen Mitarbeitern mitteilen, dass sie heute nicht mehr ins Büro kommt."

„Das ist beunruhigend." Er lief zum Fenster und wieder zurück, während er gegen den Drang ankämpfte, loszurennen und nach ihr zu suchen. „Wie hat sie sich angehört?"

Melanie schüttelte so heftig den Kopf, dass ihr blondes Haar über ihre Schultern flog. „Ich habe sie noch nie so aufgewühlt erlebt. Aber sie wollte mir nicht sagen, warum Donald hier ist. Sie hat gesagt, dass sie Zeit für sich braucht, um alles zu verarbeiten." Ratlos zuckte sie die Schultern. „Ich habe keine Ahnung, was das bedeutet."

Garrett presste die Lippen zusammen. Er wusste es auch nicht, aber es konnte nichts Gutes sein, wenn Jane so aufgebracht war. Im Moment konnte er jedoch nichts tun. Er würde ihr den Nachmittag geben und nahm sich fest vor, am Abend mit ihr zu sprechen, um herauszufinden, was genau ihr Ex-Mann gesagt hatte.

Jane hatte keine Ahnung, wie weit sie gelaufen war, nachdem sie Melanie vom Café aus angerufen hatte. Stunden später fand sie sich am Ufer des Ontariosees wieder, wo sie auf die tosenden Wellen starrte, die gegen die Felsen schlugen. Trotz der kühlen Temperaturen setzte sie sich auf eine Bank mit Ausblick aufs Wasser.

Nachdem Donald die Bombe hatte platzen lassen, hatte er anscheinend irgendeine Reaktion von ihr erwartet. Was hatte er sich erhofft? Dass sie ihn immer noch liebte? Dass sie da weitermachen könnten, wo sie aufgehört hatten?

Wohl kaum!

Als sie die Sprache wiedergefunden hatte, hatte sie ihm gesagt, dass sie Zeit bräuchte, um über alles nachzudenken. Donald hatte sich noch ein paarmal entschuldigt, um dann seine Telefonnummer aufzuschreiben und widerwillig zu gehen.

Danach hatte Jane nicht gewusst, was sie tun sollte. Sie konnte nicht ins Büro zurückkehren und sich den Fragen ihrer Kollegen stellen. Nach Hause konnte sie auch nicht. Mama würde wissen wollen, warum sie nicht auf der Arbeit war, und Jane wusste genau, was ihre Mutter von Donald hielt. Obwohl sie es für ihre christliche Pflicht gehalten hatte, ihrem Ex-Schwiegersohn zu vergeben, konnte Jane sich vorstellen, was sie zu dieser Situation sagen würde.

Nein, Jane würde allein damit klarkommen müssen.

Der lange Spaziergang hatte ihr nicht geholfen, sich über ihre Gefühle klar zu werden. Sie war immer noch so aufgewühlt wie das Wasser des Sees vor ihr. Jane atmete ein paarmal tief durch und ging in sich, um ihr Befinden zu analysieren. Zunächst einmal war sie immer noch unfassbar wütend auf Donald. Ihr Selbstwertgefühl war zu verletzt und ihr Zorn darüber, dass er sie für eine andere verlassen hatte, saß zu tief, als dass eine einfache Entschuldigung alles wiedergutmachen könnte.

Und Janes Misstrauen saß ebenso tief. Er hatte sie im Stich gelassen – auf die schrecklichste und schmerzlichste Art. Wer garantierte ihr, dass er das Gleiche nicht noch einmal tun würde, wenn er eine andere Frau kennenlernte oder ihre Lebensumstände ihm zu schwierig wurden?

Wenn ihr etwas gegen jemand habt, dann vergebt ihm, damit euer Vater im Himmel euch eure Verfehlungen auch vergibt.

Dieser Bibelvers, den ihre Mutter oft zitierte, kam ihr in den Sinn. Plötzlich wurde ihr klar, dass sie immer noch Groll gegen Donald hegte.

Aber selbst wenn es ihr gelang, ihm zu vergeben, hieß das nicht, das sie ihn wieder heiraten könnte. Wie stellte er sich das überhaupt vor? Würde er sie nur heiraten, damit sein Sohn eine Mutter hatte? Oder wollte er mehr als eine Zweckehe? Sie war im Moment jedenfalls nicht bereit, ihm mehr zu geben.

Ihre Gedanken überschlugen sich und ließen ihr keine Zeit, eine Antwort auf eine ihrer vielen Fragen zu finden.

Und dann tauchte inmitten ihrer Verwirrung auch noch Garretts Gesicht immer wieder vor ihrem inneren Auge auf. Er hatte ihr Vertrauen ebenfalls missbraucht. Aber im Vergleich zu den Narben, die Donald hinterlassen hatte, waren Garretts Zweifel an ihren beruflichen Fähigkeiten harmlose Kratzer gewesen.

Doch welche Zukunft konnten sie und Garrett schon haben? Es war offensichtlich, dass er Kinder liebte, und Jane konnte ihm keine eigenen schenken. Außerdem war Garretts Zukunft ungewiss. Er würde vielleicht bald im Rollstuhl sitzen oder sogar sterben. Ihre Beziehung war zu frisch, zu unsicher, um diese Hindernisse zu überwinden.

Wenn Jane Donalds Antrag annähme, würde er ihr nicht nur Sicherheit bieten, sondern auch ein Baby schenken. Das stellte natürlich die größte Verlockung für Jane dar. Und ihre Mutter wäre ebenfalls versorgt.

In der Theorie hörte sich das alles wundervoll an. Aber Janes trotziges Herz rebellierte.

Ein kräftiger Wind kam aus der Richtung des Sees auf und ließ Jane erzittern. Sie erhob sich und schnürte den Gürtel ihres Mantels enger. Sie würde die Antwort sicherlich nicht finden, während sie hier herumsaß. Besser, sie ging nach Hause und überlegte, was sie ihrer Mutter zum Abendessen kochen wollte. Dann würde sie den restlichen Abend im Gebet verbringen und hoffen, dass Gott ihr den rechten Weg zeigte. Nur er konnte ihr helfen, diese unfassbare Situation in den Griff zu bekommen.

Als sie jedoch zu Hause ankam, fand sie ihre Mutter in heller Aufregung vor.

„Jane? Du musst ganz schnell herkommen."

Sie schlüpfte aus ihrem Mantel und folgte der Stimme ihrer Mutter in die Küche.

Sie deutete auf die hintere Ecke des Raumes. „Da ist irgendwo eine undichte Stelle. Ich habe einen Topf aufgestellt, um die Tropfen aufzufangen, aber er füllt sich schneller als gedacht."

Jane runzelte die Stirn und ihre Stimmung wurde noch trüber. „Es hat doch heute früh schon aufgehört zu regnen. Warum tropft es jetzt erst rein?" Sie begutachtete den gelblichen Fleck an der Decke.

„Manchmal macht das Wasser eben Umwege."

„Ich habe versucht, dich auf der Arbeit anzurufen, aber du warst unterwegs."

Ihr leicht vorwurfsvoller Ton bereitete Jane ein schlechtes Gewissen. Normalerweise sorgte sie dafür, dass ihre Mutter immer wusste, wo sie war. Meistens hinterließ sie Melanie eine Nachricht für den Fall, dass ihre Mutter anrief. Aber diesmal hatte sie überhaupt nicht an sie gedacht.

„Ich hatte eine ungeplante Besprechung außer Haus." Nicht ganz unwahr.

Ihre Mutter seufzte tief. „Wenn Brandon doch nur nach Hause käme. Dann könnte er alles, was im Haus kaputt ist, wieder in Ordnung bringen."

Jane sank auf einen Stuhl. Die Realität sickerte schneller in ihr Bewusstsein als das Wasser durch die Decke. Brandon würde wahrscheinlich nie zurückkommen. Und wenn doch, wussten sie nicht, wie es ihm gehen würde. Nein, sie konnte ihre Zukunft nicht auf Brandon setzen. Sie musste ihre Entscheidung anhand der Fakten treffen, die ihr zur Verfügung standen.

Nach der Arbeit fuhr Garrett zu Janes Haus. Er war sich nicht sicher, ob er das Recht hatte, hier zu sein. Vor allem, nachdem sie sich über sein Gespräch mit dem Vorstand gestritten hatten. Er wusste nur, dass es der Frau, die er so lieb gewonnen hatte, schlecht ging. Da konnte er nicht einfach untätig herumsitzen. Er musste ihr wenigstens seine Hilfe anbieten – sei es durch ein offenes Ohr oder eine Schulter, an der sie sich ausweinen konnte. Er hoffte nur, dass sie ihn nicht hinauswerfen würde. Auch wenn er es vielleicht verdient hatte, wusste er nicht, ob er das verkraften würde.

Er nahm sich noch einmal fest vor, seine Gefühle unter Kontrolle zu halten. Dann überprüfte er die Knöpfe an seinem Jackett, rückte die Krawatte zurecht und klopfte an.

Es dauerte eine Minute, bis die Tür aufging und Jane vor ihm stand. Sie sah so aufgewühlt aus, dass er alle seine Absichten, distanziert zu bleiben, über Bord warf. Es musste etwas Schreckliches passiert sein. Aber was?

„Ich hoffe, es ist in Ordnung, dass ich vorbeischaue", sagte er. „Ich musste einfach wissen, ob es dir gut geht."

Ihr Kinn zitterte, während sie erfolglos versuchte, ihm zu antworten.

„Darf ich reinkommen?"

„Ich weiß nicht, ob das eine so gute Idee ist." Sie starrte ihn an, ging aber gleichzeitig einen Schritt zur Seite. Die Verwirrung stand ihr ins Gesicht geschrieben.

Garrett trat ein und schloss leise die Tür hinter sich. „Ich bin nur hier, um dir als Freund beizustehen."

Als sie nickte, breitete er die Arme aus. Sie nahm das Angebot ohne zu zögern an und lehnte den Kopf an seine Schulter. Als er sie umarmte, spürte er, dass sie am ganzen Körper zitterte. „Mama weiß nicht, dass ich Donald getroffen habe", flüsterte sie. „Ich wollte sie nicht aufregen."

„Ich verstehe. Sollen wir in der Küche reden?"

„In Ordnung."

„Lass mich nur kurz deiner Mutter Hallo sagen, dann komme ich." Er drückte sanft ihre Hand. Dann ging er ins Wohnzimmer, wo Hildie in ihrem Lieblingssessel saß und strickte.

Ihr Gesicht hellte sich auf, als sie ihn sah. „Oh, Garrett. Das ist aber eine schöne Überraschung."

„Ich freue mich auch, Sie zu sehen, Hildie." Er beugte sich vor, um sie auf die Wange zu küssen. Dabei bemerkte er, dass ihre Hände stärker zitterten als sonst. Sie schien etwas aus dem Lot zu sein.

„Ich bin froh, dass Sie hier sind", sagte sie. „Vielleicht können Sie Janey etwas aufheitern. Sie ist seltsam, seit sie nach Hause gekommen ist. Und sie will mir einfach nicht sagen, was sie hat. Ich weiß, dass es nicht nur die tropfende Decke sein kann."

„Es tropft? Wo?"

„In der Küche. Aber jetzt hat es anscheinend aufgehört."

Garrett nickte. „Ich tue mein Bestes, versprochen." Mit einem Gebet auf den Lippen ging er in die Küche.

Jane saß am Tisch und spielte mit einem Salzstreuer. Ein großer Topf stand auf einem Holzhocker in der Ecke, um das Wasser aufzufangen, das langsam von der Decke tropfte.

Garrett blieb kurz an der Tür stehen. Dann ging er hinüber, um sich die feuchte Stelle genauer anzuschauen. „Ich kann morgen einen Dachdecker vorbeischicken, wenn du willst." Garrett wandte sich um. Er erwartete, dass sie sein Angebot ablehnen würde.

Aber stattdessen nickte sie. „Das wäre nett. Danke."

Er hob die Augenbrauen. Sie musste wirklich sehr aufgewühlt sein, wenn sie so bereitwillig Hilfe annahm. Garrett setzte sich neben sie und versuchte, ihr Gesicht zu lesen. „Es muss ein ziemlicher Schock für dich gewesen sein", sagte er vorsichtig, „dass Donald so plötzlich hier aufgetaucht ist."

Sie hob den Blick. In ihren Augen spiegelte sich Traurigkeit. „Ja, das war es. Aber was er mir erzählt hat, war ein noch viel größerer Schock."

Sein Magen verkrampfte sich. Was könnte Donald gesagt haben, um sie so aus der Fassung zu bringen?

„Zuerst dachte ich, er wäre hier, um sich irgendwie zu entschuldigen." Sie holte tief Luft und atmete zitternd wieder aus. „Aber er ist hergekommen, um mir zu sagen, dass seine Frau gestorben ist … und er mich zurückhaben will."

„W-was?" Garrett fühlte sich, als hätte ihm jemand einen Eimer eiskaltes Wasser übergeschüttet. Als er Janes verwirrtes Gesicht sah, kochte Wut in ihm hoch. Wie konnte dieser Mann es wagen, so etwas auch nur vorzuschlagen? „Ich hoffe, du hast ihm deutlich gesagt, was du von dieser lächerlichen Idee hältst."

Sie blinzelte und schloss die Augen. Ein Muskel an ihrer Schläfe zuckte. „Er hat ein Baby", flüsterte sie. „Einen kleinen Jungen, der eine Mutter braucht. Er will, dass wir eine Familie sind."

Garrett ließ sich gegen die Stuhllehne fallen. Sein Brustkorb fühlte sich hohl an und eine Vielzahl von Gefühlen stürzte auf ihn ein – erst Empörung und Wut, dann Verzweiflung. Donald bot Jane alles an, was sie sich immer gewünscht hatte. Was konnte Garrett dazu noch sagen?

Er schluckte und zwang sich für einen Moment, seine eigenen Gefühle außen vor zu lassen. „Und wie fühlst du dich dabei?"

„Ich weiß nicht, wie ich es in Worte fassen soll." Ihre Lippen bebten. „Es klingt verlockend … sehr verlockend. Das könnte meine einzige Chance sein, Mutter zu werden." Sie rang die Hände. „Aber andererseits bin ich auch so wütend, dass ich laut schreien könnte."

Obwohl ihre Augen trocken blieben, reichte er ihr sein Taschentuch, während er nach den richtigen Worten suchte. „Es ist dein gutes Recht, wütend zu sein, Jane. Und verwirrt. Wer wäre das nicht in dieser Situation?" Er hielt inne. Wie konnte er ihr ganz unvoreingenommen den guten Rat geben, den sie jetzt brauchte? „Aber du solltest nichts überstürzen. Nimm dir Zeit, um die Folgen deiner Entscheidung abzuwägen. Bete dafür. Versuche, Gottes Willen für dein Leben herauszufinden."

Er konnte förmlich sehen, wie sie aus ihrer Schockstarre erwachte, als sie die Schultern straffte und nickte. „Genau das werde ich tun."

Er musste sich sehr zurückhalten, um nicht zu fragen: „Und was ist mit mir?“ Sie waren noch nicht lang genug zusammen, als dass er diese Frage stellen dürfte. Stattdessen kam ihm eine andere in den Sinn. „Was ist mit deiner Arbeit bei der Children's Aid?“

„So weit habe ich noch gar nicht gedacht.“ Sie ließ die Schultern hängen. „Aber du hast recht. Er braucht eine Vollzeitmutter für seinen Sohn.“ Sie stieß sich vom Tisch ab und lief zur Küchenzeile hinüber. „Mr Fenmore hat mich heute Morgen angerufen. Er hat eine Vorauswahl für den Direktorenposten getroffen und ich gehöre nicht dazu.“

Garrett fühlte sich schuldig. Wahrscheinlich hätte Jane den Posten sowieso nicht bekommen, aber sein Bericht hatte ihr Schicksal endgültig besiegelt.

„Vielleicht möchte mir Gott damit zeigen, dass er einen anderen Plan mit mir hat.“ Sie lachte freudlos. „Ich muss nur Donald vergeben.“

Er schluckte schwer und stand auf, um ihr ins Gesicht zu schauen. Dachte sie wirklich darüber nach, zu Donald zurückzukehren? „Nur du kannst entscheiden, ob das möglich ist und ob du ihm wieder vertrauen kannst.“ Er ballte die Hände zu Fäusten. Wenn er noch länger hierblieb, würde er seine Gefühle nicht mehr unter Kontrolle halten können. Am liebsten hätte er Jane in den Arm genommen und ihr seine Liebe gestanden. Er ging auf wackligen Beinen zur Tür. „Ich bete dafür, dass du die Entscheidung triffst, die dich glücklich machen wird.“

„Warte.“ Sie kam mit unsicheren Schritten auf ihn zu. „Du hast noch nicht gesagt, was *du* von der Sache hältst.“

Er zwang sich, ihr in die Augen zu schauen. „Offensichtlich bin ich nicht glücklich darüber.“

Zum ersten Mal während ihres Gesprächs stiegen ihr Tränen in die Augen. „Gerade das macht es ja so schwierig. Wenn ich keine Gefühle für dich hätte, würde mir die Entscheidung viel leichter fallen.“

Plötzlich hatte er das Gefühl, neben ihrem Ex-Mann auf dem Prüfstand zu stehen. Und Donald hatte ihm gegenüber einen großen Vorteil: Er bot Jane eine richtige Familie an. Wie sollte Garrett dagegen ankommen?

Es gelang ihm nur mit Mühe, seine Gefühle unter Kontrolle zu halten und Jane nicht zu berühren. „Du weißt, wie sehr ich dich mag, Jane. Aber du weißt auch von meinen gesundheitlichen Problemen. Ich habe nicht das Recht, dir irgendetwas auszureden. Du darfst dich bei deiner Entscheidung nicht von mir oder sonst jemandem ungebührlich beeinflussen lassen."

Er beugte sich vor und küsste sie sanft auf die Stirn, wobei seine Lippen ein kleines bisschen zu lang verweilten. Dann wandte er sich um und stolperte blind aus dem Haus.

Kapitel 28

Zum ersten Mal in ihrem Leben meldete Jane sich krank, ohne wirklich krank zu sein – zumindest nicht körperlich. Sie fühlte sich psychisch und emotional einfach nicht in der Lage, Melanie und ihren anderen Kollegen entgegenzutreten. Sie wusste, dass ihre Mutter sich Sorgen machte, aber sie konnte ihr noch nichts von ihrem Dilemma erzählen.

Wie hatte Garrett es ausgedrückt? Sie durfte sich nicht „ungebührlich beeinflussen lassen". Sie musste sich in dieser Sache von Gott allein leiten lassen.

Aus diesem Grund beschloss sie, mitten an einem Wochentag zur Kirche zu gehen. Sie hoffte, an diesem Ort herausfinden zu können, was Gottes Wille für sie war. Außerdem brauchte sie Gottes Hilfe, um Donald wirklich vergeben zu können, unabhängig davon, wie ihre Entscheidung ausfallen würde. Ihr Wiedersehen hatte einen wahren Gefühlssturm in ihr ausgelöst. All die Jahre hatte er in ihr geschlummert – bereit, hervorzubrechen, wenn sie es am wenigsten erwartete. Sie musste um ihrer selbst willen Frieden mit der Vergangenheit schließen.

Jane saß lange in der fast leeren Kirche und betete. Sie erinnerte sich an die Tränen in Donalds Augen, als er gesagt hatte, wie leid es ihm täte, dass er sie verlassen hatte. Angeblich hätte er nur so über seinen Schmerz hinwegkommen können.

Nach ihrer zweiten Fehlgeburt hatte Jane mehrere seelsorgerliche Gespräche mit ihrem Pastor gehabt. Er hatte ihr gesagt, dass jeder Mensch anders mit Trauer umging und dass es Männern meistens schwerer fiel, ihre Trauer zu verarbeiten. Damals hatte sie geglaubt, dass der Pastor bloß Donalds Benehmen entschuldigen wollte. Aber jetzt sah sie seine Worte in einem anderen Licht.

Allerdings hatte Donald sich von ihr scheiden lassen und eine andere Frau geheiratet. Konnte dieses verletzende Verhalten wirklich durch Trauer entschuldigt werden? Die Antwort auf diese

Frage war ebenso schwer greifbar wie das Konzept der Vergebung selbst.

Nachdem sie stundenlang auf der harten Kirchenbank über ihr letztes Ehejahr sowie die letzten Monate auf der Arbeit nachgedacht hatte, war ihr eine Sache plötzlich glasklar. Sie hatte sich – absichtlich oder aus Versehen – in die Opferrolle drängen lassen. Sie war das Opfer ihrer Unfruchtbarkeit, das Opfer von Donalds Taten und das Opfer einer angeblich ungerechten Behandlung auf der Arbeit geworden. Und die Schuld daran hatte sie Gott, Donald und sogar Garrett gegeben. Aber wenn sie wollte, dass Donald zu seinen Fehlern stand, musste sie es auch tun.

Von jetzt an musste sie ihr Leben wieder selbst in die Hand nehmen. Sie musste die Entscheidung treffen, die für sie richtig war. Und sie durfte nicht mehr in die Gewohnheit zurückfallen, andere für ihre Unzufriedenheit verantwortlich zu machen.

Ob sie Donalds Antrag nun annehmen würde oder nicht, sie würde es voller Zuversicht tun und es nicht anschließend bereuen.

Jane dankte Gott für diese Einsicht, dann stand sie auf und machte sich auf den Heimweg.

Als sie zu Hause ankam, ruhte ihre Mutter sich gerade in ihrem Zimmer aus. Jane nutzte die Gelegenheit, um Melanie im Büro anzurufen.

„Mir geht es besser, danke“, antwortete sie auf Melanies besorgte Nachfrage. Sie war nicht ganz ehrlich mit ihrer Freundin, aber sie war einfach noch nicht bereit, ihr alles anzuvertrauen. „Ich möchte nur wissen, ob jemand eine wichtige Nachricht hinterlassen hat.“

„Nicht wirklich. Mrs Blackwood hat angerufen, um zu fragen, ob du schon eine Entscheidung in Bezug auf Martin getroffen hast. Als ich ihr erzählt habe, dass du nicht da bist, wollte sie Mr Wilder sprechen. Ich bin davon ausgegangen, dass das in Ordnung ist, weil er bei dem Gespräch dabei war.“

„Ja, natürlich. Aber wenn es etwas Wichtiges gibt, sag mir bitte Bescheid. Ich kann von zu Hause aus zurückrufen. Ab morgen bin ich wieder im Büro. Wenn die Angelegenheit also bis dahin warten kann, wäre mir das lieber.“

„In Ordnung. Dann bis morgen."

Jane legte auf. Jetzt wurden ihre Gedanken auch noch durch Schuldgefühle getrübt. Bei all der Aufregung um Miss Dupuis und Mr Bolton sowie Donalds plötzlichem Auftauchen hatte sie Martin völlig vergessen. Aber es musste bald eine Entscheidung getroffen werden. Als stellvertretende Direktorin konnte sie jetzt noch entscheiden, was mit ihm geschah. Aber wenn ein anderer den Posten übernahm, würde er das letzte Wort haben.

Es war vielleicht ihre letzte Chance, ihr Versprechen an Martins Mutter einzulösen, ihre letzte Chance –

Plötzlich durchzuckte sie ein Gedanke. Ihr Herz begann wie wild zu hämmern. Sie sprang vom Sofa auf und lief den abgenutzten Teppich auf und ab. Ihre Beine zitterten wie Espenlaub.

Wenn ich Donald heirate, könnte ich Martin selbst adoptieren.

Sie und Donald könnten ihm die Familie sein, nach der er sich sein Leben lang gesehnt hatte. Dann müsste er nie wieder zu Pflegeeltern oder in ein Heim.

Freudentränen stiegen ihr in die Augen und kullerten über ihre Wangen. Sie würde nicht nur ein Baby großziehen, sondern auch ihren lang gehegten Wunsch erfüllen, Martin ein echtes Zuhause zu schenken.

Ihr Zuhause. Sie könnte Martins Mutter sein.

Sie ließ sich aufs Sofa sinken, stützte den Kopf in die Hände und weinte.

„Ich bin froh, dass du angerufen hast", sagte Donald, als sie am Nachmittag durch den St.-James-Park schlenderten. Er hatte die Hände hinter dem Rücken verschränkt und starrte vor sich hin. Unter seinem grauen Filzhut waren nur wenige Strähnen seines blonden Haars zu sehen. Sie bemerkte, dass er abgenommen hatte. Sein Jackett schlackerte um seine hagere Gestalt.

„Ich war der Ansicht, dass wir noch mal reden sollten", sagte sie.

„Inzwischen habe ich Zeit gehabt, um mich von dem Schock zu erholen und über alles nachzudenken, was du gesagt hast."

„Du warst schon immer die Vernünftigere von uns beiden." Er lächelte reumütig. „Deshalb bin ich auch zuversichtlich, dass du die beste Entscheidung für alle treffen wirst."

„Es freut mich, dass du so viel Vertrauen in mich setzt."

„Ich habe dir immer vertraut." Er sah zu ihr hinüber. „Darf ich fragen, ob du einen Entschluss gefasst hast?"

„Vielleicht sollten wir uns erst mal setzen." Jane deutete auf eine Parkbank in einem windgeschützten Winkel.

„Na gut." Er wartete, bis sie saß, und setzte sich dann ebenfalls. Er wirkte extrem vorsichtig, als hätte er Angst, etwas Falsches zu sagen oder zu tun. Aber vielleicht wollte er sie auch bloß nicht hetzen.

„Wo ist dein Sohn jetzt?", fragte sie, während sie die Handtasche auf ihren Schoß stellte. Gestern war sie nicht geistesgegenwärtig genug gewesen, um diese Frage zu stellen.

„Er ist bei seinem Kindermädchen. Mrs Hedley ist eine Freundin von Moiras Familie. Sie war so nett, mich hierher zu begleiten. Sie hatte eigentlich vor zu bleiben, bis ich mich eingelebt habe. Aber sie kehrt bald nach England zurück."

„Ach so. Und wirst du dir hier eine Stelle suchen?"

„Ich habe es vor. Sobald ich eine feste Anstellung habe, werde ich mich nach einem Haus umsehen. Einem Ort, an dem wir Wurzeln schlagen können."

„Du möchtest also in Toronto bleiben? Nicht zurück nach England?"

Er sah zu ihr hinüber. „Kanada ist meine Heimat, Jane."

„Was ist mit den Großeltern und den anderen Verwandten des Jungen?"

Er schüttelte den Kopf. „Moiras Eltern waren nicht glücklich über meine Entscheidung. Es gefällt ihnen nicht, dass ich ihnen Patrick weggenommen habe. Aber letzten Endes muss ich ihn so aufziehen, wie ich es für richtig halte."

Jane setzte sich auf. Sie konnte verstehen, dass er in seine Heimat zurückkehren wollte, an den Ort, der ihm am vertrautesten war.

Eine leichte Brise kam auf und ließ Janes Rock um ihre Knie flattern. Donald saß schweigend da. Auf der Wiese vor ihnen hatte sich eine Mutter mit ihrer kleinen Tochter auf einer Decke niedergelassen. Ein sieben- oder achtjähriger Junge hüpfte um sie herum und rollte dem kleinen Mädchen einen Ball zu. Jane verspürte ein sehnsüchtiges Ziehen in der Brust. Sie stellte sich vor, dass sie diese Familie wären. Sie saßen zu viert – vielleicht zu fünft, mit ihrer Mutter – auf einer Picknickdecke, genossen den warmen Herbsttag, lachten und erfreuten sich an den spielenden Kindern.

Wenn sie Donalds Antrag annähme, wäre ihre Zukunft gesichert. Bei seiner Beharrlichkeit hatte sie keine Zweifel, dass er irgendwo Arbeit finden würde. Er würde alles Nötige tun, um für sie und die Kinder zu sorgen.

Nach einer Weile atmete sie tief durch. „Ich habe versucht, die Situation so objektiv wie möglich zu betrachten. Aber ich muss zugeben, dass es mir sehr schwergefallen ist, weil ich noch so wütend auf dich bin. Ich bin zu dem Schluss gekommen, dass ich momentan noch nicht bereit bin, deinen Antrag anzunehmen. Ich brauche Zeit, um wieder Vertrauen zu dir zu fassen."

Ein Muskel in Donalds Kiefer zuckte, dann nickte er. „Du hast allen Grund, wütend zu sein und mir zu misstrauen. Leider habe ich nicht so viel Zeit. Mrs Hedley kehrt schon in zwei Wochen nach England zurück. So oder so muss ich bis dahin eine neue Betreuerin für Patrick gefunden haben."

Sie neigte den Kopf. „Na ja, ich hätte da eine Idee."

„Was für eine Idee?", fragte er hoffnungsvoll.

„Ich möchte gerne probeweise als Patricks Kindermädchen arbeiten. Auf diese Weise könnte ich Patrick kennenlernen und du und ich könnten Zeit miteinander verbringen, um herauszufinden, ob wir noch zusammenpassen."

Ihr Herz hämmerte in ihrer Brust. Würde er zwischen den Zeilen lesen? Würde er merken, dass sie noch nicht wusste, ob es ihr gelingen würde, ihren Groll zu überwinden?

Er hob ein wenig die Augenbrauen. „Was ist mit deiner Arbeit? Ich weiß doch, wie wichtig sie dir ist."

Jane stockte der Atem und eine Welle der Trauer überkam sie. Sie hatte lange darüber nachgedacht, ob sie wirklich ihre Stelle aufgeben sollte. Aber seit der Enttäuschung mit dem Direktorenposten – und auch schon früher, um ehrlich zu sein – war sie einfach nicht mehr mit ganzem Herzen bei der Arbeit gewesen. Vielleicht hatte Gott diesen Rückschlag zugelassen, um sie empfänglicher für Donalds Vorschlag zu machen. Und da es der Organisation derzeit an Sozialarbeitern mangelte, vor allem seit Miss Dupuis' Entlassung, war Jane zuversichtlich, dass sie, wenn nötig, ihre alte Stelle zurückbekommen würde.

„Ich bin bereit, meine Arbeit aufzugeben. Aber ich brauche ein paar Tage, um alles zu regeln. Danach würde mir noch etwas Zeit bleiben, bevor das Kindermädchen abreist. Bis dahin könnte ich abends vorbeikommen, um Zeit mit Patrick zu verbringen … und mit dir."

Er musterte sie mit besorgtem Blick. „Und was, wenn es nicht funktioniert? Würde die Children's Aid dich wieder einstellen?"

Jane zwang sich, tief Luft zu holen. „Ich weiß es nicht genau, aber die Chancen stehen gut." Sie war erstaunt, wie ruhig sie blieb, obwohl ihre Unterhaltung mehr einem Bewerbungsgespräch als einem Heiratsantrag glich.

Er schwieg ein paar Sekunden. „Du gehst ein großes Risiko ein. Ich verstehe, dass du dir sicher sein willst." Er lächelte schwach. „Ich habe dich schon einmal überzeugen können. So Gott will, wird es mir noch einmal gelingen."

„Es gibt da noch ein paar Einzelheiten, die ich gerne klären würde", fuhr sie fort. Sie würde die Karten jetzt offen auf den Tisch legen und seine Reaktion abwarten.

„Und das wäre?" Seine grauen Augen funkelten amüsiert.

Sie wandte sich zu ihm um. „Wie ich bereits erwähnt habe, geht es meiner Mutter nicht so gut. Seit Brandon im Krieg ist, wohne ich bei ihr. Wenn er zurückkommt, können wir noch mal darüber nachdenken, aber bis dahin –"

Er hob eine Hand. „Natürlich kann Hildie bei uns wohnen. Noch etwas?“

„Ja.“ Sie hielt inne, während sie versuchte, ihre Gefühle im Zaum zu halten. Sie wollte Donald nicht zeigen, wie wichtig ihr diese Sache war. „Da ist ein Junge aus dem Heim, der mir sehr ans Herz gewachsen ist …“ Sie schluckte, sah ihm aber weiterhin in die Augen. „Und wenn wir wieder heiraten sollten, möchte ich, dass wir ihn adoptieren.“

Die Worte hingen zwischen ihnen in der Luft und riefen Erinnerungen an ihre früheren Diskussionen über das Thema wach. Dachte Donald auch gerade daran zurück? Hatte er seinen Standpunkt inzwischen geändert?

Donald saß schweigend da, die Hände über den Knien gefaltet. „Wie alt ist dieser Junge?“, fragte er letztendlich.

„Acht, fast neun. Ich bin für ihn zuständig, seit er zwei war. Wir haben im Laufe der Jahre eine besondere Beziehung entwickelt.“

„Warum ist er noch nicht adoptiert worden?“

Sie zögerte. „Die Organisation hat noch nicht die richtige Familie für ihn gefunden, vor allem wegen seiner Epilepsie. Aber ich kenne mich inzwischen damit aus.“ Sie presste die Lippen zusammen und zwang sich, stark zu bleiben.

„Ich verstehe.“ Donald stand auf und lief vor der Bank auf und ab. Sie konnte förmlich sehen, wie sich die Zahnräder in seinem Kopf drehten. Nach einer Weile wurde er langsamer und blieb vor ihr stehen. „Es ist schwierig, etwas so Wichtiges zu entscheiden, ohne das Kind zu kennen. Aber wenn es dir so viel bedeutet, werde ich darüber nachdenken.“ Er hielt inne und rieb sich das Kinn. „Während du meinen Sohn kennenlernst, könnte ich vielleicht diesen Jungen kennenlernen.“

„Das klingt fair.“ Eine gewisse Erleichterung machte sich in ihr breit. Wenigstens war er bereit, eine Adoption in Erwägung zu ziehen. „Also einigen wir uns auf eine Probezeit von zwei Wochen. Danach überdenken wir beide unseren Standpunkt noch mal neu.“

„Einverstanden."

Sie erhob sich. Als sie ihm die Hand reichte, betete Jane, dass sie nicht gerade den größten Fehler ihres Lebens beging.

Kapitel 29

Am nächsten Morgen versuchte Jane, sich für den schwierigen Tag zu wappnen, der vor ihr lag. Aber sie war sich sicher, dass nichts wirklich helfen würde. Irgendwo tief in ihrer Handtasche hatte sie ihr sorgfältig verfasstes Kündigungsschreiben vergraben. Da sie nicht wusste, wohin sie es schicken sollte, stand ein Anruf bei Mr Fenmore ganz oben auf ihrer Tagesordnung. Es graute ihr bereits davor, aber es führte kein Weg daran vorbei.

Die größte Angst hatte sie jedoch davor, Garrett gegenüberzutreten. Sie hatte nach wie vor Gefühle für ihn und war mittlerweile auch nicht mehr verärgert, wenn sie an seinen Bericht dachte. Um ehrlich zu sein, hatte er recht gehabt. Auch wenn sie es nicht hatte zugeben wollen, war sie als stellvertretende Direktorin oft überfordert gewesen. Wenigstens war ihr wichtigstes Vorhaben, die Adoptionskriterien anzupassen, in Garretts Bericht aufgenommen worden. Der neue Direktor würde ihre Vorschläge also schwarz auf weiß vorliegen haben. Nicht der perfekte Ausgang, aber besser als gar nichts.

Und das hatte sie Garrett zu verdanken, weil er ihre Ideen unterstützt hatte. Wenn sie nicht die neue Direktorin werden konnte, dann hoffte sie, dass Garrett es wurde. Er besaß die Integrität und den Weitblick, die nötig waren, um die Organisation zu modernisieren und voranzubringen.

Jetzt musste sie ihn nur noch vergessen können und nach vorne schauen.

Garrett saß bereits mit hochgekrempelten Ärmeln und leicht zerzaustem Haar an seinem Schreibtisch. Ihr verräterisches Herz begann sehnsüchtig zu pochen. Sie hoffte, dass sich dieses Gefühl mit der Zeit legen würde. Er ließ die Schultern hängen und hatte tiefe Furchen auf der Stirn. Sie musste unwillkürlich daran zurückdenken, wie enthusiastisch er an seinem ersten Tag hier gewesen war. Und jetzt sah er so niedergeschlagen aus.

War das ihre Schuld?

Er sah auf. „Jane. Guten Morgen." Er erhob sich und griff nach seinem Jackett, das über der Stuhllehne hing.

Sie trat in den Raum, unfähig, seine freudige Begrüßung zu erwidern. „Ich möchte dir meine Entscheidung mitteilen", sagte sie ohne Umschweife, während sie sich bemühte, ihren Rücken gerade zu halten und nicht mit den Lippen zu zittern.

Seine Hand erstarrte und ließ das Jackett zurück auf den Stuhl fallen. „Dein Gesicht sagt mir, dass es keine gute Nachricht ist."

„Wohl eher nicht." Entschieden schob sie den Trageriemen ihrer Umhängetasche höher und heftete ihren Blick auf einen Punkt unterhalb seines Kinns. „Ich habe beschlossen, Donald noch eine Chance zu geben. Ich werde auf seinen Sohn aufpassen, während wir versuchen, unsere Beziehung wiederzubeleben."

Garretts Gesicht war wie versteinert. Aber als Jane ihm in die Augen sah, konnte sie seinen Schmerz sehen.

„Du darfst dich bei deiner Entscheidung nicht von mir oder sonst jemandem ungebührlich beeinflussen lassen."

Warum musste er nur so großmütig sein? War ihr Wunsch albern, dass er ihr seine Liebe gestand? Dass er ihr vorschlug, zu heiraten und Martin gemeinsam zu adoptieren? Wenn er das täte, hätte sie noch eine andere Wahl. Eine Wahl, die alles verändern könnte.

Einen Augenblick lang konnte sie nur ihren rasenden Herzschlag hören, während sie schweigend auf seine Reaktion wartete.

„Ich verstehe." Er verschränkte die Arme vor der Brust. Sein Gesichtsausdruck war jetzt undurchdringlich. „Was bedeutet das für deine Arbeit hier?"

Sie blinzelte. Ihre Arbeit? Darum war er besorgt? Mit einiger Anstrengung riss sie sich zusammen und setzte wieder ihre professionelle Miene auf. „Ich werde zum Ende der Woche kündigen."

Er sah sie weiterhin mit gerunzelter Stirn an. „Bist du dir sicher, Jane? Was, wenn es nicht klappt? Dann wird dir das Kind, das du lieb gewonnen hast, wieder weggenommen. Und du hast nicht mal mehr deine Arbeit, um dich abzulenken."

Sie kämpfte gegen die Angst an, die sich eiskalt um ihr Herz legen wollte. Wenn sie das Risiko nicht einging, würde sie sich immer fragen, ob sie nicht doch das Leben hätte haben können, nach dem sie sich gesehnt hatte. Sie könnte Mutter sein – nicht nur für Martin, sondern auch für ein Baby, das keine andere Mutter außer ihr kennen würde.

„Wenn das passieren sollte", sagte sie, „bin ich mir ziemlich sicher, dass ich hier wieder als Sozialarbeiterin anfangen könnte. Und wenn nicht, kann ich immer noch in einer der Fabriken arbeiten." Ihre Stimme klang rau. „Eine neue Stelle kann ich mir immer suchen, aber ich habe nur diese eine Chance auf eine eigene Familie. Wie könnte ich sie nicht ergreifen?"

Er schüttelte traurig den Kopf. „Dann bete ich, dass alles so läuft, wie du es dir wünschst, Jane. Du verdienst es, glücklich zu sein." Er riss das Jackett von der Stuhllehne. „Entschuldige mich, ich muss zu einem Termin."

Dann eilte er an ihr vorbei zur Tür hinaus.

Schmerzerfüllt taumelte Garrett die Isabella Street entlang, ohne zu wissen, wohin er ging. Jane hatte ihn so hoffnungsvoll angeschaut, als erwarte sie etwas von ihm. Aber was? Einen Heiratsantrag?

Er hatte schon darüber nachgedacht. Aber wenn man es vernünftig betrachtete, war Jane mit Donald und der stabilen Familie, die er ihr geben konnte, besser dran. Alles, was Garrett ihr anzubieten hatte, war eine unsichere medizinische Diagnose und ein erfolgloser Hof auf dem Land.

Sein Magen schmerzte. Er würde ihr den größten Gefallen tun, wenn er einen Schritt zurücktrat, sich still verhielt und sie ihre Träume verwirklichen ließ. Egal, wie schwer es ihm fallen würde. Wenigstens würde sie ab nächster Woche nicht mehr im Büro am anderen Ende des Ganges sitzen.

Niedergeschlagen fuhr Garrett zur Pension, um sich umzuziehen. Nachdem er Melanie angerufen und ihr mitgeteilt hatte, dass er den restlichen Tag unterwegs sein würde, stieg er wieder in seinen Wagen und machte sich auf den Weg nach Hause – der einzige Ort, an dem er immer Trost fand.

Die Fahrt kam ihm quälend lang vor. Er war froh, als er endlich auf den Feldweg abbog, der zu ihrem Hof führte. Er stellte den Wagen ab und rannte die Stufen zum Haus hinauf. Eigentlich hatte er erwartet, seine Mutter wie üblich in der Küche vorzufinden. Aber der Raum war leer und eine seltsame Atmosphäre hing in der Luft. Wo waren Cassie und seine Mutter? Normalerweise standen sie um diese Uhrzeit in der Küche und backten.

Er runzelte die Stirn, als er ein zerbrochenes Gefäß auf dem Küchentisch liegen sah. Vorsichtig nahm er eine der Scherben in die Hand und strich mit dem Finger über die zackige Kante. Es war die Lieblingskanne seiner Mutter, ein Erbstück von den englischen Vorfahren seiner Großmutter. Seine Mutter war bestimmt sehr traurig über den Verlust. Was war wohl damit passiert?

Er runzelte die Stirn. Letztes Wochenende hatte er eine unterschwellige Spannung zwischen seiner Schwester und seinen Eltern gespürt. Er hatte Gesprächsfetzen aufgeschnappt, in denen es um Streitereien zwischen den Jungs ging und darum, dass Kevin sich zunehmend schlecht benahm. Aber er hatte keine Gelegenheit gehabt zu fragen, ob Martin ein Grund dafür war.

„Mom?“, rief er. „Bist du oben?“

Stille.

Ein kalter Schauer lief ihm über den Rücken. Ihr war doch hoffentlich nichts passiert? Oder Dad? Er lief zur Hintertür, stieß sie auf und trat hinaus. Er lief suchend umher, bis er eine vertraute Gestalt erblickte, die gerade ein Kleidungsstück an die Wäscheleine hängte. Seine Erleichterung war groß. *Danke, Herr.* Die Sache mit Jane hatte ihn wohl überempfindlich gemacht.

„Hallo, Mom“, rief er aus, um sie nicht durch sein plötzliches Auftauchen zu erschrecken.

Sie wirbelte herum und verlor dabei eine der Wäscheklammern. „Garrett! Was machst du denn hier, mitten am Tag?“

Als er ihre geschwollenen Augen sah, blieb er abrupt stehen. „Was ist denn los?", fragte er. „Warum hast du geweint?"

Sie strich sich über die Wangen. „Ich hatte nur einen schlechten Morgen."

„Ich auch. Deshalb bin ich nach Hause gekommen." Er runzelte die Stirn. „Ich habe die zerbrochene Teekanne gesehen. Bist du deshalb so traurig?"

Sie zuckte die Schultern. Dann bückte sie sich, um den Wäschekorb hochzuheben. „Unter anderem. Die Jungs sind heute beim Frühstück aneinandergeraten und dabei hat Martin aus Versehen die Teekanne von der Arbeitsplatte gestoßen."

„Aneinandergeraten? Haben sie sich geprügelt?" Bei einem Wortgefecht ging schließlich kein Geschirr zu Bruch.

Seine Mutter nickte. „Ich habe versucht, alles unter Kontrolle zu halten, aber Martins Verhalten wird immer schlechter. Und er hat keinen guten Einfluss auf Cassies Jungs. Ich fürchte, dass deine Schwester nicht mehr weiterweiß. Kevin ist aggressiver geworden und Dale benutzt viel mehr Schimpfwörter." Sie seufzte und in ihren Augen spiegelte sich Bedauern. „Ich weiß, dass wir versprochen haben, Martin zu behalten, bis ihr eine Pflegefamilie für ihn gefunden habt. Aber ich denke nicht, dass es Cassie und den Kindern gegenüber gerecht wäre."

Garrett fuhr sich mit den Fingern durchs Haar. Warum hatten seine Eltern ihm bisher nichts davon gesagt? „Wir werden uns bald für eine Pflegefamilie entscheiden. Könnt ihr noch ein paar Tage durchhalten?"

Ein kühler Wind kam auf und zerrte an der Wäsche, die an der Leine hing. „Ich werde es versuchen", sagte sie. „Ich gebe es zwar nur ungern zu, aber ich glaube, dass wir momentan nicht die nötige Ausdauer für ihn haben." Sie schüttelte den Kopf. „Vor allem nicht nach der Nachricht, die wir heute bekommen haben."

„Was für eine Nachricht?"

Ihre Lippen begannen zu zittern. „Schlechte Neuigkeiten über Jack."

Sein Magen zog sich zusammen und er schnappte nach Luft.

Lieber Gott, nein. Bitte nicht Jack. „Ist er …?" Er brachte das Wort nicht über die Lippen.

„Nein, zumindest glauben wir das nicht. Im Telegramm stand, dass er im Kampf verwundet worden ist und irgendwo in Italien im Krankenhaus liegt. Aber als Cassie beim Kriegsbüro angerufen hat, konnte uns keiner Auskunft geben. Natürlich geht deine Schwester vom Schlimmsten aus." Sie lächelte traurig. „Ich denke, das Telegramm hat einfach die schrecklichen Erinnerungen an den Tag geweckt, an dem wir von deiner Verwundung erfahren haben."

Garrett zog seine zitternde Mutter an sich und umarmte sie. Plötzlich wurde ihm bewusst, dass sie zerbrechlicher war, als er immer gedacht hatte. „Ich habe es überstanden. Jack wird es auch schaffen."

Eine weitere Windböe kam auf und ließ das Kleid seiner Mutter um ihre Beine flattern. „Komm", sagte er. „Lass uns drinnen weiterreden."

Sie schniefte. „Ja. Ich möchte wissen, was dich mitten in der Woche hierhergeführt hat."

Wenige Minuten später setzte Garrett den Kaffee auf, während seine Mutter die Keksdose aus dem Schrank holte.

Garrett schenkte den Kaffee ein und trug die Tassen zum Tisch hinüber. Dann nahm er vorsichtig die zerbrochene Teekanne und legte sie auf die Theke.

„Also, was ist los?", fragte seine Mutter, während sie sich hinsetzte. „Du wurdest doch nicht gefeuert, oder?"

„Nein."

„Was hat dich dann so aufgebracht, dass du nach Hause gekommen bist?"

Er zuckte die Schultern und wich ihrem Blick aus. „Jane hat heute Morgen gekündigt."

Seine Mutter schnappte nach Luft. „Was? Wieso? Sie hat mir erzählt, wie sehr sie ihre Arbeit liebt."

Garrett versuchte, beiläufig zu klingen. Aber er wusste genau, dass seine Mutter ihn durchschauen würde. „Ihr Ex-Mann ist aus Europa zurückgekommen und sie haben beschlossen, es noch mal zu versuchen." Die Worte fühlten sich wie ein rostiges Rasiermesser auf seiner Zunge an.

„O nein!" Seine Mutter streckte die Hand aus und berührte seinen Arm. „Ich dachte, ihr beide wärt … Ich meine, Jane schien dich wirklich zu mögen. Und du sie."

„Ja, das tue ich." Er starrte auf die braune Flüssigkeit in seiner Tasse. „Aber Donald ist jetzt Witwer und hat ein Baby zu versorgen."

„Das tut mir so leid, Garrett."

Er hatte einen Kloß im Hals und musste schlucken. „Ich konnte nicht im Büro bleiben. Bis sie weg ist, werde ich außer Haus arbeiten."

„Hast du Jane gesagt, was du für sie empfindest?"

Er schüttelte den Kopf. „Das wäre nicht gerecht. Nicht bei meiner unsicheren Zukunft. Mit Donald und seinem Baby ist sie besser dran. Jane wünscht sich schon so lange ein Kind. Ich muss versuchen, mich für sie zu freuen."

„O Garrett. Du verdienst es doch auch, geliebt zu werden und eine Familie zu haben." Sie seufzte tief und kämpfte mit den Tränen. „Noch ein Grund dafür, dass du dich um einen Termin bei einem Spezialisten bemühen solltest. Vielleicht kann ein anderer Arzt dir neue Hoffnung geben."

Er schüttelte wieder den Kopf und stand auf. Ein Spezialist konnte die Position der Granatsplitter in seinem Körper auch nicht verändern. Oder ihn operieren, wenn alle anderen Ärzte es für zu riskant hielten.

Kapitel 30

„Jane, das ist Mrs Hedley, das Kindermädchen meines Sohnes. Mrs Hedley, das ist Jane, meine Ex-Frau.“

Jane stand im provisorischen Kinderzimmer von Donalds Wohnung und lächelte die mollige Frau an. Sie war etwa Anfang sechzig und trug eine einfache weiße Schürze, dazu dicke Strümpfe und feste Schuhe. „Freut mich, Sie kennenzulernen, Mrs Hedley.“

„Ebenso.“ Sie musterte Jane von Kopf bis Fuß. „Ich habe gehört, dass Sie Patricks neues Kindermädchen werden.“

Jane zögerte. Sie wusste nicht genau, was Donald der Frau erzählt hatte. „Das stimmt.“

Donald trat näher ans Kinderbett heran. „Jane möchte gerne so viel wie möglich von Ihnen lernen, bevor Sie nach Hause zurückkehren, Mrs Hedley.“

„Ich helfe gerne, Sir. Sie wissen ja, wie sehr ich den kleinen Patrick liebe.“

„Natürlich.“

„Wenn meine liebe Schwester mich nicht zu Hause brauchen würde, würde ich vielleicht sogar hierbleiben.“ Sie warf Jane einen argwöhnischen Blick zu.

Jane konnte der Frau ihr Misstrauen nicht verübeln. Es war ja auch eine äußerst ungewöhnliche Situation. „Ich verspreche, mich so gut wie möglich um Patrick zu kümmern.“

Mrs Hedley schnaubte. „Ja, nachdem ich Ihnen alles beigebracht habe, was Sie wissen müssen.“

Donald wirkte erleichtert. „Würden Sie uns jetzt bitte ein paar Minuten allein lassen?“

„Selbstverständlich, Sir.“

Sobald die Frau den Raum verlassen hatte, schien es darin mehr Luft zum Atmen zu geben.

Donald zuckte die Achseln. „Sie meint es gut. Sie ist nur etwas überfürsorglich, wenn es um Patrick geht.“

„Ich verstehe." Jane lugte über das Gitter, um einen Blick auf das Baby zu erhaschen. Sie schmolz förmlich dahin, als sie ihn sah. Der Junge war mit einem blauen Strickdeckchen zugedeckt und lag mit ausgebreiteten Armen auf dem Rücken. Seine Wimpern waren so hell wie die feinen Härchen auf seinem Kopf. „Er ist unglaublich süß, Donald. Und er sieht dir sehr ähnlich."

Donald strahlte. „Danke." Er bückte sich und nahm den Jungen vorsichtig hoch, um ihn in seine Armbeuge zu legen. „Dieser kleine Racker hat in seinem kurzen Leben schon viel durchgemacht. Aber ich bin fest entschlossen, dass jetzt alles besser wird. Dass er eine Mutter bekommt, die ihn so sehr lieben wird, wie Moira ihn geliebt hat."

Als hätte die Erwähnung seiner Mutter ihn geweckt, blinzelte der kleine Patrick und öffnete die Augen. Sie waren so grau wie die seines Vaters. Er sah Jane mit einer solchen Unschuld an, dass die Emotionen in ihr hochstiegen und ihr die Kehle zuschnürten. So hätte *ihr* Sohn vielleicht ausgesehen. Sie schluckte und schob ihren Kummer beiseite, um sich auf das Kind vor ihr zu konzentrieren.

Patrick starrte sie an, verzog sein kleines Gesicht und wimmerte leise.

„Schh, ist ja gut", sagte Donald sanft. „Ich bin ja da."

Der Junge beruhigte sich sofort wieder und schloss langsam die Augen.

Donald schaukelte ihn hin und her. „Normalerweise schläft er die Nacht durch, aber momentan ist sein Rhythmus etwas durcheinander. Ich hätte daran denken sollen, als ich dich eingeladen habe."

„Der Arme. Seine Welt ist komplett auf den Kopf gestellt worden." Jane konnte der Versuchung nicht widerstehen, ihm über sein feines Haar zu streichen.

Donald legte den Kleinen sanft zurück in sein Bett und deckte ihn zu. „Er sollte jetzt für ein paar Stunden schlafen. Würdest du gern mit mir einkaufen gehen, bevor der Laden schließt? Ich muss noch ein paar Lebensmittel besorgen."

Jane zögerte. Sie hatte gehofft, mehr Zeit mit Patrick zu haben.

Aber wenn das nicht möglich war, konnte sie wenigstens Zeit mit dem Mann verbringen, den sie vielleicht wieder heiraten würde. „Gerne."

Sie ließen die Tür angelehnt und gingen durch einen kleinen Flur ins Wohnzimmer, das mit einem abgenutzten braunen Sofa und zwei Sesseln ausgestattet war. Mrs Hedley kam gerade mit einer Tasse in der Hand aus der Küche.

„Jane und ich gehen einkaufen. Brauchen Sie noch etwas, Mrs Hedley?", fragte Donald.

„Ich denke, es steht alles auf der Liste, die ich Ihnen gegeben habe. Haben Sie Ihre Lebensmittelmarken dabei?"

„Ja, danke." Er klopfte auf seine Jackentasche. „Wir bleiben nicht lange weg."

Die Frau nickte. „Auf Wiedersehen, Mrs Linder."

Zum ersten Mal irritierte es Jane, Mrs Linder genannt zu werden. Es musste Mrs Hedley seltsam vorkommen, dass Jane immer noch Donalds Nachnamen trug.

An der Wohnungstür half Donald ihr in ihren Mantel.

„Wo schläft Mrs Hedley?", fragte Jane, während sie sich ihr Halstuch umlegte.

„Auf einem Klappbett in Patricks Zimmer", sagte er. „Ich konnte so kurzfristig keine Wohnung mit drei Schlafzimmern finden. Aber es ist ja auch nur für ein paar Wochen."

Sie liefen die Treppe hinunter und traten auf die Straße hinaus. Obwohl es erst kurz nach fünf war, näherte sich die Sonne bereits dem Horizont und tauchte den Gehweg in ein goldenes Licht. Jane hatte heute etwas früher Feierabend gemacht und war gleich zu Donalds Wohnung gegangen.

„Ich wollte schon die ganze Zeit fragen, wie es Brandon geht", sagte Donald, während sie an ein paar Geschäften vorübergingen. „Er hat sich also auch zum Kriegsdienst gemeldet?"

„Ja. Etwa eine Woche nach dir." Jane musste erneut schlucken. Kurz nachdem ihr Ehemann sie im Stich gelassen hatte, hatte sie auch der einzige andere Mann, der ihr nahestand, verlassen. Tief in ihrem Innern hatte sie gewusst, dass es nichts Persönliches war.

Und sie war auch stolz darauf, dass Brandon sein Land verteidigen wollte. Aber damals hatte es sie nur noch trauriger gestimmt. „Leider wurde Brandon für vermisst erklärt. Wir haben schon seit Wochen nichts mehr von ihm gehört."

„Das tut mir sehr leid, Jane. Das ist hart." Donald zog die Mundwinkel nach unten. „Ich hatte Glück, dass ich nur leicht verwundet wurde. Aber es hat gereicht, um eine Zeit lang von der Front wegzukönnen."

„Mama ist überzeugt, dass Brandon nach Hause kommen wird. Ich bin mir da nicht so sicher. Aber solang wir nichts Endgültiges wissen, will ich dafür sorgen, dass sie optimistisch bleibt." Sie zog ihre Jacke enger. „Was ist mit deinem Bruder? Wie geht es ihm?"

„Soweit ich weiß, geht es Peter gut. Sein letzter Brief ist allerdings schon eine Weile her. Wahrscheinlich hat er noch nicht erfahren, dass ich zurück in Kanada bin."

Jane nickte. „Ich werde ihn in meine Abendgebete einschließen. Wenn dieser Krieg nur endlich vorbei wäre. Er zieht sich schon viel zu lange hin."

Sie traten in den überfüllten Lebensmittelladen, wo Janes Sinne von dem starken Geruch nach Knoblauch, Zwiebeln und Kaffeebohnen benebelt wurden.

Donald holte die Einkaufsliste aus der Tasche. Während er die Dinge suchte, die er brauchte, versuchte Jane vergeblich, die düstere Stimmung abzuschütteln, die sie bei ihrem Gespräch über den Krieg erfasst hatte. Manchmal war es besser, die Zeitungen und Radiosendungen zu ignorieren und so zu tun, als wäre alles in Ordnung auf der Welt.

Andererseits verschloss man so nur die Augen vor der Realität.

Nachdem Donald bezahlt hatte und sie den gleichen Weg zurückgegangen waren, blieb Jane zögernd vor der Haustür stehen. Donalds Wohnung hatte für sie ihren Reiz verloren, weil sie wusste, dass das Baby noch schlafen würde. „Ich hoffe, es macht dir nichts aus, aber ich nehme lieber den nächsten Bus nach Hause. Mama wartet bestimmt schon auf mich."

Donald nahm die braune Papiertüte auf den anderen Arm.

„Wenn du wartest, bis ich die Sachen eingeräumt habe, kann ich dich begleiten."

Sie trat einen Schritt zurück. „Danke, aber das ist nicht nötig. Ich fahre immer allein mit dem Bus."

„Wenn du meinst."

„Ja." Sie lächelte angespannt.

„Dann muss ich mich jetzt wohl von dir verabschieden." Er beugte sich vor und gab ihr einen flüchtigen Kuss auf die Wange.

Der vertraute Duft seines Rasierwassers stieg ihr in die Nase und rief zahlreiche ungebetene Erinnerungen in ihr wach. Sobald sie konnte, ohne unhöflich zu wirken, trat Jane einen Schritt zurück. „Gute Nacht, Donald."

„Gute Nacht. Bis bald, hoffentlich. Vielleicht kann ich am Wochenende Martin kennenlernen?" Er hob erwartungsvoll die hellen Augenbrauen.

Sie unterdrückte die Unsicherheit, die in ihr aufsteigen wollte. Donald gab sich Mühe. Sie sollte es ihm gleichtun. „Das wäre schön. Ich werde morgen schauen, ob es sich einrichten lässt."

Garrett lief im Konferenzraum auf und ab, wo er auf einige Vorstandsmitglieder wartete. Er war kurz nach seiner Ankunft im Büro hierhergebeten worden. Da er sich Janes Gegenwart am anderen Ende des Ganges schmerzlich bewusst war, hatte er diese Gelegenheit, ihr aus dem Weg zu gehen, nur zu gerne ergriffen.

Machte ihn das zu einem Feigling? Wahrscheinlich. Aber er sagte sich, dass es auch zu Janes Bestem diente, da es ihre letzten Tage auf der Arbeit angenehmer machen würde.

Mr Fenmore und Mr Warren sowie sieben weitere Vorstandsmitglieder betraten den Raum, gefolgt von der Frau, die für das Protokoll zuständig sein würde.

Mr Fenmore schüttelte Garrett die Hand und deutete ihm, Platz zu nehmen. Dann eröffnete er die Sitzung. „Leider konnten heute nicht alle Vorstandsmitglieder kommen, aber wir sind genug, um beschlussfähig zu sein. Lassen Sie uns also beginnen. Es sollte nicht allzu lange dauern."

Garrett versuchte, seinen Herzschlag zu beruhigen. Waren sie etwa schon bereit, den neuen Direktor zu verkünden?

„Da Mrs Linder kürzlich gekündigt hat, ist der Vorstand zu einem Entschluss gekommen. Infolge der guten Arbeit, die wir bisher von Ihnen gesehen haben, Mr Wilder, würden wir Sie gerne einstweilen als Direktor einsetzen, bis wir unsere endgültige Entscheidung getroffen haben."

Garrett war ein wenig enttäuscht. Aber was hatte er auch erwartet? Dass sie andere mögliche Bewerber einfach übergehen würden, um ihm den Posten auf einem Silbertablett zu servieren? Wenigstens würde er als stellvertretender Direktor noch mehr Gelegenheit haben, sein Können unter Beweis zu stellen.

Garrett räusperte sich. „Vielen Dank. Ich nehme Ihr Angebot gerne an."

„Hervorragend." Mr Fenmore strahlte. „Nun zu Ihrem Gehalt." Er machte eine Handbewegung in Mr Warrens Richtung, der mit einem Kopfnicken das Wort ergriff.

„Wir haben beschlossen, Ihr Gehalt auf das des stellvertretenden Direktors zu erhöhen." Er nannte eine Zahl, die Garretts Herz schneller schlagen ließ. „Ist das für Sie in Ordnung?"

„Das ist überaus großzügig, danke."

Mit diesem Betrag würde er seiner Familie helfen können, die Verluste auszugleichen, die der Hof durch die wenig erfolgreiche Apfelsaison erlitten hatte.

Mr Fenmore gratulierte ihm mit einem herzlichen Händedruck und Garrett zwang sich zu einem Lächeln. Dieses Angebot brachte ihn seinem Ziel einen großen Schritt näher. Warum konnte er sich trotzdem nicht so recht freuen?

Statt mit der Straßenbahn zurück ins Büro zu fahren, beschloss er, zu Fuß zu gehen. Er wollte in Ruhe darüber nachdenken, wie er die Dinge zukünftig angehen würde. Als stellvertretender Direktor konnte er zwar keine dauerhaften Änderungen vornehmen, aber er konnte über aktuelle Angelegenheiten entscheiden. Die erste und dringendste war, eine Pflegefamilie für Martin zu finden.

Garrett hatte sich vor ein paar Tagen mit Mrs Blackwood unterhalten und ihr bis Ende der Woche eine Antwort versprochen. Darüber hinaus wollte Cassie Martin nicht länger auf dem Hof behalten. Somit stand Garretts Entscheidung nun fest. Wenn er an Jane dachte, hatte er einen Anflug von Schuldgefühlen. Er wusste, dass sie nicht einverstanden wäre. Aber Jane hatte nichts mehr mit der Sache zu tun, da heute ihr letzter Tag war. Und er musste die Entscheidung treffen, die er für richtig hielt.

Trotzdem war er es Jane schuldig, sie wenigstens über seinen Entschluss in Kenntnis zu setzen.

Sobald er in seinem Büro angekommen war, stellte er seine Aktentasche ab und wappnete sich für das bevorstehende Gespräch. Dann ging er zu Janes Büro. Er klopfte an die geschlossene Tür und wartete. Keine Reaktion. Als er die Türklinke hinunterdrückte, stellte er fest, dass nicht abgeschlossen war. Doch ein Blick in den Raum zeigte, dass er leer war. Vielleicht war Jane ins Heim gegangen, um Abschied zu nehmen.

Ein wenig erleichtert kehrte Garrett in sein Büro zurück und nahm das Telefon in die Hand. Er überbrachte zuerst den Blackwoods die gute Nachricht. Sie vereinbarten, dass er ihnen Martin am Montagmorgen bringen würde. Dann rief er die Jeffersons an, um ihnen mitzuteilen, dass Martin in eine andere Familie kommen würde. Er dankte ihnen für ihre Zeit und versprach, sich nach einem anderen Pflegekind für sie umzuschauen.

Garrett war froh, dass sie seine Entscheidung so gut aufnahmen. Er notierte sich, dass er die Kinder im Heim genauer unter die Lupe nehmen wollte, um herauszufinden, warum Jane noch keins von ihnen bei den Jeffersons untergebracht hatte. Wenn es nur so wenige Pflegefamilien gab, sollten sie wenigstens die nutzen, die ihnen zur Verfügung standen.

Ein Klopfen an der Tür riss ihn aus seinen Gedanken. „Herein!"

Die Tür ging auf und Jane trat ein. Garrett stockte der Atem. „Ich habe gehört, dass Glückwünsche angebracht sind", sagte sie.

„Mr Fenmore hat mich gerade angerufen, um mir die Neuigkeit mitzuteilen."

„Danke. Es ist nur vorübergehend, aber ich hoffe, dass sich eine Festanstellung daraus entwickelt." Er wusste nicht, was er sonst sagen sollte. Es musste schwer für sie sein, ihre Stelle aufzugeben und sie ihm zu überlassen. Aber vielleicht hatte sie jetzt ein anderes Ziel, auf das sie sich freuen konnte.

Sie zögerte, dann trat sie ein paar Schritte näher. „Ich möchte dich um einen Gefallen bitten."

Er legte seinen Stift ab. „Was für einen Gefallen?"

„Ich würde Martin am Wochenende gern in die Stadt holen, um Donald zu treffen. Ich weiß nur nicht genau, wie ich das am besten anstelle."

Garrett kam ein Verdacht. „Warum willst du das tun?"

Sie verdrehte nervös die Hände, dann straffte sie die Schultern. „Wenn Donald und ich beschließen, wieder zu heiraten, habe ich vor, Martin zu adoptieren. Aber Donald möchte ihn erst kennenlernen."

Garrett fühlte sich, als hätte man ihm den Boden unter den Füßen weggezogen. Was war aus Donalds Abneigung gegen die Adoption geworden? Er rieb sich den Kiefer. „Das ist nicht so einfach."

„Ich weiß, dass es schwierig ist, weil er draußen auf dem Land wohnt. Donald hat noch kein Auto, also können wir nicht hinfahren und ihn holen."

„Das habe ich nicht gemeint." Er bemühte sich, professionell zu bleiben. „Ich habe gerade den Blackwoods mitgeteilt, dass ich Martin ab Montag bei ihnen unterbringen möchte."

Jane erbleichte und umklammerte die Lehne des Stuhls, der vor ihr stand. „Was?"

„Ich wollte es dir vorhin erzählen, aber du warst nicht in deinem Büro. Ich hielt es für wenig sinnvoll, die Entscheidung noch weiter aufzuschieben." Als er in ihr betroffenes Gesicht sah, geriet seine Entschlossenheit ins Wanken. „Vielleicht kann ich Martin am Sonntag zu euch nach Hause bringen. Er könnte bei euch übernachten, bevor ich ihn zu den Blackwoods bringe. Dann hättet ihr den Nachmittag und den Abend mit ihm."

Sie blinzelte mehrmals. „Ja, das würde gehen." Dennoch verschränkte sie die Arme und sah nicht wirklich glücklich aus. „Du hast dich also doch für die Blackwoods entschieden?"

„Ja." Sie hatten bereits ausführlich besprochen, warum er die Blackwoods den Jeffersons vorzog, deshalb würde er seine Entscheidung jetzt nicht vor Jane rechtfertigen. Aber er konnte ihr zumindest ein wenig Hoffnung geben. „Du kannst Martin vielleicht immer noch adoptieren, wenn ihr euch dafür entscheiden solltet", sagte er. „Ich glaube nicht, dass die Blackwoods ihn sofort adoptieren werden. Sie bleiben dabei, dass sie nur ein Baby haben wollen."

„Aber das würde heißen, dass er schon wieder umziehen müsste." Jane schüttelte den Kopf. „Er war doch gerade dabei, sich auf dem Hof einzuleben. Ich hatte gehofft, dass deine Eltern ihn noch ein paar Monate behalten könnten. Wäre das nicht möglich?"

Ein paar Monate? Garrett schluckte. Wollte sie nur so wenig Bedenkzeit haben, bevor sie Donald heiratete?

„Ich fürchte, es läuft nicht so gut, wie wir dachten." Er runzelte die Stirn und klopfte mit dem Stift auf den Tisch. „Ich habe vor kurzem erfahren, dass Martin Probleme macht. Cassie ist besorgt wegen seines schlechten Einflusses auf Kevin und Dale. Die Situation ist sehr belastend für die ganze Familie." Garrett wagte es, Jane anzusehen. Das war ein Fehler. Der gequälte Blick in ihren großen, tränennassen Augen versetzte seinem Herz einen Stich.

„Cassie ist in letzter Zeit besonders angespannt, weil sie erfahren hat, dass Jack verwundet wurde. Sie kann wirklich keinen zusätzlichen Stress gebrauchen." Er hatte die Schuldgefühle verdient, die ihn jetzt plagten. Immerhin war es seine Idee gewesen, Martin auf den Hof zu bringen. Er atmete langsam aus. „Es tut mir leid, dass es nicht so geklappt hat, wie wir gehofft hatten."

„Es ist nicht deine Schuld", sagte sie schlussendlich. Dann starrte sie ihn an. Unausgesprochenes Bedauern hing zwischen ihnen in der Luft. „Wir haben unser Bestes gegeben. Es sollte wohl einfach nicht sein."

Sein Kragen kam ihm plötzlich zu eng vor. „Ich rufe dich am Sonntag an und sage Bescheid, wann wir kommen."

„Danke", sagte sie. „Und herzlichen Glückwunsch noch mal. Ich weiß, dass du deine Arbeit sehr gut machen wirst." Mit einem letzten unsicheren Lächeln verließ sie sein Büro.

Garrett atmete hörbar aus und sackte in sich zusammen. Wenn er nur ebenso positiv sein könnte, was Jane und ihre Zukunftspläne betraf. Er hoffte, dass es ihm mit genügend Zeit, Gebet und Abstand gelingen würde.

Kapitel 31

Nachdem sie am Sonntag mit ihrer Mutter aus der Kirche zurückgekehrt war, bereitete Jane ein leichtes Mittagessen zu. Währenddessen versuchte sie, ihre Nervosität in den Griff zu bekommen. Der heutige Tag war aus mehreren Gründen von großer Bedeutung für sie.

Heute würde ihre Mutter zum ersten Mal seit Jahren Donald wiedersehen und seinen kleinen Sohn kennenlernen. Jane bildete sich nicht ein, dass es ein freudiges Wiedersehen werden würde, da ihre Mutter jede Gelegenheit nutzte, ihr Missfallen an Donald zum Ausdruck zu bringen. Jane hoffte nur, dass Patrick ihr Herz erweichen würde, sodass sie ihrem Schwiegersohn vergeben könnte.

Am meisten war Jane jedoch um Martin besorgt. Es war entscheidend, dass der Junge heute einen guten Eindruck auf Donald machte. Aber wie sie Martin kannte, war er verunsichert, weil er wieder zu einer anderen Pflegefamilie geschickt wurde, und benahm sich daneben. Doch Jane rannte die Zeit davon. Wenn Martin einmal bei den Blackwoods war, konnte Donald ihn nicht mehr treffen.

Nachdem sie ihrer Mutter das Essen ins Wohnzimmer gebracht hatte, sah Jane zum Fenster auf die ruhige Straße hinaus. Wenigstens spielte das Wetter mit. Sie hatte für den Nachmittag einen Ausflug zum Hafen geplant, um Martin abzulenken. Sie würden die Schiffe beobachten und anschließend in den nahe gelegenen Park gehen, wo Donald und Martin vielleicht einen Drachen steigen lassen und sich dabei besser kennenlernen konnten.

Von ihrem heutigen Treffen hing so viel ab. Es musste einfach gut laufen. Nur dann würde ihre Zukunft Sinn ergeben. Nur dann würde sie es nicht bereuen, ihre Karriere aufgegeben zu haben.

Ihre Finger umklammerten das Fensterbrett, während sie in Gedanken zu ihren letzten Stunden bei der Children's Aid zurückkehrte. Am Freitagnachmittag hatte Jane die herzlichen Abschiedsworte und guten Wünsche ihrer Kollegen über sich ergehen lassen. Dann hatte sie gewartet, bis alle nach Hause gegangen waren. In der gedämpften Stille, die daraufhin eingekehrt war, war sie ein letztes Mal durch das Gebäude gelaufen, das ihr so viel bedeutet hatte und in dem sie in den vergangenen zehn Jahren so viel Zeit verbracht hatte. Der Bereich der Stenografen, wo sie als Büroangestellte angefangen hatte, die überfüllten Räume im Obergeschoss, in denen sie als Sozialarbeiterin tätig gewesen war, und der winzige Pausenraum, in dem sie unzählige Tassen Kakao zubereitet und ebenso viele Kindertränen getrocknet hatte.

An Melanies Schreibtisch ließ Jane die Finger über die kühlen Tasten der Schreibmaschine gleiten und atmete den vertrauten Duft von Papier, Tinte und altem Kaffee ein – Gerüche, die sie für immer an ihre geliebte Arbeit erinnern würden. Nachdem sie sich ein letztes Mal umgesehen hatte, steuerte sie auf den letzten Raum auf ihrer Liste zu. Den schwierigsten Raum.

Als sie die Tür zu Garretts Büro öffnete und das Licht mit einem leisen Klicken anschaltete, wurde sie von ihren Gefühlen überwältigt. Sie stand eine Weile still da und nahm alles in sich auf. Der ordentliche Schreibtisch, der Geruch seines Rasierwassers, das zusätzliche Jackett, das an der Garderobe hing. Alles hier erinnerte sie an den Mann, der ihr so wichtig geworden war. Und an das Leben, das sie hätte haben können, wenn die Umstände nur anders gewesen wären.

Herr, habe ich das Richtige getan? Ich dachte, dass mein Platz hier wäre, wo ich Kindern helfen kann, ein Zuhause zu finden. Aber mein Herz sehnt sich so sehr nach einem eigenen Kind. Wenn es wirklich dein Wille ist, dass ich Donald heirate und die Mutter seines Sohnes werde, hilf mir bitte, stark zu sein und mutig voranzuschreiten, ohne irgendetwas zu bereuen.

Jane ging zur Garderobe in der Ecke und nahm das gestärkte weiße Taschentuch aus der Brusttasche des Jacketts, das Garrett dort zurückgelassen hatte. Sie hielt es an ihre Nase und sog den Duft des Mannes ein, für den sie so viel empfand. Unfähig, diese letzte Erinnerung an ihn aufzugeben, steckte sie das Taschentuch in ihre Rocktasche. Sie sah sich ein letztes Mal um, schaltete das Licht aus und schloss die Tür fest hinter sich. Sie würde dieses Kapitel ihres Lebens nun abschließen, um ein neues zu beginnen.

Jane schob die schmerzhaften Erinnerungen beiseite und ließ den Vorhang im Wohnzimmer wieder vor das Fenster fallen. Es würde ihr nicht weiterhelfen, in der Vergangenheit zu schwelgen. Sie musste ihre Erinnerungen hinter sich lassen und in die Zukunft blicken.

„Jane, Liebes, da ist jemand an der Tür."

Die Stimme ihrer Mutter riss Jane aus ihren schmerzlichen Erinnerungen. Überrascht, die Klingel überhört zu haben, wirbelte sie herum und eilte zur Tür.

„Guten Tag, Donald." Ihre erzwungene Heiterkeit klang so aufgesetzt, wie sich ihr Lächeln anfühlte. Doch dann fiel ihr Blick auf das Baby und ihr ging das Herz auf. „Komm doch herein."

Sie nahm den Kleinen auf den Arm, damit Donald den Mantel ausziehen konnte. Patricks Augen blickten sie unter dem blauen Strickmützchen unverwandt an. Jane bekam einen Kloß im Hals. Dieser kleine Junge brauchte eine Mutter. Er brauchte *sie*. Das war der Grund, warum sie alles andere aufgegeben hatte. Letzten Endes würde sich ihr Verzicht gewiss lohnen.

„Ich bin seit Jahren nicht hier gewesen", sagte Donald, während er den Eingangsbereich musterte. „Es sieht noch genauso aus wie früher."

„Komm, Mama ist im Wohnzimmer."

Donald ging hinein und blieb zögernd vor Mutters Sessel stehen, als wüsste er nicht recht, wie er sie begrüßen sollte. „Hallo, Hildie. Schön, dich zu sehen."

Mamas kühler Blick hielt ihn auf Abstand. „Hallo, Donald", sagte sie. „Ich muss sagen, dass ich überrascht bin, dich wiederzusehen."

Donald nickte. „Ich weiß. Ich hätte nie gedacht, dass es mich wieder hierher verschlägt. Als Witwer mit einem kleinen Kind."

„Und Jane hätte sicherlich nie gedacht, dass ihr Mann sie einfach sitzen lassen würde." Mutter reckte das Kinn und zeigte keinerlei Reue für ihr aggressives Verhalten.

„Es ist dein gutes Recht, wütend zu sein", sagte Donald mit erstaunlicher Aufrichtigkeit. „Ich habe mich bei Jane entschuldigt und ihr gesagt, wie sehr ich meine Taten bereue. Ich verspreche, dass ich versuchen werde, es bei euch beiden wiedergutzumachen."

Jane beschloss, die angespannte Stimmung etwas aufzulockern. „Mama, das ist Patrick, Donalds Sohn." Sie setzte ihrer Mutter das Baby auf den Schoß. Der kleine Junge sah die ältere Frau mit einem fast zahnlosen Grinsen an.

Mutters Gesicht erhellte sich sofort. „Du bist aber ein Süßer", gurrte sie, während sie den Jungen auf ihrem Schoß schaukelte.

Lächelnd wandte Jane sich zu Donald um. „Setz dich doch. Ich gehe Tee kochen."

Sie war gerade auf dem Weg in die Küche, als es erneut klingelte. Wie angewurzelt blieb sie stehen. Ihr Herz raste und sie bekam ein flaues Gefühl im Bauch. Garrett war zu früh! Sie hatte ihn erst in einer Stunde erwartet. Eigentlich hatte sie gehofft, vorher mit Donald über Martin sprechen zu können, um ihn vorzuwarnen.

Sie atmete tief durch, um sich zu beruhigen, dann strich sie ihren Rock glatt und öffnete die Tür. Nichts hätte sie auf die Gefühle vorbereiten können, die bei Garretts Anblick auf sie einstürmten. Er sah so ernst und stark aus, wie er dort stand, eine Hand auf Martins Schulter.

„Hallo, Jane." Seine Stimme klang fremd, irgendwie belegt. Er trug ein einfaches blaues Hemd, das die Farbe seiner Augen betonte. Sie erinnerten Jane an die Vergissmeinnicht, die im Frühjahr in Mutters Garten blühten.

„Hallo." Unfähig, ein weiteres Wort herauszubringen, starrte sie ihn einfach nur an und versuchte, sich jede Einzelheit seines Gesichts einzuprägen. Die schön geformten Augenbrauen, die dunklen Wimpern, das Grübchen in seinem stolzen Kinn.

Garrett stellte einen kleinen Koffer ab. „Hier sind ein paar von Martins Sachen. Ich lasse den Rest bis morgen im Auto."

„Danke. Komm herein, Martin."

Der Junge trat mit finsterem Blick ein. Er schien sich überhaupt nicht zu freuen, sie zu sehen.

Janes Mut schwand dahin. Wenn sie ihm doch nur versichern könnte, dass er nur vorübergehend zu den Blackwoods müsste. Dass sie eines Tages seine Mutter werden würde. Aber es war zu früh für solche Versprechungen.

„Na, wen haben wir denn da? Du musst Martin sein." Donald kam mit einem breiten Lächeln in den Flur.

Jane wand sich innerlich. So hatte sie sich die erste Begegnung der beiden nicht vorgestellt. Und sie hätte Donald und Martin ganz sicher nicht vor Garrett miteinander bekannt gemacht.

„Martin, das ist mein … Freund, Donald."

„Hallo, junger Mann. Jane hat mir schon viel von dir erzählt. Wir machen heute einen tollen Ausflug mit dir."

Martin starrte Donald an und verzog den Mund zu einem spöttischen Grinsen.

„Denk an deine Manieren, Martin", warnte sie.

„Hallo, Sir", murmelte er. „Ich gehe Mrs Mitchell begrüßen."

„Wir kommen gleich." Jane versuchte, locker zu klingen. In Wirklichkeit zog sich ihr Magen aber gerade unfassbar zusammen.

„Sie sind ein Kollege von Jane, oder?" Donald trat vor und streckte die Hand aus.

„Ja." Garrett zögerte den Bruchteil einer Sekunde, bevor er ihm die Hand reichte. „Garrett Wilder."

Donald ließ Garretts Hand los und legte den Arm um Janes Schultern. „Danke, dass Sie den Jungen vorbeigebracht haben. Ich weiß, dass es Jane viel bedeutet."

Garretts wachsamer Blick fiel auf Jane. „Das ist der einzige Grund, warum ich hier bin."

Jane stockte der Atem und sie fühlte sich in Donalds Umarmung gefangen. Am liebsten hätte sie seinen Arm abgeschüttelt und ihm gesagt, dass das Ganze ein furchtbarer Fehler war. Doch in diesem Moment krächzte das Baby laut im Wohnzimmer und erinnerte sie daran, warum sie das alles tat.

„Das ist mein Sohn." Donald lachte. „Ich sehe besser mal nach, ob alles in Ordnung ist. Hat mich gefreut, Garrett." Donald drückte noch einmal Janes Schulter, bevor er in den angrenzenden Raum ging.

Sie schlang die Arme um ihre Taille und suchte fieberhaft nach Worten. Einerseits wünschte sie sich, dass Garrett blieb. Andererseits wollte sie aber auch, dass er jetzt ging.

Er musterte sie mit undurchdringlichem Blick. „Ich hoffe, du verstehst, warum ich mich am Freitag nicht von dir verabschiedet habe. Ich dachte, es wäre für uns beide das Beste, wenn ich nicht da bin."

Sie nickte. „Ich musste allein sein, um mich auf meine Art zu verabschieden." Hitze stieg ihr ins Gesicht, als sie an sein Taschentuch dachte, das nun in ihrer Schublade lag.

Er vergrub die Hände in den Taschen. „Ich wünsche dir Glück, Jane. Ich hoffe, du bekommst die Familie und die Liebe, die du verdienst." Obwohl er ruhig und besonnen sprach, sah sie die stille Verzweiflung in seinen Augen. „Ich werde deine harte Arbeit bei der Children's Aid so gut wie möglich weiterführen, bis der neue Direktor eingesetzt wird."

Ungebetene Tränen brannten ihr in den Augen. „Ich weiß." Sie schluckte. „Und wenn du mal einen Rat brauchst, stehe ich gerne zur Verfügung … gegen eine kleine Gebühr natürlich." Sie lachte ein wenig zu laut.

Als er in ihr Lachen einstimmte, war sie erleichtert.

„Ich sollte jetzt gehen", sagte er. „Ich hole Martin morgen früh gegen neun ab."

„Danke noch mal."

„Gerne." Er schenkte ihr ein schwaches, freudloses Lächeln. Dann verschwand er, ohne sich noch einmal umzudrehen.

Kapitel 32

„Jetzt kommt eine gute Böe!", rief Jane. Sie schirmte die Augen gegen die Sonne ab und neigte den Kopf, um Martins Drachen zu beobachten, der kreuz und quer über den Himmel flatterte.

Die Sonne begann bereits unterzugehen. Sie hatten ein paar Stunden am Wasser verbracht, den ungewöhnlich milden Novembertag genossen und den Schiffen und Booten zugesehen, die in den Hafen einliefen oder auf den See hinausfuhren. Auch die Inselfähre war dabei gewesen. Als Jane vorgeschlagen hatte, den Drachen steigen zu lassen, hatte Martin zum ersten Mal an diesem Tag ein wenig Interesse gezeigt.

„Gut so! Jetzt mehr Schnur geben!" rief Donald, der neben Martin herlief. Sein sonst so perfekt sitzendes Haar wehte ihm in die Stirn und seine Krawatte flatterte wie ein eigener kleiner Drachen hinter ihm her.

Martin schaute nach oben, während er rannte, und reckte seine Arme so weit er konnte in die Höhe. Als der Wind plötzlich nachließ, sackte der Drachen ab. Genau in diesem Moment stolperte Martin über eine Wurzel, fiel der Länge nach hin und zog den Drachen mit sich zu Boden.

Donald kam langsam zum Stehen. Sein Gesicht wurde ernst und er presste die Lippen zusammen.

Jane schob den Kinderwagen über die Wiese zu Martin. „Das hast du gut gemacht", sagte sie. „Willst du es noch mal versuchen?"

Er sprang auf und lief zum Drachen hinüber, um ihn aufzuheben. Das hölzerne Gerüst war an einer Stelle zersplittert und hatte ein Loch in den Stoff gerissen. Auf Martins Gesicht zeichneten sich Wut und Enttäuschung ab. „Blöder Drachen!"

„Schade." Donald krempelte die Ärmel herunter. „Das war's dann wohl für heute."

„Drachen sind sowieso nur was für Babys", schimpfte Martin und schleuderte den Drachen zu Boden.

Aber Jane konnte an seinem bebenden Kinn erkennen, dass er mit den Tränen kämpfte. Und sie wusste, dass er nicht vor ihnen weinen wollte.

Tatsächlich stürmte Martin in diesem Moment los in Richtung Straße, wobei seine Jacke aufging und im Wind flatterte.

„Nimm du den Kinderwagen", sagte sie zu Donald. „Ich laufe ihm nach."

Ohne auf eine Antwort zu warten, eilte sie Martin nach. Sie rannte so schnell über die unebene Wiese, dass ihre Füße das Laub vom Boden aufwirbelten. „Martin! Warte!"

Sie hatte nicht wirklich erwartet, dass er ihr gehorchen würde. Doch zu ihrer Überraschung und Erleichterung blieb er am Rande der Wiese stehen. Dort kauerte er sich hin und stützte das Kinn auf die Knie.

Wenn Jane kein Kleid getragen hätte, hätte sie sich zu ihm gesetzt. Stattdessen stütze sie sich auf ihre Knie und versuchte, wieder zu Atem zu kommen.

„Es tut mir leid, dass der Drachen kaputt ist", sagte sie, als sie wieder sprechen konnte. „Es war nicht deine Schuld."

Der Junge fuhr sich mit der Hand übers Gesicht. „Er denkt das aber."

„Nein, das denkt er nicht. Er hat gesehen, dass du gestolpert bist. Es war ein Versehen." Sie wickelte sich enger in ihre Strickjacke, um sich vor dem Wind zu schützen. „Komm, wir gehen nach Hause und essen was."

Martin sah sie durch seine zerzausten Stirnfransen an. „Wird *er* auch da sein?"

„Ja. Donald ist heute Abend unser Gast."

„Warum?"

Sie zögerte einen Moment. Dann beschloss sie, ein paar Flecken auf ihrem Kleid in Kauf zu nehmen, und setzte sich zu ihm. Am liebsten hätte sie angedeutet, was in nächster Zeit passieren könnte, um Martin etwas Hoffnung zu geben. Sie durfte jedoch nicht riskieren, ihn wieder zu enttäuschen. Also erzählte sie ihm stattdessen mehr von ihrer Situation.

„Donald war mein Mann, bevor er in den Krieg gezogen ist. Jetzt ist er zurück und will wieder mein Mann sein.“ Ihr Magen verkrampfte sich bei diesen Worten, aber sie ignorierte es und fuhr fort: „Deshalb verbringen wir viel Zeit zusammen. Um herauszufinden, ob wir das beide wirklich wollen.“

Martin rupfte einen Grashalm aus. „Wessen Baby ist das?“

Oh. Sie hätte diese Frage vorhersehen müssen. „Donalds. Er war eine Weile mit einer anderen Frau verheiratet“, erklärte sie. „Aber sie ist vor ein paar Monaten gestorben.“

Martin schaute sie unglücklich an. „Dann wirst du die Mama von dem Baby werden?“

Jane nickte. „Wenn wir wieder heiraten, dann werde ich Patricks Mama, ja.“ Ihr Herz schlug schneller, wenn sie diese Worte nur aussprach. „Komm jetzt. Donald wartet auf uns.“

„Ich glaube nicht, dass er mich mag.“

Sie zögerte. Sie wollte seine Gefühle nicht einfach so abtun. „Er muss dich nur besser kennenlernen. Wir werden beim Abendessen daran arbeiten. Es gibt dein Lieblingsessen.“

„Spaghetti mit Fleischbällchen?“

„Genau.“ Wenn sie Martin damit eine Freude machen konnte, war sie gerne bereit, etwas von ihren Fleischrationen aufzubrauchen. Sie stand auf und streckte ihm die Hand hin, um ihm hochzuhelfen.

„Mrs Linder? Warum muss ich morgen zu einer anderen Familie? Ich weiß, dass ich nicht mit Kevin und Dale hätte streiten dürfen. Wenn ich mir mehr Mühe gebe, darf ich dann auf dem Hof bleiben?“ Die Traurigkeit in seiner Stimme zerriss Jane fast das Herz.

„Es tut mir leid, mein Schatz, aber das geht nicht. Es war einfach zu viel für die Wilders.“ Sie legte ihm die Hand auf die Schulter, während sie zu Donald und dem Baby zurückliefen. „Aber du hast dort eine schöne Zeit verbracht, oder?“

„Ja. Es hat Spaß gemacht mit den vielen Tieren. Ich werde Blackie sehr vermissen.“

Jane wollte ihm das Blaue vom Himmel versprechen, aber sie

hatte schon zu viel gesagt. „Bete weiterhin jeden Abend zu Gott, Martin. Ich weiß, dass er noch das richtige Zuhause für dich finden wird."

Jane hoffte nur, dass es ihr Zuhause sein würde.

Das Abendessen war eine ziemlich angespannte Angelegenheit. Martin bemühte sich so sehr, brav zu sein, dass er praktisch gar nichts sagte. Mutter war auch nicht sie selbst. Ein Großteil des Gesprächs wurde von Donald bestritten, der von seinen Abenteuern in England und auch ein paar seiner Kriegserfahrungen erzählte. Dabei schien er sich jedoch zurückzuhalten, als spürte er, dass sein Gerede vom Krieg Janes Mutter aufregen könnte. Außerdem sollte Martin natürlich keine so schrecklichen Dinge hören. Der kleine Patrick war der Einzige, der die Stimmung etwas auflockerte. Er spielte mit einem Holzlöffel und gab lustige Geräusche von sich, während er jede von Martins Bewegungen genau beobachtete. Er war offensichtlich fasziniert von dem älteren Jungen.

Kurze Zeit später wurde der Kleine jedoch müde. Er rieb sich die Augen mit seinen runden Fäustchen und begann zu quengeln.

„Ich sollte den jungen Mann jetzt nach Hause ins Bett bringen." Donald stand auf und nahm Patrick auf den Arm. „Vielen Dank für das gute Essen und den schönen Nachmittag."

Martin sprang von seinem Stuhl auf. „Ich helfe, den Tisch abzuräumen, Mrs Linder."

„Danke. Das wäre nett", sagte Jane. „Du kannst das Geschirr neben die Spüle stellen."

Sie begleitete Donald zur Tür und half ihm, Patrick anzuziehen.

„Danke, dass du dir heute so viel Mühe gegeben hast, Donald. Ich finde, es lief insgesamt ganz gut." Sie versuchte, ihre Beklemmung über das angespannte Abendessen zu ignorieren. Schließlich hatte sie auch nicht erwartet, dass ihr erstes Treffen vollkommen reibungslos verlaufen würde.

Donald knöpfte seinen Mantel zu. „Ich bin mir sicher, dass wir nur etwas Zeit brauchen, um uns aneinander zu gewöhnen. Sehen wir uns morgen?"

Morgen war der erste Tag, an dem sie nicht ins Büro gehen würde. Sie würde daher sicherlich eine Ablenkung gebrauchen können, um nicht herumzusitzen und den Verlust ihres Jobs zu betrauern. „Ja, ich habe vor, etwas Zeit mit Mrs Hedley zu verbringen und Patricks Tagesablauf kennenzulernen. Wäre neun Uhr in Ordnung?"

„Ja, perfekt. Ich habe ein Bewerbungsgespräch am Nachmittag, davor hätten wir also etwas Zeit. Vielleicht könnten wir mittags sogar zusammen essen gehen."

„Ein Bewerbungsgespräch! Das freut mich." Sie ignorierte seine indirekte Einladung, da sie nicht wusste, ob sie schon für eine Verabredung bereit war. „Um was für eine Stelle geht es?"

„Eine Stelle im Verkauf." Er legte das Baby in seine Armbeuge und warf ihr ein stilles Lächeln zu, das ihr verriet, dass er ihre Ausweichtaktik durchschaut hatte. „Dann bis morgen, Jane."

Er beugte sich vor und gab ihr einen leichten Kuss auf die Wange. Sie zwang sich, ruhig zu bleiben, als alte Erinnerungen in ihr aufstiegen – wie an ihren ersten Kuss auf der Veranda. Sie war damals so nervös gewesen, dass sie nicht gewusst hatte, wie sie sich verhalten sollte. Und er war so verständnisvoll gewesen und hatte sie nie zu mehr gedrängt.

Jetzt schien er ihre Zurückhaltung zu spüren und trat einen Schritt zurück. „Gute Nacht, Jane."

„Gute Nacht." Sie lachte verlegen und wandte ihre Aufmerksamkeit Patrick zu. Sanft strich sie ihm über die weiche Wange. „Dir auch eine gute Nacht, mein Süßer. Wir sehen uns morgen."

Nachdem Donald gegangen war, schloss Jane die Tür ab und seufzte. Es würde eine Weile dauern, bis zwischen ihnen wieder Zuneigung entstand. Bis dahin würde sie in dieser Hinsicht etwas nachsichtiger mit sich selbst sein müssen und einen Schritt nach dem anderen tun.

Am Montagmorgen hielt Garrett mit seinem Auto vor Janes Haus, vermutlich zum letzten Mal. Nach heute würde er keinen Grund mehr haben, sich mit ihr zu treffen. Vielleicht würde es ihm dann gelingen, seine Träume von einer Zukunft mit ihr aufzugeben. Wenigstens würde er sich nicht mehr selbst quälen müssen, indem er sie mit einem anderen Mann sah.

Trotzdem keimte völlig unerwartet Hoffnung in ihm auf, während er auf ihr Haus zusteuerte. Die Hoffnung, dass sie über Nacht ihre Meinung geändert haben könnte.

Als Hildie die Tür öffnete, traf ihn die Enttäuschung hart.

„Guten Morgen, Garrett." Sie reichte ihm Martins kleinen Koffer mit einem zaghaften Lächeln. „Martin ist bereit und wartet schon auf Sie."

Tatsächlich tauchte der Junge in diesem Moment hinter ihr auf. Garrett versuchte, in den Flur zu spähen, aber Jane war nirgends zu sehen. Würde sie Martin wirklich gehen lassen, ohne sich richtig von ihm zu verabschieden?

„Jane ist heute Morgen bei Donald." Hildie beobachtete ihn mit wissendem Blick. „Sie hat sich bereits von Martin verabschiedet. Und ich soll Ihnen noch mal dafür danken, dass Sie ihn hergebracht haben."

Garrett hasste das Gefühl der Niederlage, das ihn bei dem Gedanken überkam, sie sei extra früh gegangen, um ihm aus dem Weg zu gehen.

„Sei brav und hör auf deine Pflegeeltern." Hildie klopfte Martin auf die Schulter. „Ich hoffe, dass wir uns bald wiedersehen."

Martin wirkte ungewöhnlich mürrisch, als er sich verabschiedete und Garrett zum Wagen folgte. Garrett verstand, dass der Junge sich heimatlos fühlen musste. Er war in den letzten Wochen so oft umgezogen. Garret konnte nur versuchen, ihm zu versichern, dass mit der Zeit alles gut werden würde. „Die Blackwoods sind ein nettes Paar", sagte er möglichst überzeugend, während er losfuhr. „Ich habe selbst mit ihnen gesprochen, um sicherzugehen."

„Lassen sie mich Blackie behalten?"

Garrett sah kurz zu dem finster dreinblickenden Jungen hinüber und wieder zurück auf die Straße. „Wir haben das doch besprochen, weißt du noch? Blackie ist ein großer Hund. Er braucht viel Platz, um sich zu bewegen." Am liebsten hätte er ihm versprochen, dass er Blackie besuchen dürfte. Aber er hatte keine Ahnung, ob das je passieren würde, also hielt er sich zurück.

Sie fuhren eine Weile schweigend weiter. Schließlich konnte Garrett der Versuchung nicht mehr widerstehen und fragte: „Hattest du eine schöne Zeit mit Mr und Mrs Linder?"

„Ich denke schon."

„Was habt ihr gemacht?"

„Wir haben den Schiffen zugesehen. Danach sind wir in den Park gegangen."

„Hört sich gut an."

Martin zuckte freudlos die Achseln. „Es war in Ordnung. Aber ich hätte lieber nur Mrs Linder dabeigehabt und nicht ihn."

Hmm. Anscheinend hatte Donald keinen besonders guten Eindruck bei dem Jungen hinterlassen.

Martin wandte sich zu ihm um. „Mrs Linder hat gesagt, dass sie ihn heiraten wird."

Garrett erstarrte. „Hat sie das?"

Der Junge nickte. „Ich glaube, sie will ihn nur heiraten, weil er ein Baby hat."

Garrett hielt an einem Stoppschild. Während er wartete, trommelte er mit den Fingern auf das Lenkrad. Schlussendlich konnte er sich eine weitere Frage nicht mehr verkneifen. „Und ist er nett zu Mrs Linder?"

Martin zuckte wieder die Schultern. „Er hat sie auf die Wange geküsst, als er gegangen ist, also denke ich, dass er sie mag."

Garretts Magen zog sich zusammen. Er war selbst schuld, dass er gefragt hatte. Trotzdem fiel es ihm schwer zu glauben, dass Jane ihren Groll so schnell vergessen haben sollte. Nicht, dass es ihn noch etwas anging. Er schloss die Finger fester ums Lenkrad und beschleunigte.

Ein paar Minuten später fuhren sie am Haus der Blackwoods vor. Garrett stellte den Motor ab und brauchte einen Moment, um sich auf die gegenwärtige Situation einzustellen. „Martin, ich weiß, dass du Angst hast. Aber ich möchte, dass du jetzt dein Bestes gibst, um mit Mr und Mrs Blackwood auszukommen."

Martin starrte zum Fenster hinaus. Sein Kinn zitterte leicht.

Garrett fühlte sich leer. Er hatte unweigerlich das Gefühl, den Jungen enttäuscht zu haben. War es falsch gewesen, Martin auf den Hof zu bringen? Hatte er ihm dadurch nur eine weitere Enttäuschung beschert? „Es tut mir leid, dass du nicht mehr auf dem Hof bleiben kannst", sagte Garrett voller Bedauern. „Aber ich hoffe, dass du immer gern an deine Zeit dort zurückdenken wirst."

„Es tut mir leid, dass ich ungehorsam war, Mr Wilder. Ich wollte niemanden verärgern." Eine Träne verfing sich in seinen Wimpern.

Garrett nahm ihn in den Arm. „Ich weiß, dass du das nicht wolltest. Aber leider hat alles, was wir tun, Konsequenzen."

Martin vergrub sein Gesicht in Garretts Jackett. „Wenn ich verspreche, mich zu bessern, darf ich dann zurück?"

Garrett wünschte so sehr, Ja sagen zu können. Er schluckte schwer, bevor er weitersprechen konnte. „Vielleicht kannst du mal zu Besuch kommen. Aber jetzt musst du erst mal hier dein Bestes geben."

Martin starrte ihn kurz an, dann nahm sein kindliches Gesicht einen Ausdruck an, der viel zu erwachsen für einen Achtjährigen war. Er wischte sich mit dem Arm übers Gesicht und stieß die Autotür auf.

Garrett zerriss es fast das Herz. Martin schien von den Erwachsenen in seinem Leben nichts als Enttäuschungen zu erwarten. Und trotz Garretts guter Absichten hatte er es nicht besser gemacht. Er biss die Zähne zusammen. Zum ersten Mal konnte er Janes Verlangen, das perfekte Zuhause für Martin zu finden, und ihr Gefühl, den Jungen immer wieder enttäuscht zu haben, wirklich verstehen.

Herr, beschütze dieses Kind. Zeig ihm deine Liebe und schenk ihm eine Familie, die ihm die Stabilität und Zuneigung gibt, die er so dringend braucht.

Garrett schob seine Gefühle beiseite, atmete tief durch und stieg aus. Die Blackwoods erwarteten einen professionellen Vertreter der Children's Aid Society und kein emotionales Wrack.

Das Paar öffnete die Tür mit einem herzlichen Lächeln und hieß Martin überschwänglich willkommen. Dennoch wurde Garrett das beklemmende Gefühl nicht los, dass er Martin bei diesen praktisch fremden Leuten einer ungewissen Zukunft überließ.

Ähnlich wie seine eigene ungewisse Zukunft, die ihn immer noch gefangen hielt.

Garrett lief wütend zu seinem Auto zurück, stieg ein und schlug die Tür zu. Plötzlich erschien es ihm eher feige als pragmatisch, nichts gegen seine gesundheitlichen Probleme zu unternehmen. War er es sich nicht selbst schuldig, sein Leben voll auszukosten? Wenn ein Spezialist ihm mit Sicherheit sagen konnte, ob eine Operation überhaupt infrage käme, sollte er es dann nicht wenigstens versuchen?

Wenn er eine endgültige Diagnose hatte, ob gut oder schlecht, würde er vielleicht endlich aufhören, sich nach einem Leben zu sehnen, das er nie haben konnte.

Kapitel 33

Jane legte das schlafende Baby in sein Bettchen, deckte es zu und beobachtete, wie sich sein winziger Brustkorb hob und senkte. Ein schlafendes Kind hatte etwas Faszinierendes an sich. Seine Unschuld und Schönheit schienen Gottes Gnade in der Welt zu bezeugen. Jane schlich sich leise aus dem Raum und ging ins Wohnzimmer, wo Mrs Hedley gerade bügelte.

Jane kam nun schon seit über einer Woche jeden Tag her und kam mittlerweile gut mit der Kinderfrau aus. Nachdem Mrs Hedley ihr anfängliches Misstrauen überwunden hatte, war sie gern bereit, Jane alles beizubringen, was sie über Patrick wissen musste.

Donald hatte den Verkaufsjob bekommen und gleich am nächsten Tag mit der Arbeit angefangen. Um ehrlich zu sein, war Jane nicht gerade begeistert, dass ihr zukünftiger Ehemann jetzt Autoverkäufer war.

„Schläft der kleine Engel jetzt?", fragte Mrs Hedley. Das Bügeleisen dampfte, während sie es über den Stoff gleiten ließ.

„Ja." Jane ließ sich auf einen der Stühle fallen. „Wer hätte gedacht, dass es so anstrengend sein kann, sich um ein einziges kleines Wesen zu kümmern?"

Mrs Hedley gluckste. „Und Sie können am Ende des Tages nach Hause gehen. Stellen Sie sich mal vor, wie es nachts ist."

Jane verzog das Gesicht.

Die Frau stellte das Bügeleisen ab. „Ich werde den Jungen vermissen, wenn ich gehe. Aber ich muss auch zugeben, dass ich mich auf zu Hause freue."

„Das glaube ich Ihnen."

Mrs Hedley faltete die Bluse und legte sie beiseite. Dann warf sie Jane einen neugierigen Blick zu. „Was ist mit Ihnen, Jane? Sind Sie wirklich bereit, wieder zu heiraten? Ich nehme an, dass es Ihnen schwerfällt, Donald zu vertrauen, nach dem, was er Ihnen angetan hat."

Jane straffte die Schultern. Was genau wusste diese Frau über ihre Vergangenheit? Ihre Worte klangen wie eine Warnung. „Was Patrick betrifft, habe ich gar keine Bedenken. Aber um ehrlich zu sein, weiß ich noch nicht, ob ich Donald heiraten sollte. Deshalb gehe ich das Ganze langsam an."

„Sie haben Ihre Karriere aufgegeben", sagte Mrs Hedley mit ernstem Gesicht, während sie den Stecker des Bügeleisens zog. „Ich fände es schlimm, wenn das umsonst gewesen wäre."

Unbehagen machte sich in Jane breit. „Ich bin bereit, dieses Risiko einzugehen."

Die Frau zog die Mundwinkel nach unten. „Im Großen und Ganzen halte ich Donald für einen guten Menschen. Ich hoffe nur, dass er nichts überstürzt." Mrs Hedley tätschelte Janes Hand. „Ich möchte Ihnen nur raten, aus den richtigen Gründen zu heiraten, Liebes. Das ist alles."

Dann stand sie auf und brachte die gebügelten Kleider ins Schlafzimmer, während Jane mit einem unguten Bauchgefühl zurückblieb.

Am Abend vor Mrs Hedleys geplanter Abreise bestand Donald darauf, Jane zum Abendessen auszuführen.

„Denk daran – wenn sie weg ist, haben wir keinen Babysitter mehr im Haus."

Jane war nicht sicher, ob sie schon bereit war, mit Donald auszugehen. Aber wenn sie vorhatte, ihn zu heiraten, würde sie sich wohl irgendwann dazu durchringen müssen.

Also willigte sie ein.

An besagtem Abend schlüpfte Jane in ihr bestes, grünes Kleid. Sie lächelte vor sich hin, während sie an die kleinen Freuden zurückdachte, die Donald ihr in der vergangenen Woche bereitet hatte. Eines Abends war er mit einem kleinen Strauß Margeriten nach Hause gekommen. Ein anderes Mal hatte er ihr Schokokuchen aus ihrer Lieblingsbäckerei mitgebracht.

Und nun führte er sie ins *Chez Monique* aus, ein schickes Restaurant im Zentrum, das für seine französische Küche bekannt war.

Als sie den schwach beleuchteten Raum betraten, in dem überall Kerzen brannten und leise Musik spielte, musste Jane plötzlich an Garrett denken. Wenn er doch nur hier mit ihr an diesem romantischen Ort sein könnte. Sie würde jetzt viel lieber ihm gegenüber am Tisch sitzen und sich in seinen strahlend blauen Augen verlieren.

Aber diese Gedanken waren Donald gegenüber nicht fair. Während sie ihr Kleid glattstrich, nahm sie sich vor, sich auf Donalds Vorzüge zu konzentrieren.

Anfangs herrschte peinliches Schweigen, doch dann verbrachten sie den restlichen Abend in recht angenehmer Unterhaltung. Donald erzählte von ein paar amüsanten Begegnungen im Autohaus und Jane bemühte sich, höflich zuzuhören und hin und wieder eine passende Bemerkung einzuwerfen.

„Ich habe nicht vor, dauerhaft dort zu arbeiten", sagte er leise am Ende einer Anekdote. Vielleicht hatte er gespürt, dass sie nicht besonders begeistert reagiert hatte. „Aber es reicht, bis ich eine Stelle gefunden habe, die ich wirklich will."

„Was würdest du denn gerne machen? Ich weiß noch – früher, als du im Baumarkt gearbeitet hast, hast du dir immer gewünscht, einmal in einem Büro zu arbeiten."

„Stimmt. Ich habe immer gedacht, dass das Bankwesen etwas für mich wäre. Ich könnte immer Anzug und Krawatte tragen und hätte ein schickes Büro." Er zuckte mit einer Schulter. „Etwas leichter, als Autos zu verkaufen."

Sie lächelte. „Eine gute Berufswahl." Die Frau eines Bankiers. Nicht gerade, was sie sich immer vorgestellt hatte, aber es hörte sich respektabel an. Das gefiel ihr.

Donald beugte sich vor und ergriff ihre Hand. „Als Bankier hätte ich bessere Arbeitszeiten. Ich könnte jeden Abend nach Hause kommen und mit meiner Familie essen und vielleicht sogar noch mit den Kindern in den Park gehen, bevor sie ins Bett müssen."

Jane erinnerte sich an einen ähnlichen Traum, den sie vor langer Zeit gehabt hatten, als sie zum ersten Mal schwanger gewesen war.

Bevor der Kummer all ihre Träume hatte platzen lassen. „Das hört sich wirklich gut an."

Es bedeutete ihr auch sehr viel, dass er *Kinder* gesagt hatte. Das zeigte, dass er wirklich vorhatte, Martin zu adoptieren. Vielleicht würden sie irgendwann sogar noch ein weiteres Kind aufnehmen. Ein warmes Gefühl, das nichts mit dem Kaffee vor ihr zu tun hatte, machte sich in ihr breit.

„Ich frage mich, wie Martin bei seinen neuen Pflegeeltern zurechtkommt", grübelte sie, während sie die Reste ihrer Mousse au Chocolat aus dem eleganten Schälchen kratzte. „Ich hatte eigentlich gehofft, bald von ihm zu hören."

Donald stellte die Tasse ab. Sein angespannter Blick brachte sein Unbehagen zum Ausdruck. „Hast du Kontakt zu Garrett?"

„Nein. Aber er hat gesagt, dass er mir berichten würde, wie es Martin geht. Er weiß, dass ich ... dass *wir* ihn gerne adoptieren würden."

„Wird er sich um die Adoption kümmern?", fragte er in missbilligendem Ton.

Sie blinzelte. „Ich bezweifle es. Ich denke, dass er das einem Sozialarbeiter überlassen wird."

„Gut." Er holte tief Luft. „Ich hoffe, du findest mich nicht zu direkt, aber ich habe gemerkt, dass ihr mehr seid als nur Kollegen. Ich hatte auch den Eindruck, dass er mir gegenüber etwas feindselig war." Er starrte sie mit einem so durchdringenden Blick an, dass sie sich innerlich wand. „Habe ich recht?"

Jane schluckte ihren Kaffee herunter. Wie konnte sie diese Frage beantworten, ohne zu lügen? „Garrett und ich sind uns während unserer Zusammenarbeit nähergekommen."

Donald runzelte die Stirn, doch er wartete schweigend, bis sie fortfuhr.

„Aber wir haben beide gemerkt, dass einer gemeinsamen Zukunft einfach zu viel im Wege steht." Sie heftete ihren Blick auf die makellose weiße Tischdecke, in der Hoffnung, das Bedauern zu verbergen, das ihr sicherlich ins Gesicht geschrieben stand.

„Ich verstehe", sagte er langsam. „Danke für deine Ehrlichkeit.

In diesem Fall würde ich dich bitten, künftig keinen Kontakt mehr zu ihm zu haben. Schließlich hast du dich jetzt für mich und Patrick entschieden. Ich hoffe, du verstehst das."

Verärgerung keimte in ihr auf, doch sie legte sich schnell wieder. Jane konnte Donald keinen Vorwurf machen. Er war nicht wütend geworden, er hatte einfach nur eine Bitte geäußert. Wenn sie jetzt eine große Sache daraus machte, würde er glauben, dass mehr hinter ihrer Beziehung zu Garrett steckte, als tatsächlich der Fall war.

„Keine Sorge. Sobald die Adoption geregelt ist, brauche ich ihn nicht mehr zu kontaktieren." Ihr verräterisches Herz machte einen Satz und sie senkte erneut den Blick, um ihre zwiespältigen Gefühle zu verbergen.

„Das weiß ich zu schätzen. Wir haben auch so schon genügend Hindernisse zu überwinden."

Während Donald die Rechnung bezahlte, schickte Jane ein verzweifeltes Gebet zum Himmel. *Herr, hilf mir, Garrett zu vergessen und mich neu in Donald zu verlieben.*

Trotz der eisigen Novemberluft entschieden sie, die kurze Strecke vom Restaurant zu ihrem Haus zu laufen, statt ein Taxi zu nehmen, da sie sich nach dem reichhaltigen Essen nach etwas Bewegung sehnten. Es war kurz nach acht und die Straßen waren beinahe leer, aber das Licht der Straßenlaternen und der Leuchtreklamen schuf die Illusion von Wärme.

Jane hatte in ihrer Eile die Handschuhe zu Hause vergessen, und obwohl sie die Hände in den Taschen vergrub, waren sie eiskalt. Als sie stehen blieben, um ein Schaufenster zu bewundern, ergriff Donald ihre Hand. Die Wärme seiner Finger prickelte auf ihrer Haut.

„Erinnerst du dich noch an unsere ersten Verabredungen?", fragte er leise. „Wie lang es gedauert hat, bis ich mich endlich getraut habe, deine Hand zu halten?"

„Ja, ich erinnere mich." Sie lächelte, während sie die Gedanken in die Vergangenheit schweifen ließ. „Ich dachte, du würdest dich nie trauen. Aber dann, an dem Abend nach dem Footballspiel, hast du mich nach Hause begleitet und endlich meine Hand genommen."

Er lachte. „Wenn ich mich recht erinnere, habe ich mich noch mehr getraut, als wir zu Hause angekommen sind."

Sie errötete. „Unser erster Kuss."

„Ein ziemlich ungeschickter Kuss, muss ich zugeben. Aber ich würde gerne glauben, dass ich mich mit der Zeit verbessert habe."

Sie dachte sehnsüchtig an jene unbeschwerte Zeit zurück, als die Enttäuschungen des Lebens sie noch nicht zermürbt hatten. „Das hast du." Sie grinste, als sie an die vielen Küsse am Anfang ihrer Beziehung zurückdachte. „Einer der Gründe dafür, dass wir so kurz nach unserem Abschluss geheiratet haben."

Er legte ihr in vertrauter Weise den Arm um die Schulter. „Ich bin froh, dass du noch ein paar schöne Erinnerungen hast", sagte er. „Dass meine Taten die guten Zeiten, die wir zusammen hatten, nicht völlig ausgelöscht haben."

„Natürlich nicht." Ihr Herz wurde weich. „Ich denke, es war einfach leichter, sich auf die schlechten Zeiten zu konzentrieren, statt sich an die guten zu erinnern."

„Ich verspreche dir, dass ich es wiedergutmachen werde, Jane. Ich will einfach nur, dass wir eine Familie sind und du wieder glücklich wirst." Er küsste sie vorsichtig auf den Mund. Und Jane wich nicht zurück. Sie übertrug die zärtlichen Gefühle aus den Erinnerungen, die er in ihr wachgerufen hatte, auf das Hier und Jetzt.

Vielleicht würde ja doch alles wieder gut werden zwischen ihnen.

Hand in Hand liefen sie weiter. Als sie ihr Haus erreichten, zögerte Jane. Es war noch früh. Sollte sie ihn hereinbitten? Oder würde das zu weit gehen?

Die Entscheidung wurde ihr abgenommen, als ihre Mutter die Haustür öffnete. „Jane, Gott sei Dank bist du zurück. Garrett hat angerufen."

Mit einem Schlag löste sich die neue Verbundenheit zwischen ihr und Donald in Luft auf und Janes Alarmglocken schrillten. „Warum? Ist etwas passiert?" Sie folgte ihr ins Haus.

Mutter rang die Hände. „Es geht um Martin. Er ist von den Blackwoods weggelaufen. Garrett dachte, dass er vielleicht hier wäre."

Jane bekam weiche Knie, aber es gelang ihr, ins Wohnzimmer zu eilen, wo das Telefon neben Mutters Sessel stand. „Hat Garrett gesagt, ob er im Büro ist?"

„Ja, aber er wollte gerade los, um nach Martin zu suchen."

„Ich versuche es trotzdem." Als sie begann, die Nummer zu wählen, wurde ihr plötzlich bewusst, dass Donald vor ihr stand.

Das Telefon klingelte und klingelte. Ihr Kopf begann zu schmerzen, als sie den Hörer langsam wieder auflegte. Was sollte sie jetzt tun? Sie kannte die Nummer der Blackwoods nicht. Und es wäre sowieso unangebracht, dort anzurufen, da sie nicht mehr bei der Children's Aid arbeitete.

Aber sie wollte unbedingt mehr erfahren. Was hatte Martin dazu bewegt wegzulaufen? Wo könnte er jetzt sein? Wo würde er hingehen? Draußen wurde es immer kälter. Und wenn sie den Wetterbericht korrekt in Erinnerung hatte, könnte es heute Nacht sogar schneien. Aber sie konnte nichts tun außer abzuwarten, bis Garrett sich wieder bei ihr meldete.

Sie zog ihren Mantel aus und hängte ihn über einen Stuhl.

„Er taucht bestimmt bald wieder auf", sagte Donald mit einem leichten Stirnrunzeln. „Versuch, dir keine Sorgen zu machen."

„Das ist unmöglich." Sie lief zum Kamin und wieder zurück.

Donald kam zu ihr und legte ihr eine warme Hand auf die Schulter. „Vielleicht ist das ein Zeichen."

„Ein Zeichen wofür?" Sie sah ihn scharf an.

In seinem Blick lag Mitgefühl und er hob entschuldigend eine Augenbraue. „Dafür, dass der Junge möglicherweise zu schwierig für uns ist. Immerhin haben wir auch noch ein Baby großzuziehen. Ich mache mir Sorgen, dass Martin mit seinen unberechenbaren Launen ein schlechter Einfluss für Patrick sein könnte."

Jane erstarrte. Alle Angst und Sorge, die sich in ihr aufgestaut hatten, richteten sich nun gegen Donald. „Ganz bestimmt nicht!" Aber Garretts Worte über Martins Einfluss auf seine Neffen hallten noch in ihr nach. „Ich bin mir sicher, dass Martin sich besser benehmen wird, wenn er sich sicher fühlt. Ich weiß es ganz genau." Sie presste die Lippen zusammen.

„Jane, ich wollte eigentlich noch etwas warten, bevor ich es zur Sprache bringe. Aber jetzt scheint der richtige Zeitpunkt zu sein." Donald nahm ihre Hand und führte sie zum Sofa. „Ich denke immer noch, dass es einen Grund geben muss, warum keine Familie ihn lange behält."

„Natürlich gibt es einen Grund. Niemand hat sich die Mühe gemacht, ihn bedingungslos zu lieben. Eltern geben ihr Kind doch nicht einfach weg, wenn es sich nicht genau so benimmt, wie sie es wollen. Oder wenn es krank ist. Eltern lieben ihre Kinder, egal was passiert."

So, wie du mich hättest lieben sollen.

Vor Wut brannten ihr Tränen in den Augen, doch sie blinzelte sie weg und sprang wieder auf, um im Raum auf und ab zu gehen. „Jemand muss Martin eine Chance geben und ihm zeigen, wie wertvoll er ist."

Donald stand händeringend auf. „Warum musst du das sein?"

Sie blieb abrupt stehen und starrte ihn an. „Warum nicht? Ich liebe ihn, seit ich ihn als verwirrten Zweijährigen kennengelernt habe, als er von seiner ersten Pflegefamilie zurückgebracht wurde. Das war kurz nach meiner ersten Fehlgeburt. Ich wollte ihn schon damals adoptieren, aber du warst dagegen. Du wolltest, dass wir noch mal selbst versuchen, ein Kind zu bekommen."

„*Er* war das Kind, das du damals wolltest?" Donald hob ungläubig die Augenbrauen.

Sie nickte und biss sich auf die Lippe. „Kurz nach meiner zweiten Fehlgeburt ist Martin wieder ins Heim gekommen. Da habe ich das Thema Adoption zum zweiten Mal angesprochen …" Sie verstummte, als sie daran zurückdachte, wie viel Angst sie davor gehabt hatte, Donald auch nur zu fragen. Und daran, wie er danach nur noch verschlossen gewesen war. Am nächsten Tag hatte er seine Sachen gepackt und war ausgezogen.

„Seitdem ist er von einer Pflegefamilie in die nächste gekommen. Wie viel Ablehnung kann ein Kind ertragen, bevor es völlig gebrochen ist?" Ihr Kinn zitterte und sie wandte sich ab. Sie wollte nicht vor Donald die Fassung verlieren. Wollte ihn nicht sehen lassen, wie wütend sie immer noch war, dass er Martin nicht hatte aufnehmen wollen. Damals hätten sie noch einen großen Unterschied in Martins Leben bewirken können.

Hatte Donald sich seitdem wirklich verändert? Oder hielt er sie nur bei Laune, um eine Mutter für Patrick zu bekommen? Mrs Hedleys Warnung kam ihr in den Sinn. Sie hatte gesagt, dass Donald übereilt handle und dass Jane ihn nicht aus den falschen Gründen heiraten solle. Vielleicht hatte Mrs Hedley die gleiche Befürchtung gehegt.

Ein hektisches Klopfen hallte durchs Haus. Als Jane in den Flur eilte, öffnete ihre Mutter bereits die Tür. Garrett stand auf der Veranda.

„Garrett!“, rief sie. „Hast du ihn gefunden?“

„Noch nicht.“ Als er eintrat, sprach sein besorgter Blick Bände. „Ich hatte gehofft, dass du mittlerweile zu Hause bist und vielleicht eine Idee hast, wo er sein könnte.“

Sie rang die Hände. „Ich bezweifle zwar, dass er ins Heim zurückgehen würde, aber man weiß ja nie.“

„Da bin ich schon gewesen. Mrs Shaughnessy hat gesagt, dass sie uns Bescheid gibt, falls er dort auftaucht.“ Er musterte sie von Kopf bis Fuß, ihr elegantes grünes Kleid und die hochhackigen Schuhe. „Entschuldigung. Habe ich euch gestört?“

„Nein, ist schon in Ordnung. Wir sind gerade vom Abendessen zurück.“ Sie lief im Flur auf und ab, während sie fieberhaft überlegte, welche Orte Martin wichtig waren. „Er könnte hierherkommen.“

„Das hatte ich gehofft“, sagte Garrett. „Aber dann müsste er schon hier sein.“

„Seit wann ist er verschwunden?“

„Die Blackwoods wissen es nicht genau. Seit ein paar Stunden.“

Mehr als genug Zeit, um zu ihrem Haus zu gelangen. „Hat jemand die Polizei informiert?“

„Ja, Mr Blackwood. Aber sie haben gesagt, dass wir noch etwas warten sollen und dass Martin wahrscheinlich von allein nach Hause kommt, wie die meisten Ausreißer.“ Garretts Augen blitzten verärgert.

„Wo könnte er nur sein?“ Sie hielt inne und blickte Garrett an. „Glaubst du, dass er auf dem Weg zum Hof sein könnte?“

„Vielleicht.“ Er runzelte die Stirn. „Wüsste er überhaupt, wie man dorthin kommt?“

„Keine Ahnung. Aber wenn die Polizei nicht nach ihm sucht, müssen wir das machen. Es ist zu kalt, um die ganze Nacht draußen zu bleiben.“ Sie eilte ins Wohnzimmer zurück, um ihren Mantel zu holen und nach ihrer Handtasche zu suchen.

Donald folgte ihr auf den Fersen. „Du gehst doch nicht etwa mit ihm, oder?“

„Doch, natürlich. Ich kann nicht untätig herumsitzen, während Martin ganz allein da draußen ist.“ Sie ging an ihm vorbei, um ihre Tasche aus einem der Sessel zu greifen. „Ich würde dich bitten mitzukommen, aber ich weiß, dass du zu Patrick zurück möchtest.“

„Ja.“ Er sah sie mit einem fast schon verletzten Blick an. „Vergiss nicht, dass Mrs Hedley morgen früh abreist. Du musst kommen, um auf Patrick aufzupassen, während ich arbeite.“

„Ich habe es nicht vergessen.“ Sie ging zurück in den Flur und nahm ihre Stiefel zur Hand, die an der Tür standen. Sie würde im Auto die Schuhe wechseln. „Mama, ist das in Ordnung für dich? Kommst du eine Weile allein klar?“

„Meine Güte, natürlich. Geht und findet den Jungen. Ich werde hier warten und die ganze Nacht lang beten, wenn es nötig ist.“

„Danke.“ Erleichtert küsste sie ihre Mutter auf die Wange. Dann wandte sie sich zu Donald um. „Wir sehen uns morgen.“

Bevor er ein weiteres Wort sagen konnte, folgte sie Garrett zur Tür hinaus.

Kapitel 34

Garrett schloss die Beifahrertür und lief um den Wagen, um sich hinters Lenkrad zu setzen. Die Luft draußen war deutlich kälter geworden, sodass sein Atem kleine weiße Wölkchen bildete. Sehr wahrscheinlich würde es heute Nacht schneien.

Umso dringender war es, Martin zu finden.

Jane rieb sich die Hände und blies warme Luft hinein. „Haben die Blackwoods gesagt, warum Martin weggelaufen ist?"

Garrett warf den Motor an und schaltete die Heizung sowie die Scheinwerfer ein. „Sie wussten es nicht genau. Sie haben nur gesagt, dass Martin ihnen Probleme bereitet hat. Er hätte ‚ihre Geduld auf die Probe gestellt', so haben sie es, glaube ich, ausgedrückt."

„Aber irgendetwas muss doch passiert sein, dass er weggelaufen ist. Was könnte das nur sein?" Sie begann, sich die Schuhe auszuziehen, um in ihre Winterstiefel zu schlüpfen. „Sie werden ihn ja hoffentlich nicht geschlagen haben, oder?"

Er bemühte sich, den vertrauten blumigen Duft zu ignorieren, der sich im Auto ausbreitete. „Ich glaube nicht. Sie haben aufrichtig besorgt gewirkt." Er atmete tief durch. „Aber wer weiß."

Wenn er ehrlich wäre, würde er Jane sagen, dass sie recht gehabt hatte. Dass es vielleicht ein Fehler gewesen war, Martin bei einem unerfahrenen Paar unterzubringen. Die Blackwoods hatten so etwas angedeutet, als er heute Abend bei ihnen gewesen war. Aber er wollte Jane jetzt nicht noch mehr Sorgen bereiten.

„Hast du noch ein Paar Handschuhe im Auto?", fragte sie.

„Leider nicht." Er sah zu ihr hinüber. „Ich habe meine auch vergessen. Aber das Auto sollte bald warm werden." Er drehte die Heizung noch etwas höher, dann fuhr er über den Lakeshore Boulevard aus der Stadt hinaus. Er betete, dass Martin wirklich in diese Richtung unterwegs war. „Ich bin diese Strecke zum Hof gefahren", erklärte er, „weil sie landschaftlich schöner ist. Ich hoffe, dass Martin sich daran erinnert."

„Gute Idee. Auch wenn ich mir nicht vorstellen kann, dass er bis hierhin gelaufen ist."

„Er ist vermutlich mit dem Fahrrad unterwegs. Die Blackwoods haben gesagt, dass eins aus ihrem Garten verschwunden ist."

„Ich bin mir nicht sicher, ob das besser oder schlechter ist."

„Ich weiß. Aber wenigstens muss er mit dem Fahrrad auf der Straße bleiben. Sonst würde er vielleicht querfeldein gehen."

„Trotzdem suchen wir eine Nadel in einem sehr dunklen Heuhaufen." Sie seufzte laut.

Die Scheinwerfer des Autos erhellten den Asphalt vor ihnen. Jane hatte recht. Es wäre ein Wunder, wenn sie den Jungen in dieser Dunkelheit finden würden.

Er sah sie kurz von der Seite an und sein geschundenes Herz nahm begierig jede Einzelheit in sich auf. Jane saß da und starrte aus dem Fenster. Sie hatte den Mantel fest um sich gewickelt und umklammerte ihre Handtasche. Er hatte sie mehr vermisst, als er für möglich gehalten hatte. Waren es wirklich nur zwölf Tage gewesen?

„Ich nehme an, dass Donald und du ausgegangen seid", sagte er mit einer Stimme, die nicht wie seine eigene klang.

„Es war nur ein Abendessen." Sie blickte zum Seitenfenster hinaus und suchte die Landschaft ab. Dann richtete sie den Blick auf die Straße vor ihnen.

„Donald wirkte nicht sonderlich besorgt über Martins Verschwinden", sagte er. „Und er schien auch nicht sehr erfreut zu sein, dass du mit mir gegangen bist."

Sie schwieg und presste die Lippen zusammen.

„Darf ich fragen, ob du dich schon entschieden hast? Ob du Donald heiraten und Martin adoptieren wirst, meine ich." Die zweiwöchige Probezeit, die sie erwähnt hatte, war fast vorbei. Und ihrem schicken Kleid nach zu urteilen entwickelten sich die Dinge so, wie er befürchtet hatte.

Sie wirbelte zu ihm herum. „Können wir uns bitte darauf konzentrieren, Martin zu finden? Alles andere ist jetzt unwichtig."

Er nickte knapp, während er sich über sich selbst ärgerte. Er sollte versuchen, sie zu trösten, statt sie noch mehr zu beunruhigen.

Bald erreichten sie den Stadtrand, wo es keine Straßenlaternen mehr gab. Vor ihnen breitete sich eine tiefe Finsternis aus, die nur von den zwei Lichtkegeln des Autos durchbrochen wurde.

Herr, bitte führe uns zu Martin. Und bitte bewahre ihn, bis wir ihn finden.

Garrett versuchte, sich in Martin hineinzuversetzen. Wo wäre er selbst hingegangen, wenn er abgehauen wäre? Aber sein Leben war nicht mit Martins vergleichbar. Martin hatte keinen sicheren Zufluchtsort. Keine Freunde oder Verwandte. Das einzige Lebewesen, das er liebte, war Blackie.

Und der war auf dem Hof.

Garrett war sich nun sicherer denn je, dass sie auf der richtigen Spur waren. Das Problem war, dass Martin eine große Distanz zurücklegen musste, um dorthin zu gelangen.

„Such nach einem Ort, wo er angehalten haben könnte, um sich auszuruhen. Eine Scheune oder ein Bauernhaus vielleicht." Er war auf einmal froh, nicht allein zu sein. Es war schon schwer genug, im Dunkeln zu fahren, ohne die Felder auf beiden Seiten der Straße absuchen zu müssen.

Sie fuhren schweigend weiter und Garretts Anspannung wuchs, als es zu regnen begann. Das Wasser lief in Strömen über die Windschutzscheibe. Er schaltete die Scheibenwischer ein, merkte jedoch bald, dass der Niederschlag mehr Eis als Regen enthielt und die Sicht noch schlechter wurde. Er fuhr langsamer, um auf der immer glatter werdenden Straße nicht ins Rutschen zu geraten. Seine Finger umklammerten das Lenkrad so fest, dass sie wehtaten.

„Ich kann mir nicht vorstellen, dass Martin bei diesem Wetter unterwegs ist", sagte Jane.

„Wahrscheinlich hat er sich irgendwo untergestellt. Halt weiterhin nach möglichen Unterschlüpfen Ausschau."

Sie fuhren noch ein paar mühsame Meilen weiter, während Garrett angestrengt versuchte, das Auto auf der Straße zu halten. Er wollte Jane nicht beängstigen, aber das Wetter machte ihm Sorgen. Bald würde ihnen keine andere Wahl mehr bleiben, als anzuhalten oder umzukehren.

Der Graupelschauer wurde stärker und es bildete sich allmählich eine Eisschicht auf der Windschutzscheibe, die seine Sicht noch weiter einschränkte. Die Heizung des Autos kam nicht gegen die rasant fallenden Temperaturen an, sodass Garretts Finger nun nicht mehr nur von der Anspannung, sondern auch vor Kälte steif waren. Es hatte keinen Sinn. Er musste anhalten. Wenigstens so lange, bis er das Eis von der Scheibe gekratzt hatte.

Er drückte vorsichtig das Bremspedal.

Der Wagen reagierte nicht. Er schien eher noch schneller zu werden.

Adrenalin schoss durch Garretts Körper. Er biss die Zähne zusammen und trat fester auf die Bremse. Aber das Auto schien ihm nicht gehorchen zu wollen. Er drehte das Lenkrad nach rechts, um an den Straßenrand zu fahren, wo seine Reifen vielleicht Halt auf dem Schotter finden würden. Doch als er erneut bremste, spürte er immer noch keinen Widerstand. Stattdessen geriet der Wagen ins Schlingern.

Garrett hatte den metallischen Geschmack von Angst im Mund. „Halt dich fest!", schrie er.

Jeder Muskel seines Körpers spannte sich an, während er mit aller Kraft versuchte, das Lenkrad herumzureißen. Ohne Erfolg. Als das Auto von der Straße schlitterte, ging ihm Janes panischer Schrei durch Mark und Bein. Sie schossen über eine Böschung und durch dichtes Gestrüpp. Dann fuhren die Räder auf der linken Seite über eine Steigung und das Auto neigte sich. Es hing ein paar Sekunden in der Luft, bevor es auf die rechte Seite kippte.

Jane schrie erneut auf, als sie auf der Sitzbank nach unten rutschten und Garrett völlig hilflos auf sie prallte. Er verspürte einen heftigen Schmerz am Hinterkopf und die Luft wurde aus seinen Lungen gepresst. Ein paar Sekunden lang lag er benommen da, bis er wieder ausreichend Kraft hatte, um Luft zu holen.

Jane!

Garrett richtete sich mühsam auf, um sie von seinem Gewicht zu befreien.

„Jane, alles in Ordnung?"

Sie antwortete nicht und lag viel zu still da. Panik machte sich in ihm breit. In der Dunkelheit tasteten seine zitternden Finger nach ihrem Gesicht und er fühlte den Puls an ihrem Hals.

Ihr Herz schlug schnell, aber gleichmäßig.

Langsam stieß er die Luft aus, die er unbemerkt angehalten hatte. Er versuchte, das Pochen in seinem Kopf zu ignorieren, während er darüber nachdachte, was er jetzt tun sollte. Das Auto stand schief da, was jede seiner Bewegungen erschwerte.

„Ich werde versuchen rauszuklettern", sagte Garrett laut, obwohl Jane wahrscheinlich bewusstlos war. Er überlegte flüchtig, wie sich die Erschütterung des Unfalls wohl auf die Granatsplitter in seinem Körper ausgewirkt hatte, schob den Gedanken jedoch schnell wieder beiseite. Darum konnte er sich jetzt keine Sorgen machen.

Er blinzelte, bis seine Augen sich ausreichend an die Dunkelheit gewöhnt hatten, um vage Umrisse auszumachen. Obwohl die Scheinwerfer noch an waren, wurde ihr Licht von irgendetwas verdeckt. Er öffnete das Handschuhfach und tastete nach dem kühlen Metall einer Taschenlampe.

„Hoffentlich sind die Batterien nicht leer." Er schaltete sie ein und atmete erleichtert auf, als ein heller Lichtstrahl erschien. Er drehte sich zu Jane, um ihr ins Gesicht zu leuchten. Ihre Augen waren geschlossen, ihr Haar zerzaust und Blut tropfte von ihrer Stirn. „Jane, kannst du mich hören?"

Sie regte sich leicht und stöhnte.

Danke, Herr!

Langsam schlug sie die Augen auf. Als sie sich ein wenig bewegte, stöhnte sie erneut.

„Verhalt dich ganz ruhig. Du hast dir den Kopf angeschlagen." Er schaltete die Taschenlampe aus und steckte sie ein. Wenn er Glück hatte, würde er vielleicht eine Möglichkeit finden, das Auto zurück auf die Straße zu bekommen. Aber zuerst musste er hinausklettern und sich einen Überblick verschaffen. Er tastete blind nach dem Lenkrad und zog sich daran hoch. Während er einen Fuß gegen das Armaturenbrett und den anderen gegen die Rückenlehne stemmte, gelang es ihm, das Fenster weit genug aufzukurbeln, um nach draußen zu klettern, wo immer noch der Sturm tobte.

Graupelkörner prasselten ihm ins Gesicht, während ihm eisiges Wasser in den Nacken lief und ihn erschaudern ließ. Er schaltete die Taschenlampe ein und entfernte sich einige Schritte vom Fahrzeug, um es zu begutachten. Ihm sank der Mut. Der Wagen stand in einem 45-Grad-Winkel in einem tiefen Graben und die Motorhaube war fast vollständig in einem Gebüsch verschwunden. Es war unmöglich, das Auto ohne Hilfe wieder aufzustellen, geschweige denn, es auf die Straße zu bringen.

Aber bei der extremen Schräglage des Wagens konnten sie auch nicht darin sitzen bleiben. Sie würden sich einen Unterschlupf suchen und warten müssen, bis der Sturm nachließ.

Verzweifelt suchte er die Felder ab. Da! In der Ferne konnte er ein paar dunkle Umrisse erkennen, von denen einer möglicherweise ein Gebäude war. Dort würden sie es zuerst versuchen.

Vorsichtig streckte er den Kopf durch das offene Autofenster und versuchte hineinzuleuchten, ohne Jane zu blenden. Glücklicherweise schien sie wach zu sein. „Kannst du dich bewegen?"

Sie blinzelte zu ihm hoch. „I-ich denke schon."

„Gut. Komm, ich helfe dir herauszuklettern."

Sie runzelte zunächst die Stirn, sah ihn dann jedoch mit fester Entschlossenheit an. „In Ordnung. Ich bin bereit."

Er beugte sich vor und streckte einen Arm nach ihr aus. „Nimm meine Hand, dann ziehe ich dich hoch."

Doch als sie den Arm ausstreckte, um seine Hand zu ergreifen, schrie sie schmerzerfüllt auf.

„Warte. Bist du verletzt?" Er hätte erst feststellen müssen, wie schlimm ihre Verletzungen waren, bevor er versuchte, sie hochzuziehen.

„Am Kopf … und an der Schulter."

Ihr Atem hörte sich flach an und er fürchtete, dass sie wieder ohnmächtig werden könnte.

„Also gut, dann ganz langsam. Gib mir deine andere Hand. Wenn die Schmerzen zu stark werden, sag Bescheid."

„Es geht. Ich glaube, es ist nur eine Prellung." Sie schien jetzt wieder bei vollem Bewusstsein zu sein und umschloss fest seine Hand.

Langsam und möglichst vorsichtig zog er sie hoch. Eine Minute später kletterte sie durch das offene Fenster nach draußen. Als sie endlich vor ihm stand, zog er sie an sich und hielt sie in den Armen, bis sie beide wieder zu Atem gekommen waren. „Gott sei Dank geht es dir so weit gut", flüsterte er.

Er hätte es sich nie verzeihen können, wenn sie schwer verletzt worden wäre. Oder Schlimmeres.

Der gefrorene Regen prasselte mit neuer Kraft auf sie ein und bedeckte den Boden mit einer immer höher werdenden Eisschicht. Jane wickelte sich ihren Schal um den Kopf und band ihn unter dem Kinn zusammen.

Garrett holte derweil die Taschenlampe wieder heraus und schaltete sie ein. „Kannst du laufen?" Er richtete den Lichtstrahl auf ihre Stirn und stellte erleichtert fest, dass die Wunde nicht mehr blutete.

„Ich denke schon."

Angestrengt kniff er die Augen zusammen, um sie vor den Graupelkörnern zu schützen, und suchte die Landschaft ab. „Lass uns über dieses Feld gehen. Ich glaube, da hinten ist eine Scheune. Aber wir müssen langsam machen, es ist glatt." Er leuchtete mit der Taschenlampe in die Richtung, in die sie gehen wollten, und hielt Jane den Arm hin. „Bereit?"

Sie nickte.

„Gut. Gehen wir."

Jane zitterte und hatte die Schultern bis zu den Ohren hochgezogen, als sie sich bei ihm einhakte und sie gemeinsam losliefen.

Kapitel 35

Jane vergrub ihr Gesicht in Garretts Wolljacke, froh, dass er seinen Arm um sie gelegt hatte. Kleine Eiskörnchen peitschten ihr ins Gesicht, sodass sie ihre Umgebung nur verschwommen wahrnahm. Ihre Stirn pochte und die Schulter, mit der sie gegen die Beifahrertür geprallt war, schmerzte ebenfalls. Trotzdem ging sie tapfer weiter. Plötzlich jedoch glitt ihr Fuß auf dem unebenen Boden aus.

„Vorsicht!" Garrett fing sie ab. „Es ist spiegelglatt hier."

Sie war unendlich dankbar, ihre Stiefel mitgenommen zu haben. In den Schuhen, die sie zum Abendessen getragen hatte, hätte sie sich schon längst die Knöchel gebrochen. Auch über Garretts starken Arm war sie dankbar.

Jetzt zeigte er nach vorne. „Sieht aus, als wären da ein paar Bäume und eine Art Gebäude."

Der Wind heulte um sie her und peitschte die Enden ihres Schals durch die Luft. Wo könnte Martin bei diesem Wetter sein? Sie presste die Lippen zusammen, um einen frustrierten Schrei zu unterdrücken. Statt ihm zu helfen, befanden sie sich nun selbst in einer womöglich noch schlimmeren Lage.

„Es ist eine alte Scheune", sagte Garrett mit hörbarer Erleichterung in der Stimme. „Hier können wir uns bestimmt unterstellen."

Sie kniff die Augen zusammen. Tatsächlich tauchte vor ihnen ein heruntergekommenes Gebäude im Hagelschleier auf. Das Dach war zur Hälfte eingestürzt.

Als sie die Tür erreichten, griff Garrett nach der rostigen Klinke und zerrte daran. Nach zwei weiteren Versuchen zerbrach die Eisschicht und die Tür schwang quietschend auf. Er leuchtete mit der Taschenlampe hinein.

„Ich schaue kurz nach, ob es sicher ist", sagte er. „Und ob sich keine Tiere darin verstecken."

Sie nickte zitternd. Während sie sich unter einen Baum stellte, um zu warten, vergrub sie die Hände in den Manteltaschen und wünschte sich noch einmal, ihre Handschuhe dabeizuhaben.

Einige Sekunden später kehrte Garrett zurück. „Sie ist leer und einigermaßen trocken."

Jane nahm seine Hand und sie gingen gemeinsam hinein. Der Wind pfiff durch die löchrigen Wände, aber wenigstens war am anderen Ende der Scheune ein Teil des Dachs noch intakt und bot ihnen ein wenig Schutz.

Während sie sich umsahen, schüttelte Jane einige der Graupelkörner von ihrem Schal und Mantel ab. Die Luft roch modrig, aber sie konnten gut atmen, obwohl alles mit einer dicken Staubschicht bedeckt war. Vorsichtig betraten sie einen trockenen Verschlag, wo das Licht der Taschenlampe auf eine dünne Strohschicht am Boden fiel. Garrett sah sich um und fand ein paar Jutesäcke, die auf einem Fass lagen. Er breitete sie auf dem Boden aus.

„Setz dich", sagte er. Er half ihr, sich hinzusetzen. Dann kniete er sich vor sie und legte die Taschenlampe so auf das Fass, dass sie in ihre Richtung zeigte. „Zeig mir mal die Wunde an deiner Stirn."

Seine Augen blickten sie so intensiv an und waren so nahe an ihrem Gesicht, dass ihr der Atem stockte. Vielleicht war der Schlag auf den Kopf schlimmer gewesen, als sie gedacht hatte. Seine kalten Finger strichen über ihre Stirn und tasteten vorsichtig die Haut um die Wunde ab. Dann begegnete er ihrem Blick. „Der Schnitt ist nicht tief, aber das gibt wahrscheinlich eine dicke Beule."

Als er vorsichtig ihre Schulter abtastete, zuckte sie zusammen.

„Ich glaube nicht, dass sie gebrochen oder ausgerenkt ist, aber das sollte sich ein Arzt ansehen." Er schloss die Augen und lehnte seine Stirn gegen ihre. „Es tut mir leid. Das ist alles meine Schuld."

Hagel prasselte auf das Dach und in einiger Entfernung tropfte Wasser durch eins der vielen Löcher.

„Ich hätte umkehren sollen, als es angefangen hat zu regnen", sagte er mit Selbstverachtung in der Stimme.

Sie streckte den unverletzten Arm aus, um seine Wange zu berühren. „Es ist nicht deine Schuld, Garrett. Du hast keinen Einfluss auf das Wetter."

„Es geht nicht nur um das Wetter." Er wich zurück und ließ sich neben ihr auf den Boden fallen. „Du hattest recht mit den Blackwoods. Sie sind zu unerfahren. Ich habe mich von meinem Stolz leiten lassen und nicht auf deinen Rat gehört." Er seufzte laut. „Wenn Martin irgendetwas zustößt …" Er verstummte und kniff die Augen zu.

„Martin ist ein Kämpfer. Er kommt schon klar." Sie betete, dass sie Garrett keine falschen Hoffnungen machte, aber sie musste irgendetwas sagen. Sie hatte ihn noch nie so niedergeschlagen und voller Selbstzweifel gesehen.

„Jetzt habe ich dich auch noch in einen Autounfall verwickelt und wir stecken an diesem furchtbaren Ort fest. Was ist nur los mit mir?"

Einen Moment lang zwang sie sich zu schweigen, weil sie sich selbst nicht traute. Sie befanden sich in einer sehr emotionalen Situation, die jedes Gefühl zwischen ihnen verstärkte. Trotzdem konnte sie die Anziehungskraft nicht leugnen, die er auf sie hatte. Nach fast zwei Wochen Funkstille sog sie nun jedes Detail begierig in sich auf. Den vertrauten Geruch seines Rasierwassers, die Intensität seiner Augen, die leidenschaftliche Art, wie er sich um seine Mitmenschen kümmerte. Und vor allem die Tatsache, dass er Martin genauso liebte wie sie.

Sanft legte sie einen Finger unter sein Kinn und hob es an. „Nichts ist los mit dir, Garrett. Es ist alles in Ordnung." Bevor sie sich bremsen konnte, neigte sie sich vor und küsste ihn.

Seine Lippen waren kalt, wurden aber schon nach wenigen Sekunden warm. Er streckte den Rücken durch, schlang seinen Arm um sie und zog sie näher heran.

„Jane." Er sprach ihren Namen fast schon ehrfürchtig aus. „Du hast keine Ahnung, wie sehr ich dich vermisst habe. Ohne dich ist nichts mehr, wie es war."

Er küsste sie erneut, diesmal noch leidenschaftlicher. Jane schwirrte der Kopf und eine intensive Wärme breitete sich in ihrem tiefsten Innern aus. Trotz der Schmerzen in ihrer Schulter fühlte sie sich in diesem Augenblick lebendiger als in den letzten zwei Wochen.

Sie dachte an Donalds Kuss zurück, den sie nur zögerlich erwidert hatte, wissend, dass seine Umarmung nicht mit Garretts vergleichbar war. Plötzlich wurde ihr klar, dass sie Donald nicht heiraten konnte. Wie sollte das gehen, wenn sie Hals über Kopf in Garrett verliebt war?

Garrett unterdrückte ein frustriertes Stöhnen. Jetzt hatte er es getan. Ein einziger Kuss hatte gereicht, um seine Gefühle für Jane wieder an die Oberfläche zu katapultieren. Und sie waren stärker denn je.

„Es tut mir leid“, sagte er. „Ich hätte dich nicht küssen dürfen. Du bist doch jetzt mit einem anderen zusammen.“ Er schüttelte den Kopf. Langsam verließ die Wärme seinen Körper wieder. „Kannst du mir verzeihen?“

„Ich war doch diejenige, die dich geküsst hat.“ Sie senkte den Kopf. „Du musst mich für einen schrecklichen Menschen halten.“

„Ganz und gar nicht. Ich könnte nie schlecht von dir denken.“

Sie hob den Kopf, um ihn anzusehen. Sein Magen zog sich zusammen, als er die Tränen in ihren Augen sah.

„Donald und ich haben in den letzten zwei Wochen viel erreicht und sein Sohn ist wirklich süß.“ Sie biss sich auf die Lippe. „Aber ich glaube, dass ich einen riesigen Fehler gemacht habe.“

„Warum?“ Er hielt die Luft an, während ein winziger Hoffnungsschimmer in ihm aufkeimte.

Sie zupfte das angetaute Eis von den Enden ihres Schals. „Ich dachte, wenn ich Patrick und Martin eine Mutter sein könnte, wäre es die Mühe wert. Und dass ich lernen könnte, Donald wieder zu lieben.“ Sie senkte den Blick. „Aber ich glaube nicht, dass es funktionieren wird, weil …“ Sie zögerte. „Weil ich mich in dich verliebt habe.“

Ihre Worte ließen sein Herz schneller schlagen, aber gleichzeitig schien eine schwere Last auf seiner Brust zu liegen. Hatte sein

Egoismus ihre letzte Chance auf eine eigene Familie zerstört? Seine gesundheitlichen Probleme blieben dieselben und obwohl er jetzt bei einem Spezialisten auf der Warteliste stand, würde sich vermutlich nichts daran ändern. Trotzdem musste er ihr die ganze Wahrheit sagen.

„Ich empfinde das Gleiche für dich, Jane. Wenn ich könnte – wenn meine Zukunft nicht so unsicher wäre –, würde ich dich bitten, meine Frau zu werden."

„Oh, Garrett." Sie bedeckte den Mund mit der Hand.

„Aber ich habe nach wie vor zwei Granatsplitter in meinem Körper, die mich jederzeit umbringen könnten. Und es wäre nicht fair, dich einer solchen Ungewissheit auszusetzen. Genauso wenig könnte ich das Martin oder einem anderen Kind antun, das wir vielleicht adoptieren würden. Ich kann nicht so egoistisch sein."

Sie neigte den Kopf zur Seite, ihre Augen waren geweitet und ihr Gesicht blass. „Nur Gott kennt die Zahl unserer Tage, Garrett. Niemand hat die Garantie, ein hohes Alter zu erreichen."

Er hob eine Augenbraue. „Nein, aber bei mir ist die Wahrscheinlichkeit noch viel geringer."

„Aber ich liebe dich", platzte sie heraus, während Tränen über ihre Wangen rannen. „Ich liebe dich und ich bin bereit, das Risiko einzugehen."

Sein Herz machte einen Satz und er ließ die reine Freude darüber einen Moment lang auf sich wirken.

„Ich liebe dich auch, Jane." Er atmete tief aus, sodass sich eine große Atemwolke vor ihm bildete. „Aber ich kann dich nicht heiraten. Vor allem, weil ich nicht … Ich kann nicht …" Er presste die Lippen zusammen. Seine Schläfen pochten, während sich Frust in ihm breitmachte.

„Was kannst du nicht?"

„Dich so lieben, wie ein Ehemann es sollte. Es wäre zu riskant." Das Leben erschien ihm so ungerecht, dass er am liebsten laut geschrien hätte. Es wäre die reinste Qual, mit ihr verheiratet zu sein, ohne sich körperlich mit ihr vereinigen zu können.

„Daran habe ich noch gar nicht gedacht." Ihre Wangen wurden rot.

Unfähig, ihren prüfenden Blick zu ertragen, starrte Garrett auf die morsche Wand neben sich. „Du solltest es mit Donald versuchen. Er kann dir alles geben, was ich dir nicht geben kann." Er schloss die Augen. Der bloße Gedanke daran, dass sie ihr Leben mit einem anderen teilte, versetzte seinem Herz einen Stich.

Sie umschloss seine Hand mit ihren kalten Fingern. „Was mich betrifft, kannst du unbesorgt sein. Ich liebe dich so oder so. Wir können es schaffen. Das weiß ich."

Er wandte sich schweren Herzens wieder zu ihr um. „Das ehrt dich." Er lächelte wehmütig. „Aber ehrlich gesagt weiß ich nicht, ob ich dasselbe von mir behaupten kann. Es wäre die reinste Folter für mich, mein Leben und mein Bett mit dir zu teilen, ohne dich lieben zu können."

Es wurde still in der Scheune, sodass man nur den Sturm draußen toben hörte.

„Vermutlich hast du recht", sagte sie schließlich, während sie ihn mit großen, traurigen Augen ansah. „Kannst du mir einen Gefallen tun?"

„Natürlich."

„Würdest du dir eine zweite Meinung einholen? Vielleicht kann man ja doch noch etwas tun."

Sein Mund verzog sich zu einem ironischen Lächeln. „Ich habe tatsächlich letzte Woche bei einem Spezialisten angerufen. Ich stehe auf seiner Warteliste, aber ich mache mir keine großen Hoffnungen. Das solltest du auch nicht."

Ein Lächeln umspielte ihre Lippen, aber ihre Miene blieb traurig. „Werde ich nicht. Aber ich werde beten, inständig beten."

„Jane. Ich wünschte …" Garrett verstummte frustriert. Er hätte sie in Ruhe lassen sollen, damit sie sich ein Leben mit Donald aufbauen konnte. Jetzt hatte er ihr falsche Hoffnungen für die Zukunft gemacht. *Warum, Herr? Warum hast du zugelassen, dass ich mich in sie verliebe, wenn ich sie niemals haben kann?*

„Legen wir es in Gottes Hand", sagte sie bestimmt. „Ich vertraue darauf, dass er das Beste für uns im Sinn hat. Bis wir irgendetwas sicher wissen, sollten wir einfach die Zeit genießen, die wir zusammen haben."

Er starrte sie an. Sie war so mutig und schön. Wie sollte es ihm je gelingen, sie loszulassen? „Einverstanden", sagte er, aber nur, weil ihnen momentan keine andere Wahl blieb.

Mit einem zögerlichen Seufzen lehnte er seinen Kopf gegen ihren. Er konnte bereits spüren, wie seine Glieder von der Kälte steif wurden, und zwang sich, seine Gedanken wieder auf die aktuelle Situation zu lenken. „Ist dir warm genug?"

„Nicht wirklich. Könnten wir vielleicht ein Feuer machen?"

„Ich glaube nicht. Wir haben keine Streichhölzer, um ein Feuer anzuzünden."

„Dann müssen wir uns wohl gegenseitig warmhalten, bis der Sturm vorbei ist." Sie lächelte ihn durch die Tränen an, die immer noch an ihren Wimpern klebten.

Garrett widerstand der Versuchung, sie noch einmal zu küssen, und schaltete die Taschenlampe aus. Dann legte er die Arme um sie und zog sie an seine Brust. Er betete, dass die Nacht schnell vorübergehen würde.

Kapitel 36

Obwohl ihr kalt war, sank Jane in der Geborgenheit von Garretts Armen irgendwann in einen unruhigen Schlaf. Trotz der widrigen Umstände fühlte sie sich sicherer denn je. Sie wusste nicht, wie lange sie geschlafen hatte, aber als sie endlich aufwachte, blickte sie in Garretts Gesicht.

„Ich glaube, der Sturm hat nachgelassen", sagte er. „Ich sollte jetzt Hilfe holen gehen."

Sie setzte sich auf und versuchte, richtig wach zu werden. „Ich komme mit."

Er runzelte die Stirn. „Du solltest besser hierbleiben. Wenn du ausrutschst, verletzt du dich vielleicht noch schlimmer an der Schulter."

„Solang du mich festhältst, falle ich nicht hin. Außerdem sitze ich nicht gerne still und warte."

„In Ordnung", seufzte er. „Ich weiß, dass es zwecklos ist, mit dir zu streiten." Er rappelte sich langsam auf. „Nach einer Nacht in der Kälte und auf dem harten Boden fühle ich mich wie ein alter Mann." Er dehnte den Nacken und die Schultern, dann reichte er Jane die Hand, um ihr aufzuhelfen.

Obwohl auch er keine Handschuhe trug, fühlten sich seine Hände recht warm an.

Ihre Knie knackten, als sie sich erhob, und ein stechender Schmerz zuckte durch ihre Schulter. Ihre Gelenke fühlten sich an, als müssten sie geölt werden wie die des Zinnmanns aus *Der Zauberer von Oz*.

Garrett hielt ihre Hand in seiner, als sie nach draußen traten. Es dämmerte bereits. Jane vermutete, dass es zwischen halb sieben und sieben Uhr morgens sein musste. Ihr leerer Magen grummelte. Mutter war bestimmt außer sich vor Sorge.

Herr, bitte tröste Mama und lass sie wissen, dass ich bald nach Hause komme.

Der immer noch gefrorene Boden zwang sie, sich langsam voranzutasten. Jane war überrascht, in der Ferne Garretts Auto sehen zu können, das immer noch ziemlich schief dastand. Letzte Nacht war es ihr vorgekommen, als wären sie stundenlang durch den Eisregen gelaufen, bis sie die verlassene Scheune erreicht hatten.

Als sie nicht mehr weit von der Straße entfernt waren, hielt ein Auto in der Nähe der Unfallstelle.

„Vielleicht haben wir mehr Glück, als ich dachte", sagte er. „Ich glaube, das ist ein Polizeiauto."

Sie beschleunigten ihre Schritte, so gut sie konnten. Ein Mann stieg aus und betrachtete Garretts Auto. Seiner Uniform nach zu schließen schien Garrett recht zu behalten.

„Es ist ein Polizist", sagte er. „Vielleicht kann er uns in eine Werkstatt bringen."

Er wedelte mit den Armen, um den Mann auf sie aufmerksam zu machen.

Nach einer Weile erreichten sie endlich den Graben und das Auto. „Hallo!", rief Garrett. „Gott sei Dank haben Sie angehalten."

„Ist das Ihr Wagen?", fragte der Beamte besorgt.

„Ja, Sir. Wir sind letzte Nacht in den Graben gerutscht."

„Warum waren Sie bei dem Unwetter überhaupt unterwegs?"

„Wir haben einen Jungen gesucht, der von seinen Pflegeeltern weggelaufen ist. Der Eissturm hat uns überrascht. Ich habe versucht, anzuhalten, aber ich konnte nicht bremsen." Er half Jane, durch den Graben zu steigen und zur Straße hinaufzuklettern. „Ich bin Garrett Wilder, stellevertretender Direktor der Children's Aid Society. Und das ist Jane Linder, die Sozialarbeiterin des Jungen."

„Verstehe. Ich bin Officer Samuels."

„Können Sie mir sagen, ob jemand einen Jungen namens Martin Smith vermisst gemeldet hat?", fragte Garrett. „Oder noch besser, ob er schon gefunden wurde?"

Der Beamte schüttelte den Kopf. „Tut mir leid. Ich weiß von nichts. Aber der Anruf könnte an eine andere Abteilung gegangen sein." Er deutete auf das Auto. „Interessante Position. Muss schwierig gewesen sein, da rauszukommen. Aber Sie sind unverletzt?“ Sein Blick wanderte zu Janes Stirn.

„Jane hat das meiste abbekommen. Eine Kopfwunde und eine Prellung an der Schulter.“

„Sie sollten sich von einem Arzt untersuchen lassen, Ma'am.“ Der Mann suchte die Umgebung ab. „Wo haben Sie die Nacht verbracht?“

„Wir haben eine alte Scheune gefunden.“ Garrett wies über das Feld. „Ziemlich baufällig, aber wenigstens sind wir trocken geblieben.“

Der Polizist hob die Augenbrauen. „Da hatten Sie aber Glück. Ohne Unterschlupf wäre Ihre Nacht wesentlich schlimmer verlaufen.“

„Könnten Sie uns bitte in die Stadt bringen?“, fragte Jane. „Meine Mutter ist bestimmt krank vor Sorge.“ Sie fröstelte. „Sind die Straßen jetzt befahrbar?“

„Sie sind noch etwas rutschig, aber viel besser als letzte Nacht.“

Garrett stellte den Kragen seiner Jacke auf. „Wenn Sie den Abschleppdienst für mich anfunken könnten, würde ich hier warten.“

„Es ist immer noch ziemlich ungemütlich hier draußen“, meinte der Beamte. „Warum fahren Sie nicht mit bis zur nächsten Werkstatt und warten im Warmen auf den Abschleppwagen?“

„Gute Idee.“ Garretts Stirn glättete sich und er drückte still Janes Hand.

Sie war erleichtert, dass sie sich noch nicht sofort von ihm trennen musste.

Kurze Zeit später saß Jane zwischen den beiden Männern im Polizeiauto. Die warme Luft der Heizung fühlte sich wundervoll an und Jane hielt die Hände vor das Gebläse. Sie sah zu Garrett hinüber. „Was sollen wir als Nächstes tun, um Martin zu finden?“

„Ich werde bei den Blackwoods anrufen und fragen, ob es etwas Neues gibt. Sobald mein Auto wieder fährt, werde ich da weitersuchen, wo wir aufgehört haben.“ Garrett sah an ihr vorbei zu dem Polizisten neben ihr. „Es wäre schön, wenn Sie uns bei der Suche helfen könnten, Sir.“

Officer Samuels blickte weiter geradeaus. „Wie alt ist der Junge noch mal?“

„Acht, fast neun.“

„Ich habe einen Sohn in diesem Alter. Ich weiß nicht, was ich machen würde, wenn er die ganze Nacht allein unterwegs wäre bei diesem Wetter.“ Er warf Garrett einen besorgten Blick zu. „Sobald ich wieder auf dem Revier bin, überprüfe ich, ob sich schon jemand um den Fall kümmert. Und ich trommele so viele Männer zusammen, wie ich kann. Keine Sorge. Wir werden ihn finden.“

„Sie können mich an der Ecke rauslassen, Officer Samuels“, sagte Jane, als sie in ihre Straße abbogen. „Meine Mutter hat ein schwaches Herz. Wenn sie ein Polizeiauto vorfahren sieht, könnte das zu viel für sie sein.“

Nachdem er Garrett bei einer Werkstatt abgesetzt hatte, hatte der Polizist darauf bestanden, Jane nach Hause zu bringen, bevor er aufs Revier zurückkehrte. Ein Angebot, das sie gern angenommen hatte.

Zum ersten Mal formten sich die Lippen des Mannes zu einem kleinen Lächeln. „Ich verstehe.“ Er blickte auf ihre Stirn, wo sich vermutlich ein hässlicher blauer Fleck gebildet hatte. „Sind Sie sicher, dass ich Sie nicht ins Krankenhaus bringen soll?“

„Das ist nicht nötig, danke. Es ist bloß eine kleine Schnittwunde. Und meine Schulter ist nur geprellt.“ Zumindest hoffte sie das. Ihr Arm tat immer noch weh, wenn sie ihn hob. Aber sie war sich ziemlich sicher, dass es nichts Ernstes war.

Der Beamte hielt den Wagen an einer Straßenecke in der Nähe ihres Hauses. „Danke noch mal für Ihre Hilfe. Wir wären wirklich froh, wenn Sie uns bei der Suche nach Martin irgendwie unterstützen könnten.“

„Gern geschehen, Ma'am. Versuchen Sie in Zukunft, vereiste Straßen zu meiden.“ Er zwinkerte ihr zu und reichte ihr eine

Visitenkarte. „Ich werde Sie und Mr Wilder auf dem Laufenden halten, was die Suche nach dem Jungen betrifft. Aber hier ist meine Nummer, falls es etwas Neues gibt."

„Danke." Sie steckte die Karte ein, stieg aus und winkte dem Polizisten zu, während sie die Tür schloss.

Das Eis auf dem Bürgersteig war fast vollständig geschmolzen. In der Stadt war es immer ein paar Grad wärmer. Vielleicht war der Eisregen hier auch gar nicht so heftig gewesen wie draußen auf dem Land.

Jane holte tief Luft, bevor sie die Tür öffnete und eintrat. *Bitte lass es Mama gut gehen.*

Sie zog den Mantel und die Stiefel aus und ging ins Wohnzimmer. Ihre Mutter saß schlafend und in eine Häkeldecke gewickelt in ihrem Sessel. Wahrscheinlich war sie die ganze Nacht aufgeblieben und hatte sich Sorgen gemacht.

Jane warf einen Blick auf die Kaminuhr. Halb neun. Die Rückfahrt hatte mit dem Zwischenstopp bei der Werkstatt viel länger gedauert, als sie gedacht hätte. Sie müsste jetzt eigentlich schon bei Donald sein, damit er rechtzeitig zur Arbeit kam. Aber eins nach dem anderen.

„Mama." Jane berührte sanft ihre Schulter. „Ich bin zurück."

Sie schlug die Augen auf. „Oh, Janey, ich habe mir solche Sorgen gemacht."

„Ich hätte dich angerufen, wenn ich gekonnt hätte. Aber wir hatten etwas Ärger mit dem Auto und –"

„Dein Kopf!" Ihre Mutter starrte sie entsetzt an.

„Es ist nur eine Beule. Keine Sorge." Jane lächelte, um sie zu beruhigen. „Wie geht es *dir*?"

Ihre Mutter presste die Hand an den Hals. „Es war eine schreckliche Nacht. Ich habe kaum geschlafen. Aber jetzt, wo du zu Hause bist, geht es mir besser."

„Es tut mir so leid, dass ich dir Sorgen bereitet habe." Jane umarmte sie. „Es war eine lange Nacht und wir haben Martin immer noch nicht gefunden. Ein Polizist hat uns nach Hause gefahren. Er wird ein paar Männer losschicken, um nach Martin zu suchen. Ich hoffe nur, dass Martin einen sicheren Ort gefunden hat, um den Sturm abzuwarten."

„Ich bin mir sicher, dass Gott auf ihn aufpasst." Ihre Mutter lächelte müde.

Jane fühlte sich schuldig. Sie hatte ihre Mutter in letzter Zeit viel zu sehr vernachlässigt. Der kleine Patrick hatte einen Großteil ihrer Zeit und Kraft in Anspruch genommen. Bis Donald abends von der Arbeit kam und Jane mit dem Bus nach Hause gefahren war, war es zu spät, um noch mit dem Kochen anzufangen. Deshalb hatte ihre Mutter sogar begonnen, unter der Woche das Abendessen für sie zuzubereiten.

„Es tut mir leid, dass ich so wenig Zeit für dich gehabt habe, Mama. Kann ich dir irgendwas bringen, bevor ich zu Donald gehe? Oder möchtest du dich vielleicht hinlegen?"

Ihre Mutter lächelte nur und legte die Hand an Janes Wange. „Du machst dir zu viele Gedanken, Janey. Ich bin stärker, als du denkst. Es war eine nette Abwechslung, mich in den letzten Wochen mal um dich zu kümmern. Es hat mich von meiner Krankheit abgelenkt."

„Wirklich?" Jane konnte sich das kaum vorstellen. Aber abgesehen davon, dass ihre Mutter etwas müde aussah, wirkte sie so zufrieden wie schon lange nicht mehr.

„Ich weiß, dass du denkst, alles für mich tun zu müssen. Aber vielleicht ist das nicht das Beste", sagte ihre Mutter sanft. „Vielleicht ist es Zeit, dass ich etwas unabhängiger werde und dir zur Abwechslung etwas aushelfe, damit ich dir nicht so zur Last falle."

Jane ergriff ihre Hand. „Mama, du bist mir doch nie zur Last gefallen. Ich will dich einfach nur so lange wie möglich bei mir haben."

„Es gibt keinen Grund, sich darum zu sorgen." Sie lächelte gelassen. „Gott hat das alles schon geplant."

In diesem Moment klingelte das Telefon und Jane sprang auf. „Das ist bestimmt Donald." Sie schluckte und nahm den Hörer ab.

„Jane! Wo bist du? Du hättest vor einer Viertelstunde hier sein sollen. Mrs Hedley ist schon zum Bahnhof gefahren, es ist also niemand hier, um nach Patrick zu schauen." Donalds scharfer Ton griff ihre ohnehin schon strapazierten Nerven an.

„Ich wollte dich gerade anrufen. Ich komme, so schnell ich kann. Garrett und ich hatten einen kleinen Unfall letzte Nacht und ich –"

„Einen Unfall? Geht es dir gut?"

„Ja. Ich erzähle dir später mehr. Jetzt muss ich erst mal ein Taxi rufen."

Sie legte auf, bevor er ein weiteres Wort sagen konnte.

Kapitel 37

Garrett winkte dem Fahrer des Abschleppwagens zu, um ihm zu bedeuten, dass das Auto einwandfrei lief. Abgesehen von den Dellen in der Beifahrertür und rechts vorne im Kotflügel schien der Wagen intakt zu sein. Der Fahrer hatte den Kotflügel überprüft und Garrett versichert, dass der Reifen nicht am Blech schleifte. Und da der Motor gleich beim ersten Versuch angesprungen war, konnte Garrett die Suche nun fortsetzen.

Er hatte die Blackwoods von der Werkstatt aus angerufen und erfahren, dass sie noch nichts von Martin gehört hatten. Sie hatten verärgert gewirkt, dass die Polizei die Sache nicht ernster genommen hatte. Es war schon kurz nach Mitternacht gewesen, bis das Revier einen Streifenwagen geschickt hatte. Garrett versicherte dem Paar, dass er weiterhin nach Martin suchen und ihnen sofort Bescheid geben würde, wenn er etwas Neues erfuhr.

Obwohl seine Augen vor Müdigkeit ganz schwer waren, setzte Garrett seine Suche entlang der Strecke zum Hof fort. Er betete, dass Martin einen Unterschlupf gefunden hatte und nicht die ganze Nacht draußen im Sturm gewesen war.

Eine halbe Stunde später kam er beim Haus seiner Eltern an, ohne unterwegs ein Zeichen von dem Jungen oder seinem Fahrrad gesehen zu haben. Seine letzte Hoffnung war, dass Martin es irgendwie zum Hof geschafft hatte.

Die Haustür flog auf, bevor Garrett den Motor abstellen konnte. Seine Mutter trat mit gerunzelter Stirn auf die Veranda heraus. „Garrett? Was in aller Welt machst du hier? Ist etwas passiert?“

Garrett sank der Mut. Er trottete die Stufen hoch und küsste seine Mutter auf die Wange. „Ich suche Martin. Er ist gestern seinen Pflegeeltern weggelaufen und ich dachte, er wäre vielleicht hierhergekommen, um Blackie zu sehen.“

Sie presste die Lippen zusammen. „Es tut mir leid. Ich habe ihn nicht gesehen. Und Blackie war die ganze Nacht drinnen.“ Sie ließ den Blick über die immer noch gefrorene Wiese zur Scheune gleiten. „Denkst du, dass er sich hier irgendwo versteckt hat?"

„Möglicherweise, obwohl es ein Wunder wäre, wenn er es im Eisregen so weit geschafft hätte. Ich gehe in der Scheune und den anderen Nebengebäuden nachsehen. Danach hätte ich nichts gegen eine Tasse von deinem Kaffee einzuwenden." Er brachte ein mattes Lächeln zustande. „Es war eine lange Nacht."

„Ich brühe eine frische Kanne auf." Sie zog ihre Strickjacke fester um sich und verschwand wieder im Haus.

Garrett durchsuchte die Scheune und die anderen Schuppen. Er sah sogar unter der Veranda nach, überall, wo sich ein Kind verstecken könnte. Doch wie vermutet gab es keine Spur von dem Jungen.

Entmutigt und verdreckt stapfte Garrett zum Haus zurück. Er freute sich jetzt auf einen Kaffee und etwas Essbares.

Seine Mutter schenkte ihm einen Becher ein und stellte ihn auf den Tisch. „Ich nehme an, du hast nichts gefunden."

Er schüttelte den Kopf. „Wenn ich gegessen und geduscht habe, fahre ich in die Stadt zurück und überlege, wie es weitergehen soll."

Jett stand von seinem Platz neben Blackie auf der Decke auf und trottete herüber, wobei seine Krallen ein klickendes Geräusch auf dem Holzfußboden machten. Er legte den Kopf auf Garretts Schoß und ließ sich die Ohren kraulen. „Du merkst es immer, wenn ich aufgebracht bin, stimmt's, alter Junge?"

Seine Mutter brachte ihm einen Teller mit Toast und Rührei, dann blieb sie stehen und sah ihn an. „Ich habe das Gefühl, dass das alles unsere Schuld ist. Wenn wir Martin nicht weggeschickt hätten ..." Ihre Stimme versagte und sie wandte sich zur Spüle um.

„Nein, Mom. Wenn irgendjemand schuld daran ist, dann bin ich es. Jane hat versucht, mich zu warnen, dass die Blackwoods vielleicht nicht mit Martin klarkommen würden. Sie meinte, dass die andere Familie besser geeignet wäre." Er spießte etwas Rührei auf. „Ich hätte ihrem Sachverstand vertrauen sollen, statt meine eigene Meinung durchzusetzen." Er aß einen großen Bissen Toast mit Ei, dann nahm er einen langen Schluck von seinem schwarzen Kaffee. „Wenn ihm irgendetwas zugestoßen ist, könnte ich mir das nie verzeihen. Und ich könnte Jane nie wieder in die Augen sehen." Er stellte seinen Becher geräuschvoll ab. „Sie denkt darüber nach, ihren Ex-Mann zu heiraten, damit sie Martin adoptieren kann. So sehr liebt sie den Jungen." Plötzlich war ihm der Appetit vergangen. Er stand auf und lief zum Fenster, wo er seine Stirn an die Scheibe lehnte, in der Hoffnung, dass die Kälte seine Kopfschmerzen lindern würde.

Einige Sekunden war es still im Raum, bis er laut ausatmete, wodurch das Fenster beschlug. Eine warme Hand strich ihm über den Rücken.

„Ich weiß, wie viel dir Jane bedeutet, Garrett. Es muss unglaublich schwer für dich sein."

Er erschauerte. „Ja, das ist es. Aber ich darf nicht egoistisch sein. Ich kann ihr nichts versprechen, wenn ich nicht weiß, was die Zukunft für mich bereithält."

„Das weiß niemand. Nur Gott kennt die Zahl unserer Tage."

Garrett wandte sich langsam zu ihr um. „Das ist seltsam. Jane hat gestern genau das Gleiche gesagt."

Die blauen Augen seiner Mutter blitzten. „Ich wusste, dass ich das Mädchen mag."

Er musste unweigerlich lachen, wurde aber schnell wieder ernst. „Ich habe übrigens endlich bei einem Spezialisten angerufen und meinen Namen auf die Warteliste setzen lassen."

Sie hielt sich die Hand vor den Mund. „Oh, Garrett, das ist großartig."

Er hob mahnend den Zeigefinger. „Ich will nicht, dass du dir Hoffnungen machst. Wahrscheinlich kann man sowieso nichts tun. Aber du hast recht, ich brauche Gewissheit. So oder so."

Das Telefon an der Wand klingelte.

„Ich gehe ran." Während seine Mutter zum Telefon lief, tupfte sie sich die Augen ab. „Hallo?" Sie runzelte ein wenig die Stirn. „Ja, er ist hier. Einen Moment, bitte." Sie streckte ihm den Hörer hin.

Er ging hinüber, um ihn anzunehmen. „Garret Wilder."

„Mr Wilder, hier ist Officer Samuels. Ich hoffe, es ist in Ordnung, dass ich Sie ausfindig gemacht habe."

„Natürlich. Was ist los? Haben Sie Martin gefunden?"

„Wir glauben es. Wir haben gerade einen Anruf von einem Bauern erhalten, der nicht weit von der Stelle wohnt, wo ich Sie heute Morgen aufgegabelt habe. Er hat einen Einbruch in eine seiner Scheunen gemeldet. Außerdem hat er ein Fahrrad in der Nähe gefunden. Wir sind jetzt auf dem Weg dorthin."

„Bitte geben Sie mir die Adresse, dann komme ich auch." Garrett schnappte sich einen Stift und einen Zettel von der Küchentheke.

Nachdem der Polizist ihm die Adresse mitgeteilt hatte, bedankte sich Garrett und legte auf.

„Gibt es Neuigkeiten?" Seine Mutter stand direkt neben ihm.

„Sie haben vielleicht eine Spur. Ich muss los." Er beugte sich herunter, um sie auf die Wange zu küssen.

„Ich bete dafür, dass ihr ihn findet und es ihm gut geht. Sei vorsichtig."

„Danke. Ich melde mich."

Als Garrett zurück in Richtung Toronto fuhr, musste er sich zusammenreißen, um nicht zu schnell zu fahren. Da es inzwischen ein paar Grad wärmer war, war das Eis auf der Straße größtenteils geschmolzen, sodass er wenigstens nicht mehr befürchten musste, noch einmal im Graben zu landen. Aber es war dennoch Vorsicht geboten.

Er hatte darüber nachgedacht, seine Mutter zu bitten, Jane anzurufen. Aber solange er nicht sicher war, ob es Martin gut ging, wollte er ihr keine falschen Hoffnungen machen. Sobald er etwas Konkretes wusste, würde er sie selbst anrufen. Dann würde er ihr hoffentlich mitteilen können, dass Martin in Sicherheit war. Und er würde sich gleichzeitig vergewissern, dass sie den Unfall und die Nacht in der kalten Scheune gut überstanden hatte.

Zwanzig Minuten später bremste er, um auf eine Landstraße abzubiegen. Zwei Streifenwagen, die in der Nähe einer Einfahrt zu einem Hof parkten, kamen in Sicht.

Herr, bitte lass es Martin gut gehen. Und gib mir die rechten Worte, um ihm zu versichern, dass alles gut werden wird.

Garrett parkte hinter den beiden Polizeiautos und sprang aus seinem Wagen. Er hörte den schwachen Klang von Stimmen und folgte dem Lärm auf die Rückseite des Hauses. Nicht weit von einem Schuppen entfernt scharte sich eine Gruppe von Leuten, wahrscheinlich Nachbarn, um einen Baum und starrte hoch in die braunen Blätter, die sich immer noch beharrlich an den Ästen festhielten.

Ein Schäferhund stand mit den Vorderpfoten am knorrigen Stamm. Vermutlich hatte er Martin aufgespürt. Garrett lief mit großen Schritten zu Officer Samuels hinüber, der am Rande der Gruppe stand.

„Was ist los?“, fragte er.

„Mr Wilder, gut, dass Sie da sind. Der Junge wurde aus der Scheune gescheucht, aber er ist auf den Baum geklettert und kommt nicht runter. Der Hausherr ist jetzt eine Leiter holen gegangen.“

Garrett reckte den Kopf, um in die Blätter hochzuspähen, und sein Magen zog sich zusammen. Der Baum musste fast zehn Meter hoch sein.

„Komm da runter, Junge“, rief ein anderer Polizist. „Wenn du tust, was wir sagen, bekommst du nicht noch mehr Ärger.“

Garrett verdrehte die Augen. Das würde Martin bestimmt nicht überzeugen.

„Martin?“, rief er hoch. „Ich bin’s, Mr Wilder. Geht es dir gut?“

Die Blätter raschelten, aber es kam keine Antwort.

„Du hast bestimmt Hunger“, fuhr Garrett fort. „Komm runter, dann besorge ich dir was zu essen. Ich verspreche dir, dass du keinen Ärger bekommst.“

Er wartete ein paar Sekunden, aber Martin antwortete immer noch nicht.

Garrett wandte sich an Samuels. „Ist es wirklich nötig, dass hier so viele Leute sind? Ich denke, es wäre besser, wenn ich allein mit ihm rede.“

Der Beamte warf ihm einen verdrossenen Blick zu, dann nickte er. „In Ordnung. Ich muss sowieso das Revier anfunken.“

„Danke."

„Rufen Sie den Hund zurück!", befahl Officer Samuels. „Und alle Mann weg von dem Baum."

Als einer der Polizisten pfiff, zog sich der Hund sofort zurück. Der Mann führte das Tier weg, während sich auch die restliche Gruppe widerwillig entfernte.

Garrett betete im Stillen und ärgerte sich wieder einmal über die Granatsplitter, die ihn davon abhielten, hochzuklettern und den Jungen selbst zu retten.

„Martin!", rief er. „Jetzt bin nur noch ich da. Kannst du mir zeigen, wo du bist? Ein paar Zweige schütteln oder so?"

Er hielt die Luft an und wartete, den Blick nach oben gerichtet.

Nach einer Weile bewegten sich endlich ein paar trockene Blätter. Garrett schluckte schwer. Martin war unglaublich nah an der Spitze des Baums. Was hatte ihn dazu getrieben, so weit hochzuklettern? Er schätzte die Distanz vom kahlen Stamm bis zu den Blättern ab. Der Junge würde ein ganzes Stück allein zurücklegen müssen, da die Leiter nicht so weit reichen würde. „Der Bauer holt eine Leiter. Kannst du anfangen, herunterzuklettern? Ganz langsam?"

„I-ich kann es versuchen." Martins Stimme zitterte so stark wie das trockene Laub.

Er schien in schlechter Verfassung zu sein. Wahrscheinlich war er unterkühlt, hungrig und vielleicht auch dehydriert. *Herr, bitte lass ihn jetzt keinen Anfall haben.* Das wäre eine Katastrophe.

Garrett rieb sich die Brust, aber das half auch nicht, den Druck zu lindern, der sich allmählich darin aufbaute. „Lass dir Zeit. Probiere aus, ob die Äste stabil sind, bevor du dich mit deinem ganzen Gewicht draufstellst."

„In Ordnung."

Die Zweige raschelten und wackelten, aber Garrett konnte nichts sehen außer etwas Buntem, das hin und wieder zwischen den braunen Blättern aufblitzte. Die Sekunden kamen ihm wie Stunden vor, während er unten stand und wartete, die Hände hilflos zu Fäusten ballte und sie wieder öffnete. Er versuchte, nicht daran zu denken, dass manche Äste vielleicht durch den Sturm angebrochen waren.

Plötzlich bewegte sich nichts mehr.

„Die Äste sind zu nass", drang Martins bebende Stimme zu ihm herunter. „Ich habe Angst auszurutschen."

„Alles gut. Lass dir Zeit." Garrett schätzte, dass der Junge bereits über die Hälfte des Abstiegs geschafft hatte.

In diesem Moment kehrte der Bauer mit einer langen Leiter unterm Arm zurück. Das hintere Ende wurde von einem anderen Mann getragen. Die beiden lehnten die Leiter an den Stamm und vergewisserten sich, dass sie auf festem Grund stand. Der Bauer nickte Garrett zu. „Sagen Sie Bescheid, wenn Sie noch etwas brauchen."

„Ja, danke." Garrett sah wieder in den Baum hinauf. „Gut, Martin. Die Leiter ist da. Du hast es nicht mehr weit, bis du sie erreichst."

Der Junge antwortete nicht, aber Garrett glaubte, ein Schniefen zu hören.

„Mr Wilder, können Sie hochkommen und mir helfen?"

Sein flehender Ton zerriss Garrett fast das Herz. Das arme Kind hatte panische Angst. Wie könnte er ihm da nicht helfen? „Ich fange an, die Leiter hochzusteigen, während du noch ein Stück herunterkletterst. Wenn du die Leiter erreichst, warte ich oben schon auf dich."

Garrett wandte sich zu dem Bauern um, der in der Nähe wartete. „Würden Sie bitte die Leiter für mich festhalten?" Der Mann nickte und kam herbei. Garrett schluckte seine Beklemmung hinunter und machte sich sogleich an den Aufstieg. Trotz der kalten Luft waren sein Rücken und seine Hände nass geschwitzt. Die Blätter über ihm raschelten wieder, als Martin langsam weiterkletterte. Endlich konnte Garrett ihn durch das gelichtete Laub sehen. Martins Schuhe waren schlammbedeckt und an einem Knie hatte er einen langen Riss in der Hose. „Du hast es fast geschafft, Kumpel. Du machst das sehr gut."

Garrett streckte eine Hand nach ihm aus. Gleich würde er den

Arm um ihn legen und ihn in Sicherheit wissen. Plötzlich zerriss jedoch ein lautes, splitterndes Geräusch die Luft. Der Ast, auf dem Martin stand, brach unter ihm weg. Der Junge schrie auf und ruderte mit den Armen.

Garrett streckte verzweifelt die Hand aus und bekam gerade noch die Jacke des Jungen zu fassen, als die Leiter unter ihm zu wanken begann. Panik stieg in ihm auf. Wie durch einen Nebel hörte er den Bauern unten rufen, während er in rasender Geschwindigkeit dem Boden entgegenstürzte.

Tausende unzusammenhängende Gedanken schossen ihm durch den Kopf. *Herr, bitte bewahre Martin. Sei bei Jane und tröste sie. Bitte vergib mir …*

Er kam mit einem dumpfen Schlag auf dem harten Boden auf, sodass ihm sämtliche Luft aus den Lungen wich. Kurz darauf prallte Martin auf seine Brust und ein stechender Schmerz schoss durch Garretts Wirbelsäule.

Er riss die Augen auf und rang nach Luft, während er hilflos in den unheilvollen grauen Himmel über sich starrte.

Dann wurde ihm schwarz vor Augen.

Kapitel 38

Jane wiegte Patrick im Arm, während sie in Donalds Wohnzimmer saß und sich bemühte, die Augen offen zu halten. Nachdem er sich eine Weile lautstark gewehrt hatte, war der kleine Junge endlich eingeschlafen. Sie stand auf, ging ins Kinderzimmer und legte ihn vorsichtig ins Bett. Dann schlich sie sich aus dem Zimmer und schloss leise die Tür.

Endlich würde sie eine Tasse Tee trinken und sich ein paar Minuten ausruhen können. Während sie in der winzigen Küche einen Kessel auf den Herd stellte, kehrten ihre besorgten Gedanken sofort wieder zu Martin zurück. Hatte man ihn schon gefunden? Warum hatte sie noch nichts gehört? Sie warf einen Blick auf die Uhr an der Wand – drei Uhr nachmittags. Der Tag schien nicht enden zu wollen. Nach der fast schlaflosen Nacht in der Scheune und Donalds stillem Tadel, nachdem sie zu spät gekommen war, lagen ihre Nerven blank. Sie konnte jetzt wirklich eine gute Nachricht gebrauchen.

Ein paar Minuten später trug sie ihre Tasse ins Wohnzimmer hinüber und stellte sie auf den Tisch. Das schrille Klingeln des Telefons zerriss die Stille. Jane eilte zum Hörer, bevor das Baby von dem Lärm geweckt wurde. „Linder."

„Jane? Ich bin's."

Adrenalin schoss durch ihren Körper. „Mama! Ist alles in Ordnung?"

„Sarah Wilder hat gerade angerufen. Es gibt Neuigkeiten."

Warum klang Mutter so nervös? Und warum hatte Sarah sie angerufen und nicht Garrett?

„Was ist los?" Jane versagte die Stimme.

„Martin wurde gefunden."

Das Herz schlug ihr bis zum Hals. „Geht es ihm gut?"

„Ja, das schon. Aber …"

„Aber was?" Ein Schauer lief ihr über den Rücken und ihre Beine begannen zu zittern.

„Garrett wurde verletzt. Er liegt im Krankenhaus."

Janes Finger umklammerten das Telefon und das Blut rauschte ihr in den Ohren. „W-was ist passiert?"

„Er hat versucht, Martin von einem Baum zu helfen. Dabei sind sie beide irgendwie runtergestürzt."

Janes Knie gaben nach und sie sank kraftlos aufs Sofa. *O Herr, bitte nicht.* Bei einer solchen Erschütterung könnten die Splitter in seine Wirbelsäule gedrungen sein. Oder, schlimmer noch, in sein Herz.

„Jane?"

„I-ich bin noch da."

„Was wirst du jetzt tun?"

Sie holte tief Luft und zwang sich, rational zu denken. „Ich muss hierbleiben, bis Donald zurückkommt. Aber ich werde ein paar Leute anrufen und versuchen, mehr zu erfahren." Jane zögerte, als ein vertrautes Schuldgefühl in ihr aufstieg. „Ist es in Ordnung für dich, wenn ich von hier aus direkt ins Krankenhaus fahre?"

„Mir geht es gut. Mach dir keine Sorgen um mich. Sag mir nur Bescheid, wenn du etwas Neues weißt."

„Das werde ich. Ich rufe dich an, wenn ich kann."

Sobald ihre Mutter aufgelegt hatte, durchsuchte Jane ihre Manteltasche nach der Karte, die Officer Samuels ihr am Morgen gegeben hatte. *„Sie können mich jederzeit anrufen"*, hatte er gesagt.

Es dauerte einige Sekunden, bis jemand auf der Polizeiwache ans Telefon ging. Als sie nach Samuels fragte, wurde sie gebeten, einen Moment in der Leitung zu bleiben.

Ihre Handflächen wurden feucht, während sie wartete. Dann endlich war er am Hörer und Jane begrüßte ihn. „Ich bin froh, dass ich Sie noch erwischt habe."

„Ich habe gerade meine Schicht beendet und bin aufs Revier zurückgekommen, um die Berichte zu schreiben. Sie haben wohl gehört, dass wir den Jungen gefunden haben."

„Ja, deshalb rufe ich an. Können Sie mir sagen, was passiert ist und wo er jetzt ist?" Sie hielt die Luft an und betete, dass der Polizist ihr Auskunft geben würde.

„Ich war da, als es passiert ist. Der Junge ist auf einen hohen Baum geklettert und wollte nicht runterkommen. Mr Wilder ist auf eine Leiter gestiegen, um ihm zu helfen." Er seufzte. „Ich weiß nicht genau, was passiert ist, aber im nächsten Moment lagen sie beide am Boden."

Ihr Magen verkrampfte sich. „Wurden sie schlimm verletzt?"

Ein paar Sekunden lang herrschte Stille. „Der Junge schien in Ordnung zu sein, aber er hatte einen Krampfanfall, kurz bevor er ins Kinderkrankenhaus gebracht wurde."

O nein, armer Martin. Er muss schreckliche Angst haben. Tränen verschleierten ihren Blick.

„Mr Wilder hat die größte Wucht des Aufpralls abgefangen und war bewusstlos, als sie ihn im Rettungswagen weggebracht haben."

Ein tiefer Schmerz durchzuckte Jane. Natürlich hatte Garrett die größte Wucht abbekommen. Wahrscheinlich hatte er Martin geschützt, ohne Rücksicht auf seine eigene Gesundheit zu nehmen. „Haben Sie … wissen Sie, wo er hingebracht wurde?", brachte sie mühsam hervor.

„Ins Toronto General." Sein grimmiger Tonfall war nicht gerade beruhigend. Sie vermutete, dass er mehr wusste, es ihr aber nicht sagen durfte.

Herr, bitte sei bei Garrett. Umgib ihn mit deiner heilenden Kraft.

„Danke für Ihre Zeit, Officer. Und für Ihre Hilfe bei der Suche nach Martin." Jane legte auf und fiel dann auf ihre Knie. Unter Tränen flehte sie zu Gott. Sie versuchte, nicht daran zu denken, wie schlimm Garretts Verletzungen sein könnten. Als sie gefasst genug war, um wieder sprechen zu können, rief sie auf dem Hof an. Vielleicht würde ihr dort jemand mehr sagen können.

Cassie ging ans Telefon, verängstigt und in Tränen aufgelöst. Sie erzählte Jane, dass sie nicht wisse, wie schwer Garrett verletzt sei, aber dass ihre Eltern bei ihm seien. Dann gab sie Jane die Nummer der Schwesternstation.

Dort rief Jane als Nächstes an. Die Schwestern konnten ihr nur sagen, dass Garrett noch geröntgt wurde. Nachdem Jane aufgelegt hatte, tupfte sie sich die Augen ab, unfähig, den Tränenfluss zu stoppen. Sie versuchte, sich auf die Tatsache zu konzentrieren, dass Garrett noch am Leben war. Das war das Wichtigste.

Trotzdem war sie hin- und hergerissen zwischen ihrem Wunsch, Martin zu besuchen, und ihrem Bedürfnis, nach Garrett zu sehen. Glücklicherweise lagen die beiden Krankenhäuser einander gegenüber. Sie würde zuerst kurz bei Martin vorbeischauen und dann zu Garrett hinübergehen.

Als Donald zur Tür hereinkam, sprang Jane sofort auf. „Martin wurde gefunden“, platzte sie heraus. „Er ist im Krankenhaus.“ Von Garrett erzählte sie nichts, sie empfand es als unangebracht.

Donald seufzte und blickte resigniert drein. „Und du willst jetzt zu ihm und dich vergewissern, dass es ihm gut geht.“

„Ja.“

Er starrte sie an und nickte. „Verstehe. Danke, dass du bei Patrick geblieben bist. Ich weiß, dass es dir bei deiner Sorge um Martin schwergefallen sein muss.“

Aber es war nicht Martin, dem ihre größte Sorge galt.

„Gern geschehen.“ Während sie noch redete, lief sie bereits zur Tür und schnappte sich ihren Mantel. „Ich sollte los, um den nächsten Bus zu erwischen.“

„Ruf mich an und erzähl mir, wie es ihm geht.“

„In Ordnung. Ich melde mich. Einen guten Abend, Donald.“

Jane rannte praktisch zur Haltestelle und war erleichtert, als der Bus kurz darauf um die Ecke bog. Nachdem sie einmal umgestiegen war, kam sie beim Kinderkrankenhaus an. Würde Martin noch hier sein? Sie hoffte es, denn wenn er schon zu seinen Pflegeeltern zurückgekehrt war, wusste sie nicht, wann sie ihn wiedersehen würde. Sie war nicht berechtigt, ihn bei den Blackwoods zu besuchen, da sie nicht mehr bei der Children's Aid arbeitete.

Aufgeregt erkundigte sich Jane am Empfang nach Martin und erfuhr, dass er noch dort war. Ein Angestellter zeigte ihr den Weg in die richtige Abteilung.

Sie fand Martin in einem langen, schmalen Krankenzimmer, das mit Betten gefüllt war. Nervös näherte sie sich ihm und sah, dass er zusammengerollt unter einer weißen Decke lag. Sein Haar war völlig zerzaust. „Martin, Schatz, bist du wach?", fragte sie leise, als sie sich auf die Bettkante setzte.

Ungläubig riss er die Augen auf, gab dann einen leisen Schrei von sich und warf sich in ihre Arme. Sein kleiner Körper wurde von Schluchzern geschüttelt.

„Schh, ist ja gut." Sie streichelte ihm beruhigend den Rücken und versuchte tapfer, ihre eigenen Tränen zurückzuhalten. Dieses arme Kind hatte in seinem kurzen Leben schon mehr durchgemacht, als man einem Erwachsenen zumuten würde. „Bist du verletzt?" Plötzlich fürchtete sie, dass er nicht nur einen Anfall gehabt hatte, sondern auch andere unbekannte Verletzungen haben könnte.

„N-nein." Er schniefte und hob den Kopf von ihrer Schulter. „Aber Mr Wilder ist schlimm verletzt. Denken Sie, er ist … tot?"

Eine eisige Hand schien sich um ihr Herz zu schließen.

„Nein, er ist nicht tot", sagte sie bestimmt. „Aber er ist verletzt und wurde in ein anderes Krankenhaus gebracht." Sie strich ihm sanft einige Haarsträhnen aus dem Gesicht. Er hatte eine üble Schramme auf der Stirn, vermutlich von den Ästen. „Ich gehe gleich rüber und sehe nach ihm."

Martin setzte sich auf und sie stopfte ihm ein Kissen in den Rücken. „Martin, ich möchte dir eine Frage stellen und ich will, dass du mir die Wahrheit sagst."

Er sah sie misstrauisch an und nickte.

„Haben Mr oder Mrs Blackwood dich schlecht behandelt?"

Er zuckte mit einer Schulter. „Mr Blackwood hat manchmal geschrien. Aber Mrs Blackwood war nett."

„Warum bist du dann abgehauen?" Sie nahm seine Hand, die immer noch schmutzig war.

„Ich habe mich nicht zu Hause gefühlt." Wieder stiegen ihm Tränen in die Augen. „Nicht wie auf dem Hof. Oder bei Ihnen. Und ich habe Blackie vermisst. Ich konnte ohne ihn nicht schlafen."

Jane schnürte es die Kehle zu und sie sah sich im Raum um. „Haben die Blackwoods dich schon besucht?"

Er nickte erneut. „Aber ich glaube, dass sie sauer auf mich sind, weil ich weggelaufen bin."

„Na ja, sie haben sich Sorgen gemacht. Du hast ihnen einen ganz schönen Schrecken eingejagt."

„Ja, das hast du." Debra Blackwood betrat das Zimmer. Sie hatte dunkle Ringe unter den Augen und tiefe Furchen um den Mund. „Hallo, Mrs Linder. Ich habe gehört, dass Sie letzte Nacht auch nach Martin gesucht haben."

„Ja. Aber bei dem Wetter hatten wir kein Glück." Sie versuchte zu lächeln. „Gott sei Dank geht es ihm gut. Hat der Arzt schon mit Ihnen und Ihrem Mann gesprochen?"

„Ja. Abgesehen von ein paar Kratzern und blauen Flecken geht es Martin gut. Aber sie behalten ihn vorsichtshalber über Nacht da."

Die Frau blieb am Fußende des Bettes stehen. Sie zeigte keinerlei Zuneigung zu Martin und versuchte auch nicht, ihn zu trösten. Ihre finstere Miene verhieß nichts Gutes. Jane sah sie fragend an. „Ich muss jetzt zu Mr Wilder. Bleiben Sie bei Martin?"

„Ja. Mein Mann und ich wechseln uns ab. Bitte richten Sie Mr Wilder unsere besten Wünsche aus."

„Das werde ich." Jane beugte sich zu Martin hinab, um ihn kurz zu umarmen. „Ich komme morgen zurück, um nach dir zu sehen. Ruh dich jetzt etwas aus."

Widerwillig wandte sie sich von seinem betrübten Gesicht ab. Sosehr sie auch bei ihm bleiben wollte, ihr Herz drängte sie, Garrett zu besuchen. Erst, wenn sie ihn mit eigenen Augen gesehen hatte, würde sich die schreckliche Angst in ihr legen.

Mrs Blackwood folgte ihr in den Gang. „Mrs Linder? Bevor Sie gehen, möchte ich gerne mit Ihnen über Martin sprechen."

Das Verhalten der Frau ließ Jane bereits vermuten, was sie sagen wollte. Wut stieg in ihr auf. Sie wollte all die Leute beschimpfen, die Martin bereits im Stich gelassen hatten, aber sie beherrschte sich ihm zuliebe. „Sie haben es vielleicht noch nicht gehört", sagte sie kühl, „aber ich arbeite nicht mehr für die Children's Aid Society. Sie werden sich an den Sozialarbeiter wenden müssen, der jetzt für Martin zuständig ist. Guten Abend, Mrs Blackwood."

Sie umklammerte ihre Tasche und lief zügig den Gang entlang, während sich wilde Entschlossenheit in ihr breitmachte. Sobald sie sich vergewissert hatte, dass Garrett wohlauf war, würde Jane die nötigen Schritte einleiten, um Martins Vormund zu werden. Sie war jetzt mehr denn je davon überzeugt, dass der Herr ihr diesen Jungen anvertrauen wollte. Und da sie nicht länger Direktorin war, gab es auch keinen Interessenskonflikt mehr. Sie glaubte fest daran, dass Gott die Adoption irgendwie möglich machen würde.

Kapitel 39

Mit pochendem Herzen stürmte Jane in die Notaufnahme des General Hospital und stellte entsetzt fest, dass das Wartezimmer aus allen Nähten platzte. Irgendwo im Raum schrie ein Baby. Eine alte Frau saß zusammengesunken in einem Rollstuhl und wiegte sich stöhnend vor und zurück. In der Nähe saß ein Mann mit einem blutgetränkten Verband um den Kopf.

Jane eilte an ihnen vorbei zum Schwesternzimmer.

„Entschuldigen Sie!", rief sie über den Lärm. „Entschuldigen Sie, ich –"

Eine Schwester blickte auf und schüttelte den Kopf. „Sie müssen warten, bis Sie an der Reihe sind, meine Liebe. Es ist gerade viel los, wie Sie sehen können."

Jane verkniff sich einen Einwand, wohl wissend, dass sie so nicht weiterkommen würde. Vielleicht konnte sie sich ja bei dem Durcheinander einfach davonschleichen und selbst nach Garrett suchen. Sie nahm gerade ihren Mut zusammen, um ihren Plan in die Tat umzusetzen, als sie Dr. Henshaw hinter einem Vorhang hervorkommen sah.

„Dr. Henshaw!" Bevor jemand sie zurückhalten konnte, rannte sie auf ihn zu.

Er wandte sich um und blinzelte. „Mrs Linder. Ich hoffe, Sie sind nicht wegen Ihrer Mutter hier."

„Nein, Mama geht es momentan gut." Sie hielt inne, um zu verschnaufen. „Ein Freund von mir, Mr Wilder, wurde heute hergebracht. Er ist von einem Baum gefallen. Ich muss wissen, wie es ihm geht."

Der Arzt hob eine Augenbraue. „Ich war hier, als er eingeliefert wurde."

„War er schwer verletzt?" Sie umklammerte den Gurt ihrer Tasche, damit ihre Hände nicht zitterten.

Seine freundlichen Augen strahlten Mitgefühl aus. „Ich weiß es nicht genau, weil ich ihn nicht behandelt habe." Er sah sich unauffällig um und fügte mit leiser Stimme hinzu: „Aber ich weiß, dass seine Familie wahrscheinlich im Warteraum der Chirurgie ist. Im fünften Stock."

„Vielen Dank, Dr. Henshaw." Sie drückte ihm die Hand, dann eilte sie zu den Aufzügen. Sie war froh, dass sie sich durch die häufigen Aufenthalte ihrer Mutter gut im Gebäude auskannte.

Auf dem Weg nach oben betete sie für Garrett. Die Tatsache, dass er in der Chirurgie war, ließ ihre Knie weich werden.

Als die Türen aufgingen, folgte sie den Schildern zum Wartebereich. Ihre Besorgnis wuchs mit jedem Schritt. Sie spähte in den Raum und erblickte sogleich Ben und Sarah auf der anderen Seite.

Sarah sprang sofort auf. „Jane! Ich bin so froh, dass Sie da sind." Sie kam und schloss Jane in die Arme.

Jane drückte sie einen Moment, dann trat sie zurück. „Wie geht es ihm?"

„Er wird operiert." Sarahs Augen wurden feucht. „Sein Rücken wurde bei dem Sturz verletzt. Das Röntgenbild hat gezeigt, dass der Splitter sich bewegt hat und jetzt an einer gefährlichen Stelle sitzt. Sie hatten keine andere Wahl, als zu versuchen, ihn zu entfernen."

„Wird er wieder ...?" Sie konnte es nicht einmal aussprechen.

„Sie wissen es nicht." Sarah schlang die Arme um sich. „Es wird sich mit der Zeit zeigen."

„Sie werden es also nicht gleich nach der OP sagen können?"

Sarah schüttelte den Kopf. „Wir müssen abwarten, wie gut die Wirbelsäule verheilt." Sie lächelte schwach. „Die gute Nachricht ist, dass sich der Splitter in seiner Brust bei dem Sturz auch bewegt hat. Er ist jetzt so weit von Garretts Herzen entfernt, dass die Ärzte ihn für ungefährlich halten."

Jane atmete auf. Garretts Leben war nicht mehr in Gefahr. Es ging nur noch darum, ob er wieder würde laufen können. „Das ist wenigstens ein kleiner Trost."

„Ja, allerdings." Sarah hob ihr Taschentuch zum Gesicht.

Diesmal war es Jane, die Sarah umarmte – eine Mutter, die Trost bedurfte. „Darf ich mit Ihnen und Ben warten?"

„Es könnte noch Stunden dauern." Sarah sah auf die Uhr an der Wand. „Er ist schon ziemlich lang da drinnen."

„Ist mir egal. Ich werde so lange warten wie nötig."

Sarah nahm sie am Arm. „Danke. Ich weiß, dass es Garrett viel bedeuten wird. Warum setzen wir uns nicht und beten zusammen? Und ich denke, es ist an der Zeit, dass wir uns alle duzen. Was meinst du?"

„Sehr gerne."

Garrett kam langsam zu Bewusstsein, als bahnte er sich einen Weg durch dichten Nebel. Er blinzelte und öffnete die Augen, aber es war alles dunkel. Wo war er? Er versuchte, sich zu bewegen, aber ein stechender Schmerz fuhr ihm durch den Rücken und in die linke Hüfte. Er stöhnte auf. Was war passiert?

„Da sind Sie ja wieder. Zurück aus dem Reich des Äthers." Eine Frau kicherte. „Versuchen Sie, still zu liegen. Sie hatten eine Rückenoperation."

Das Gesicht einer Frau mit einer weißen Haube kam in sein Blickfeld. Garrett versuchte zu sprechen, aber seine Zunge fühlte sich zwei Nummern zu groß für seinen Mund an.

„Ah, Ihr Mund ist wahrscheinlich staubtrocken. Moment, ich gehe Ihnen etwas Wasser holen."

Ein paar Sekunden später hielt sie ihm einen Strohhalm an die Lippen. Er trank begierig ein paar Schlucke.

„Langsam, nicht zu viel. Wenn Sie sich nicht übergeben müssen, können Sie in ein paar Minuten mehr haben." Sie stellte die Tasse auf den Beistelltisch. „Wie sind die Schmerzen?"

„Erträglich", brachte er krächzend heraus.

„Das ist gut. Sagen Sie Bescheid, wenn es schlimmer wird. Dann bekommen Sie noch eine Spritze." Sie tätschelte seinen Arm. „Ich informiere den Arzt, dass Sie aufgewacht sind. Er wird die Operation mit Ihnen besprechen wollen. Bin gleich zurück."

Garrett legte den Kopf auf das Kissen und versuchte, Bruchstücke der Erinnerung aus dem Nebel in seinem Gehirn zu filtern. Er war auf eine Leiter gestiegen, um Martin zu helfen. Und er war gestürzt. Danach konnte er sich an nichts erinnern.

Garrett kniff die Augen zu. *Herr, hilf mir, das durchzustehen und das Schicksal anzunehmen, das du für mich vorgesehen hast.*

Dann kam ihm Jane in den Sinn. Wusste sie schon, dass man Martin gefunden hatte? Wusste sie von seinem Sturz? Eine Welle der Niedergeschlagenheit überkam ihn. So viel zu seinem Termin beim Spezialisten, um herauszufinden, ob man noch etwas tun konnte. Die Sache war ihm auf verheerende Weise aus der Hand genommen worden.

Schritte erklangen und seine Eltern betraten den Raum, dicht gefolgt von einem Arzt.

Seine Mutter eilte an sein Bett. „Garrett, mein Schatz. Du bist wach. Wie fühlst du dich?"

„Wie überfahren."

„Das war anzunehmen", fiel der Arzt ein. „Ich bin Dr. Littlejohn, Ihr Chirurg. Ich möchte mit Ihnen besprechen, wie die Operation verlaufen ist und wie es jetzt weitergeht."

Garrett nickte knapp. „Fahren Sie fort."

„Ich habe festgestellt, dass sich der Granatsplitter in Ihrer Brust nun an einer weniger gefährlichen Stelle befindet und kein weiterer Eingriff nötig sein wird, was eine wirklich gute Nachricht ist."

„Sehr gut", sagte seine Mutter mit einem strahlenden Lächeln.

Doch Garrett starrte nur vor sich hin. Er machte sich mehr Sorgen um seinen Rücken und darum, dass der Arzt um den heißen Brei zu reden schien.

Dr. Littlejohn sah von seinem Klemmbrett auf. „Im Großen und Ganzen würde ich die Operation als Erfolg betrachten. Wir konnten das Metallstückchen entfernen und das beschädigte Rückenmark so gut es ging wiederherstellen."

„Das ist großartig, nicht wahr, Ben?" Mutter wandte sich mit Tränen in den Augen zu seinem Vater um, als suchte sie seine Unterstützung.

„Das hört sich tatsächlich sehr gut an“, stimmte Vater zu. „Gibt es noch etwas, Dr. Littlejohn?“

„Ja.“ Er räusperte sich. „Wir wissen noch nicht, ob der Nervenschaden dauerhaft ist, den der Splitter verursacht hat, als er sich ins Rückenmark gebohrt hat.“

Garrett stockte der Atem.

„Das wird sich erst zeigen“, fuhr der Chirurg fort, „wenn die Verletzung vollständig verheilt ist.“

„Und wie lange wird das dauern?“, fragte Vater.

„Das ist schwer zu sagen. Vielleicht nur ein paar Wochen, vielleicht aber auch Monate.“

Monate! Garretts Magen zog sich schmerzhaft zusammen. Er schloss die Augen und versuchte, ruhig zu atmen. Seine Gedanken kehrten sofort wieder zu Jane und ihrem Gespräch in der Scheune zurück. Aber wäre es fair, sie warten zu lassen? Wer wusste schon, ob er je wieder laufen könnte und wie lang es dauern würde? Und in der Zwischenzeit würde sie ihre Chance verpassen, Donald zu heiraten und seinem Sohn eine Mutter zu sein.

Sein Hals schmerzte. Nein, er durfte nicht so egoistisch sein. Er musste sie loslassen, damit sie das Leben führen konnte, zu dem sie bestimmt war.

„Wird er die ganze Zeit im Bett bleiben müssen?“, erkundigte sich seine Mutter.

„Vermutlich nur die erste Woche.“ Der Arzt wandte sich nun direkt an Garrett. „Dann werden wir mit den Übungen anfangen und Ihnen helfen, Ihre Muskeln langsam wieder zu kräftigen. Wenn es so weit ist, werden wir sehen, ob Sie aufstehen können. Bis dahin stellen wir Ihnen einen Rollstuhl bereit, den Sie im Krankenhaus und zu Hause nutzen dürfen.“

Garrett presste die Lippen zusammen, um nicht laut zu schreien. *Einen Rollstuhl.* Seine größte Angst wurde Wirklichkeit und er konnte rein gar nichts dagegen tun.

Nachdem der Arzt gegangen war, kam seine Mutter zu ihm und küsste ihn auf die Wange. „Es wird alles gut werden, Garrett. Du wirst schon sehen.“

„Das weißt du nicht, Mom. Niemand weiß das." Er schloss erneut die Augen. Vielleicht konnte er einfach alles vergessen, wenn er sie geschlossen hielt.

„Wir sollten dankbar sein, mein Sohn", sagte Vater mit leiser Stimme. „Wenigstens bedroht der andere Splitter nicht mehr dein Leben. Meiner Meinung nach ist das ein Grund zum Feiern."

Garrett schüttelte den Kopf und wand sich innerlich. Er wusste, dass er dankbar sein sollte. Aber die Aussicht, möglicherweise den Rest seines Lebens im Rollstuhl zu sitzen, drängte gerade alles andere in den Hintergrund. Selbst wenn seine Familie es nicht so sehen würde, fürchtete er den Gedanken, ihnen zur Last zu fallen. Er hatte ihnen immer das Leben erleichtern wollen, nicht erschweren.

Mutter legte ihm eine Hand auf den Arm. „Jane war die ganze Nacht bei uns. Sie ist im Warteraum. Darf ich sie zu dir schicken?"

Sein Herz drohte zu zerspringen und so nutzlos wie seine Beine zu werden.

„Nein", sagte er barsch. „Ich will niemanden sehen."

„Aber Garrett, sie –"

„Ich habe Nein gesagt."

Eine angespannte Stille legte sich über den Raum. Garrett wünschte, seine unhöflichen Worte zurücknehmen zu können, aber er konnte sich nicht einmal dazu überwinden, sich zu entschuldigen.

„Komm, Sarah." Vaters Stimme war schroff. „Lassen wir dem Jungen seine Ruhe. Er hat einiges zu verarbeiten."

„In Ordnung. Aber nur, dass du Bescheid weißt, Martin geht es gut."

Garrett schluckte schwer und nickte. „Das ist gut. Ich würde jetzt gerne etwas schlafen, wenn es euch nichts ausmacht."

Er wandte den Blick von Mutters verletzter Miene ab.

„Wir kommen später noch mal." Sie streichelte seinen Arm. „Und wir werden für dich beten, Garrett."

Für ihn beten. Die Worte hallten durch seinen Kopf, wurden lauter und lauter. Er lag vollkommen still da, bis er sicher war, dass seine Eltern gegangen waren. Dann riss er das Glas von seinem

Nachttisch und schleuderte es durchs Zimmer. Es knallte gegen die Wand und zersprang in tausend Teile.

Wenige Sekunden später kam eine Krankenschwester herein. Zornig biss er die Zähne zusammen und wandte den Blick ab. Sein Atem ging schnell und schwerfällig.

„Ich werde jemanden schicken, um das aufzuwischen", sagte sie und verließ den Raum.

Garrett umklammerte die Metallstäbe seines Betts, bis ihm die Finger wehtaten. Dann presste er die Augen zusammen. Stille, nutzlose Tränen liefen ihm über die Wangen und tropften auf sein Kissen, bis es völlig durchnässt war.

Seine Mutter konnte so viel beten, wie sie wollte. Aber er kannte die Wahrheit!

Es war längst zu spät dafür.

Kapitel 40

In den frühen Morgenstunden lief Jane durch die stillen Gänge des Krankenhauses und versuchte, ihre Nerven zu beruhigen. Sie hatte die ganze Nacht mit den Wilders im Wartezimmer verbracht, wo sie abwechselnd gebetet und auf den harten Plastikstühlen gedöst hatte. Man hatte sie informiert, dass Garretts Operation vorüber war und er nun wieder auf seinem Zimmer lag. Aber sie hatten auch erfahren, dass er noch eine Weile bewusstlos sein würde und sie ihn erst besuchen durften, wenn er aufgewacht war.

Als die Schwester ihnen vor ein paar Minuten endlich die gute Nachricht überbracht hatte und der Chirurg mit den Wilders sprechen wollte, war Jane fast von ihren Emotionen überwältigt worden. Sarah und Ben hatten versprochen, bald zurückzukommen und Jane alles zu berichten. Statt allein in dem leeren Raum zu warten, nutzte sie die Gelegenheit, ein Telefon zu suchen, um Donald anzurufen.

Obwohl es noch ziemlich früh am Morgen war, vermutete sie, dass Donald bereits auf den Beinen war, um Patrick zu versorgen. So hart dieser Anruf auch sein würde, sie musste Donald sagen, dass sie nicht kommen würde, um auf den Kleinen aufzupassen.

Weder heute noch in Zukunft.

Als sie letzte Nacht auf Neuigkeiten von Garretts Operation gewartet hatte, war ihr klar geworden, dass sie einen anderen Weg gehen musste. Sie hatte Donald endlich vergeben, so viel stand fest. Aber wie sehr sie sich auch anstrengte, sie konnte sich einfach nicht vorstellen, wieder mit ihm verheiratet zu sein. Nicht, wenn ihr Herz einem anderen gehörte.

Vielleicht war es feige von ihr, Donald die Nachricht am Telefon zu überbringen, aber sie hatte keine Zeit, um ihn persönlich zu treffen und so den Schock ein wenig abzumildern.

Während sie durchs Krankenhaus lief, versuchte sie, den Schlaf aus den Augen zu blinzeln und ihre schmerzenden Muskeln zu ignorieren. Die beiden aufeinanderfolgenden Nächte ohne richtigen Schlaf machten sich bemerkbar. Schließlich fand Jane eine Telefonzelle in der Nähe der Cafeteria. Sie schlüpfte hinein und rief bei der Vermittlung an, die sie mit Donald verband.

„Jane", sagte er, als er ihre Stimme hörte. „Ist alles in Ordnung? Wie geht es Martin?"

„Ihm geht es Gott sei Dank gut." Sie hielt inne. „Aber Garrett hatte nicht so viel Glück. Ich bin jetzt im Krankenhaus und warte auf Neuigkeiten von seiner OP."

„Im Krankenhaus? Aber was ist mit Patrick?"

Sie holte tief Luft. „Leider gibt es keine sanfte Art, dir das zu sagen. Ich fürchte, ich kann nicht länger auf Patrick aufpassen." Sie biss sich auf die Lippe und wartete auf die Standpauke, die sie verdient hatte. Theoretisch hatte sie ihr Wort gehalten. Sie hatten eine zweiwöchige Probezeit vereinbart, die gerade abgelaufen war. Es war ihr gutes Recht, ihre Meinung zu ändern. Trotzdem fühlte sie sich schuldig.

Doch statt wütend zu werden, schwieg Donald.

„I-ich verstehe das nicht", sagte er schlussendlich. „Ich dachte, dass es richtig gut zwischen uns läuft." Er klang eher verletzt als verärgert.

Sie schluckte. „Es tut mir so leid, Donald. Ich habe gedacht, dass es funktionieren könnte, wirklich. Aber ich habe mich zu sehr verändert, um in ein Leben zurückzukehren, das einfach nicht mehr zu mir passt."

„Ich weiß nicht, was ich sagen soll." Die Traurigkeit in seiner Stimme weckte noch mehr Schuldgefühle in ihr.

„Es tut mir so leid", sagte sie noch einmal. „Wenn du jetzt gleich bei der Arbeitsvermittlung anrufst, können sie dir bestimmt schon morgen jemanden für Patrick schicken."

„Ich dachte, du wünschst dir nichts mehr als ein Baby." Er klang benommen.

„Das dachte ich auch." Sie schwieg einen Moment, aber sie hatte keine Erklärung für ihre Entscheidung, außer, dass sie in einen anderen verliebt war. „Ich wünsche dir und Patrick alles Gute."

Als der Anruf beendet war, hängte sie den Hörer mit leicht zittrigen Händen auf die Gabel zurück und setzte sich eine Weile hin, um sich von den widersprüchlichen Gefühlen zu erholen, die in ihr tobten.

Sie betete, dass sie nicht schon wieder einen furchtbaren Fehler beging.

Einige Minuten später kehrte Jane ins Wartezimmer zurück, in der Hoffnung, dass der Chirurg Ben und Sarah eine gute Nachricht überbracht hatte und dass sie endlich Garrett sehen dürfte.

Sarah kam ihr mit einem etwas nervösen Lächeln auf den bebenden Lippen entgegen. Nicht das glückliche Strahlen, auf das Jane gehofft hatte.

„Wie ist es gelaufen?"

Ein Angestellter mit Wischmopp und Eimer kam den Gang entlang. Sarah ging zur Seite, um ihn vorbeizulassen. Etwas an der Art, wie sie zögerte, ließ Jane nichts Gutes erahnen.

Sarah schlang die Arme um sich. „Der Arzt sagt, es sei gut gelaufen, aber das Ausmaß des Nervenschadens lasse sich erst abschätzen, wenn die Wirbelsäule vollständig verheilt sei."

Jane schluckte. „Sie wissen also nicht, ob er wieder laufen können wird?"

„Sie sind zuversichtlich. Mehr können sie nicht sagen."

Jane atmete tief durch und versuchte, optimistisch zu sein. „Na ja, Garrett ist stark. Er wird alles tun, was die Ärzte sagen, und er wird nicht aufgeben. Ich weiß, dass er es schaffen wird." Sie brachte ein schwaches Lächeln zustande. „Kann ich jetzt zu ihm?"

Sarah verzog das Gesicht. „Es tut mir leid, Jane. Ich weiß nicht, wie ich es dir sagen soll, aber Garrett will niemanden sehen." Sie schüttelte den Kopf. „Nimm das nicht persönlich. Es ist nur ... er nimmt das Ganze sehr schwer. Der Arzt hat etwas von einem Rollstuhl gesagt und mir scheint, als habe Garrett den Mut verloren. Er braucht wohl etwas Zeit, um es zu verarbeiten."

Jane presste die Hand vor den Mund und lehnte sich an die Wand. Armer Garrett. Es kam ihm jetzt sicher vor, als wäre seine ganze Zukunft in der Schwebe. Aber er musste wissen, dass sie ihm auf jeden Fall zur Seite stehen würde.

Sie richtete sich auf und wandte sich zu seiner Mutter um. „Ich muss mit ihm reden, Sarah. Er muss wissen, dass sein Leben nicht vorbei ist und dass ich für ihn da bin."

Sarah blickte unentschlossen drein.

„Bitte, Sarah. Wenn er mir sagt, dass ich gehen soll, gehe ich. Ich will nur …" Tränen stiegen ihr in die Augen. „Ich muss ihn wenigstens kurz sehen."

Sarah seufzte tief. „Ich werde dich nicht aufhalten. Wer weiß? Vielleicht dringst du eher zu ihm durch als wir."

„Danke." Jane trocknete sich erleichtert die Augen.

„Er ist in Zimmer 522. Aber bitte versuch, ihn nicht aufzuregen."

„Ich gebe mein Bestes."

Janes Beine zitterten, als sie durch den Korridor lief und die richtige Zimmernummer suchte. Würde Garrett wütend werden, weil sie gegen seinen Wunsch zu ihm kam? Oder würde er erleichtert sein, sie zu sehen? So oder so würde sie seine Entscheidung respektieren müssen.

Vor seinem Zimmer blieb sie stehen, um zu beten. *Herr, bitte gebrauch mich als dein Werkzeug des Friedens. Hilf mir, Garrett zu trösten und ihm meine Liebe zu ihm zu zeigen. Amen.*

Als sie eingetreten war, musterte Jane den Raum. Das Bett auf der rechten Seite war leer. Ein weißer Vorhang umgab das andere Bett, in dem Garrett liegen musste. Sie wappnete sich für seine Reaktion und schob vorsichtig den Vorhang zurück.

Er lag auf der Seite mit dem Gesicht zur Wand und hatte die Augen geschlossen. Aus seiner Nase und seinem Arm kamen Schläuche, die mit summenden Maschinen verbunden waren. Es fiel ihr schwer, ihn so hilflos daliegen zu sehen. Er hatte alles riskiert, um Martin zu retten, und dafür mit seiner Gesundheit bezahlt.

Jane trat näher. Sie wollte ihn nicht stören, aber er musste wissen, dass sie da war. Sie dachte daran zurück, wie er ihr in schwierigen Zeiten zur Seite gestanden hatte. Jetzt musste sie für ihn da sein, um ihn genauso zu unterstützen.

Während sie einen Stuhl näher ans Bett heranrückte und sich setzte, kehrte ihre Entschlossenheit zurück. Sie würde so lange wie nötig warten, um ihren Teil zu sagen. Dann würde er wenigstens wissen, wo sie stand. Er würde vielleicht eine Weile brauchen, um seine Zukunft zu akzeptieren, wie auch immer sie aussehen mochte, aber er würde das alles nicht allein durchstehen müssen.

Sie saß ein paar lange Minuten schweigend da, bis er schließlich die Augen öffnete. Ihr Herz machte einen Satz, als seine blauen Augen ihrem Blick begegneten. Doch statt sie erfreut zu begrüßen, blieb seine Miene ausdruckslos. Wahrscheinlich hatte er gar nicht geschlafen, sondern nur so getan, damit sie wieder ging.

Denk daran, was er gerade durchmacht, Jane. Natürlich ist er nicht er selbst.

„Ich weiß, dass du keine Besucher willst", sagte sie. „Aber ich habe dir ein paar Dinge zu sagen." Sie strich ihr blaues Blumenkleid glatt, während sie versuchte, sich von seinem eisernen Schweigen nicht verunsichern zu lassen.

„Zuerst einmal möchte ich dir sagen, wie stolz ich auf dich bin. Und wie sehr es mir leidtut, dass du verletzt bist."

Ein schmerzerfüllter Ausdruck zuckte über sein Gesicht, aber er sagte immer noch nichts.

„Ich weiß, dass deine Prognose unsicher ist und dass es dauern wird, bis du Gewissheit hast. Aber ich bin zuversichtlich, dass du wieder laufen wirst. Du bist ausdauernd und entschlossen und ich weiß, dass du alles tun wirst, um es zu schaffen."

Seine Kiefermuskeln zuckten und sein Blick wurde noch finsterer. Was ging wohl in seinem Kopf vor?

Sie lehnte sich vor, um sicherzugehen, dass er ihre nächsten Worte hören würde. „Selbst wenn der schlimmste Fall eintreten sollte und du im Rollstuhl landest, heißt das nicht, dass du kein bedeutungsvolles Leben haben kannst. Wenn Franklin Roosevelt Präsident der Vereinigten Staaten werden konnte, obwohl er im Rollstuhl sitzt, dann kannst du ganz sicher ein erfolgreicher

Direktor der Children's Aid werden und etwas im Leben der Kinder bewirken."

Sie nahm seine Hand. Als er sie wegziehen wollte, verstärkte sie ihren Griff. „Ich will auch, dass du weißt, dass ich hier bin und auf dich warte, egal, was passiert. Und wir werden uns gemeinsam der Zukunft stellen, die Gott für uns bereithält."

Als er den Kopf zu schütteln begann, fuhr sie schnell fort. Sie musste alles sagen, was sie zu sagen hatte, damit er ihren Standpunkt wirklich verstand.

„Seit meinen Fehlgeburten und der Trennung von Donald habe ich darum gerungen, meinen Platz in dieser Welt zu finden. Aber jetzt weiß ich, wo ich hingehöre." Sie blinzelte, um gegen die Tränen anzukämpfen. Sie musste ihm ihr Herz ausschütten, damit nichts ungesagt blieb – koste es, was es wolle. Ihr stockte der Atem und die Gefühle, die in ihr aufstiegen, schnürten ihr die Kehle zu. „Mein Platz ist hier bei dir, Garrett. Weil ich dich so sehr liebe." Sie hielt seinem Blick stand, während sie ihn innerlich anflehte, ihr Angebot anzunehmen.

„Jane." Seine Stimme war so gequält wie der Ausdruck auf seinem Gesicht. „Ich kann … Ich *werde* dir keinen Ehemann aufbürden, der an einen Rollstuhl gefesselt ist."

„Du wirst nur *gefesselt* sein, wenn du es so siehst."

Garrett warf ihr einen weiteren düsteren Blick zu, aber sie ignorierte ihn, entschlossen, sich nicht abschrecken zu lassen.

„Niemand weiß, welche Herausforderungen das Leben bringt. Wir können nur darauf vertrauen, dass Gott in schweren Zeiten bei uns ist und uns hilft, Freude zu finden, unabhängig von unseren Umständen." Sie legte eine Hand auf seine stoppelige Wange. „Und du wirst wieder Freude finden, Garrett. Das hier ist bloß ein Rückschlag. Einer, den du ganz sicher überwinden wirst." Sie widerstand dem Drang, ihn zu küssen. Jetzt war nicht der richtige Zeitpunkt.

Seine Miene wurde ein kleines bisschen weicher. Dennoch spürte sie seine Zurückhaltung. Er brauchte Zeit, um alles zu verarbeiten. Zeit, um sich auszuruhen. Und sie hatte schon zu viel seiner Zeit in Anspruch genommen.

„Ich sollte jetzt gehen." Sie stand auf und sah ihn ein letztes Mal an, sein zerzaustes Haar, seine müden Augen. Ein warmes Gefühl breitete sich in ihrer Brust aus. „Wenn du irgendetwas brauchst, ruf mich einfach an."

„Warte." Er runzelte die Stirn. „Hast du Martin gesehen? Geht es ihm gut?"

Sie zögerte, dann nickte sie. „Er wird wieder. Sie haben ihn zur Sicherheit über Nacht im Krankenhaus behalten."

Sein Gesicht entspannte sich. „Da bin ich froh. Aber was ist mit den Blackwoods? Werden sie ihn wieder aufnehmen?"

Jane biss sich auf die Lippe. Sie glaubte nicht, dass er das alles jetzt hören musste. Aber an seiner Stelle würde sie es auch wissen wollen. „Ich habe Mrs Blackwood kurz im Krankenhaus getroffen. Ich hatte den Eindruck, dass sie Martin wieder abgeben will. Ich habe ihr gesagt, dass ich nicht mehr für die Organisation arbeite und dass sie sich dorthin wenden soll."

Er schüttelte den Kopf und seine Augen wurden wieder trüb. „Du hattest recht mit ihnen. Ich war zu stur, um auf dich zu hören." Er seufzte. „Was machen wir jetzt? Ihn zurück ins Heim schicken?"

„Ehrlich gesagt habe ich eine andere Idee." Nervös trat sie näher ans Bett heran. „Ich werde selbst die zeitweilige Vormundschaft für Martin beantragen, mit der Absicht, ihn zu adoptieren." Sie schloss die Finger fester um ihre Tasche. „Ich hatte gehofft, dass du mich als stellvertretender Direktor unterstützen würdest und die nötigen Papiere unterzeichnen könntest." Sie hielt die Luft an. Seine Antwort würde über ihren Herzenswunsch für Martin entscheiden.

Gemischte Gefühle spiegelten sich in seinem Gesicht. „Das würde ich ja, aber ich weiß nicht, wann und ob ich meinen Posten wieder antreten kann. Der Vorstand möchte jetzt vielleicht jemand anderen für mich einstellen."

Eine Welle der Enttäuschung überkam sie, aber sie nickte. „Ich verstehe." Sie schenkte ihm ein zittriges Lächeln. „Übrigens, wurde der Vorstand schon über deinen Unfall informiert?"

„Ich glaube nicht."

„Möchtest du, dass jemand dort anruft? Oder willst du das lieber selbst tun?" Sie sah sich im Zimmer um. „Ich kann dafür sorgen, dass du ein Telefon bekommst."

Sein Mundwinkel zuckte, bevor er laut seufzte. „Vielleicht könntest du Mr Fenmore anrufen. Erzähl ihm von meiner OP und bitte ihn, ins Krankenhaus zu kommen, damit wir die Einzelheiten besprechen können."

Ihre Schultern entspannten sich. „Mache ich gerne. Kann ich sonst noch was für dich tun?"

Er musterte sie für einen Augenblick und die letzten Spuren der Verärgerung verschwanden aus seinem Gesicht. „Nein." Er streckte den Arm aus, um mit den Fingern über ihre Hand zu streichen. „Ich kann dir momentan nichts versprechen, aber die Gewissheit, dass du an meiner Seite bist, bedeutet mir sehr viel."

Ihr Herz begann höherzuschlagen. Offenbar war er nicht bereit, sich festzulegen, bevor er genauer wusste, was die Zukunft für ihn bereithielt. Was in Ordnung war. Sie hatte gesagt, dass sie warten würde, und sie hatte es auch so gemeint.

Sie beugte sich über das Metallgitter, um ihm einen Kuss auf die Wange zu geben. „Ich lasse dich jetzt allein, damit du dich ausruhen kannst."

Er warf ihr einen warmherzigen Blick zu. „Danke, Jane. Du hast mir den ersten Funken Hoffnung geschenkt, seit ich aufgewacht bin."

Sie lächelte, während sich Dankbarkeit in ihr breitmachte. „Ein Funke ist ein guter Anfang. Das und inständiges Gebet."

Kapitel 41

Während er am nächsten Tag in seinem Krankenhausbett lag, hatte Garrett viel zu viel Zeit zu grübeln und sich sein Leben im Rollstuhl vorzustellen. Es wäre eine riesige Umstellung, sowohl körperlich als auch emotional. Aber Janes Worte hatten ihm wieder Hoffnung für die Zukunft gegeben.

Doch was würde es für sie beide bedeuten, wenn er im Rollstuhl säße? *„Mein Platz ist hier bei dir."* Jane schien fest entschlossen, an seiner Seite zu bleiben. Konnte Garrett zulassen, dass sie sich so aufopferte? Er dachte darüber nach, was er an ihrer Stelle tun würde. Wenn Jane einen Unfall hätte und im Rollstuhl landete, würde er sie dann weniger lieben?

Nein. Er würde trotzdem mit ihr zusammen sein wollen.

Wie konnte er ihr da diese Entscheidung verwehren?

Trotzdem quälten ihn zahllose Sorgen. Was, wenn er schwächer werden würde und nicht stärker? Was, wenn er sich nicht einmal ohne ihre Hilfe in den Rollstuhl heben könnte?

Er seufzte leise. Vielleicht würde er jetzt zu keinem Ergebnis kommen, was ihre Beziehung betraf, aber wenigstens hatte Jane ihm klargemacht, dass er immer noch eine bedeutungsvolle Karriere haben könnte.

„Hallo, Garrett." Sein Vater kam um den Vorhang herum. „Wie geht es dir, mein Sohn?"

„Hallo, Dad. Schon besser."

„Das freut mich." Vater zog einen Stuhl ans Bett und setzte sich. „Ich habe deine Mutter ein wenig an die frische Luft geschickt, damit wir ein Gespräch unter Männern führen können."

Garretts Magen zog sich zusammen. Das verhieß nichts Gutes.

„Wie geht es dir wirklich, Junge?"

Garrett seufzte. „Um ehrlich zu sein, drehe ich ein bisschen durch. Es ist die Ungewissheit, die mir zu schaffen macht – nicht zu wissen, ob ich je wieder laufen kann."

Vater nickte nachdenklich. „Das ist nicht leicht."

„Ja. Aber etwas, das Jane gesagt hat, macht mir Hoffnung. Sie hat mich daran erinnert, dass Franklin Roosevelt die Vereinigten Staaten vom Rollstuhl aus regiert. Wenn er den Anforderungen eines so wichtigen Postens nachkommen kann, denke ich, dass ich in meinem Leben auch etwas bewirken kann."

„Das sehe ich auch so." Vater warf ihm einen durchdringenden Blick zu. „Aber ich kenne dich. Du wirst alles daransetzen, wieder auf die Beine zu kommen."

„Ich habe vor, mein Bestes zu geben."

„Du weißt ja, dass deine Mutter und ich für dich da sind, um dich zu unterstützen, wo wir nur können."

„Danke, Dad." Garrett schluckte schwer. Er hatte gehofft, seinen Eltern aus ihrer Geldnot helfen zu können, statt ihnen zur Last zu fallen.

„Nutze diese Zeit, um herauszufinden, was wirklich wichtig ist, mein Sohn. Was du im Leben willst. Und vor allem, was Gott von dir will."

Garrett nickte. „Ja, Dad, das werde ich. Danke."

Schritte erklangen im Raum. „Entschuldigen Sie, Mr Wilder. Komme ich ungelegen?"

Garrett blickte auf. „Mr Fenmore. Nein, ganz und gar nicht." Er versuchte, sich weiter aufzurichten. „Das ist mein Vater, Ben Wilder."

„Freut mich, Sie kennenzulernen, Sir." Mr Fenmore schüttelte Vater die Hand.

„Ich warte draußen", sagte Letzterer, während er auf die Tür zuging. „Bis später, Junge."

Garrett wartete, bis sein Vater gegangen war, dann sah er Mr Fenmore an. „Danke, dass Sie hergekommen sind, Sir."

Mr Fenmore winkte ab. „Es tut mir sehr leid, dass Sie einen Unfall hatten. Wir waren erschüttert, als wir erfahren haben, dass es auf der Suche nach einem Schutzbefohlenen der Organisation passiert ist. Da haben Sie es mit Ihrem Engagement etwas übertrieben, meinen Sie nicht?" Er hob die grauen Augenbrauen.

„Vielleicht. Aber ich konnte an nichts anderes als an Martins Sicherheit denken."

Mr Fenmore nickte. „Das beweist auf jeden Fall, dass es die richtige Entscheidung war, Sie zum stellvertretenden Direktor zu machen." Er lächelte ironisch. „Auch wenn ich nicht gedacht hätte, dass Sie einen so praxisorientierten Ansatz verfolgen würden."

Garrett schüttelte den Kopf. „Danke. Es tut mir nur leid, dass ich eine Weile unpässlich sein werde." Das Piepen der Maschinen hörte sich plötzlich lauter an. Garrett hatte sich noch nie in seinem Leben so schwach gefühlt.

„Was das betrifft, hat Mrs Linder angeboten, für Sie einzuspringen, bis Sie wieder arbeitsfähig sind. Was halten Sie davon?"

„Das würde mich freuen. Jane wird in meiner Abwesenheit alles am Laufen halten."

„Gut. Dann werden wir das bei der nächsten Vorstandssitzung verkünden. In der Zwischenzeit möchte ich, dass Sie sich ganz auf Ihre Genesung konzentrieren. Und seien Sie unbesorgt, wir haben vor, Sie auch dauerhaft als Direktor einzustellen."

Garrett blieb der Mund offen stehen. „Wirklich? Was ist mit den anderen Bewerbern?"

„Wir haben ein paar vielversprechende Anwärter, aber keiner kann mit dem Engagement, das Sie bewiesen haben, mithalten."

„Ich ... ich weiß nicht, was ich sagen soll. Ich fühle mich geehrt, Sir. Vielen Dank."

Mr Fenmore reichte ihm einen braunen Umschlag. „Mrs Linder hat mich gebeten, Ihnen das hier zu geben. Es sind die Papiere von den Blackwoods. Nach den jüngsten Ereignissen haben sie beschlossen, dass sie Martin nicht länger behalten können."

Garrett nahm den Umschlag voller Bedauern entgegen. „Ich hätte wissen müssen, dass sie nicht geeignet sind."

„Mrs Linder und ich haben uns darüber unterhalten. Sie hat gesagt, dass Sie noch eine andere Idee für Martin hatten. Eine unkonventionellere Lösung?"

Garretts Herz schlug schneller. Hatte Jane ihr Anliegen bereits vorgetragen? „Eigentlich war es Janes Idee. Sie ist Teil ihrer Vorschläge zur Anpassung der Adoptionskriterien, die ich in meinen Bericht aufgenommen habe. Martin ist das perfekte Beispiel für ein Kind, das eine ungeteilte Aufmerksamkeit braucht."

„Ich verstehe." Mr Fenmore strich sich übers Kinn. „Soweit ich weiß, ist Mrs Linder geschieden und lebt bei ihrer verwitweten Mutter. Glauben Sie wirklich, dass sie geeignet wäre, den Jungen zu adoptieren?"

„Ja. Jane und Martin haben eine besondere Bindung zueinander. Ich glaube, dass er bei ihr gut aufgehoben wäre."

Mr Fenmore nickte nachdenklich. „Nun ja, da uns nur so wenige Pflegefamilien zur Verfügung stehen, müssen wir wohl auf kreative Lösungen zurückgreifen, um ein Zuhause für die Kinder zu finden."

„Danke, Sir. Ich freue mich darauf, an die Arbeit zurückzukehren und diese Ideen umzusetzen."

„Wenn Sie bis dahin irgendetwas brauchen sollten, rufen Sie mich einfach an." Mr Fenmore räusperte sich. „Sollte Ihre Genesung sich verzögern, können wir auch ein paar Veränderungen am Bürogebäude vornehmen, um es rollstuhlgerecht zu machen."

Garrett hob die Brauen. „Dazu wären Sie bereit?"

Er nickte. „Um ehrlich zu sein, hätten wir das schon vor Jahren tun sollen. Erst recht jetzt, wo unsere verwundeten Veteranen zurückkehren." Er warf Garrett einen vielsagenden Blick zu. „Konzentrieren Sie sich einfach darauf, so weit zu genesen, dass Sie wieder nach Hause dürfen." Er tippte sich an den Hut und verließ den Raum.

Garrett starrte ihm einen Moment lang nach. Mr Fenmore war überaus großzügig. Es war ein befreiendes Gefühl zu wissen, dass er seinen Job auch behalten würde, wenn er gelähmt bliebe. Er sah auf den Umschlag mit Janes ordentlicher Handschrift hinab. Er öffnete ihn und fand darin die Papiere der Blackwoods zur Aufhebung des Pflegeverhältnisses. Unmittelbar darunter lag das Formular, das Mrs Jane Linder die Vormundschaft für Martin Smith übertragen würde. Jane hatte darin auch ihre Absicht vermerkt, den Jungen nach der vorgeschriebenen zweijährigen Wartezeit zu adoptieren. Sie hatte das Formular bereits unterzeichnet, sodass nur noch Garretts Unterschrift fehlte.

Er lächelte, als er das Formular durchlas. Er würde es mit Freuden unterzeichnen. Wenigstens würde er so dazu beitragen, dass einer von Janes Träumen wahr wurde.

Er hoffte nur, dass er ihr eines Tages auch ihre anderen Träume erfüllen konnte.

Kapitel 42

Jane zog die Eingangstür des Bürogebäudes der Children's Aid fest hinter sich zu und schloss sie ab. Es war ein weiterer langer Tag gewesen. Sie sprang nun schon seit zweieinhalb Wochen für Garrett ein. Laut Mr Fenmore würde Garrett nächsten Montag zurückkehren, wenn die Rampe am Eingang rechtzeitig angebracht werden konnte.

Sie wusste aus ihren häufigen Gesprächen mit Sarah, dass Garrett noch nicht wieder laufen konnte, was ihn zutiefst frustrierte und allen anderen, auch Jane, große Sorgen bereitete.

Auf dem Weg zur Bushaltestelle versuchte sie erfolglos, ihre düstere Stimmung abzuschütteln. Sie hatte Garrett nicht mehr gesehen, seit er das Krankenhaus verlassen hatte und für seine weitere Genesung auf den Hof gezogen war. Als sie ihn am Tag seiner Entlassung besucht hatte, hatte er sie gewarnt, dass er Zeit für sich brauchen würde, um sich auf seine Genesung zu konzentrieren. Und er hatte sie um ihr Verständnis gebeten. Was war ihr da anderes übrig geblieben, als zuzustimmen?

Trotzdem rief Jane fast jeden Tag auf dem Hof an und Sarah hielt sie über Garretts Fortschritte auf dem Laufenden. Die Wilders hatten ihm ein Bett im Erdgeschoss aufgestellt und das Krankenhaus hatte arrangiert, dass dreimal die Woche ein Physiotherapeut vorbeikam. Er half Garrett, seine Beinmuskulatur zu trainieren, damit er stark genug sein würde, um aufzustehen, sobald die Nerven vollständig verheilt waren.

Aber immer, wenn Jane mit Garrett sprechen wollte, hatte Sarah eine Ausrede parat, warum er gerade nicht ans Telefon kommen konnte. Und wenn Jane vorschlug, ihn zu besuchen, gab es immer einen Grund, warum es gerade kein guter Zeitpunkt war. Jane ließ sich davon nicht täuschen. Sie wusste, dass Sarah nur das weitergab, was Garrett ihr sagte. Und es war offensichtlich, dass er sich von Jane distanzierte, für den Fall, dass er nie wieder würde laufen können.

Wenn sie ihm nur irgendwie verständlich machen könnte, dass es für sie keine Rolle spielte.

Jane stellte den Kragen auf, um sich gegen den rauen Wind zu schützen, und sah in die Richtung, aus welcher der Bus kommen sollte. Vielleicht war sie ungeduldig und erwartete zu viel in zu kurzer Zeit. Immerhin war es eine lebensverändernde Situation für Garrett und er verdiente eine Chance, sich damit zu arrangieren, so gut er eben konnte.

Hab Vertrauen. Diese Worte kamen ihr immer wieder in den Sinn, selbst zu den merkwürdigsten Zeiten. Sie waren wohl eine subtile Erinnerung daran, dass sie auf Gottes Zeitplan vertrauen sollte.

Ich versuche es, Herr. Wirklich.

Sie musste sich daran erinnern, dass Gott alles in der Hand hatte und dass sein Wille geschehen würde. Deshalb bemühte sie sich auch, Garretts Wünsche zu respektieren und ihm die Zeit zu geben, die er brauchte, um sich mit seiner Situation abzufinden.

Der Bus hielt mit einem Quietschen und die Türen schwangen vor ihr auf. Als sie einstieg, versuchte sie bewusst, alle negativen Gedanken beiseitezuschieben und sich stattdessen auf das Positive zu konzentrieren. Ihre Laune hob sich sofort, als sie daran dachte, dass Martin zu Hause auf sie wartete. Er und Mutter hatten ein kleines Nachmittagsritual entwickelt. Wenn Martin von der Schule kam, wartete Mutter immer mit einer kleinen Leckerei auf ihn und danach bereiteten sie gemeinsam das Gemüse fürs Abendessen vor. Wenn Jane dann nach Hause kam, war ein Großteil der Arbeit bereits erledigt.

Martin war in der kurzen Zeit, die er bei ihnen wohnte, aufgeblüht, was Jane unheimlich freute. Die Gewissheit, eine Familie zu haben, die ihn liebte – auch wenn es eine ungewöhnliche Familie war –, hatte Martin vollkommen verändert. Er ging nun sogar gern zur Schule und erledigte bereitwillig seine Hausaufgaben.

Auch Mutter ging es besser, seit Martin bei ihnen war. Sie schien mehr Energie zu haben und strahlte eine neue Leichtigkeit aus. Offensichtlich genoss sie ihre Rolle als Großmutter sehr. Als Jane mit Dr. Henshaw darüber sprach, meinte er, dass ihre neue Energie trotz ihres bestehenden Herzleidens auf ihre bessere Laune zurückzuführen sein könnte.

Er sagte, es käme recht oft vor, dass Patienten an ihrer Situation verzweifelten, und diese Niedergeschlagenheit sei beinahe genauso schädlich für ihre Gesundheit wie das körperliche Leiden. Er versuchte, Jane zu versichern, dass sie sich hervorragend um ihre Mutter gekümmert hatte. Aber die Tatsache, dass jetzt ein Kind im Haus sei, hätte ihrer Mutter einfach neuen Auftrieb gegeben. Sie hätte jetzt mehr Interesse daran, die wenigen Dinge zu tun, die sie noch tun konnte, wie Stricken und Kochen. Jane dachte darüber nach und kam zu dem Schluss, dass Dr. Henshaw recht hatte. Mutters Traurigkeit war wohl ebenso schädlich für sie gewesen wie ihr schwaches Herz. Wenn Martin etwas daran ändern konnte, dann war er ein noch größerer Segen für sie beide, als Jane gedacht hatte.

Als sie an ihrer Haltestelle ausstieg, fühlten sich ihre Schritte leichter an. Gott war zu jeder Zeit treu und gut. Letzten Endes war das alles, worauf es ankam.

Wenn ein Fleck ihres Herzens leer bleiben würde, hatte sie kein Recht, sich zu beklagen. Sie hoffte nur, dass Garrett Freude und Erfüllung in seinem Leben finden würde, was immer die Zukunft für ihn bereithalten mochte.

Und wenn es eine Zukunft ohne sie wäre, betete sie, dass sie lernen würde, es zu akzeptieren. Bis dahin klammerte sie sich an die Hoffnung, dass Garrett irgendwann erkennen würde, dass er sie an seiner Seite wollte.

Garrett fuhr mit dem Rollstuhl durch den Flur in die Küche seiner Eltern. Obwohl die Behandlung heute sehr gut verlaufen war, war er durch und durch frustriert. Das Kribbeln in seinen Unterschenkeln und Füßen verriet ihm, dass langsam das Gefühl in seine

Beine zurückkehrte. Er spürte es nun schon seit über einer Woche, aber sein Arzt erlaubte ihm immer noch nicht aufzustehen.

„Lassen Sie sich noch etwas Zeit", hatte Dr. Littlejohn während seines letzten Besuchs gesagt.

Etwas Zeit? Nächste Woche sollte er wieder mit der Arbeit beginnen. Andererseits sagte ihm sein Verstand, dass er womöglich einen Rückschlag erleiden würde, wenn er seine Genesung überstürzte. Und das wollte er auf keinen Fall.

In erster Linie sehnte er sich jedoch nach Jane. Er hatte sich fest vorgenommen, dass er sie nicht mehr treffen würde, bis er auf eigenen Beinen auf sie zugehen konnte. Und solang er mit seinen neuen Umständen noch nicht zurande kam, hielt er es für das Beste, wenn sie beide etwas Abstand voneinander hielten.

In der Küche schob Garrett seinen Stuhl an der Theke vorbei zu dem langen, rustikalen Esstisch.

Mutter saß auf ihrem üblichen Platz mit einer Tasse Tee in der Hand. „Hallo, Garrett. Wie war die Behandlung heute?"

Sie stellte ihm jedes Mal die gleiche Frage und erhielt jedes Mal die gleiche Antwort.

„Gut, wie immer." Er schob sich an den Tisch, wo eine Karaffe mit Wasser und ein Glas für ihn bereitstanden.

Während er sich etwas zu trinken einschenkte, musterte er seine Mutter. Sie hatte die Augenbrauen zusammengezogen und starrte gedankenverloren in ihre Tasse. Garrett unterdrückte einen Seufzer. Die Lage auf dem Hof hatte sich nicht wesentlich verbessert. Vater sah in letzter Zeit niedergeschlagen aus, was vermutlich der Grund für Mutters Sorge war.

Und ein weiterer Grund dafür, dass Garrett aus diesem Stuhl herausmusste. Wenn er wieder ganz gesund wäre, könnte er mehr auf dem Hof aushelfen. Schließlich musste er jetzt nicht mehr wegen der Granatsplitter besorgt sein. Er könnte für die Children's Aid arbeiten und, wenn nötig, jeden Abend hierherkommen, um seinem Vater zu helfen, wo er nur konnte.

Momentan gab es nicht so viel Arbeit auf dem Hof, da es Anfang Dezember war und eine feine Schneeschicht den Boden bedeckte. Aber es mussten immer noch Zäune geflickt, kleine Schäden an der Scheune repariert und das Futter für die Tiere vorbereitet werden.

Er trank einen großen Schluck Wasser. „Kann ich dir irgendwie helfen, Mom?"

Sie hob den Kopf und warf ihm ein kurzes Lächeln zu. „Du könntest die Karotten fürs Abendessen schälen."

„Gerne." Sie fand immer eine Aufgabe für ihn, damit er sich nützlich fühlte.

„Bist du sicher, dass du bereit bist, am Montag wieder arbeiten zu gehen?"

Er biss die Zähne zusammen. Das war das Schwierigste daran, sich zu Hause von einer Operation zu erholen. Er wusste ihre Sorge wirklich zu schätzen, aber manchmal fühlte er sich wie ein achtjähriges Kind statt wie ein dreißigjähriger Mann. „Ja, Mom. Ich fühle mich großartig. Ich wünschte nur, ich könnte aus eigener Kraft in mein Büro laufen und müsste Dad nicht aufbürden, mich jede Woche hin- und zurückzufahren."

Glücklicherweise gab es in der Pension, in der Garrett wohnte, bereits eine Rampe an der Eingangstür und seine Vermieterin hatte ihm freundlicherweise ein Zimmer im Erdgeschoss angeboten. Außerdem informierte er sich gerade über die Möglichkeiten, die öffentlichen Verkehrsmittel mit Rollstuhl zu nutzen.

Sie streckte die Hand aus und tätschelte seinen Arm. „Hab noch ein bisschen Geduld."

„Geduld ist leider nicht meine größte Stärke."

„Da hast du recht." Sie schmunzelte und stand auf, um zur Spüle zu gehen. „Hast du schon mit Jane geredet?"

Sofort verdüsterte sich seine Stimmung. Sie hatten diese Unterhaltung schon so oft geführt und langsam hatte er genug. Er hatte zwar ein- oder zweimal kurz mit Jane über die Arbeit gesprochen, aber das meinte seine Mutter nicht. „Nein, Mom. Und du weißt auch, warum."

„Garrett, sie ruft jeden Tag an, um zu fragen, wie es dir geht. Sie liebt dich, egal ob du laufen kannst oder nicht."

Er starrte finster die Tischplatte an. „Es steht nicht zur Debatte. Wenn der richtige Zeitpunkt gekommen ist, rede ich mit ihr."

Seine Mutter seufzte nur und schüttelte den Kopf.

Ein lautes Klopfen ertönte an der Haustür, gefolgt von Schritten im Flur.

„Ich mache auf", drang Cassies Stimme zu ihnen.

Ein paar Sekunden später kam sie langsam in die Küche, gefolgt von der kleinen Mandy. Cassie starrte auf einen Umschlag in ihrer Hand. Sie war kreidebleich.

„Was ist das?" Mutter trocknete die Hände an einem Geschirrtuch ab.

Cassie sank auf einen Stuhl, sie hatte Tränen in die Augen. „Es ist ein Telegramm vom Kriegsbüro."

Garretts Magen krampfte sich zusammen. *Bitte nicht noch mehr schlechte Neuigkeiten.* Er glaubte nicht, dass seine Familie einen weiteren Schock ertragen konnte.

Cassie hielt ihrer Mutter den Umschlag mit zittrigen Händen hin. „Kannst du ihn bitte aufmachen?"

„Natürlich." Sie nahm den Umschlag und starrte ihn ein paar Sekunden lang an, als könnte sie so abschätzen, ob er schlechte Nachrichten enthielt.

Mandy hüpfte neben dem Tisch auf und ab, während sie eine ihrer Puppen im Arm hielt. „Mommy, darf ich eine Teeparty machen?"

„Nicht jetzt, Süße", sagte Cassie. „Später vielleicht." Sie wandte den Blick keine Sekunde von dem Umschlag ab, den ihre Mutter jetzt öffnete.

Garretts Herz pochte ungleichmäßig in seiner Brust. Das seiner Schwester überschlug sich vermutlich gerade.

Mutter zog das Papier aus dem Umschlag und überflog den Inhalt, dann schlug sie die Hand vor den Mund.

„Was steht drin?" Cassies Gesicht war tränenüberströmt.

Mutter hielt ihr das Telegramm hin. „Jack kommt nach Hause."

„Was?" Cassie entriss ihr das Papier und las selbst. Ein Lächeln breitete sich auf ihrem Gesicht aus. „Es ist wahr. Sie schicken ihn nach Hause. Danke, Herr!" Sie schluchzte laut.

Garrett wurde von Erleichterung und Freude erfüllt. Endlich eine gute Nachricht. Jack würde bald wieder bei seiner Familie sein, wo er hingehörte.

Plötzlich nahm Garrett aus dem Augenwinkel eine Bewegung wahr.

„Mandy, nein!“ Er schoss gerade noch rechtzeitig vor, um zu verhindern, dass die heiße Teekanne auf das Mädchen fiel. Er schob die Kanne zurück an ihren Platz und nahm Mandys Hand. Vorsichtig untersuchte er sie, um sicherzugehen, dass sie sich nicht die Finger verbrannt hatte. „Alles in Ordnung?“

Sie nickte mit weit aufgerissenen Augen.

Seine Erleichterung schwang in Verärgerung um. „Was hat Grandma dir über die Teekanne gesagt? Du hättest dich ganz schlimm verbrennen können!“

Er sah zu seiner Mutter und seiner Schwester hinüber in der Erwartung, dass sie ihm zustimmen würden. Stattdessen starrten sie ihn mit offenem Mund an.

„Du stehst!“ Cassie deutete auf seine Beine.

Garrett blickte langsam an sich hinunter und bekam eine Gänsehaut. Er war ohne nachzudenken aufgesprungen, damit Mandy sich nicht verbrühte. Jetzt begannen seine Beine zu zittern und er ließ sich wieder in den Rollstuhl sinken.

„Preist den Herrn!“ Mutters Augen füllten sich mit Tränen.

Er blinzelte, immer noch benommen von dem, was gerade geschehen war. Um sich zu vergewissern, dass es wirklich stimmte und keine Ausnahme gewesen war, zog er sich noch einmal langsam hoch, während er sich auf die Tischkante stützte. Diesmal schienen seine Beine weniger zu zittern. Ein Grinsen umspielte seine Lippen, als er versuchte, einen Schritt zu gehen.

„Sei vorsichtig.“ Mutter eilte herüber, um ihn zu stützen. „Lass dir Zeit.“

Er ging ein paar stockende Schritte, bis er die Küchentheke erreichte. Dann warf er den Kopf zurück und lachte aus vollem Hals. Ein Hochgefühl machte sich in seiner Brust breit. „Ich kann es nicht glauben. Heute ist ein Tag der Wunder.“ Er warf die Arme um seine Mutter. „Ich würde sagen, das ist ein Grund zu feiern!"

„Finde ich auch." Cassie kam herüber, um ihn ebenfalls zu umarmen. Frische Tränen glitzerten auf ihren Wangen.

„Können wir dann jetzt eine Teeparty machen?", fragte Mandy, die zu ihnen hochblickte.

Sie fingen alle drei an zu lachen. Cassie hob Mandy hoch und wirbelte sie durch die Küche. „Eine Teeparty, Kekse und was immer du willst, mein Schatz. Dein Daddy kommt nach Hause. Und Onkel Garrett kann wieder laufen."

Kapitel 43

Jane schloss die Ofentür. In einer halben Stunde würde der Braten fertig sein. Prüfend warf sie einen Blick auf die Kartoffeln im Topf und schloss den Deckel mit einem Lächeln. Das Sonntagsessen wurde allmählich zu ihrer Lieblingszeit in der Woche. Sie hob immer etwas von ihren wöchentlichen Fleisch- und Zuckerrationen auf, um am Wochenende ein gutes Essen und einen leckeren Nachtisch zubereiten zu können. Das Sonntagsessen war eine Familientradition aus ihrer Kindheit, die sie trotz des Krieges an ihren Sohn weitergeben wollte.

Jetzt, da sie Martin hatten, schien sich ihr Leben von einem Schwarz-Weiß-Film in einen Farbfilm verwandelt zu haben. Es war ein wahres Geschenk, ihr Zuhause mit einem Kind zu teilen, mit jemandem, für den das Familienleben etwas Besonderes war. Es machte Mutter und sie noch dankbarer für alles, was sie hatten.

Natürlich ginge es ihnen noch besser, wenn sie endlich eine gute Nachricht von Brandon erhielten. Aber nachdem Jane das Kriegsbüro kontaktiert und erfahren hatte, dass es nichts Neues gab – und sich daran vor Kriegsende wohl auch nichts ändern würde –, bemühte sie sich, nicht weiter darüber nachzugrübeln. Es war, wie Mutter gesagt hatte: Sie mussten Brandons Schicksal in Gottes Hände legen.

Die andere Frage, die Jane beschäftigte, war, ob sie sich eine neue Stelle suchen sollte. Wenn Garrett seinen Posten als Direktor antrat, war sie nicht sicher, ob sie wieder als Sozialarbeiterin bei der Children's Aid anfangen konnte. Nicht, wenn er sie weiterhin mied. Es war wahrscheinlich das Beste für sie beide, wenn Jane woanders Arbeit suchen würde. Eine Aussicht, auf die sie sich nicht gerade freute.

In diesem Moment kam Martin in die Küche gestürmt. „Da hält ein Pick-up vor dem Haus, Mom."

Janes Herz schmolz jedes Mal dahin, wenn er sie so nannte. „Wirklich, mein Schatz?"

„Ja. Sieht aus wie Mr Bens Auto vom Hof."

Jane runzelte die Stirn und legte die Topflappen auf die Küchentheke. Warum sollte Ben hier sein? Sie holte tief Luft und versuchte, ihren Puls zu beruhigen. Wahrscheinlich wollte er nur Blackie vorbeibringen. Sie hatte Sarah erzählt, dass Martin den Hund sehr vermisste, und Sarah hatte versprochen, mit Garrett darüber zu sprechen. Jane hatte nichts mehr davon gehört und wollte die Familie auch nicht weiter belästigen. Sie wusste ja, wie sehr sie um Garretts Genesung besorgt waren. Sie nahm an, dass Ben den Hund vorbeibringen würde, sobald sich eine Gelegenheit ergab.

Aber warum sollte er an einem Sonntagnachmittag in die Stadt kommen?

Sie trocknete die Hände an ihrer Schürze, zog sich eine dicke Strickjacke über und folgte dem aufgeregten Martin zur Tür.

Tatsächlich parkte Bens roter Pick-up vor dem Haus. Blackie stand auf der Ladefläche und wedelte wie wild mit dem Schwanz. Als er Martin erblickte, sprang er herab und stürmte auf den Jungen zu.

„Blackie! Du bist da!" Martin kniete sich hin und vergrub das Gesicht im Fell des Hundes. Blackies ganzer Körper wackelte vor Freude, als er dem Jungen das Gesicht ableckte.

Ben kam vorne um das Fahrzeug herumgelaufen. Er war wie üblich in Jeans und Karohemd gekleidet, diesmal trug er noch eine Jacke aus Schafleder darüber. „Hallo, Jane. Ich hoffe, es ist in Ordnung, dass wir unangekündigt vorbeikommen."

„Natürlich, Ben." Sie lächelte und verließ die Veranda, während sie ihren Pulli enger um sich wickelte. Es wurde mit jeder Minute kälter. Wahrscheinlich würde bald der erste richtige Schnee in diesem Winter fallen. „Danke, dass du Blackie vorbeigebracht hast. Ich hoffe, du bist nicht nur dafür den weiten Weg gefahren."

Bens Augen funkelten. „Nicht nur. Ich habe noch eine andere Lieferung."

In diesem Augenblick bemerkte sie jemanden auf dem Beifahrersitz. Die Tür ging auf und zwei lange Beine schwangen heraus, gefolgt von dem Ende eines Gehstocks.

Jane blieb das Herz stehen. Ihr Blick wanderte von den Beinen zum Oberkörper des Mannes, der gerade auszusteigen versuchte.

Garrett!

Ihr stockte der Atem, während sie seinen Anblick in sich aufsog. Er sah gut aus in seiner schwarzen Cordjacke und der hellbraunen Hose. Sein dunkles Haar war länger als sonst, aber seine lebhaften blauen Augen waren genau so, wie sie sie in Erinnerung hatte. Sie wollte über den Rasen rennen, um ihm zu helfen, aber ihre Füße waren wie angewurzelt. Als Garrett mithilfe seines Stocks das Gleichgewicht gefunden hatte, blieb er kurz stehen und lächelte ihr zu, bevor er einen vorsichtigen Schritt nach vorne machte.

Jane bedeckte den Mund mit der Hand und sah Ben an. „Er kann laufen?"

„Allerdings. Und nachdem er etwa einen Tag lang fleißig geübt hat, wollte er zuallererst hierherkommen."

Tränen brannten ihr in den Augen. Sie blinzelte und ging auf ihn zu, doch dann blieb sie stehen, unsicher, was sie tun sollte. Am liebsten hätte sie sich in seine Arme geworfen, aber sie fürchtete, dass sie dann beide am Boden landen würden.

Stattdessen lächelte sie ihn durch ihre Tränen an. „Seit wann ...?"

„Seit Freitagnachmittag. Zwanzig nach vier, um genau zu sein." Garretts Grinsen war ein wundervoller Anblick. Freude strahlte aus seinem Gesicht und ließ seine Augen noch leuchtender wirken.

Er sah an ihr vorbei. „Hallo, Martin. Bringst du meinen Dad nach drinnen, damit er deiner Großmutter Hallo sagen kann?"

„Na klar, Mr Wilder. Danke, dass ich Blackie haben darf."

„Gerne. Ich bringe nachher seine restlichen Sachen rein. Aber zuerst muss ich mit Jane sprechen."

Trotz der kalten Luft stieg Jane Hitze in die Wangen. „Sollen wir uns auf die Veranda setzen?"

„Ich würde lieber ein bisschen stehen, wenn das in Ordnung ist. Ich habe in den letzten Wochen genug gesessen und versuche immer noch, meine Beine zu kräftigen und sie an die Bewegung zu gewöhnen."

Ihre Wangen waren feucht. Sosehr sie sich auch bemühte, sie konnte die Tränen einfach nicht zurückhalten. „Das ist so eine wundervolle Nachricht. Ich habe so viel für dich gebetet."

Er streckte die Hand aus, um mit dem Daumen ihre Tränen wegzustreichen. „Ich weiß."

„Ich habe jeden Tag angerufen."

„Das weiß ich auch."

„Aber du wolltest nicht mit mir reden."

„Es tut mir leid." Er senkte mit zerknirschtem Blick den Kopf. „Ich konnte nicht mit dir reden, bis ich wusste, ob ich je wieder laufen würde. Das war stolz, ich weiß. Aber ich musste erst mit meiner Situation fertigwerden, bevor ich irgendwelche wichtigen Entscheidungen für mein Leben treffen konnte."

Sie sah prüfend in sein Gesicht. Sie brauchte eine ehrliche Antwort. „Und was, wenn du nie wieder hättest laufen können? Wärst du trotzdem zu mir gekommen? Oder hättest du mich in einer so schwierigen Situation einfach sitzen lasssen, wie Donald es getan hat?"

Er zuckte zusammen und ein sorgenvoller Ausdruck huschte über sein Gesicht. „Ich wollte dich nie verletzen, Jane. Ich habe versucht, dich zu schützen."

„Ich habe keinen Schutz gebraucht", sagte sie leise. „Ich habe dir gesagt, dass es für mich keine Rolle spielt. Dass ich dich so oder so liebe."

Er seufzte reumütig. „Ich bin mir ziemlich sicher, dass ich irgendwann nachgegeben hätte und zu dir gekommen wäre. Ich glaube nicht, dass ich stark genug bin, um mich von dir fernzuhalten. Das war ich noch nie."

Sie hob das Kinn. „Und versprichst du mir, dass du dich nie wieder so vor mir verschließen wirst?" Sie wartete mit laut pochendem Herzen. Sie brauchte die Gewissheit, dass er der Richtige für sie war, derjenige, der an ihrer Seite durch alle Höhen und Tiefen des Lebens gehen würde.

Seine schönen blauen Augen wurden feucht. „Ja. Ich verspreche, dass ich alles mit dir teilen werde, das Gute und das Schlechte.

Ich kann nicht glauben, dass ich vergessen hatte, was für ein gutes Team wir sind."

Er schlang einen Arm um sie und zog sie an sich. Dann senkte er langsam den Kopf und legte seine Lippen auf ihre. Ihr ganzes Wesen seufzte in Erwiderung seines Kusses. *Endlich*, schien ihre Seele zu sagen. Endlich war ihr Universum in perfektem Einklang. Wie sie ihn vermisst hatte. Das Gefühl seiner Arme, seiner warmen Lippen auf ihren. Der Kuss war für ihren Geschmack viel zu schnell vorbei, doch sie lehnte den Kopf an seine Schulter und sog seinen Duft ein.

„Ich habe so lange auf diesen Moment gewartet", hauchte er in ihr Haar. „Manchmal habe ich befürchtet, ich könnte dich nie wieder so in den Armen halten."

Der Drang zu weinen überwältigte sie fast, aber sie würde jetzt nicht noch mehr Tränen vergießen. Es gab Grund zu feiern, nicht zu weinen. „Ich habe dich auch vermisst. Sehr sogar."

Er küsste sie noch einmal kurz auf die Lippen, dann lächelte er. „Ich habe etwas für dich. Warte hier." Mithilfe seines Gehstocks lief er vorsichtig über den harten, braunen Rasen zum Auto, griff in die offene Tür und kam mit einem Glasbehälter in der Hand zurück.

Er reichte ihn ihr. Es war ein Einmachglas, das mit rot kariertem Stoff und Zwirn verziert war. „Das ist Moms selbst gemachter Apfelmus. Sie wollte dir das Rezept geben – einschließlich ihrer geheimen Zutat."

Jane starrte auf den Zettel, der am Glas befestigt war. Obwohl sie sich geehrt fühlte, dass Sarah ihr ein Familiengeheimnis anvertraute, konnte sie ihre Enttäuschung nicht leugnen. Sie hatte gedacht, dass es ein Geschenk von Garrett wäre, etwas Persönlicheres. „Richte ihr meinen Dank aus. Wir werden es heute Abend zu unserem Nachtisch essen."

Er deutete lächelnd auf den Deckel. „Da ist noch etwas." Er hatte ein Funkeln in den Augen.

Tatsächlich blitzte etwas Glänzendes unter der großen Zwirnschleife hervor. In ihrem Bauch kribbelte es vor Aufregung. „Ist das ...?"

Er lehnte seinen Stock an die Veranda, dann streckte er die Hand aus, öffnete die Schleife und zog einen Ring vom Faden. Der Diamant glitzerte im Licht, als er ihr den Ring mit zitternden Fingern hinhielt. „Ich liebe dich, Jane. Mehr, als ich es je für möglich gehalten hätte. Ich weiß jetzt mit absoluter Sicherheit, dass mein Platz an deiner Seite ist. Ich möchte keinen Tag mehr ohne dich verbringen. Willst du mich heiraten? Wollen du und Martin meine Familie werden?"

Tränen verschleierten ihren Blick. Sie war sprachlos und presste die Hand an ihre bebenden Lippen.

„Ich würde mich ja hinknien, aber ich weiß momentan nicht, ob ich dann wieder hochkäme." Er musterte ihr Gesicht mit einer Spur von Unsicherheit in den vergnügt blitzenden Augen.

Sie nickte nachdrücklich. „Ja, Garrett. Es wäre mir eine Ehre, dich zu heiraten."

Ein Lächeln breitete sich auf seinem Gesicht aus, als er ihr den Ring an den Finger steckte. „Passt perfekt. So wie du."

Dann zog er sie an sich, um sie erneut zu küssen. Diesmal wirkte er sicherer und schlang beide Arme um sie, als wollte er sie nie wieder loslassen.

Laute Jubelrufe ertönten hinter ihnen und drangen wie durch einen Nebel zu Jane durch. Sie wischte sich die Freudentränen von den Wangen, als ihre Mutter und Ben auf sie zukamen.

Mutter strahlte sie an. „Herzlichen Glückwunsch, Jane. Ich freue mich so für dich."

„Danke, Mama."

Ben gab ihr einen Kuss und schüttelte Garrett die Hand.

Martin blieb in einiger Entfernung stehen, eine Hand auf Blackies Rücken, und blickte ernst drein.

Jane erschrak über sein finsteres Gesicht. Hätte sie ihn zuerst fragen sollen, bevor sie Garretts Antrag annahm? „Martin, was hältst du davon, wenn Mr Wilder dein Dad wird?"

Als er nicht sofort antwortete, wuchs ihre Sorge. Hatte sie einen Fehler gemacht? Sie ging zu ihm und kniete sich hin. „Was ist los? Du kannst es mir sagen."

Martin sah sie mit verletztem Blick an. „Wenn du und Mr Wilder heiraten, werdet ihr eigene Kinder bekommen und mich vergessen."

„Nein, mein Schatz, das stimmt nicht."

Garrett trat an ihre Seite und legte Martin eine Hand auf die Schulter. „Erstens würden wir dich nie vergessen, mein Junge, selbst wenn wir noch mehr Kinder bekommen würden. Das versprechen wir dir. Und zweitens …" Garrett warf Jane einen fragenden Blick zu. Sie nickte. „Die Ärzte haben Jane gesagt, dass sie keine Babys kriegen kann. Das wird also nicht passieren."

„Oh." Martin hob die Augenbrauen.

„Irgendwann", fuhr Garrett fort, „könnte es aber sein, dass wir ein anderes Kind adoptieren wollen, das ein Zuhause braucht, so wie du früher. Aber wir werden dich auf jeden Fall miteinbeziehen und das gemeinsam als Familie entscheiden. Wäre das in Ordnung?"

„Ich denke schon."

Jane öffnete die Arme und Martin fiel ihr um den Hals. Sie drückte ihn fest an sich und genoss den seltenen Moment, wohl wissend, dass bald die Zeit kommen würde, in der er nicht mehr von seiner Mutter umarmt werden wollte. Sie küsste ihn auf die Wange. „Du wirst mir immer sehr wichtig sein, egal was in unserem Leben passiert. Ich hoffe, du glaubst mir das."

Er lächelte endlich und sah sie erleichtert an. „Ich glaube dir, Mom. Du hältst immer deine Versprechen."

Sie umarmte ihn noch einmal. „Ich versuche es. Auch wenn es manchmal sehr lange dauert."

Als sie ins Haus zurückkehrten, dachte Jane über Martins Aussage nach und darüber, dass man dasselbe von Gott sagen konnte. Er hielt immer seine Versprechen, auch wenn es manchmal lange zu dauern schien.

Auf der Veranda zog Garrett sie sanft an sich, um ihr noch einen langen Kuss zu geben. Einen Kuss, der sein Versprechen besiegelte, sie ihr Leben lang zu lieben. Sie hatten bereits bewiesen, dass sie gemeinsam jedem Sturm trotzen konnten, sogar einem Eissturm.

Jane war gespannt, was das Leben noch für sie bereithalten würde. Sie wusste nun mit absoluter Sicherheit, dass sie sowohl in guten als auch in schlechten Zeiten zusammenhalten würden.

Lächelnd blickte sie Garrett in die Augen, erstaunt, wie Gott drei zerbrochene und verletzte Menschen genommen und zu einer perfekten Familie zusammengefügt hatte. Eine Familie, die Jane für den Rest ihres Lebens lieben und schätzen würde.

Epilog

Mai 1945

Jane stand an einem sonnigen Samstagnachmittag im Bauernhaus der Wilders und überblickte mit dankbarem Herzen die Szene vor ihr. Die kleine Shannon, der neueste Zuwachs ihrer und Garretts Familie, saß mit Mandy am Küchentisch. Die beiden Mädchen waren damit beschäftigt, Bilder von den Katzenbabys zu malen, die sie vorhin in der Scheune entdeckt hatten. Da diese Beschäftigung für Kevin, Dale und Martin viel zu langweilig war, waren sie lieber mit Ben draußen geblieben. Jane war froh darüber. Shannon musste sich noch an ihre neue Familie gewöhnen und fand die drei Jungen manchmal zu ungestüm.

Jane ging zu ihr und legte dem Mädchen eine Hand auf die Schulter, woraufhin es ein kleines bisschen lächelte. Dr. Henshaw hatte das vierjährige Waisenkind vor drei Wochen ins Heim gebracht. Da er wusste, dass Jane und Garrett noch ein Kind adoptieren wollten, hatte er sie sogleich angerufen. Fünf Minuten waren für Jane ausreichend gewesen, um sich in den kleinen Rotschopf zu verlieben, und mit Martins Einverständnis hatten sie beantragt, Shannons Pflegeeltern zu werden.

Garrett kam in die Küche und zwinkerte Jane zu. Ein verschmitzter Zug lag um seine Augen, als er durch den Raum auf sie zukam.

Ihr Puls beschleunigte sich, als sie den vertrauten Ausdruck auf seinem Gesicht sah. Heute war ihr erster Hochzeitstag. Sie wusste nicht, was er geplant hatte, aber so, wie sie ihren Mann kannte, würde es sicherlich unvergesslich werden.

„Bist du bereit, für eine Weile von hier zu verschwinden?“, flüsterte er ihr ins Ohr.

„Warum? Wo gehen wir hin?“

„Wirst schon sehen." Sein verschmitztes Grinsen ließ ihr Herz höherschlagen.

Sarah streckte den Kopf aus der Vorratskammer. „Keine Sorge wegen der Kinder. Ben und ich kümmern uns um sie."

Sarah war begeistert gewesen, als sie Shannon aufgenommen hatten. „Je mehr Wilders, desto besser", hatte sie gesagt. „Und Mandy wird sich freuen, noch ein Mädchen in der Familie zu haben." Eine Aussage, die sich bewahrheitet hatte. Die Mädchen waren bereits gute Freundinnen geworden.

Das Zuknallen der Hintertür kündigte Martins Kommen an. Er steuerte direkt auf die Spüle zu, um sich die Hände zu waschen.

Jane trat an seine Seite. „Dad und ich gehen ein bisschen nach draußen. Hilfst du Grandma und Grandpa und siehst solange nach Shannon?"

„Klar." Er trocknete sich die Hände ab. „Das ist jetzt ja wohl meine Aufgabe als großer Bruder."

Jane war gerührt und drückte ihn fest an sich. „Du bist großartig, Martin Wilder. Ich bin so stolz auf dich."

Rasch befreite sich Martin wieder aus der Umarmung. Mit seinen zehn Jahren ließ er sich nun nicht mehr so gern knuddeln. „Das ist noch nicht mein Name."

Garrett trat hinter sie. „Noch nicht, aber bald. In ein paar Monaten ist die Adoption durch." Er zwinkerte ihm zu. „Dann hast du uns endgültig am Hals."

Martin grinste. „Nein. *Ihr* habt *mich* am Hals."

Jane blinzelte, um ihre Freudentränen zu verbergen. Sie konnte ihr Glück, eine so wundervolle Familie zu haben, noch immer nicht ganz fassen.

Garrett summte vor sich hin, während er den Lastwagen seines Vaters über den Schotterweg zur Plantage lenkte. Obwohl er gern Zeit mit seiner Familie verbrachte, konnte er nicht leugnen, dass es aufregend war, seine Frau ganz für sich zu haben, wenn auch nur für ein paar Stunden.

Und an diesem besonderen Tag konnte er nicht anders, als über die vielen Segnungen und die jüngsten Veränderungen in seinem Leben zu staunen. Erst vor ein paar Tagen hatte die ganze Stadt die Kapitulation Deutschlands gefeiert. Es hatte eine Konfettiparade gegeben und die Menschen waren tanzend durch die Straßen gezogen. Er und Jane hatten mitgefeiert und sich von der überschwänglichen Freude ihrer Mitbürger anstecken lassen.

Ihre Euphorie war jedoch bald gedämpft worden, als Hildie die offizielle Mitteilung von Brandons Tod erhalten hatte. Obwohl seine Überreste nie gefunden worden waren, reichten der Armee die Augenzeugenberichte von der letzten Schlacht, in der er gekämpft hatte, offenbar aus, um ihn für tot zu erklären. Jane und Hildie hatten die Nachricht mit stoischem Realismus aufgenommen, da sie sich schon vor langer Zeit mit diesem unvermeidlichen Ausgang abgefunden hatten.

Der Wagen hüpfte gerade mit Schwung über eine Spurrille, sodass Jane und Garrett einen Augenblick in der Luft schwebten, um dann wieder unsanft auf der Sitzbank zu landen. Garrett grinste Jane an.

„Vorsicht, Cowboy." Sie warf ihm einen gespielt strengen Blick zu. „Nur weil dein Rücken jetzt in Ordnung ist, heißt das nicht, dass du leichtsinnig sein darfst."

„Ja, Ma'am." Sein Grinsen wurde immer breiter, bis auch sie lachen musste und den Kopf schüttelte. Sie sah heute so hübsch aus, dass es ihm schwerfiel, sich auf den Weg zu konzentrieren.

„Ich nehme an, wir fahren zur Plantage?"

„Richtig. Wir dürfen die Apfelblüte nicht verpassen. Wenn wir das nächste Mal herkommen, ist sie vielleicht schon vorbei."

„Stimmt. Ich wette, Martin und Shannon würden gern …" Sie verstummte und zuckte entschuldigend die Achseln. „Entschuldigung. Ich habe gesagt, dass wir nicht über die Kinder reden würden. Aber es fällt mir sehr schwer."

„Ich habe gerade das Gleiche gedacht." Er sah sie liebevoll an.

„Aber ich habe auch an unseren Hochzeitstag vor einem Jahr gedacht. Es war ein noch schönerer Tag als heute. Die Blätter hatten so ein frisches Grün und die Blütenpracht war einfach überwältigend."

„Ich bin so froh, dass wir entschieden haben, hier zu feiern. Ich kann mir keinen besseren Ort vorstellen."

Sie waren in der Huttonville Community Church getraut worden, im kleinen Kreis. Danach hatten sie mit ein paar Freunden und Nachbarn draußen unter den Apfelbäumen gefeiert.

Es war ein zauberhafter Nachmittag gewesen, den er nie vergessen würde.

Er nahm Janes Hand in seine. „Alles an dem Tag war einfach perfekt. Vor allem die Braut. Du hast nie schöner ausgesehen."

„Danke." Ihre Wangen wurden rosig. „Das Kleid, das ich heute trage, hat fast dieselbe Farbe wie mein Hochzeitskleid."

„Mhm. Und es ist fast genauso atemberaubend."

Jane hatte kein weißes Kleid tragen wollen, weil es ihre zweite Hochzeit war. Garrett war es egal gewesen, was sie anzog, solang sie ihn nicht vor dem Altar stehen ließ. Und mit den Frühlingsblumen im Haar und dem passenden Strauß dazu hatte sie wirklich schöner ausgesehen, als er es sich hätte vorstellen können.

Er hielt den Wagen am Rande der Plantage an und half Jane heraus. Dabei konnte er der Versuchung nicht widerstehen, sie für einen ausgiebigen Kuss an sich zu ziehen. „Alles Gute zum Hochzeitstag, Mrs Wilder."

„Ebenfalls, Mr Wilder." Sie sah ihn so liebevoll an, dass ihm das Herz in der Brust schwoll. Dann legte sie zärtlich die Hand an seine Wange. „Ich hätte nie gedacht, dass mein Leben so wundervoll sein könnte. Und du bist der Grund dafür." Sie lehnte sich vor, um ihn noch einmal zu küssen.

„Ich denke, dass Gott mehr damit zu tun hatte als ich, aber ich nehme das Kompliment gerne an." Er lachte laut auf und fühlte sich so befreit, als könnte seine Seele sich erheben und über die Baumwipfel fliegen.

Sie lachte auch, doch dann wurde sie wieder ernst. „Denkst du, dass es Shannon gut geht?“ Sie musterte sein Gesicht mit einer solchen Ernsthaftigkeit, dass er sie wieder küssen musste.

„Sie trauert noch um ihre Mutter und muss sich erst an das Leben mit uns gewöhnen. Aber im Großen und Ganzen denke ich, dass sie gut zurechtkommt.“

„Wenn ich nachts in ihr Zimmer gehe, finde ich sie manchmal auf dem Boden liegend. Warum macht sie das, wo sie doch ein bequemes Bett hat, in dem sie schlafen kann?“

Er zog sie näher an sich, um die Sorge aus ihrem Gesicht zu vertreiben. „Denk daran, was Dr. Henshaw gesagt hat. Shannon und ihre Mutter haben in einem Armenviertel gelebt, in einer Hütte mit nur einem Zimmer. Sie ist es wahrscheinlich gewohnt, auf dem Boden zu schlafen.“ Er strich ihr eine lose Strähne hinters Ohr. „Es wird eine Weile dauern, bis sie sich ganz eingelebt hat. Du tust schon alles, was du kannst, damit sie sich bei uns sicher und geliebt fühlt.“

Jane seufzte. „Du hast wahrscheinlich recht. Es tut mir einfach weh, sie so zu sehen.“

„Worte einer echten Mutter.“ Er gab ihr einen Kuss auf die Nase, dann wandte er sich um und holte einen Picknickkorb und eine Decke von der Ladefläche. „Jetzt wird aber gefeiert!“

Als Garrett voller Liebe zu ihr hinunterblickte, machte Janes Herz einen Purzelbaum in ihrer Brust. Womit hatte sie nur einen so wundervollen Mann verdient? Einen Mann, der ihr jeden Wunsch erfüllte, sogar den nach einem weiteren Kind?

Außerdem hatte er kein Problem damit, dass sie drei Tage in der Woche als Sozialarbeiterin für die Children’s Aid arbeitete. Sie hätte sich nie träumen lassen, dass sie einen Job und eine Familie haben könnte. Aber ihr Mann verstand, wie wichtig es ihr war, Kindern in Not zu helfen und ein dauerhaftes Zuhause für sie zu finden – ein Heim voller Liebe, in dem sie sich zugehörig und bedingungslos geliebt fühlten. Seit Shannon bei ihnen lebte, nahm Jane sich eine Auszeit, bis das Mädchen im Herbst in die Schule kommen würde. Dann würde Jane mit Vergnügen in ihren Job zurückkehren.

Die Nachmittagssonne stand noch hoch am Himmel, als sie auf die Bäume zuliefen. Ihre Strahlen fielen durch das Blätterwerk auf die Blüten und besprenkelten sie mit Licht. Garrett wählte eine grasbedeckte Stelle mit guter Sicht auf die blühenden Bäume, breitete die Decke aus und stellte den Korb ab.

„Ich glaube, dieses Jahr werden wir eine sehr gute Ernte haben", sagte er, als er darauf wartete, dass sie es sich neben ihm bequem machte. „Schau dir nur die vielen Blüten an."

Das Meer aus rosafarbenen und weißen Blüten, das sie umgab, war tatsächlich wunderschön, schöner als jedes Gemälde. Jane war so froh, dass Garretts Schwager Jack beschlossen hatte, bei den Wilders zu bleiben, um Ben und Sarah auf dem Hof zu unterstützen. Garrett war ein Stein vom Herzen gefallen und er konnte sich jetzt ganz ohne Schuldgefühle auf seine Arbeit und seine eigene Familie konzentrieren. Trotzdem wusste Jane, wie viel dieser Ort ihrem Mann bedeutete. Deshalb verbrachten sie so viel Zeit wie möglich bei ihren Schwiegereltern.

Sie blickte hoch in den endlosen blauen Himmel über ihnen. Ab und zu schüttelte eine sanfte Brise ein paar Blüten von den Bäumen, die dann wie natürliches Konfetti auf sie herabsegelten.

Garrett strich ihr ein paar Blütenblätter aus dem Haar und ließ seine Hand auf ihrer Wange verweilen. „Du hast mich glücklicher gemacht, als ich es je für möglich gehalten hätte, Jane. Ich danke Gott jeden Tag dafür, dass er mich zur Children's Aid geführt hat – und zu dir."

Jane stiegen Tränen in die Augen. „Ich danke ihm auch dafür. Für dich, für Martin und jetzt auch für Shannon. Wenn Martin in jener Nacht nicht abgehauen wäre, hätte ich vermutlich den schlimmsten Fehler meines Lebens begangen."

Seine Finger streichelten ihre Wange. „Das liegt jetzt alles hinter uns."

Sie stieß einen leisen Seufzer aus. „Als ich endlich meinem Herzen gefolgt bin, ist alles so gekommen, wie es sein sollte. Wie Gott es vorgesehen hat."

Garrett lehnte sich herüber und küsste sie noch einmal sanft. In diesem Moment wusste Jane, dass sie genau dort, unter den Apfelblüten, in der sicheren Umarmung ihres Mannes, endlich ihren perfekten Platz gefunden hatte.

Anmerkung und Dank der Autorin

Liebe Leserinnen und Leser,
bei meinen Nachforschungen über die Children's Aid Society von Toronto, den Ort, an dem ein Großteil dieses Buchs spielt, hatte ich eine sehr hilfreiche Quelle: das Buch *A Legacy of Caring: A History of the Children's Aid Society of Toronto* von John McCullagh. Ich las dieses Buch mehrmals, während ich *Ein Heim voller Liebe* schrieb. Das meiste, was ich über die CAS geschrieben habe, entspricht den historischen Details; allerdings habe ich mir in manchen Dingen schriftstellerische Freiheiten eingeräumt. Ich würde gerne einige dieser Dinge klarstellen und die Historiker unter Ihnen um Verzeihung für die Freiheiten bitten, die ich mir herausgenommen habe.

Robert Mills war tatsächlich von 1923 bis 1947 der geschäftsführende Direktor der Toronto Children's Aid Society. Soweit ich weiß, hatte der richtige Mr Mills kein Herzleiden und wurde auch nicht am Herzen operiert. Ich habe dieses Detail erfunden, weil es meiner Geschichte diente. In Wirklichkeit trat Mr Mills im Dezember 1947 zurück und genoss danach zehn Jahre lang seinen Ruhestand. Einer seiner größten Beiträge zur Organisation war, dass er ihre finanzielle Lage verbesserte und ihren Programmen die Finanzierung garantierte. Er arbeitete auch mit Vera Moberly zusammen, um das Pflegesystem für Säuglinge und ältere Kinder aufzubauen. Mr Mills wurde als „ein Pionier der Wohlfahrt" bezeichnet, „dessen Mitgefühl, Integrität und Einsicht dazu beitrugen, Toronto zu einem besseren Ort für Kinder zu machen." Das sind genau die Eigenschaften, die ich unbewusst Garrett Wilder zugeschrieben habe.

Während die CAS in vielen Bereichen, einschließlich der Buchführung, wirklich von Ehrenamtlichen abhängig war, gab es, soweit ich weiß, keinen Fall von Unterschlagung. Dieses Verbrechen war rein fiktional, ebenso wie die Geschichte, dass eine Sozialarbeiterin von einer unverheirateten Mutter Geld verlangt, um ihr Baby an eine gute Familie zu vermitteln. Es war auf keinen Fall meine Absicht, die Einrichtung dadurch in irgendeiner Weise zu verleumden.

Viele der Empfehlungen, die Garrett dem Vorstand gab, waren tatsächlich Praktiken, die Mr Mills während seiner Zeit bei der Children's Aid einführte. Der Platzmangel, den ich bei Garretts Führung durch das Bürogebäude beschrieben habe, war sehr real, ebenso wie die vielen Herausforderungen durch den Zweiten Weltkrieg. Das echte Büro in der Isabella Street war ein sehr einfaches, fast industriell aussehendes Gebäude.

Die Toronto CAS hatte viel mehr Angestellte, als ich in diesem Buch beschrieben habe. Ich habe es absichtlich einfach gehalten, um die Geschichte nicht mit zu vielen Charakteren zu überladen. Mr McCullagh beschrieb die Organisation folgendermaßen: „1939 bestand die Belegschaft im sozialen Bereich aus einem Vorgesetzten und 23 Angestellten in der Vermittlung (Adoption), einem Arzt, einem Psychologen und zwei Angestellten im Kleidungsraum für die Kinder. Die Belegschaft der Verwaltung bestand aus einem Büroleiter, acht Stenografen, einem Buchhalter und einem Telefonisten.“ Hinzu kamen noch die ehrenamtlichen Mitarbeiter. Übrigens entspricht Garretts Aussage, dass die Sozialarbeiter über zweihundert Familien am Tag betreuten, tatsächlich der Wahrheit!

Es war schwierig, Informationen über die konkreten Adoptionskriterien zu finden, welche die Toronto CAS anwandte, um festzulegen, wer ein Kind adoptieren durfte, sei es ein Säugling oder ein älteres Kind. Meinen Informationen zufolge war es nicht strikt verboten, als unverheiratete Person ein Kind zu adoptieren; aber anscheinend kam es, wenn überhaupt, nur selten vor. Ich habe mir die Freiheit herausgenommen, diesem Thema meinen eigenen Stempel aufzudrücken.

Ein anderes Detail, das ich mit Ihnen teilen wollte, war meine Inspiration für den Hof der Wilders. Huttonville ist eine reale Stadt in der Nähe meines Wohnorts. Als ich klein war, bin ich mit meiner Familie jeden Herbst dorthin gefahren, um in den schönen